雨燕之塔 | 卷六 修订本

[波兰] 安杰伊·萨普科夫斯基 著

乌兰 小龙 译

WIEŻA JASKÓŁKI
BY ANDRZEJ SAPKOWSKI

WIEŻA JASKÓŁKI

Copyright © 1997 by Andrzej Sapkowski
Published in agreement with Andrzej Sapkowski c/o Patricia Pasqualini Literary Agency,
through The Grayhawk Agency Ltd.
Simplified Chinese translation copyright © 2020 by Chongqing Publishing House Co.,Ltd.
All rights reserved.

版贸核渝字（2020）第26号

图书在版编目（CIP）数据

猎魔人. 卷六, 雨燕之塔 /（波）安杰伊·萨普科夫斯基著；乌兰, 小龙译. —修订本. —重庆：重庆出版社, 2020.8
书名原文：Wieża Jaskółki
ISBN 978-7-229-15146-1

Ⅰ.①猎… Ⅱ.①安…②乌…③小… Ⅲ.①长篇小说-波兰-现代 Ⅳ.①I513.45

中国版本图书馆CIP数据核字（2020）第118994号

猎魔人　卷六：雨燕之塔（修订本）
LIEMOREN JUANLIU: YUYAN ZHI TA (XIUDINGBEN)

[波兰] 安杰伊·萨普科夫斯基 著　乌兰　小龙 译

联合统筹：重庆史诗图书信息咨询有限责任公司
责任编辑：邹　禾　方　嫒
责任校对：廖　颖
封面绘画：陈越林
封面设计：谢颖设计工作室

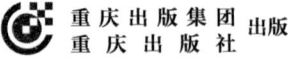
重庆出版集团
重庆出版社　出版

重庆市南岸区南滨路162号1幢　邮政编码：400061　http://www.cqph.com
重庆出版社艺术设计有限公司 制版
成都国图广告印务有限公司 印刷
重庆出版集团图书发行有限责任公司 发行
E-mail:fxchu@cqph.com　　邮购电话：023-61520646
全国新华书店经销

开本：890mm×1230mm　1/32　印张：15.75　字数：370千
2020年8月第1版　2020年8月第1次印刷
ISBN：978-7-229-15146-1
定价：108.80元

如有印装问题，请向本集团图书发行公司调换：023-61520678

版权所有　侵权必究

Wieża Jaskółki
雨燕之塔

目录 Spis treści

第一章 1

第二章 34

第三章 85

第四章 128

第五章 183

第六章 220

第七章 259

第八章 303

第九章 341

第十章 399

第十一章 452

"不管你想要什么，我都能给你。"仙子说道，"财富、王冠和权杖，名望、幸福或长生。选择吧。"

"我不要财富和名望，也不要权杖与王冠。"猎魔人答道，"我只要一匹漆黑如夜、迅疾如风的马，再加一把像月光一样锋利明亮的宝剑。我要在黑夜驾着黑马疾驰，我想用宝剑挫败邪恶。我只想要这些。"

"我会给你一匹比夜晚更漆黑、比狂风更迅疾的马。"仙子承诺道，"我会给你一把比月光更锋利、比月色更明亮的宝剑。你要的不少啊，猎魔人，所以你必须付出高昂的代价。"

"用什么付？现在我一无所有。"

"用你的血呀。"

——《童话与民间故事》

佛罗伦斯·德兰诺伊　著

第一章

众所周知，世界的运行方式跟生命一样，总是不停地循环往复。在这循环当中有八个魔力点，构成了完整的轮回，轮转一圈恰好是一年。魔力点两两相对，其中包括：代表"萌芽"的迎春节、预示"成熟"的收获节；指代"开花"的五月节、对应"枯萎"的万圣节；另外还有两个至日——冬至日和夏至日，又称秘底温和秘达热；以及两个分日①——春分日和秋分日，又名碧日刻和辉月轮。这些日子将一年分成八个部分。精灵的历法同样如此划分。

后来，人类在雅鲁加河口和庞塔尔三角洲登陆，他们又带来了自己的太阴历。人类以月亮的盈亏为基准，将一年划分为十二个月，从一月初开始，直到寒霜将泥土冻实为止，并以此规划农耕周期。尽管人类划分年日的方式与精灵不同，但他们也接受了后者的"循环"概念和八个节期点。于是乎，迎春节、收获节、五月节、万圣节，连同两个至日与两个分日一起，都成了人类重要的节日。与其他日期相比，

---

①昼夜等分点。在这一天，白昼和黑夜的时间一样长。——译注

它们就像草原上的孤树一样醒目。

这些日子之所以与众不同，原因在于魔法。

在这八个昼夜里，魔法灵光都会异常强烈，而这已经不算是秘密了。每年的这些日子，尤其是至日与分日，总会发生一些魔法现象和神秘事件。所有人也都习惯了这些，很少会因之大惊小怪。

唯独今年，却与往常有所不同。

这一年，人类像往常一样，用丰盛的晚餐庆祝秋分日。餐桌上摆满了当年成熟的水果，但每样只取少许。毕竟这是习俗嘛。人们吃完晚餐，又为当年的收获谢过梅里泰莉女神之后，纷纷上床休息。然后，恐怖的事发生了。

临近午夜，刮起一场可怕的风暴。狂风劲吹，风中传来树枝折断的噼啪声、木头屋顶的嘎吱声、窗扇的砰砰声，以及鬼魅般的号叫、嘶吼与哀号声。天上的云朵变幻出奇妙的形状，其中最多的是飞驰的骏马与独角兽。大概一个钟头后，狂风突然止息，但寂静却未降临，因为人们又听到数百只欧夜鹰的啼叫与翅膀拍打声。按照民间说法，这些神秘的鸟会聚在将死之人的住处周围，唱起悲伤的丧歌。就在这个夜晚，欧夜鹰的合唱高亢而响亮，仿佛整个世界都将死去。

欧夜鹰颤声唱响献给死者的哀歌。在地平线上，云层掩去了最后一缕月光。与此同时，人们又听到报丧女妖可怕的哭号——通常这预示着突然而惨烈的死亡。狂猎的队伍掠过天空，就像一群死灵幽魂，双眼燃烧着熊熊鬼火。他们跨骑在骷髅战马上，破破烂烂的披风随风飘舞，宛如抖动的旗帜。狂猎现身倒也算不上特别罕见，但在最近数十年里，就属这次的场面最为骇人。仅在诺维格瑞，就有超过二十人神秘失踪。

等狂猎和云层各自消散,人们又看到了月亮。跟往年一样,月相正由盈转亏;不同的是,今晚的月色红得像血。

普罗大众对在分日发生的异象有许多解释,由于不同的地区有着不同的鬼怪传说,所以解释的内容也大相径庭。占星家、德鲁伊和巫师们也各有各的说法,但大都错得离谱。只有极少数人能把这些现象与实际发生的事件联系到一起。举例来说,在史凯利格群岛,迷信的民众将这一现象称为"Tedd Deireádh",也就是世界末日,随之而来的则是"瑞那鲁格"①之役——光明与黑暗的总决战。迷信的人们相信,秋分之夜的大风暴与冲刷群岛的巨浪一样,都由巨舟纳吉尔法掀起。这艘大船用死人的指甲与趾甲建造,它从死亡之地摩霍格出发,船上载着一支鬼魂与恶魔的大军。有些聪明而博学的人却说,其实是臭名昭著的女术士叶妮芙的惨死,引发了海天之间的暴怒。另一些更聪明、更博学的人则从风暴肆虐的大海中看到了某人垂死的征兆——那人的血管里流淌着史凯利格群岛与辛特拉统治者的血液。

自从世界诞生,秋分之夜便充斥着鬼怪、噩梦与幻影。你会在半夜骤然惊醒,呼吸急促,心跳加快,凌乱的床单被汗水打湿。哪怕最清晰的头脑也避不开幻影与噩梦的侵扰——在有"金塔之城"美誉的尼弗迦德帝国首都,恩希尔·瓦·恩瑞斯皇帝陛下尖叫着醒来。在遥远北方的朗·爱塞特,伊斯特拉德·蒂森国王从床上一跃而起,吓醒了身边的王后泽丽卡。在崔托格,迪杰斯特拉睁开眼睛便立刻去抓匕首,结果弄醒了财务大臣的老婆。在蒙特卡沃城堡,菲丽芭·艾哈特从锦缎床单上猛然坐起,还好没惊醒德·诺埃里斯伯爵的妻子。其他

---

①即诸神的黄昏。——译注

人也在不同程度的噩梦中纷纷苏醒——玛哈坎的矮人亚尔潘·齐格林、凯尔·莫罕要塞的老猎魔人维瑟米尔、苟斯·维伦的银行职员法比奥·塞克斯,以及"鸣角"号战船上的克拉茨·安·奎特。同样被惊醒的还有鲍克兰城堡的女术士芙琳吉拉·薇歌、印达斯费尔岛弗蕾雅神庙的女祭司茜格德莉法、被围困的马里波城堡中的加拉莫尼伯爵丹尼尔·埃切维里、班·格林要塞褐旗营的准下士札维克、克莱蒙特镇的商人多米尼克·邦巴斯图斯·霍温纳赫……以及很多很多人。

能把这一现象与实际发生的事件——以及某个具体的人物——联系起来的人屈指可数。幸运的是,就有这样的三个人,在同一屋檐下度过了这个秋分之夜。就在艾尔兰德的梅里泰莉神殿。

"欧夜鹰……"抄写员雅尔看向笼罩神殿花园的黑暗,呻吟道,"恐怕有一整群,好几千只……它们在为某人之死尖声鸣叫……为了她……她快死了……"

"别胡说八道,"特莉丝·梅利葛德猛地转过身,扬起攥紧的拳头,像是要推开男孩,或朝他胸口来一拳似的,"你当真相信如此愚蠢的迷信?九月结束了,鸟儿聚集起来只是为了迁徙。这完全是自然现象!"

"她快死了……"

"没人会死!"女术士大吼道,脸气得发白,"没人!你听明白没有?别再说胡话了!"

女学徒们被大自然的警报惊醒,纷纷聚到图书馆大厅,脸色苍白而严峻。

"雅尔，"特莉丝冷静下来，一手按在男孩肩上，轻轻揉捏，"你是神殿里唯一一个男人。大家都仰仗你，希望你能帮助她们。你可不能害怕，也不能惊惶。镇定。别让我们失望。"

雅尔叹了口气，努力压抑住颤抖的双手和嘴唇。

"我不怕……"他低声说着，避开女术士的目光，"我不是害怕，而是担心。我在梦里见到她了……"

"我也是。"特莉丝抿住嘴唇，"你、我，还有南尼克，我们都做了同一个梦。但一个字也别提。"

"她满脸是血……好多血……"

"我说了，安静。南尼克来了。"

高阶女祭司神情疲惫，朝他们走来。面对特莉丝无声的询问，她摇了摇头，随即注意到雅尔张嘴想说什么，于是匆匆开口。

"很不幸，什么也没有。狂猎经过圣殿上空时，差不多惊醒了所有人，但没人看到幻影。只有我们几个看到了模糊的影像，其他人都没有。去睡吧，小伙子，你现在也做不了什么。姑娘们，回宿舍去！"

她用双手揉了揉脸。

"哈……秋分日！诅咒之夜……去睡吧，特莉丝。我们什么也做不了。"

"这种无力感快把我逼疯了。"女术士攥紧拳头，"光是想想她在受苦、流血，不知在哪儿遭遇了危险……见鬼，要是我知道该怎么办就好了！"

南尼克——梅里泰莉神殿的高阶女祭司——转过身。

"你有没有试过祈祷？"

佩雷拉特地处艾宾的乡村地带,位于南方阿梅尔山脉彼端远处,周围是维尔达、莱特和艾瑞特三河交汇形成的广袤沼泽,距艾尔兰德城和梅里泰莉神殿直线距离八百里。黎明时分,老隐士维索戈塔从噩梦中骤然惊醒。醒来后,他忘了自己做过什么梦,但一阵阵诡异的不安让他再也无法入睡。

"冷,冷,冷,冷啊……"维索戈塔一边沿小路穿过树丛,一边自言自语,"冷,冷,好冷。"

下一个陷阱也空无一物,连只麝鼠都没抓到。今天的捕猎毫无收获。维索戈塔清掉盖住陷阱的烂泥和水藻,吸着鼻子,低声咒骂。

"呼,冬天这就到了?"他朝沼泽走去,"九月还没过完呢。现在明明是秋分日后的第四天。这辈子就没见过这么冷的九月。我都活这么久了!"

下一个,也是倒数第二个陷阱,同样空空如也。维索戈塔都懒得骂脏话了。

"毫无疑问,"老人思忖着说,"天气一年比一年冷了。现如今,变冷的速度快得就像雪崩。哈,精灵早就预见到了,可谁会相信精灵的预言呢?"

在老人头顶,黑色的轮廓飞掠而过。雾气当中,欧夜鹰狂野的鸣叫和拍翅声突然响彻沼泽上空。维索戈塔本没在意这些鸟。他并不迷信,沼泽里又总有很多欧夜鹰——尤其是黎明时分,它们飞得很低,好像随时会撞上他的脑袋。好吧,它们平时的数量也许没今天这么多,也不经常发出今天这样凄惨的鸣叫……不过最近，离奇的现象总是接二连三发生，而且每次都比上一次更诡异。

把最后一只捕鱼笼拉上岸时——里面同样空空如也——老人听到了马嘶声。仿佛听到命令一般，欧夜鹰突然停止了鸣叫。

即便佩雷拉特位于沼泽地区，其高处也有干燥的树丛，山岗上还长满了黑色的桦树、赤杨、角树、山茱萸和黑刺李。这些小树林大多被泥塘环绕，不熟悉路的马匹和骑手根本不可能进入其中。但这嘶鸣——维索戈塔又听到一声——确实是从一片小树林里传来的。

好奇心压倒了警惕。

维索戈塔对马匹及其品种了解不多，但他毕竟是个美学家，知道如何审美。那匹马的毛发就像无烟煤一样闪闪发亮，在桦木衬托下，侧面轮廓异常俊丽。它当真是个完美的典范，美丽得甚至有些不真实。

但它当然是真实的，也真真实实地被困住了——它的缰绳被角树的树枝缠住，身上沾满了鲜红的血。

维索戈塔靠近时，马儿竖起耳朵，用力晃晃脑袋，转过身去连连跺脚，让地面也为之震颤。老人看出这是匹母马，同时，他还看到了另一样东西。那东西让他的心脏咚咚狂跳，喉咙也像被只无形的手狠狠捏住。

母马身后的浅沟里躺着一具尸体。

维索戈塔把袋子丢到地上。第一个念头竟是转身逃跑，这不禁让他有些羞愧。他保持警觉，走上前去。黑马跺着地面，低头垂耳咬着嚼子，显然是想找机会咬他，或者踢他。

尸体是个十来岁的男孩，面孔朝下倒在地上，一条胳膊紧贴体侧，另一条伸向一旁，五指深深抠进泥土。他穿着麂皮外套、紧身皮裤，还有及膝的夹扣精灵长靴。

维索戈塔弯下腰,就在这时,尸体突然大声呻吟起来。黑母马尖声嘶鸣,继续用马蹄狠跺地面。

隐士跪到地上,小心翼翼地让受伤的男孩翻了个身。看到男孩脸上由肮脏泥土和干涸血迹涂成的可怕面具,他本能地抬起头,倒吸一口凉气。老人轻轻拂去男孩嘴唇上沾满鼻涕和口水的苔藓、树叶与沙砾,又试图拨开他脸颊上被血黏成一团的乱发。男孩含糊地哼了一声,绷紧身体,开始抽搐。维索戈塔好不容易才拨开挡住他面孔的头发。

"是个女孩,"他大声说道,简直不敢相信自己的眼睛,"是个女孩。"

这天日落之后,如果有人悄悄来到沼泽深处的小屋前,透过窗扇的缝隙向内窥探,那么,借着油灯的亮光,他会看到一个苗条的女孩,头上缠着绷带,身上盖着毛皮毯子,一动不动地躺在那里,奄奄一息。他还会看到一位老人坐在旁边,留着长长的白胡子,额上布满皱纹,白发从秃顶边缘垂落到肩头。他能看到烛光勾勒出老人的侧影,桌上放着一只沙漏,老人则削尖一根羽毛笔,正往羊皮纸上埋头书写。他能看到老人关切地望着受伤的女孩,一边思索,一边自言自语。

但这是不可能的,这些情景无人得见。因为这间苔藓覆盖的茅屋隐藏在迷雾中,立于无人踏足的沼泽深处。这里,没人敢来。

"以下是我的记录。"维索戈塔用羽毛笔蘸蘸墨水,"'从手术结束算起,已经过去了三个钟头。诊断:切割外伤。伤口由未知物体——或许是某种曲形刀刃——用极强的力道撕裂而成。伤口覆盖左脸颊,从左眼窝下方开始,划过颞部,朝耳部延伸。伤势最重处位于眼窝下方,深及骨膜。从受伤到得到初步治疗,估计间隔……十个钟头。'"

羽毛笔在羊皮纸上沙沙作响,但声音没能持续太久。写下几行字后,老人停了下来。维索戈塔显然觉得,自己唠叨的有些话并不值得记录。

"回到伤口处理,"老人盯着牛油蜡烛顶端噼啪作响、摇曳不止的烛火,续道,"继续记录。'我没割掉伤口周围的肌肉,只切除了几处没有血管分布的坏死组织,还有已经凝结的血痂。我用柳树皮浸膏清理了伤口,洗去了泥土和异物,然后用麻线缝合——我暂时找不到其他种类的缝合线。最后,我往伤口上抹了山金车研磨的泥敷剂,并用细麻绷带包扎。'"

一只老鼠匆匆穿过房间中央,维索戈塔丢给它一片面包。女孩躺在简陋的小床上,呼吸杂乱,呻吟不止。她在做噩梦。

"现在是手术后第八个钟头。病人状况——没有改变。医生……也就是我……的状况有所改善,因为我小睡了一会儿,可以接着做记录

了。我该把这位病人的信息写在纸上,以供后人参考。当然前提是,那些后人能在纸张腐烂之前找到这片沼泽。"

维索戈塔深深叹了口气,提起笔尖在墨瓶里蘸了蘸,又用瓶口沥去多余的墨水。

"关于这位病人,"他喃喃道,"我的记录如下。'她看起来大概十六岁,个子高挑、纤细,但不算瘦弱,也没有营养不良的迹象。肌肉和体格很像典型的年轻精灵,但我看不出混血特征……甚至不像隔代混血。众所周知,如果精灵血统的比例不到四分之一,外表上和人类就看不出任何区别了。'"

这时维索戈塔才发现,刚才说了那么多,但他连一个词——甚至连一个符文字母——都没写下。他把笔尖压到纸上。墨水已经干了,老人却没有察觉。

"这些也可以记一下。"他续道,"'她不曾生育。身上没有旧伤、疤痕或胎记,也没有发生事故、作苦工和干某些危险行当留下的痕迹。必须强调一句,我刚才指的是旧伤,因为在她身上,新伤比比皆是。这女孩被人鞭打过。对方下手很重,不像父亲教训女儿。恐怕还用力踢过她。'

"'我还发现,她身上有一处痕迹颇为怪异'……唔,记下这些是出于教学方面的考虑……'在腹股沟那里,靠近外阴的位置,有朵红玫瑰的刺青。'"

维索戈塔盯着锐利的笔尖,蘸了蘸墨水。这一次他总算没忘蘸墨的目的——他开始在纸上留下工整的斜体字。他不停地写,直到笔尖干涸。

"……'半梦半醒间,'"他续道,"'她会大喊大叫,胡言乱语。

她的口音和用词——刨除其间不时出现的黑道行话——让人摸不着头脑，很难确定出处。但我敢说，她来自北方而非南方。她说的某些话……'"

他的笔又开始沙沙作响，但为时甚短，远不足以记下他刚才说过的每一个字。随后，他又继续独白，刚好接上之前没说完的半句话。

"她说的某些话……她在发烧时念出的一些名字和外号，还是不要记下来为好。但她说出的字眼很值得推敲。所有线索都表明一件事：这个女孩的来历不简单。非常非常不简单。她竟能找到老维索戈塔的小屋……"

老人沉默片刻，侧耳聆听外面的动静。

"我只希望，"他低声道，"这里不要成为她的终点。"

维索戈塔低头看着羊皮纸，一度将笔尖抵在纸上，但什么也没写，连一个符文字母也没有。他把笔丢到桌上，喘息片刻，恼火地嘟囔起来，最后哼了一声。他看了看床铺，听了听从床上传来的声音。

"必须承认，"他用疲惫的声音说道，"我的担心应验了，情况很不妙。也许我的全部努力都将付诸东流。病人状况很差，还发起了高烧。她的伤口感染了。急性炎症有四种主要症状，现在出现了三种：发红、发肿、发热，这些仅凭肉眼和触碰就能察觉。过了术后休克期，第四种症状无疑也将出现——疼痛。自从我投身医师这门行当，已经过去了将近半个世纪。我很清楚岁月对我的记忆力和手指灵活性会造成什么影响。我本来就做不了太多，如今能做的就更少了。我手头没有足够的药品与器械,现在只能指望这年轻女孩自身的抵抗力了……"

"术后第十二个钟头。不出所料,急性炎症的第四种症状——疼痛——也出现了。病人因痛苦而尖叫,热度和抽搐也愈发严重。我手头什么都没有,没有给她服用的药。我只有少量曼陀罗叶汁,但她的身体太过虚弱,没法承受这么强烈的药效。我还有些舟形乌头,但它只能立刻要了她的命。"

"术后第十五个钟头。病人昏迷不醒。体温仍在升高,抽搐也在加剧。除此之外,她的面部肌肉似乎也开始急剧收缩。如果这是破伤风的征兆,那她就没救了。让我们祈祷她只是面部神经……或者三叉神经……出了问题。哪怕两者都出了问题呢。她会毁容……但至少能保住性命……"

维索戈塔看着羊皮纸,但一个字也没写。

"只要,"他木然地说,"她能撑过伤口感染的话。"

"术后第二十个钟头。体温还在升高。病人的状况极度危险。在我看来,发红、肿胀、热度和疼痛尚未达到最严重的程度,但她没机会

活到那时候了。我在此宣告……我，科沃的维索戈塔，并不相信诸神的存在。但如果你们真的存在，烦请保佑这个女孩。还有……倘若我做错了，也请宽恕我。"

维索戈塔放下羽毛笔，揉了揉红肿发痒的眼睛，用双手按住鬓角。

"我给她喂下了舟形乌头和曼陀罗叶汁的混合药剂。"他低声说，"接下来的几个钟头将决定一切。"

老人终于支撑不住，打起了瞌睡，但又马上被一声呼喊惊醒。说是呼喊，其实女孩更像是在怒吼。

黎明的微光渗进窗缝。沙漏里的细沙早已流尽，跟往常一样，维索戈塔忘了把它翻转过来。烛焰已然熄灭，只有壁炉里深红色的火光勉强照亮了房间一角。床铺前遮了一道布帘，老人站起身，将其拉开，想安慰一下他的病人。

摔落在地的女孩抢先爬起，坐到床边，用力抓挠包在绷带下的脸。维索戈塔咳嗽一声。

"我建议你先不要起床。你很虚弱。如果你想要什么，叫我一声就好。我就在旁边。"

"我就是不希望你在旁边。"她声音很小，但吐字清晰，"我想撒尿。"

老人回来收夜壶时,发现女孩仰面躺在床上,又揉又按包裹住脸颊、额头和脖颈的绷带。过了一会儿,他再次来到床边,发现她还是同样的姿势。

"四天了?"她盯着天花板问。

"五天。离我们上次说话又过了将近一天。你睡了一整天。这是好事。你需要休息。"

"我感觉好多了。"

"听你这么说,我很欣慰。可以拆绷带了。抓着我的手,我帮你坐起来。"

伤口愈合得很顺利,都已经结痂了,这次解开绷带全不费力。女孩轻轻摸了摸脸,然后皱起眉头,咧了咧嘴。维索戈塔知道,这不是因为疼,而是她每次都想确认伤口有多长、有多深,试探伤情是否严重。她想知道,先前触碰到的伤口是不是高烧导致的噩梦。而每次确认,都叫她的心往下沉。

"你有镜子吗?"

"没有。"他在说谎。

她看着他,似乎终于彻底清醒了。

"也就是说,看起来很吓人喽?"她用手指轻轻拂过缝合线。

"伤口……很长,也很深。"老人结结巴巴地说。想到竟要当着一个小毛孩的面为自己辩护,不禁让他有些恼火。"你的脸还肿得厉害。再过几天,我就能帮你拆线了,然后敷上柳树皮浸膏。到时你也不用把整颗头都包住了。伤口愈合得很好。"

她没答话，只是动了动嘴和下巴，扭曲脸部肌肉，试图弄清怎样会牵扯伤口，怎样则不会痛。

"我做了鸽子汤。想喝吗？"

"想。但这次我要自己喝。我才不想像个废人一样，老让你喂。"

她喝了很久。女孩把木勺缓慢而艰难地举到嘴边，好像勺子足有两磅重，但她的确没叫维索戈塔帮忙。老人饶有兴致地在旁看着。他一向很有好奇心，此刻好奇的火焰更是熊熊燃烧。他知道，等女孩恢复之后，他们就能顺畅地交流了，到时他就能搞清她为什么会在沼泽里神秘现身。他清楚自己必须等待，可就是等不及。毕竟他一个人在荒野生活了太久。

女孩喝完鸽子汤，躺倒在床垫上。有那么一阵子，她像死人一样直盯着天花板。终于，她转过头。**她的眼睛绿得出奇**，维索戈塔心想，**竟为这张带着可怕伤痕的脸增添了几分童真**。维索戈塔了解这种美——这对大眼睛应该属于永远长不大的孩子，让人本能地生出同情。哪怕她到了二十岁，甚至远远超过三十岁，人们也会忘记她的年龄。是啊，维索戈塔了解这种美。这让他想起了自己的第二任妻子，还有他的女儿。

"我必须离开这儿。"女孩突然道，"尽快离开。有人在追捕我。你知道的，对吧？"

"知道。"老人点点头，"除了胡言乱语，这是你说的第一句有条理的话。准确地说，是你最先说清楚的话之一。你先问了你的马和剑。没错，是这个顺序。等我向你保证马和剑都平安无事，你又怀疑我是什么邦纳特的同伙，说我给你治伤是假慈悲，是为了把你送回去受刑。

我花了不少工夫，才让你明白你误会我了。然后你说你叫法尔嘉，还说你很感激我。"

"还好，"她转头盯着床垫，避开老人的目光，"还好我没忘了谢你。我的脑子乱成一团，像在云里雾里。我不知道哪些记忆是真实的，哪些是做过的梦。我怕自己忘了向你道谢。只不过，我不叫法尔嘉。"

"这我知道，但也只是碰巧。你发烧时念叨过。"

"我被人追杀，"她依然没转过头，"正在逃亡。为我提供庇护，知道我的真名，都会给你带来危险。我必须尽快骑马离开，免得被人发现……"

"就在刚才，"老人温和地说，"你连用夜壶都成问题，更别说骑马了。我向你保证，这里很安全。没人知道你躲在我这里。"

"他们一定在搜捕我。他们会追踪我的痕迹，把这一带翻个底朝天……"

"冷静点儿。连着下了好几天雨，雨水把所有痕迹都冲没了。况且这周围荒无人烟，你正待在一位与世隔绝的隐士家里。他能住在这儿，就是不想让世人找到他。但如果你愿意的话，我可以设法把消息带给你的亲朋好友。"

"你甚至不知道我是谁……"

"你是个受伤的小姑娘，"他打断她的话，"正在躲避某个暴徒，那人对一个女孩都下得去黑手。需要我送信给什么人吗？"

"送信给谁呢？"过了一会儿，女孩才回答。维索戈塔听出她语气的变化。"我朋友都死了。被人杀了。"

老人没再追问。

"我是个灾星。"她用古怪的语气续道，"跟我有瓜葛的人都会死。"

"并非所有。"老人坚决否认道,"比如那个邦纳特。你在梦里尖声喊出他的名字。你要躲避的人就是他,对吗?你们有了瓜葛之后,受伤的是你而不是他。难道是他……弄伤了你的脸?"

"不是。"她抿住嘴唇,似乎强压下一阵哽咽,也可能是一串咒骂,"弄伤我脸的是'灰林鸮',他叫史提芬·史凯伦。至于邦纳特……他给我的伤害比这更重。重得多。我发烧时连这都说了?"

"放轻松。你很虚弱,最好别太激动。"

"我叫希瑞。"

"希瑞,我得去弄点舟形乌头,好给你敷伤口。"

"等等……能给我找块镜子吗?"

"我说了……"

"拜托!"

老人照办了。他心里明白:已经没必要隐瞒了,越往后拖反而越麻烦。他甚至点了根蜡烛,好让她看得更清楚,看看那些人都对她做了什么。

"哦,好吧。"她有气无力地说,"跟我想得差不多。几乎一模一样。"

老人走开时,顺手拉上了床边的布帘。

女孩竭力压抑哭泣的声音,以免被他听见。她尽力了。

第二天,维索戈塔拆了一半缝合线。希瑞揉揉脸,发出蛇一样的

嘶嘶声,抱怨耳朵里一阵阵抽痛,以及脖颈处的过敏症状。但她还是下了床,穿上衣服,走到户外。维索戈塔没有反对,而是陪在她身旁。他甚至不需要搀扶她。这女孩很健康,至少比外表看来强壮得多。

到了屋外,她突然脚步踉跄,赶紧靠住门框。

"外面……"她猛地吸了口气,"好冷!快把我冻僵了。已经到冬天了?我在床上躺了多久?几个星期?"

"刚好六天。今天是十月的第五天。不过看起来,今年的十月冷得反常。"

"十月五日?"她皱起眉头,结果痛得直吸气,"怎么可能?都两个星期了?"

"什么?什么两个星期?"

"没什么。"她耸耸肩,"也许我弄错了……也许没有。告诉我,什么东西这么臭?"

"是兽皮。麝鼠皮、河狸皮、紫貂皮、水獭皮,还有其他鞣制皮革。隐士也得谋生啊。"

"我的马在哪儿?"

"在畜栏里。"

黑母马用一声响亮的嘶鸣招呼他们。维索戈塔的山羊也咩咩直叫——被迫与一位新住户相处显然让它很不高兴。希瑞搂住马脖子,抚摸着它的鬃毛。母马喷了喷鼻子,蹄子用力跺着地上的干草。

"马鞍和鞍囊呢?"

"在这儿。"

老人没有异议,没作评论,也没提出任何意见,只是挂着手杖,默然不语。她吃力地抬起马鞍,老人没有任何反应。等她承受不住重量,笨拙地摔倒在地,粘了一身稻草,嘴里高声呻吟时,老人依然一动不动。他没有靠近她,更没扶她起身,他只是静静地看着她。

"好吧,好吧。"希瑞咬紧牙关。母马把鼻子凑近她的衬衣领口,却被女孩一把推开,"我都明白,但我必须离开这儿。该死!我必须走!"

"你打算去哪儿?"他干巴巴地问。

她坐在马鞍旁边的稻草上,抬起双手揉了揉脸。

"越远越好。"

维索戈塔点点头,似乎很是满意,好像她的回答早在他意料之中。希瑞费力地站起身,但没再试图捡起马鞍和挽具。她看了看马槽,确认里面有草料和燕麦之后,又抓过一把稻草,刷了刷母马的背脊和两肋。维索戈塔默然等在一旁,专心地看着。女孩脚下一滑,撞上支撑棚顶的支柱,脸上顿时惨白如纸。老人还是一声不吭,只把手杖递给她。

"没事的。我就是……"

"就是头晕而已,因为你像新生儿一样虚弱。回去吧,你该躺下休息了。"

希瑞睡了几个钟头。太阳快落山时,她走到户外,维索戈塔刚好从河边回来,在树篱边截住了她。

"别离屋子太远。"老人警告她,"首先,你还很虚弱……"

"我觉得好多了。"

"其次，乱走很危险。周围都是无底沼泽，还有无边无际的芦苇丛。你不熟悉路，很容易迷失方向，然后淹死在沼泽里。"

"可是，"女孩指着他扛的袋子，"你很熟悉这儿的路，你想什么时候出门都行。依我看，这片沼泽应该没那么大，也没那么危险。我已经知道你靠鞣革为生。我的马凯尔比能吃到燕麦，但我在周围没看到农田。我们吃的是鸡肉和麦片粥，还有面包——真正的面包，不是糕饼。我敢说，你用陷阱套不来这些东西，所以附近肯定有村子。"

"精彩的推理。"老人轻声承认，"我确实能从最近的聚居地弄到干粮，但'最近'不等于真的很近。那地方位于沼泽边缘，而这片沼泽一直延伸到河边。有人用小船运来食物，我拿兽皮跟他们交换——面包、大麦、面粉、盐、奶酪，有时还有鸡和兔子。甚至一些消息。"

见女孩没再提问，于是他继续说下去。

"有群骑手去了村子。至少两次。他们先是威胁农夫，说有人敢帮助或窝藏你，他们就杀了所有人，烧掉整个村庄。到了第二次，他们给你的尸体设了悬赏。追你的人相信你已伤重不治，死在了某片树林或灌木丛里。"

"生要见人死要见尸，否则他们不会罢休。"她阴郁地低声说道，"我很清楚，他们必须找到我死掉的证据。在这之前，他们不会放弃的。他们会找遍每个角落，最后找到这儿……"

"他们对你很感兴趣。"老人说，"兴趣非同一般……"

女孩抿住嘴唇。"你不用害怕。他们找来之前，我会离开的。我不会给你添麻烦……所以你不用怕。"

"为什么你觉得我会害怕？"老人耸耸肩，"我有什么理由害怕？没人能找到这儿，更没人能找到你。除非你自己没头没脑地跑出芦苇丛，跟你的追兵撞个正着。"

"换句话说，"她轻蔑地昂起头，"我必须留下。是这个意思吧？"

"你不是囚犯，想什么时候走都行。或者说，只要你有办法，随时都可以走。但你也可以选择留下，静心等待。等你的追兵放弃。他们总有一天会死心的。时间早晚的问题。你应该相信我，这点我必须告诉你。"

她看着他，碧绿的双眼闪闪发亮。

"至少过了今晚。"隐士飞快地说道。他耸耸肩，避开女孩的目光。"然后你想怎么干就怎么干吧。重复一遍，我不会强迫你的。"

"那我暂时不走了。"她哼了一声，"我觉得很虚弱……而且，太阳也快落山了……确实，我也不认识路。先回屋吧。我好冷。"

"你说我在这儿待了六天。是真的吗？"

"我干吗骗你？"

"别生气，我只想算算日子……我逃走……受伤……那天是秋分日。九月的第二十三天。如果套用精灵的历法，就是收获季的最后一天。"

"这不可能。"

"我干吗骗你？"她气呼呼地说，然后呻吟着摸了摸脸。维索戈塔镇定地看着她。

"这我就不知道了。"他平静地回答，"我当过医生，希瑞。虽然是很久以前的事了，但我还没老眼昏花呢：伤口是几个钟头还是几天前留下的,我分辨得出来。我发现你那天是九月二十七日,所以你受伤肯定是在二十六日。按照精灵的历法,就是**辉月轮**后的第三日。秋分日后的第三天。"

"我是在秋分日那天受伤的。"

"这不可能,希瑞。你肯定弄错了日期。"

"绝对不会。也许你的日历过时了,隐士。"

"随你怎么想吧。这很重要吗?"

"不。一点儿也不重要。"

三天后,维索戈塔拆掉了剩下的缝合线。他完全有理由为自己感到骄傲——针脚整齐又干净,丝毫不用担心伤口会钻进脏东西。但看着希瑞阴郁的表情,他的满足感立时打了个折扣。女孩专注地照着镜子,试了各种角度,想用头发遮住脸颊。可惜没用,疤痕在她脸上煞是显眼,这已是不争的事实,她无力改变,也没法假装无视。伤疤周围红肿未消,像条粗麻绳,依稀还能见到针孔和缝线的压痕,看上去相当可怖。用不了多久,这些状况应该会有所改善,但维索戈塔明白,伤疤本身不可能彻底消失,也必将永远改变女孩的容貌。

希瑞感觉好多了,更让维索戈塔吃惊和满意的是,她没再提起离开的事。女孩把黑母马"凯尔比"从畜栏里牵了出来。老人知道,在北方人的迷信传说里,凯尔比是种可怕的海怪,真容很像海草,却能幻化成骏马、海豚,甚至美丽女子的模样。希瑞给凯尔比套上马鞍,骑着它绕畜栏和小屋转了几圈,然后送回去给那头山羊做伴,自己则回到小屋继续陪伴维索戈塔。

老人鞣制皮革时,希瑞也来帮忙——大概是因为无聊吧。老人按大小和颜色整理水獭皮,女孩则用板子把麝鼠皮撑起来,再拿刀子分开腹部和背部的皮毛。她的手指灵巧得出奇。

两人一边干活儿,一边展开了一场奇怪的对话。

"你不知道我是谁。我的来历你甚至没法想象。"

这番毫无意义的声明他已经听烦了,女孩却又重复了好几遍。当然了,老人没让她察觉到自己的恼火,要是被这么个黄毛丫头看穿自己的感受,那可太丢脸了。不,他不能允许这样的事发生。但不可否认,好奇的火焰已经快把他烤干了。

老人其实没理由好奇的,因为他能轻易猜出她的身份。维索戈塔年轻时,强盗满地都是。虽然好多年过去了,但对渴望冒险与刺激的小毛孩来说,匪帮的吸引力仍像磁石一样强大,而这往往会叫他们送掉性命。带着脸上的伤疤全身而退,已经算是撞大运了。至于不走运的那些,等待他们的将是拷打、绞架、利斧与火刑柱。

哈,与维索戈塔那个时候相比,改变的只有一样——年轻人越来越开放了。挤破头要加入匪帮的,除了毛头小子,还多了一群疯丫头:比起针线、碗碟和待字闺中,她们更喜欢刀剑、马匹和无拘无束的生活。

但维索戈塔没明说。他的表达比较委婉。他想让小姑娘自己领悟:他已经知道自己在跟谁打交道了。就算这房间里真有个难解的谜团,那也不是她——她不过是个跟一群土匪厮混的小女孩,奇迹般地逃过了猎杀;她只是个被毁容的小丫头,正努力给自己增添些神秘感……

"你不知道我是谁。不过别紧张,我很快就会离开。我不想给你添麻烦。"

维索戈塔受够了。

"添什么麻烦?"他厉声问道,"就算追你的人真能找到这儿——我对此相当怀疑——我又有什么好怕的?向逃犯施以援手也许是犯罪,但对避世的隐士来说可不一样。因为隐士向来不过问凡尘琐事,招待闯入者是我的特权。对,你也说了,我不知道你是谁,因为我是个隐士嘛。你是谁,干了什么,犯了哪条王法,又被什么人追捕,我当然不可能知道。我甚至不清楚这地方归谁管辖,适用哪国法律,谁又是法律的代表。我不在乎这些,也从来不感兴趣。谁叫我是个隐士呢?"

他觉得自己说得有些过火了。女孩绿色的双眸燃起怒意,像尖刀一样刺了过来。老人反而愈发不想让步。

"我是个穷酸隐士,与世隔绝,头脑简单,没有文化,对世俗一无所知……"

他越说越夸张。

"别他妈胡扯了!"她大声说着,把兽皮和刀子摔到地上,"你以为我是个笨蛋,对吗?少自以为是了,我他妈可不傻!头脑简单的隐士?你出门的时候,我已经到处看过了。我看了你用布帘遮住的角落,就在那边。那书架上不是放着很多书吗?还都跟科学有关。你敢说不是,头脑简单又没有文化的隐士先生?"

维索戈塔把手里的水獭皮扔到床垫上。

"那些书是本地一位税务官的。"他漫不经心地摆摆手,"他过世以后，村民不知该怎么处理，就都送给我了。不过是几本地契和账簿。"

"放屁！"希瑞大吼，结果牵动了伤口，痛得她直咧嘴，"分明是睁眼说瞎话！"

老人没答话，假装在检查下一张兽皮的毛色。

"你以为你一把年纪了，"女孩续道，"长了一脸皱纹和白胡子，胡诌几句就能骗倒无知少女？你错了。你也许能骗骗路过的野鸭，但想骗我？没门儿。"

他没说话，只是挑衅地扬起眉毛。她没让他等太久。

"亲爱的隐士先生，我也是读过书的。我待过的地方有很多书，其中一些跟你书架上的一模一样。好多书名我一眼就能认出来。"

维索戈塔再次扬起眉毛。

"你以为我在编故事。"希瑞直视他的双眼，"你以为我只是个衣衫褴褛的假小子，是个脏兮兮的孤儿，是你在芦苇丛里找到的、被人破了相的女土匪？但你要知道，我读过罗德里克·德·诺温布瑞的《世界历史》。《药物学》和《植物大全》我也看了不止一次，这两本书都能在你的书架上找到。我还知道你那些书背上的浮雕花纹——红色衬底上的十字形白鼬皮——代表了什么。代表牛堡学院出版。"

她顿了顿，两眼紧盯隐士。维索戈塔沉默下来，努力不让脸上透露出内心的真实想法。

"要我说，"希瑞习惯性地仰起头，让自己显得既高傲又凶狠，"你才不是什么头脑简单的隐士呢。你不是不想过问凡尘琐事，而是想逃离这个世界。所以你躲到荒郊野外，躲进外人无法通行的沼泽。"

"如果真是这样，"维索戈塔笑了笑，"博览群书的小女士啊，那我们的命运在某些方面还真挺相似。命运用某种神秘的方式把我们联系到一起。毕竟，你，希瑞，同样也在躲藏。毕竟，你，希瑞，同样也在熟练地编织着假面具。我年纪大了，总爱疑神疑鬼，脾气也变得很坏……"

"你怀疑我？"

"我怀疑整个世界，希瑞。在这个世界上，人们一边戴着虚伪的假面具隐藏自己，一边又想揭开别人的假面具，揭穿所谓的'真相'。在这个世界上，妓院的大门印着牛堡学院的纹章。在这个世界上，衣衫破烂的女强盗好像睿智又博学，甚至可能是贵族出身。她说自己读过罗德里克·德·诺温布瑞的作品，还认识牛堡学院的标志，而这一切都跟她的外表全然不符，跟她身上的记号——纹在腹股沟附近的红色玫瑰，匪徒特有的刺青——全然不符。这样的世界，你叫我怎能不怀疑？"

"你没说错。"她咬住嘴唇，脸涨得通红，伤疤周围几乎凝成黑色，"你确实是个坏脾气的怪老头。还爱多管闲事。"

"在布帘后面，我的书架上，"他朝那边点点头，"有本《*Aen N' og Mab Taedh' morc*》，是精灵的短篇故事和预言集。书里有个故事跟眼下的状况很相像——一个关于老渡鸦和小燕子的故事。希瑞，我跟你一样，也是个渊博的学者。我很想背诵其中一小段，但愿我的记忆别叫我失望。我记得老渡鸦指责了小燕子的鲁莽与轻浮：

Hen Cerbin dic' ss aén n' og Zireael

Aark, aark, cáelm foilé, tee veloë, ell?

Zireael…"

他停了下来，双肘撑着桌子，十指交叉，托住下巴。希瑞甩了下头发，挺直脊背，轻蔑地看他一眼，接着背诵道：

"…Zireael veloë que'ss aén en'ssan irch
Ma bog, Hen Cerbin, váen ni, quirk, quirk！"

"坏脾气又疑神疑鬼的老头儿，"沉默片刻后，维索戈塔说道，"向饱读诗书的小女士致歉。以为欺骗与谎言无处不在的老渡鸦，向小燕子请求原谅。这只小燕子唯一的过错，在于它太年轻、太有活力，而且，太漂亮……"

"别再胡说八道了好吗？"她下意识地掩住脸上的伤疤，粗鲁地打断他，"省省你的恭维吧。恭维没法抹去我脸上的伤疤，更没法让你赢得我的信任。我还是不知道你是谁，也不知道你干吗要在日期上骗我。还有，伤口明明在我脸上，真搞不懂你干吗要看我两腿之间。而除了看，鬼知道你还干了什么。"

这一次，她成功地惹恼了他。

"你怎么能说这种话，孩子？"他吼道，"我的年纪够当你父亲了！"

"是祖父吧？"她冷冷地纠正道，"或者曾祖父。可惜你不是。我不知道你是谁，但肯定不是你自称的那位。"

"你在沼泽里冻得半死，不省人事，一脸漆黑的血痂，满身肮脏的烂泥，是我把你救回来的。我也不知道你是谁，但还是做了最坏的打算，把你带回家。我把你放到床上，替你疗伤、包扎。你高烧不退，我给你喂药。你昏迷不醒,我为你擦洗身子。我擦洗得很细心——包括那块刺青周围。没错,我就是这样的人。"

希瑞的脸又红了,但眼神中的挑衅和傲慢并未消失。

"刚才你也说了,"她厉声道,"在这个世界上,总有些人戴着虚伪的假面具,还硬说自己掌握了真相。世界到底什么样,我不是不了解。你救了我,照顾我,替我疗伤。谢谢。我会感激你的……善意。但我知道,没有谁的善意是……"

"是不带私心、也不求回报的。"他微笑着替她说完,"对,我知道。我也算是久经世故了,希瑞,我跟你一样了解这个世界。年轻女人孤身在外,确实很危险。一旦你不省人事,或虚弱到无力自保,身边人便会趁机放纵自己的欲望——而这欲望往往堕落而下流。是这样吧?"

"人不可貌相。"希瑞说着,脸又红了起来。

"一针见血。"隐士又把一块处理好的兽皮放到床上;"所以我们会不可避免地得出一个结论,那就是,希瑞:我们对彼此一无所知。我们知道的只有外表,而外表是会骗人的。"

他等待片刻,但希瑞什么也没说。

"虽然谈了这么多,但我们对彼此仍是一无所知。我不知道你是谁,你也不清楚我是谁……"

这次他故意停下。如他所料,女孩看着他,目光充满疑问。提出那个问题时,她的眼底闪过一道异样的光。

"那,谁先开始?"

这天入夜之后,如果有人悄悄摸到这座房顶凹陷、长满苔藓的小屋前,隔着窗子向内窥探,那么,借着壁炉的火光,他会看到一个白胡子老头正朝成捆的兽皮弯下腰。他还能看到一位银色头发的少女,脸上有道丑陋的伤疤——这伤疤跟她那孩童般的绿眼睛极不相衬。

但这一幕无人得见。因为小屋藏在无边无际的芦苇丛中,立于无人踏足的沼泽深处。这里,没人敢来。

"我是科沃的维索戈塔。我曾是个医生,外科医生。我当过炼金术士,后来还当过研究员、历史学家、哲学家和道德学家。我曾是牛堡学院的教授,因为发表了几篇被视为异端邪说的著作,我被迫离开了学院。五十年前,这种罪行是要判死刑的,我只好背井离乡。我妻子不想过漂泊的生活,于是离开了我。逃亡期间,我来到遥远南方的尼弗迦德帝国,在那儿暂时定居下来,并在古劳皮安堡的帝国学院当了哲学与道德学教授。我在这个位置待了将近十年,然后历史重演了——发表过某篇论文之后,我被迫再次逃亡……顺便一提,论文讨论的是极权主义政体与侵略战争的罪恶本质,但官方却给我和我的著作打上了鼓吹异教与形而上学神秘论的标签。调查的结论是:我是广泛支配北方诸国的扩张性修正主义宗教团体的走狗。这简直是个残忍的笑话,因为正是那些宗教团体,在二十年前以无神论的罪名将我判处

死刑。事实上，北方的神职人员早就失去了影响力，但尼弗迦德人却拒绝承认。对于将神秘论与政治结合的行为，他们向来严惩不贷。

"以今天的眼光回顾过去，我想，如果我选择低声下气，表现出悔改之意，那我最多只会在皇帝面前失宠，而不至于遭到如此严厉的打击。但当时的我出离愤怒。我相信自己掌握了真理，我相信它不受时间的局限，我相信它该凌驾于任何政治决策之上。我觉得自己受了冤枉，是帝国的暴政待我不公。我开始积极接触希望推翻暴政的反对派。结果，没等我察觉到不妙，我和我的新朋友就进了牢房。其中一些人与行刑手刚打个照面，立刻反咬我一口，指认我是地下活动的首脑。但在我被处决之前，皇帝赦免了我的死罪，将我流放到国外。但他也威胁说：若我胆敢再次踏上帝国的土地，就立刻按原本的罪名处死我。

"于是我开始痛恨这个世界，痛恨王国、帝国和学院，痛恨反对派、官员和律师。我痛恨原来的朋友和同僚，他们就像着了魔，不愿了解真正的我。我痛恨我的第二任妻子，她跟她的前任一样，把丈夫的所有不幸看作离婚的理由。我也痛恨不肯与我再相见的亲骨肉。我来到这片位于艾宾王国佩雷拉特地区的沼泽地，离群索居。这间小屋原本属于另一位隐士，我在机缘巧合下认识了他。他过世之后，我便住在这里。可叹祸不单行啊，不久，尼弗迦德帝国吞并了艾宾王国，我发现自己再次驻足于帝国的土地。虽然不情愿，但我已经没精力再次出走流浪了。我只能藏起来。帝国的裁决永远不会失效，哪怕下裁决的皇帝早已死去，现任皇帝也没什么想起它的理由，但对我的死刑判决仍是有效的。这就是尼弗迦德的风俗与律法。叛国罪的时效永远不会过期，也不适用于任何特赦。每位新皇帝加冕时，都会赦免前任皇帝治下的罪人——唯独叛国者除外。对我来说，谁坐上皇位都没有分别。只要我被人发现，发现我违反了放逐令，依然在帝国境内苟活，我的脑袋立刻会被架上断头台。

"所以你该明白了，亲爱的希瑞，我们的处境真的很相似。"

◆—◆—◆

"道德学是什么来着？之前学过，可我忘了。"

"就是研究道德的学问。关于高尚、仁慈与诚实的学问。因为道德与正义能将人类的灵魂升华到善良的高地，而邪恶与放荡也能将人心打入罪恶的深渊……"

"善良的高地？"女孩嗤之以鼻，"正义？道德？别逗我笑了，我脸上的伤口都快裂开了。没被……邦纳特那种赏金猎人追杀过，我只能说你运气好。你见识过罪恶的深渊吗？还道德学？叫你的道德学见鬼去吧，科沃的维索戈塔。邪恶放荡之人才不会掉落什么深渊！根本不会！掉进去的全是些正派、诚实又高贵的家伙，因为他们太笨了，犹犹豫豫，满心顾虑。他们是被坏得透顶却意志坚定的恶棍推下去的！"

"感谢您的教诲。"老人用嘲讽的口气回应道，"真是活到老学到老啊。就算活到一百岁，也总能学到新知识。的确，听到一位阅历丰富的成熟女人的独到见解，真让我受益匪浅。"

"笑吧，"女孩摇摇头，"趁你现在还笑得出来。轮到我了。我也给你讲个故事。我会告诉你我的遭遇。等我说完，看你还有没有心情说笑。"

夜色之中，如果有人悄悄走近这间沼泽里的小屋，透过窗扇向内窥探，那么，借着昏暗的灯光，他会看到一个白胡子老头，正在专心聆听壁炉旁一个银发女孩讲故事。他会看到女孩说得很慢，像在字斟句酌，不时紧张地揉搓一下落有可怕伤疤的脸颊。她在讲述自己的人生，却时常陷入漫长的沉默。她说自己受过教育，但到头来，学到的全是谎言和误导。她说有人给过她承诺，但扭头就忘了个精光。她说自己相信过命运，但命运可耻地背叛了她。每当她开始期待事情会有所好转，便会尝到耻辱、冤屈和痛苦的滋味。她曾信任并喜欢过某些人，但在自己被羞辱、苦难和死亡威胁时，没一个人伸出过援手。有人曾教导她要保有信念，但在她落难时，那些没用的信念只能让她一次又一次失望。她说自己也算得到过某些人的帮助、友谊和关爱，但在这些人身上，帮助是有限的，友谊是讲代价的，至于爱，更如过眼云烟一般。

但这一切无人得见，更没人听见。因为这间房顶凹陷的小屋被浓雾笼罩，立于无人踏足的沼泽深处。这里，没人敢来。

一旦少女进入青春期，便会梦到从前被禁止接触的领域，比如某个神秘塔楼里暗藏的房间……待那宿命的日子临近，少女会在梦中攀上一段螺旋楼梯，走向塔顶，而这恰是情欲萌发的象征。她爬上楼梯，走到一扇上锁的门前，锁孔里有一把钥匙……在梦里，闭锁的小房间往往代表阴道，扭动锁孔里的钥匙则代表了性行为。

——《魔法的妙用：童话的象征意义及其重要性》
布鲁诺·贝特海姆　著

第二章

西风带来了夜晚的雷暴雨。

紫黑色的天空被闪电劈开,隆隆的雷声不时炸响。大雨倾盆而下,泼溅在满是泥灰的路面和屋顶上。浓稠如油的雨珠洗净了窗棂上的尘土。但狂风吹个不停,很快便将暴风雨驱赶到远方,驱赶到被闪电照亮的地平线彼端。

接着,狗群开始吠叫,四下又响起马蹄的嘚嘚声和武器的铿锵声。狂野的呼喝惊醒了熟睡的村民,令他们浑身僵硬,汗毛倒竖。他们匆忙跳下床,搭上门窗的铁闩,用渗出汗水的手握住斧头和干草叉。他们的手握得紧紧的,却又如此无助。

恐惧。恐惧席卷了整个村庄。这些人是猎手还是猎物?是残忍暴怒还是满心惊惶?他们会直接从村子里穿过,丝毫不放缓马速?还是说,这个夜晚会被茅屋燃烧的火光照亮?

嘘,嘘,孩子啊,别出声……

妈妈,他们是恶魔吗?是狂猎吗?还是从地狱来的鬼怪?妈妈,妈妈！

安静，安静，孩子。他们不是恶魔，也不是鬼怪。

他们比那更可怕。

他们，是人。

狗群吠叫，狂风劲吹。马匹嘶鸣，蹄铁叮当作响。

穿过村庄，穿过黑夜，恶人在追赶恶人。

◆━┫━◆━┣━◆

霍斯珀恩骑马越过山顶，然后勒住缰绳，让马转过身。他为人谨慎又小心，不喜欢冒任何风险。本来嘛，警惕些也没什么坏处。他并不急着赶往河边的驿站，下山之前，他宁愿仔细观察一下情况。

驿站里没马，也没有马车，只有一辆由两头骡子拉的小货车。霍斯珀恩能看到帆布车篷上写着字，但这么远的距离，看不清具体是什么。总之，那里不像有危险的样子。霍斯珀恩知道怎么察觉危险。他是这方面的行家。

他纵马下山，穿过覆盖河岸的灌木丛和柳树林，让马蹚水过河，飞溅的水花沾湿了鞍座。原本在岸边嬉戏的野鸭高声鸣叫，拍打翅膀，逃之夭夭。

霍斯珀恩催马前行，穿过围栏上的缺口，进到驿站的院子里。现在他能看清货车顶篷上的文字了——"阿玛维拉大师，文身圣手"。每个字都用不同的颜色印成，加大的首字母更是格外醒目，还装饰着精美的花纹。货车的右前轮上有个记号：一支分叉的紫色箭头。

"下马。"身后传来一个声音,"趴到地上,快!手指别碰剑柄!"

对方悄无声息地包围了他——右边是埃瑟,身穿镶银边的黑色皮革外套;左边是法尔嘉,身穿绿色小山羊皮背心,头戴饰有羽毛的无边软帽。霍斯珀恩掀起帽兜,拉下遮住面孔的围巾。

"哈!"埃瑟放下长剑,"原来是霍斯珀恩。我本能认出你的,可这匹黑马骗过了我!"

"这匹母马真漂亮。"法尔嘉推了推头上的无边软帽,羡慕地说,"像煤炭一样黑,毛色闪闪发亮,没有一根杂毛,动作还这么优雅!哦,好一个美人儿!"

"是啊,价钱还不到一百弗罗林。"霍斯珀恩漫不经心笑笑,"吉赛尔赫呢?在里面?"

埃瑟点点头。法尔嘉如痴如醉地盯着母马,摸了摸它的脖子。

"你刚刚横跨小河时,"她用绿色的大眼睛看着霍斯珀恩,"它简直就像传说中的凯尔比!如果你过的不是河而是海,我真要把它当成马头水妖了。"

"法尔嘉小姐见过真正的凯尔比吗?"

"只在画里见过一次。"女孩的面孔突然乌云密布,"说来话长了。进去吧,吉赛尔赫在等你。"

阳光透过窗扇,照耀着一张桌子,也照耀着半躺在桌上的米希尔。她用手肘撑着身子,腰间一丝不挂,不知羞耻地张开套着黑色长筒袜的双腿。一个身材瘦削、穿件棕灰色外套的长发男子跪在她两腿之间

——不是别人,正是"文身圣手"阿玛维拉大师。他正往米希尔的大腿上文刺一张色彩斑斓的图案。

"过来吧。"吉赛尔赫打个手势,示意霍斯珀恩在另一张桌旁找个空位坐下。同样列席的还有伊思克菈、凯雷和瑞夫。后两人的打扮跟埃瑟相似,也穿着黑色的小牛皮外套,上面布满搭扣、铆钉、锁链和其他花哨的银饰品。这些物件肯定原本属于某个手艺人,霍斯珀恩心想。只要有相中的东西,耗子们对裁缝、鞋匠和马具商便会慷慨得过分。但反过来,如果他们看中别人的衣服或珠宝,多半会直接抢过来。

"你在旧驿站废墟发现我们留下的暗号了?"吉赛尔赫问道,"哈,是啊,当然是这样,不然你也不会来这儿。我得承认,你来得够快的。"

"因为他有匹漂亮的好马。"法尔嘉插嘴道,"我敢打赌,它跑得很快!"

"我是发现了你们的暗号。"霍斯珀恩的目光不离吉赛尔赫,"可我的呢?你们收到我的指令没?"

"你的……"耗子帮首领突然有些吞吞吐吐,"这个……呃,简而言之,我们当时没时间。我们喝醉了,只好先找个地方醒醒酒。然后又要去另一个地方……"

该死的小杂种。霍斯珀恩心中暗骂。

"简而言之,你们没完成任务。"

"呃……是没有。抱歉,霍斯珀恩。时机不合适嘛……不过下次,哈!保证办到!"

"保证办到!"凯雷用肯定的语气确认道——尽管没有任何人要求他确认。

该死，一群靠不住的小杂种。先是喝醉了，然后又要去另一个地方。不用说，肯定是去找这些花里胡哨的衣服了。

"要不要喝一杯？"

"不了，谢谢。"

"那，来点儿这个？"吉赛尔赫指了指酒壶和酒杯之间一只华丽的涂漆罐。霍斯珀恩终于明白耗子们眼里的奇异光芒是从何而来，他们的动作又为何如此迅捷了。

"这可是最上等的麻药粉。"吉赛尔赫保证道，"不打算来点儿？"

"不了，谢谢。"霍斯珀恩意味深长地看了看地上的血污，还有锯末间淡化的痕迹——明显有人拖拽过尸体，终点则是旁边那扇房门。吉赛尔赫注意到他的目光。

"是驿站长的佣人，还想逞英雄。"他不屑地说，"伊思克菈只好杀一儆百喽。"

伊思克菈发出嘶哑的大笑。明白人一眼就能看出，效力强劲的麻醉剂让她心情愉悦。"没错，杀一儆百，所以地上会有摊血。"她用夸耀的语气说道，"其他人马上老实了。这就叫恐怖主义！"

跟往常一样，伊思克菈全身上下挂满了珠宝，甚至鼻子上也穿着一枚小巧的钻戒。但她没穿皮革，而是套了件桃红色的锦缎外衣，最近这种款式流行在富贵人家的年轻人中间。吉赛尔赫头上的丝巾也是同一种风格。霍斯珀恩还听说，有些女孩的发型就是在模仿米希尔。

"哦，原来这叫恐怖主义。"他思忖着说，双眼仍然盯着地上的血痕，"那驿站长呢？他老婆呢？他们的儿子呢？"

"不，不，"吉赛尔赫皱起眉头，"你以为我们杀光了所有人？你怎么会有这种想法？我们只把他们锁进了食品储藏室。如你所见，现在这驿站属于我们了。"

凯雷用葡萄酒漱漱口,故意弄出很大的声音,然后吐到地板上。他用勺子从涂漆罐里挖了一点点麻药粉,舔舔食指尖,小心翼翼地蘸了蘸粉末,再把麻醉品抹到牙龈上。他把罐子递给法尔嘉,后者有样学样,之后传给瑞夫。尼弗迦德人正忙着翻阅文身图集,谢绝了品尝,随手把罐子递给伊思克茈。女精灵也没动麻药粉,直接传给了吉赛尔赫。

"恐怖主义,"伊思克茈眯起闪闪发亮的双眼,吸了吸鼻子,"我们靠它征服了这间驿站!恩希尔皇帝征服了全世界,我们征服了这栋破屋子。但道理都一样!"

"哎呀,见你妈的鬼!"坐在桌上的米希尔大叫,"看清楚你在碰哪儿!再敢戳一下,我就戳你一剑!戳你个对穿!"

耗子们顿时哄堂大笑——法尔嘉和吉赛尔赫除外。

"想变漂亮就得忍忍喽!"伊思克茈喊道。

"放心,大师,"凯雷补充道,"她双腿间早就磨出老茧了!"

法尔嘉一声怒骂,随即丢过来一只大酒杯。凯雷俯身躲过,耗子们又是一阵爆笑。

霍斯珀恩决定让这场欢笑告一段落。"怪不得这间驿站笼罩了一层愁云惨雾。可除了制造恐怖带来的满足感,你们又能得到什么?"

"我们在这儿设伏。"吉赛尔赫将麻药粉抹到牙龈上,"如果有人来这儿换马或休息,我们就打劫他们。比起荒郊野外的岔路口,在这里收获更多,待着也更舒服。就像伊思克茈说的,道理都一样。"

"可我们等了一整天,收获却只有这个。"瑞夫指了指阿玛维拉大师,后者的脑袋几乎将米希尔分开的大腿根完全遮住,"一个搞艺术的穷光蛋。他身上没有值得一抢的东西，我们只好抢他的手艺。瞧他文得多漂亮。"

他露出胳膊上的一块文身——那是个裸体女人，只要他攥紧拳头，她就会扭动屁股。凯雷身上也有一块，在尖刺护腕上方，一条绿色的"蛇"缠绕住他的胳膊，张开嘴巴，吐出分叉的红舌头。

"很有品味，"霍斯珀恩冷漠地说，"辨认尸体时也会相当管用。但这次你们劫错人了，亲爱的耗子们。你们必须付钱给这位大师。我一直没机会提醒你们：从九月的第一天开始，七日以内，安全通行的标志便是分叉的紫色箭头。他的货车上印着同样的标志。"

瑞夫轻声咒骂一句。凯雷大笑起来。吉赛尔赫则漫不经心地挥挥手。

"哦，好吧。既然非给不可，我们会付他针刺和颜料费的。你说紫色的箭？记住了。如果明天来的人也带着这个标志，我们不会碰他一根寒毛。"

"你们还打算留到明天？"霍斯珀恩既惊讶又难以置信，"你们这群耗子，简直是帮蠢货。知道这很危险吗？"

"有多危险？"

"非常危险！"

吉赛尔赫耸耸肩。伊思克菈往地上吐了口唾沫。瑞夫、凯雷和法尔嘉看着霍斯珀恩，好像他刚才说太阳掉进了河里，大伙得赶在太阳被蟹钳夹碎之前把它捞上来似的。霍斯珀恩这才意识到，他是在要求一群疯小孩理智一点。他警告的是一帮逞能又蛮干的家伙，他们只会夸夸其谈，却不懂什么叫做"危险"。

"有人在猎杀你们，耗子。"

"那又怎样?"

霍斯珀恩叹了口气,正要说话,却被走过来的米希尔打断了——她甚至懒得穿好裤子,便一只脚踩在长凳上,扭腰提胯,向所有人展示阿玛维拉大师的杰作:在靠近腹股沟的大腿根部,翠绿的花茎及两片叶子之上,赫然印着一朵娇艳的红玫瑰。

"如何?"她两手叉腰,几乎整只前臂都套满了手镯,上面的钻石闪闪发亮,"你们觉得咋样?"

"比你自己的花瓣好看多了!"凯雷拂开头发,哼了一声。霍斯珀恩注意到,他的耳廓上穿着许多小小的金属环。毫无疑问,这种装饰很快就会在瑟恩和吉索的富家子弟中流行开来,就像他们的镶钉皮革外套一样。

"轮到你了,法尔嘉。"米希尔说,"你打算怎么让自己更引人注目?"

法尔嘉摸摸米希尔的大腿,俯下身子,近距离观看那块文身。米希尔一脸温情地揉乱了她银灰色的头发。法尔嘉吃吃地笑了起来,毫不犹豫地脱掉衣服。

"我也要一朵玫瑰,亲爱的。"她说,"文在跟你一样的位置。"

"维索戈塔,你这儿的老鼠真够多的。"希瑞中断讲述,看着地板。小油灯的光亮之下,老鼠正满地乱跑。至于光芒之外的暗处是个什么景象,就只能让人发挥想象力了。"你应该养只猫。养两只更好。"

"这些啮齿动物跑进屋子,"隐士清清嗓子,"说明冬天就快来了。"

原来我有一只猫,可它不知跑哪儿去了。忘恩负义的东西……"

"肯定是被狐狸或浣熊给吃了。"

"你是没见过那只猫,希瑞。就算真有东西能吃它,那也得是条龙。别的动物不可能。"

"还有这么厉害的猫?哈,真可惜。要是它在,老鼠哪有胆子敢爬上我的床?真可惜。"

"是很可惜。不过我想,它还会回来的。它每次都能回来。"

"我得往壁炉里添点柴。真冷。"

"确实很冷。一到晚上足能要人老命……明明才到十月而已嘛……继续说吧,希瑞。"

希瑞盯着壁炉,发了一会儿呆。在新添入的圆木周围,火焰升腾而起,发出一阵阵噼啪和嘶嘶声。金色的火光和摇曳的影子投射在女孩破相的脸上。

"说吧。"

阿玛维拉大师动了动手里的针,希瑞顿时感觉泪花在眼角打转。虽然她事先喝了葡萄酒,还尝了些白色的麻药粉,可疼痛仍然难忍。她咬紧牙关,努力压住呻吟,打死也不想叫出声。她装出一副根本不在乎刺针、也全然不觉得痛楚的模样。她尽力摆出满不在乎的表情,试着加入耗子们与霍斯珀恩的谈话。那家伙看上去像个商人,但他自己从来不做买卖,生意全由几个商人朋友代劳了。

"乌云已聚在你们头顶。"霍斯珀恩严肃地说,黑眼珠扫过房间里每一位耗子帮成员的脸,"追捕你们的不光有阿玛瑞罗的总督,还有瓦恩哈根家族和卡萨德伊男爵……"

"男爵?"吉赛尔赫的表情有些扭曲,"总督和瓦恩哈根家族我都能理解,可这个卡萨德伊跟我们有什么过节?"

霍斯珀恩咧嘴一笑。"披着羊皮的狼竟也可怜巴巴地叫:'咩,咩,没人喜欢我,没人理解我,不管我到哪儿,他们都拿石头丢我,叫我滚蛋!为什么?为什么我要忍受这些侮辱和不公?'亲爱的耗子们,自打在斯提兹巴赫死里逃生,卡萨德伊男爵的千金就一直高烧不退……"

"哦哦哦,"吉赛尔赫想起来了,"那辆四匹斑点马拉的马车!就是那个女人?"

"没错。正如我所说,她正在受苦。她会在晚上尖叫着惊醒,因为想起了凯雷大人……但她印象最深的还是法尔嘉小姐。她母亲留下的遗物——那枚胸针——被法尔嘉小姐粗鲁地抢走了。法尔嘉小姐还说了不少话,让她永生难忘。"

"放他妈的狗屁!"坐在桌上的希瑞大喊。她终于找到了宣泄痛楚的机会。"我们已经够尊敬那个男爵的女儿了,还平平安安放了她!某人当时就该狠狠操她一顿!"

"是啊是啊,"希瑞感觉霍斯珀恩的目光落到自己赤裸的大腿上,"没人'狠狠操她一顿',真是对男爵千金莫大的侮辱。难怪卡萨德伊会怒不可遏,叫家族卫队全副武装,还开出了大笔的赏金。他当众发誓要把你们所有人的头挂在城墙上。他还赌咒说,为了他女儿被抢走的胸针,他要剥了法尔嘉小姐的皮。活剥。"

希瑞咒骂一声,其他耗子一边起哄一边大笑。伊思克菈打了个喷嚏,鼻涕甩了一地——这是被麻药粉刺激到黏膜的结果。

"永远都有人追杀我们！"她拿起一块布，擦了擦鼻子、嘴巴、下巴和桌子，"总督、男爵，还有瓦恩哈根家族！他们追捕我们，可他们追不上！我们是耗子帮！我们在维尔达河来回折返了三次，现在那群蠢货正发疯地追逐我们留下的痕迹呢。等他们发现那是条假线索，再想回头也来不及了。"

"我倒希望他们回头呢！"放哨回来的埃瑟说道。没人接替他到外头望风，看起来也没人打算去。"那样就能在他们背后偷袭了！"

"没错！"坐在桌上的希瑞喊道。她已经忘记那晚在维尔达河畔的小村里被人追赶时，自己是多么害怕了。

"够了。"吉赛尔赫一巴掌拍到桌上，结束了嘈杂的吵闹，"说吧，霍斯珀恩。我看得出来，你有事情想告诉我们，而且是比总督、比瓦恩哈根家族、比卡萨德伊男爵和他的神经病女儿更重要的事。"

"邦纳特在找你们。"

沉默笼罩了整间屋子——长得出奇的沉默。就连阿玛维拉大师也停了下来，屏气聆听。

"邦纳特。"吉赛尔赫缓缓重复道，"那个灰毛老杂种。这回果然惹上硬茬子了。"

"肯定是个有钱人。"米希尔赞同道，"雇得起邦纳特的人可不多。"

希瑞正想问邦纳特是谁。但没等她开口，瑞夫和埃瑟便同时问出了这个问题。

"那家伙是个赏金猎人。"吉赛尔赫脸色阴沉地解释道，"早先当过士兵，后来转行做了行商，最后干脆为了赏金到处杀人。这狗杂种厉害得很，世间少有。"

"是啊。"凯雷漫不经心地接道,"要是把邦纳特杀过的人都埋进同一块墓地,那墓地至少得有半亩。"

米希尔把一小撮白色粉末洒到虎口上,凑近鼻子,猛地一吸。

"邦纳特捣毁了大洛萨的匪帮。"她说,"捅死了大洛萨和他兄弟,外号'毒蘑菇'那个。"

"更准确地说,是在他们背后各捅一刀。"凯雷应和道。

"他还杀了瓦尔迪兹。"吉赛尔赫补充道,"瓦尔迪兹一死,他的同伙就如鸟兽散。他们曾是最强悍的匪帮之一,不管发生什么,从没见他们怕过。都是群好汉啊。我甚至考虑过加入他们,当时咱们还不认识呢。"

"的确,"霍斯珀恩说,"瓦尔迪兹的帮派也算空前绝后了。大伙儿至今仍在传唱他们血战萨尔达、逃出瓦恩哈根家族包围的事迹。没错,他们那伙人很有勇气,不乏热情,兼具骑士精神,就像一群胆大包天的绅士!能跟他们媲美的人真的不多。"

耗子们突然沉默下来,一个个用愤怒而闪亮的眼睛盯着他。

"我们,"片刻过后,凯雷说,"打败过一支尼弗迦德六人骑兵小队!"

"我们从尼西尔团手里抢回了凯雷。"埃瑟怒气冲冲地说。

"能跟我们媲美的人,"瑞夫嘶声道,"也不多!"

"他们没说错,霍斯珀恩。"吉赛尔赫拍了拍胸口,"耗子帮不比任何团伙逊色,哪怕是瓦尔迪兹的匪帮。你说胆大包天的绅士?我来向你介绍几位胆大包天的女士吧。就是坐在这儿的三位——伊思克菈、米希尔和法尔嘉。她们在光天化日之下骑马经过小镇杜鲁格,发现瓦恩哈根家族的人马正坐在酒馆里。于是,她们驾马从酒馆穿了过去!

径直穿了过去！前门进，后门出。瓦恩哈根家那些人拿着碎掉的酒杯，身上溅满啤酒，嘴巴张得老大。你敢说这还不算胆大包天？"

"他没说不算，"米希尔露出不怀好意的微笑，"也不会这么说。因为他知道耗子帮的厉害。他的公会也知道。"

阿玛维拉大师刺完了文身，希瑞一脸威严地谢过他，穿好裤子，坐到其他人所在的桌边。她注意到霍斯珀恩带有品评意味——甚至些许讽刺——的古怪目光，不由哼了一声，狠狠地反瞪他一眼，然后招摇地靠上米希尔的肩膀。她已经习惯用这种方式回击其他男人的热情和关注了。但对霍斯珀恩而言，她这么做其实毫无必要，因为在冒牌商人的眼神里，没有半点情色的味道。

在希瑞看来，霍斯珀恩是个谜一样的人物。在此之前，她只见过他一次，对他其余方面的了解则大多来自米希尔。据说吉赛尔赫与霍斯珀恩相识已久，关系也很铁，他们之间有一套不为人知的暗语、暗号和会面场所。秘密会面时，霍斯珀恩会提供信息，然后耗子们便骑马前往指定的地点，拦截指定的信使或商人，有时也会刺杀指定的目标。另外，他们还会提前定好安全标志——拥有同样标志的人，耗子帮不得骚扰。

一开始，希瑞听到这些很吃惊，甚至还有些失望——她本来很崇敬吉赛尔赫，也把耗子帮看作自由和独立的榜样。她喜欢他们的自由精神，喜欢他们对所有人和事的轻蔑态度。可突然有一天，连他们也要听人指挥了，就像接到雇主命令去揍人的打手。他们不但要执行任务，还得低下头，洗耳恭听。

因为孤掌难鸣呗，希瑞私下抱怨时，米希尔耸耸肩，如此答道。霍斯珀恩是会给我们下达命令，但也会给我们通风报信。多亏有他，我们才能活到今天。就算自由和轻蔑也得有个限度吧？无论什么人，归根结底都是他人的工具。

这就是人生啊，小猎鹰。

希瑞既沮丧又惊讶，但很快克服了这种情绪。她学到了教训，同时也学到另一件事：永远不要期望过高。期望越高，失望的痛苦便会越大。

"亲爱的耗子们，"霍斯珀恩的声音打断了希瑞的思绪，"我有个解决问题的良方。它能解决所有问题——尼西尔团、男爵、总督，甚至邦纳特。是的，没错。虽然你们脖子上的绞索已越收越紧，可我有个法子能保住你们的小命。"

伊思克菈吐了口唾沫。瑞夫大笑起来。但吉赛尔赫打个手势命令他们安静，又示意霍斯珀恩继续。

"我要说的是，"停顿片刻后，冒牌商人说道，"再过几天，皇帝会颁布特赦令。就算你已被定了罪，哈，就算你已经站上了绞刑架，只要忏悔罪行，统统可以得到赦免。这其中当然也包括你们。"

"放屁！"凯雷大叫起来。因为刚刚闻了一撮麻药粉，他的眼睛泪汪汪的。"这是尼弗迦德人的阴谋诡计！我们见得多了，怎么可能上这种当？"

"闭嘴！"吉赛尔赫喝止了他，"激动什么，凯雷？我们都很清楚霍斯珀恩的为人。他从不信口开河，更不会讲些没用的废话。他向来知道自己在说什么，又为什么要说。我敢肯定，他知道尼弗迦德人的宽容之心从何而来，我也相信他马上就会告诉我们。"

"因为恩希尔皇帝要娶老婆了。"霍斯珀恩平静地说，"尼弗迦德很快将迎来一位皇后，所以才会有这次特赦。皇帝很幸福，也希望整个帝国能分享他的幸福。"

"皇帝幸不幸福关我屁事?"米希尔不耐烦地说,"什么狗屁特赦,我才不想占这鬼便宜呢。尼弗迦德人的慈悲?怎么闻都有股木头刨花的味道,他们肯定已经削尖了木桩。我没说错吧?哈哈!"

"我觉得这不像阴谋诡计。"霍斯珀恩耸耸肩,"这事跟政治有关,而且牵连甚广——比你们耗子帮、比所有匪帮全加起来还要广。这可是大事件。"

"说清楚点?"吉赛尔赫皱起眉头,"我没听懂。"

"恩希尔皇帝大婚完全是政治联姻。借助这次婚姻,他可以达成某些政治目标。皇帝要利用结婚打造一个联盟,好让他的帝国更加稳固,结束边境冲突,最终换来和平。话说回来,你们知道他要娶谁吗?是辛特拉的王位继承人希瑞菈!"

"骗子!"希瑞大喊道,"你这骗子!"

"法尔嘉小姐干吗说我是骗子?"霍斯珀恩转头看向她,"难道她的消息比我更灵通?"

"废话!"

"安静,法尔嘉。"吉赛尔赫皱起眉头,"刚才人家拿针戳你大腿,你都一声没吭,现在叫什么叫?霍斯珀恩,辛特拉是个啥?希瑞菈又是什么人?这场婚姻为什么这么重要?"

"辛特拉是北方一个小国家。"瑞夫吸了吸手指上的麻药粉,"为了争夺它,帝国跟当地的统治者打了三四年的拉锯战。"

"没错。"霍斯珀恩确认道,"帝国军征服了辛特拉,还跨过了雅拉河,但很快就被迫撤军了。"

"因为他们在索登山遭到惨败。"希瑞怒气冲冲地说,"他们落荒而逃，连内裤都跑丢了！"

"法尔嘉小姐很了解政局嘛。令人钦佩，以你这样的年纪，真是令人钦佩。我能问问法尔嘉小姐在哪儿上的学吗？"

"不能！"

"你够了！"吉赛尔赫吼道，"霍斯珀恩，说说这个辛特拉。还有特赦。"

"恩希尔皇帝，"冒牌商人说，"决定让辛特拉成为藤属国。"

"什么国？"

"藤属国。没有高大坚实的树干，蔓藤就无法生长。树干当然是指尼弗迦德喽。之前也有过先例嘛，比如麦提那、梅契特、陶森特……当地的王族依然在统治那些地方，当然了，只是做做样子。"

"这个也叫'傀儡政权'。"瑞夫得意地说，"我听人家说过。"

"但辛特拉的问题在于，那儿的王室已经灭亡了……"

"灭亡？"希瑞的眼睛像要迸出绿色的火星，"那是因为尼弗迦德人害死了卡兰瑟王后！简直是谋杀！"

由于希瑞一再插嘴，吉赛尔赫猛地站起，但马上被霍斯珀恩按了回去。

"我承认，"冒牌商人说道，"法尔嘉小姐的学识再度令我惊叹。卡兰瑟王后的确是在战争期间死掉的。据说她的外孙女希瑞菈——王室最后的血脉——也死了。所以恩希尔没办法打造一个'傀儡政权'——就像瑞夫先生刚刚睿智地指出的。而现在，希瑞菈突然神秘现身了，说明她的死讯纯属编造。"

"所有传闻都这样。"伊思克菈靠着吉赛尔赫的肩膀，不屑地哼了一声。

"确实。"霍斯珀恩点点头,"不可否认,这事听起来有点像童话故事。据说有个坏女巫把希瑞菈关进了北方的一座魔法高塔,可她——我是说希瑞菈,不是那个坏女巫——成功逃了出来,还跑到帝国寻求庇护。"

"愚蠢!可笑!纯属他妈的放屁!"希瑞破口大骂,伸出颤抖的双手够向那罐麻药粉。

"也许吧。"霍斯珀恩缓缓续道,"但恩希尔皇帝声称自己对她一见钟情,现在更打算娶她为妻。"

"小猎鹰说得对,"米希尔斩钉截铁地说,又用拳头敲了敲桌子以示强调,"简直是他妈放屁!我不会假装自己全听懂了,但有件事我敢肯定:尼弗迦德人根本没安好心,相信他们的仁慈,那才叫愚蠢透顶。"

"没错。"瑞夫赞同道,"皇帝结不结婚根本与我们无关。那个什么鸟皇帝,不管他娶了谁,迎接我们的新娘都只有一样——麻绳编成的绞索!"

"这一切跟你们的脑袋无关,亲爱的耗子们。"霍斯珀恩提醒他们,"我说了,它关系到政治。在帝国北部边境,叛变、暴乱和动荡持续不休,尤其是在辛特拉及其周边地区。如果皇帝娶了辛特拉的继承人,那儿的局势就会平定。等到正式的特赦令颁布下来,叛军也会离开盘踞的群山,不再滋扰帝国并制造麻烦。而辛特拉的公主成为帝国的皇后,甚至有助于招安叛军,让他们转而加入帝国军队。你们也知道,北方的雅拉河对岸还在打仗,士兵自然多多益善。"

"啊哈!"凯雷皱起眉头,"这下我懂了!这特赦真是妙极了!你只有两个选择——削尖的木桩,或者帝国的军服。要么被木桩刺进屁眼,要么把军服穿到身上,然后冲上战场,为了帝国的光荣送命!"

"上战场,"霍斯珀恩缓缓地说,"是啊,有些人是会上战场,就像歌里唱的那样。但不是所有人都必须参战,亲爱的耗子们。你们也可以——当然,是在满足特赦条件的情况下——选择另一种……身份。"

"什么身份?"

"我明白他的意思。"在吉赛尔赫刚刚刮过胡子、显得黝黑发青的脸庞上,他的牙齿闪过一道光,"伙计们,商人公会愿意收养我们。他们会把我们抱在怀里,保护我们,就像亲爱的老妈妈。"

"是亲爱的老鸨子吧。"伊思克菈嘟囔道。霍斯珀恩假装没听见。

"说得对,吉赛尔赫。"他冷冷地说,"公会可以雇佣你们,让你们改头换面,并给你们提供庇护。以正式且合法的方式。"

凯雷正想开口,米希尔似乎也有话说,但吉赛尔赫使个眼色,让他俩立刻闭上了嘴巴。

"加入公会嘛……"耗子帮首领语气冰冷,"我们感谢你的提议,也会好好考虑。但我们得先商量一下。你现在的打算是?"

霍斯珀恩站起身。"我打算离开。"

"现在就走?不留下过夜?"

"我会找个村子过夜。我觉得你这驿站不安全。等到明天,我会直接赶往麦提那的边境,然后经主干道去弗吉汉姆,在那儿待到秋分日,也许更久。之所以待那么久,因为我要等人——等那些考虑成熟、愿意在特赦后接受我庇护之人。临别之前,我再好心提醒你们一句:考虑时间别拖得太久。因为邦纳特也知道特赦的事,他同样也在抢时间。"

"你不停地拿邦纳特吓唬我们,"吉赛尔赫缓缓说道,站起身来,"好像那杂种已经堵到了大门口……我敢肯定,他还不知道要翻过几座山和几道谷……"

"……他已经到了妒火村,"霍斯珀恩平静地打断他,"离这儿大概三十里。他住的小旅店叫'奇美拉之首'。要是你们事先没在维尔达河故布疑阵,恐怕昨天就已经撞上他了。不过这些鸡毛蒜皮的小事,你们肯定不会介意。祝你好运,吉赛尔赫。保重吧,耗子们。至于阿玛维拉大师嘛,我现在要去麦提那,想找个伴儿一起走……你怎么说,大师?你也乐意?我就知道,快收拾好你的东西。耗子们,请为大师的作品付账吧。"

——◆——

驿站里洋溢着煎洋葱和酸土豆汤的香味,下厨的是驿站长的老婆——耗子们暂时把她从食品储藏室里放了出来。桌上的蜡烛嗞嗞作响,火苗摇曳不止。耗子帮成员俯身凑到桌前,被烛火烤热的脑袋几乎贴到一起。

"他在妒火村,"吉赛尔赫声音很轻,"在'奇美拉之首'旅店。离这儿连一天的路都不到。你们怎么想?"

"跟你一样。"凯雷恶狠狠地说,"我们骑马过去,宰了那个狗娘养的。"

"给瓦尔迪兹报仇。"瑞夫说,"给'毒蘑菇'报仇。"

"这一来,霍斯珀恩他们也不会觉得我们技不如人了。"伊思克菈嘶声道,"让他们瞧瞧我们是怎么对付邦纳特的——那个怪物,那条吃人不吐骨头的饿狼。我们要把他的脑袋钉到门上,让那家旅店名副其实。他们会看到邦纳特也是肉体凡胎,跟其他人一样,他也会死,也有威风不起来的时候。那时他们就会明白,从科拉兹到佩雷拉特,谁才是最厉害的匪帮。"

"集市上会唱响关于我们的歌谣。"凯雷热切地说,"哈,还有城堡和宫殿里!"

"我们去吧。"埃瑟用拳头敲着桌子,"去宰了那个狗杂种!"

"然后,"吉赛尔赫思忖道,"我们是该考虑一下特赦……还有公会的事了……怎么了,凯雷?你撇什么嘴?吃到虫子了?我们身后有不少追兵,而且马上就要入冬了。这就是我的计划,耗子们:凑到壁炉旁过个暖和的冬天。特赦能保我们度过寒冬,还能让我们喝到热啤酒。特赦期间,我们先老老实实待着……等到春天……等青草从积雪下探出头……"

耗子们不约而同地笑了,笑声很轻且不怀好意。他们的眼睛亮了起来,真的就像一群老鼠。他们仿佛正站在夜色下的暗巷里,面对身负重伤、无力抵抗的男人。

"干杯!"吉赛尔赫说,"敬给行将入土的邦纳特!喝完这碗汤,我们就上床好好睡一觉。明天一早出发。"

"是啊,"伊思克菈哼了一声,"看看米希尔和法尔嘉。一个钟头前她俩就上床了。"

桌子那头依稀传来恶毒的轻笑。驿站长的老婆站在锅边,瑟瑟发抖。

希瑞抬起头,看着将灭的提灯沉默良久。灯油已快燃尽。

"我像个蟊贼一样,偷偷溜出了驿站。"她继续讲述,"当时天还没亮,周围一团漆黑……我本想谁都不惊动的,但我起床时,肯定碰醒了米希尔。我在谷仓给马上鞍,她走了过来,脸上没有一丝惊讶的表情。她甚至没打算阻止我……天就快亮了……"

"现在天也快亮了。"维索戈塔打了个呵欠,"该睡了,希瑞。明天再继续说吧。"

"也许你说得对。"女孩也打个呵欠,站起身,伸了个大大的懒腰,"我都快睁不开眼了。但照这个速度,隐士先生,恐怕我永远也没法讲完。已经几个晚上了?至少……十个?要讲完整个故事,恐怕得花上一千零一夜。"

"我们有时间,希瑞。我们有的是时间。"

"小猎鹰,你到底想逃避谁呢?我,还是你自己?"

"我已经受够逃避了。现在我只想抓住一些东西,所以我必须回去……回到一切开始的地方。我必须去。希望你理解,米希尔。"

"所以……所以今天你才对我这么好?这些天来的头一次……也是分别前的最后一次?然后彻底忘记我们?"

"我永远不会忘记你,米希尔。"

"你会的。"

"我不会。我向你保证。这也不是最后一次。我会找到你。我会回来接你……驾着六匹马拉的金马车,带上大批随从。等着我。我很快会拥有……权力。巨大的权力。我一定会改变你的命运……等着我。你会看到我能做成什么,看到我能改变什么。"

"那你需要很大的权力。"米希尔叹了口气,"还有强大的魔法……"

"这也是有可能的。"希瑞舔了舔嘴唇,"别说魔法……只要我能成功,我失去的一切都能找回来……它们将重新属于我。我向你保证,等我们再次见面,你一定会大吃一惊。"

短发的米希尔转过头,看着天边的粉蓝两色条纹。东方已经现出曙光。

"是啊。"她轻声说,"如果我们还能再见,我会非常吃惊的。如果我还能见到你的话。快走吧,别再磨磨蹭蹭了。"

"等着我。"希瑞吸了吸鼻子,"千万别死了。好好考虑一下霍斯珀恩提到的特赦。就算吉赛尔赫他们不答应……你也应该接受,米希尔。只有这样你才能活下去。我会回来找你的。我发誓。"

"吻我。"

天色破晓。光辉中带着一点寒意。

"我爱你,米希尔。"

"我也爱你,小猎鹰。赶紧走吧。"

"当然了，她不相信我。她以为我害怕了，以为我是要跑去乞求霍斯珀恩，求他在大赦之后保住我们的性命。当我听到霍斯珀恩提到辛特拉，提到我的外祖母卡兰瑟，我心里有多痛，她永远都不会明白。他还说那个冒牌希瑞菈会嫁给尼弗迦德的皇帝。就是那个皇帝害死了我的外祖母，还派了个戴羽翼盔的黑骑士追杀我。我跟你提过他，还记得吗？在仙尼德岛，他伸手抓我，但我砍伤了他，留下他自生自灭！我明明可以杀死他的……但不知为什么，我下不了手……我可真蠢！唉，不过算了，也许他在仙尼德岛流血太多死掉了……你干吗这么看着我？"

"请继续说。告诉我，为了找回本应属于你的一切，你是怎么骑马追上霍斯珀恩的？"

"你用不着说话带刺，也用不着这么酸。是啊，我知道我当时很蠢。现在我明白了。放到从前……在凯尔·莫罕和梅里泰莉神殿时，我也比当时聪明得多。我知道自己没法回到过去。我知道自己不再是辛特拉的公主，而是完全不同的另一个人。我知道自己丧失了继承权，失去了一切，而我必须牢记这个事实。有人用冷静而巧妙的方式向我解释过这些，我听进去了，并以同样冷静的心态接受了。可突然间，这些东西又回来了。先是那个卡萨德伊男爵的女儿，那个贱货居然在我面前炫耀……本来我已经不在乎什么头衔了，可我就是压不住火。我摆出不可一世的架势，冲她大声尖叫，因为我的头衔可比她大得多，出身也比她更尊贵。从那时起，我对这事一直耿耿于怀。我能感觉到愤怒在心头滋长。维索戈塔,我这么说,你能明白吗?"

"我能。"

"霍斯珀恩的故事是压垮我的最后一根稻草。我已经气到冒烟了……他们先前总跟我提什么宿命……但就因为一场再简单不过的骗局,享受宿命的成了另一个人。有人冒充我,冒充成辛特拉的希瑞,她就可以为所欲为,可以奢华无度……不,我的脑子已经一片空白了……我猛然意识到我吃不饱,穿不暖,被迫露宿荒郊野外,只能用冰冷的溪水清洗下身……我!我本来拥有纯金的浴缸!拥有薰衣草和玫瑰味道的洗澡水!拥有温热的毛巾!干净的床!维索戈塔,我这么说,你能明白吗?"

"我能。"

"猛然间,我已准备好前往最近的行省、最近的要塞,去找那些让我又恨又怕的尼弗迦德黑甲士兵……我想对他们说:'嘿,你们这群尼弗迦德蠢货,我才是希瑞,我才没被你们的傻皇帝抢走当老婆!他们只找到一个臭不要脸的冒牌货,而你们的皇帝就是个白痴,他还被蒙在鼓里呢!'如果有机会,恐怕我已经这么做了,不带丝毫犹豫。维索戈塔,我这么说,你能明白吗?"

"我能。"

"万幸的是,我冷静下来了。"

"确实是万幸。"隐士严肃地点点头,"皇帝的婚姻跟其他国家事务一样,都是政治派系争斗的结果。如果你真的现身,某些势力会迅速做出反应。出于稳妥考虑,他们会在你背后捅刀子,或者给你下毒。"

"我知道。这些道理我都懂。暴露身份等于找死。当然,我也有可能说服他们,但我不抱期望。"

随后一段时间,二人在沉默中处理毛皮。过去几天的收获好得出奇:陷阱和捕鱼笼抓到不少麝鼠和河鼠,另外还有两只水獭和一只河狸。他们有好多活儿要干。

"你追上霍斯珀恩了?"维索戈塔终于开口。

"追上了。"希瑞用袖子擦擦额头,"很快就追上了,因为他走得不紧不慢。看到我时,他一点都没惊讶!"

◆━━▶━◀━━◆

"法尔嘉小姐!"霍斯珀恩挽住缰绳,让黑母马踩着碎步转过身,"真是个惊喜!不过说实话,喜还是要大于惊。我就猜到您会来,这点我得承认。我知道您一定会做出决定——明智的决定。在您那双美丽而迷人的大眼睛里,我能看到智慧的闪光。"

希瑞策马上前,近到二人的马镫几乎碰到一起。她清了清嗓子,身子前倾,朝路上的沙子吐了口唾沫。她早就学会了用这种方式吐口水——看上去既恶心,又能冷却男人的热情。

"我猜,"霍斯珀恩似笑非笑,"您打算好好利用这次特赦?"

"那你可猜错了。"

"既然如此,我为何有幸再睹芳容?"

"需要理由吗?"希瑞嘶声道,"在驿站,你说你永远欢迎旅伴。"

"是这样没错。"霍斯珀恩笑得更欢了,"但如果我猜错了,只怕我们就不会一同上路了。如您所见,我们正站在十字路口。十字路口,四个方向,您必须做出正确的选择……就像那个著名的童话故事。如果往东，你将一去不返……往西，你也将一去不回……往北……唔唔……从这儿往北，等待您的便是特赦……"

"换个地方宣传你的特赦吧。"

"谨遵小姐的教诲。容我问一句，您的目的地究竟是哪儿呢？在这十字路口，您将去往何方？'文身圣手'阿玛维拉大师驾着骡子，去了西边的法诺镇。东部的大道通往妒火村，但我由衷地建议您别走这条路……"

"雅拉河。"希瑞缓缓地说，"你在驿站提起的雅拉河……是尼弗迦德人对雅鲁加河的叫法，对吧？"

"如此博学的年轻小姐，"对方身子前倾，注视着她的双眼，"会不知道这个？"

"别人礼貌地提问，你就不能给出像样的回答吗？"

"只是开个小玩笑嘛，您又何必生气？没错，是同一条河。在精灵语和尼弗迦德语里，它叫'雅拉'，北方人则叫'雅鲁加'。"

"那条河的河口，"希瑞续道，"在辛特拉？"

"是的，我的小姐。辛特拉。"

"辛特拉离这儿有多远？多少里路？"

"很远。还要看您用的是哪个国家的'里'。几乎每个国家都有自己的度量单位，很容易搞混，所以旅行商人会用天数估算距离。从这儿骑马去辛特拉，大概要二十五到三十天。"

"怎么走？一直往北吗？"

"法尔嘉小姐似乎对辛特拉很感兴趣。为什么呢？"

"我要坐上那儿的王位。"

"好吧，好吧。"霍斯珀恩自卫似的抬起手，"既然事态复杂，我也就不多问了。问题是,如果你要去辛特拉,最轻松的路线不是一路往北,因为沿途的荒郊野岭和泥沼湖滩只能拖慢你的速度。你应该先去弗吉汉姆,然后转道西北边的麦提那城,也就是麦提那王国的首都。再穿过马格·迪耶拉平原,沿商道到纽伦斯城。接着你要选择纽伦斯北面的大路,一直走到耶雷纳河谷。到了那儿就简单了,你只要跟上从不间断的军队和运输队,最后便会来到那赛尔旁边的玛那达山谷。越过'玛那达阶梯',也就是通往北方的山道,就能抵达辛特拉了。"

"唔……"希瑞盯着雾蒙蒙的地平线,那边依稀能看到山岭的黑色轮廓,"先到弗吉汉姆,再往西北方走……然后……走多远来着?"

"您知道吗,小姐?"霍斯珀恩露出温和的笑,"我正在前往弗吉汉姆的路上,然后会去麦提那,还会穿过群山间的商道。如果有位小姐愿意与我同行,那她绝不会迷路。特不特赦先不说了,单是与一位年轻漂亮的小姐一同上路,也会让我心情愉快。"

希瑞向他投去最冰冷的眼神。霍斯珀恩回以恶作剧般的微笑。"您觉得呢?"

"那就走吧。"

"非常好,法尔嘉小姐。明智的决定。正如我所说,小姐的睿智更胜她的美貌。"

"能不能别再叫我'小姐'了,霍斯珀恩?从你嘴里说出来,简直像在侮辱我。而我不会轻饶侮辱我的人。"

"谨遵您的教诲。"

黎明的晴朗没能维持下去，接下来的一整天灰暗而潮湿。垂向道路的树枝上，鲜艳的秋叶在浓雾中显得黯淡无光。视野之间，棕色、红色和黄色的叶片数以千计。湿润的空气中弥漫着树皮和真菌的味道。

二人驾马踩着厚厚的落叶前进。霍斯珀恩不时驱使他的黑母马小跑或疾驰两步。希瑞嫉妒地看着他。

"它有名字吗？"

"没有。"霍斯珀恩笑了笑，露出一口白牙，"我这人比较实际，对待坐骑也是如此。坐骑必须经常更换，所以我觉得，除非是开驯马场，不然给马取名字实在没必要。您不这么觉得吗？叫哥德汉斯的马，叫贝罗的狗，叫莫勒的猫……太夸张了！"

希瑞不喜欢他看自己的眼神，不喜欢他意味深长的微笑，更不喜欢他提问或回答时略带嘲讽的语气。对此，她采取了一种简单的策略：尽量保持沉默，只给出最简短的回应，通常是令人不快的单音节词语。但她的对策不是每次都能生效，尤其是对方提到特赦时。当她再一次——而且是相当露骨地——表示不满时，霍斯珀恩竟意外地改了口风。他突然声称：其实耗子帮并不需要特赦，因为他们不符合特赦的条件。他说特赦应该适用于罪犯，而不是受害者。

希瑞放声大笑。"霍斯珀恩，你自己才是受害者吧？"

"我是认真的。"他向她保证说，"我不是想逗你发笑，而是要告诉你，万一你落网被捕，可以用这招保住性命。当然了，对方不能是卡萨德伊男爵。瓦恩哈根家族也不可能对你手下留情——走运的话，他们会用私刑解决你,让你死得痛快点儿。但如果你落到总督手里,在严格却公正的帝国法庭受审……那我建议你试试如下的辩护手段:声泪俱下,宣称自己只是动荡局势的无辜受害者。"

"谁会相信呢?"

"谁都会。"霍斯珀恩在马鞍上探过身,看着她的双眼,"因为这是事实。你是无辜的受害者法尔嘉,还不到十六岁,根据帝国法律,你尚未成年。你加入耗子帮纯属意外。女盗匪米希尔看上了你,这又不是你的错,人人都知道她的性取向不正常。米希尔强迫你服从她。她占有了你,还强行……"

"行了,我必须打断你了。"希瑞被自己冷静的语气吓了一跳,"我终于看清你的真面目了,霍斯珀恩。你这种人我见得多了。"

"是吗?"

"你们这些好斗的老公鸡,"她的语气依然平静,"一想到我和米希尔,鸡冠子都竖起来了。你们这些愚蠢的雄性生物,满脑子只想治好我们'不正常'的怪病,把我们带回'正途'。但你知道最恶心也最不正常的是什么吗?就是你们的想法本身!"

霍斯珀恩沉默地看着她,纤薄的嘴唇上挂着令人费解的微笑。

"我的想法,亲爱的法尔嘉,"过了一会儿,他说,"也许没那么得体,没那么漂亮,没那么……呸,反正算不上纯洁就是了。不过,看在诸神的分上,我的想法很符合天性。我的天性。如果你觉得,我对你的好感是出于某种……扭曲的好奇心,那你简直是在侮辱我。哈,如果你故意忽视,或是没察觉到自己摄人心魄的美丽——能让所有男人拜倒在裙下的美丽——那你也是在侮辱你自己。你那充满魔力的眼神……"

"听着，霍斯珀恩，"她打断道，"你是不是以为再甜言蜜语几句，我就会跟你上床？"

"真是敏锐。"他摊开双手，"我都词穷了。"

"那就让我帮帮你吧，"她催马紧走几步，扭头看着他，"因为我想说的话可多了。你喜欢我，我很荣幸。要是换个情形，再把你换成别人……哈！天知道我会不会答应他。可是你，霍斯珀恩先生，却对我毫无吸引力。你身上没有一丁点让我喜欢的地方。恰恰相反，你的一切都让我讨厌。你也必须承认，在这种前提下，上床才是违反天性的行为。"

霍斯珀恩大笑几声，驱马上前。他的黑母马昂首阔步，扬起优雅的头颅。希瑞在马鞍上扭动几下身子，拼命压下突然涌起的冲动——这奇怪而陌生的感觉正在她的下腹翻涌，还流窜到身体各处，让被衣料摩擦的皮肤刺痒难耐。*我说的是实话，希瑞心想。见鬼，我又不喜欢他。我只喜欢他那匹马，那匹黑母马。不是他，是他的马……真他妈该死！不，不，不！就算不考虑米希尔的感受，只因为看到黑母马走路的样子，我就兴奋个不停，就向他屈服，那我真不如死了算了。*

霍斯珀恩策马来到她身边，凝视着她的双眼，脸上带着诡异的微笑。他猛地拉住缰绳，让黑母马跺了跺脚，朝一边转过身子。*他知道，希瑞心想，这老杂种知道我在想什么。*

见鬼。我只是好奇而已！

"松针，"霍斯珀恩温柔地说着，靠近过来，伸出一只手，"钩到你头发上了。如果你允许的话，我可以帮你摘下来。我得补充一句，这并非源于不正常的欲望，只是出于对女性的尊重。"

他的触碰令她愉快，而这一反应并不让她吃惊。距做出决定的时刻还早得很，但出于安全方面的考虑，她开始计算自己的经期。叶妮芙教过她：事先就该做好冷静的打算，不然真等到干柴遇上烈火，脑子一热就什么都不在乎了，还会自然而然地忽视可能发生的后果。

霍斯珀恩看着她的眼睛，露出微笑，好像知道自己已占据了主动。要是他没这么老该多好，希瑞暗自叹了口气，他肯定年过三十了。

"碧玺。"霍斯珀恩温柔地碰了碰她的耳朵和耳环，"很漂亮，但只是碧玺而已。我会送你一副翡翠耳环。耀眼的绿色宝石更能映衬你的美貌，还有眼睛的颜色。"

"你听着，霍斯珀恩。"她大胆地看着他，一字一句地说，"不管有没有发生什么，我都会要求你先把耳环交上来。因为你这人太实际了，不单单是对坐骑。激情一夜过后，你肯定懒得记住我的名字。叫贝罗的狗，叫莫勒的猫，那个女孩叫啥来着？玛丽？哎呀，简直'太夸张了'！"

"太对了。"他挤出一个微笑，"您果然连最热切的欲望都能冷却，我的冰雪女王。"

"谁叫我有个好老师？"

◆━━━┫　┣━━━◆

雾气消散了少许，但仍模糊不清，让人昏昏欲睡。但他们的睡意很快被叫喊和马蹄声打断。一群骑手钻出他们刚刚经过的橡木林。

二人的反应如此迅速又如此一致，就像一起演练了好几周。他们勒住缰绳，调转马头，身子贴近马鬃，立刻纵马疾驰，大声呼喊，腿夹马肚，催赶坐骑快跑。数根羽箭从他们头顶掠过，呼喊声、马蹄声和金属碰撞声也席卷而来。

"进森林!"霍斯珀恩喊道,"离开道路,进森林!进林子里去!"

他们突然转向,但速度不减。希瑞伏低身子,紧紧贴着马颈,因为抽打她的树枝随时可能将她扫落马下。她看到一支弩箭击中旁边的赤杨树,立时木屑飞溅。她尖叫着催马加速,唯恐另一支箭钉进她的脊背。霍斯珀恩紧跟在她身旁,突然发出一声古怪的呻吟。

他们在一条树沟旁勒住马,然后以更危险的速度冲下山坡,奔入一片刺木丛生的矮林。就在这时,霍斯珀恩滑下马鞍,摔进了灌木丛。黑母马嘶鸣一声,人立而起,甩动尾巴继续往前飞奔。希瑞没有丝毫犹豫,跳下马背,给了马屁股一巴掌,她的马立刻朝黑母马追去。希瑞扶起霍斯珀恩,两人一起钻进灌木丛深处。穿过一丛赤杨时,他俩脚下一绊,顺着山坡滚了下去,直到覆盖着高大蕨类的谷底才算停下。青苔和蘑菇减缓了二人坠落的速度。

坡顶上传来马蹄声。幸运的是,追兵在林间飞驰,只顾追逐两匹惊马,没人注意到跌落谷底的二人。

"他们是谁?"希瑞低声问道。她扭动身子,从霍斯珀恩身下钻出,抬手扒拉掉缠在头发间的蘑菇。"总督的手下?还是瓦恩哈根家族?"

"普通的强盗……"霍斯珀恩吐出几片树叶,"一群无赖……"

"那就告诉他们特赦的事。"她嘴里咬到了沙子,"向他们保证……"

"安静。他们会听到的。"

"嘀!嘀!这——边——!"声音从坡顶传来,"从左边绕过去!左——边——!"

"霍斯珀恩?"

"怎么?"

"你背上有血。"

"我知道。"他冷冷地回答,从衬衣前摆上撕下一块布,背对着她,"把这个塞到我衬衫下面。靠近左肩胛骨的位置……"

"你哪儿被射中了?我没看到箭杆……"

"是弹丸弩……专门发射铁弹丸,多半还有碎铁钉。别碰。伤口离脊椎骨很近……"

"见鬼。我该做什么?"

"保持安静。他们回来了。"

马蹄声一阵阵传来。有人吹了声口哨,还有人大喊一声,下命令掉头。希瑞竖起耳朵。

"他们走了。"她低声道,"他们放弃了。说明他们没抓到马。"

"那就好。"

"我们也没法抓住它们了。你能走路吗?"

"没这个必要了。"他笑了笑,露出手腕上一只看上去颇为廉价的护腕,"这东西是跟黑母马一起买的。它有魔力,那匹马从小就认它。像这样摩擦一下,就可以呼唤它了。黑母马会像听到声音一样跑回来。虽然眼下会花些时间,但它一定会回来的。加上一点点运气,你的马兴许也能跟回来。"

"如果不走运呢?你打算独自离开?"

"法尔嘉,"他的声音变得严肃,"我没法独自离开。我需要你的帮助。你得帮我坐稳马鞍,我的脚趾已经没知觉了。我甚至可能失去意识。听着,这条山沟通向一道有溪流的山谷。沿着小溪去上游,一直往北走,带我去一个叫特加莫的镇子。我们在那儿能找到人取出我背上的铁弹丸。如果不这样，就算我不死，也会终身瘫痪。"

"那是最近的村镇？"

"不，最近的是妒火村，沿山谷往下游走大概二十里。但你不能去那儿。"

"为什么？"

"你绝对不能去。"他露出痛苦的表情，重复道，"不然死的就是你而不是我了。去了妒火村，你必死无疑。"

"我不明白。"

"你不需要明白。相信我。"

"你跟吉赛尔赫说过……"

"忘了吉赛尔赫吧。如果你想活下去，就把他们全忘了。"

"为什么？"

"留在我身边。我会遵守诺言的，我的冰雪女王。我会给你很多翡翠……挂满你的全身……"

"说真的，现在可不是说笑的时候。"

"说笑不需要分时候。"

霍斯珀恩突然抱住她，将她的双肩按在地上，伸手解她衬衫的纽扣。他直接省去了前戏，但也做得不紧不慢。

希瑞推开他的手。"现在也不是干这种事的时候！"她怒气冲冲地说。

"干这种事更不需要分时候。对我来说，现在最合适不过了。我刚刚说过，我伤到了脊椎。明天的麻烦只能明天再说了……你在干吗？哦，见鬼……"

这次她推得更加用力。太用力了。霍斯珀恩脸色发白，咬住嘴唇，发出痛苦的呻吟。

"对不起。但受伤的人就该老实躺着。"

"要能碰碰你的身子，我就不疼了。"

"该死的，快住手！"

"法尔嘉……我伤得这么厉害，就当可怜可怜我……"

"再不把你的脏手挪开，你会伤得更厉害。放手！"

"安静……那些强盗会听到的……你的皮肤就像绸缎……老天啊，你就答应我吧。"

唉，真该死，希瑞心想，我干吗这么看重这种事？其实我也很好奇。我有理由好奇。我的感情与此无关。我可以对他实际点儿，然后毫不犹豫地把他忘掉。

她屈服于他的触碰，以及随之而来的愉悦感。她扭过头去，但立刻觉得表现出羞怯其实很虚伪——她不想被人看作遭到诱惑的天真少女。她直视他的双眼，但很快改了主意，因为这看上去像在挑衅——她也不希望给他留下这个印象。于是她闭上眼睛，搂住他的脖子，帮他解开纽扣，毕竟他的动作既耗时又费力。

手指相互触碰之后，他俩的嘴唇也贴到一起。她眼看就要忘掉了整个世界，霍斯珀恩却突然不动了。有那么一会儿，她耐心地躺在地上，提醒自己他受了伤，也许正在忍受痛楚的折磨。但他花的时间太久了，沾在她乳头上的口水渐渐干涸。

"喂，霍斯珀恩？你睡着了？"

有什么东西顺着她的胸口流过身侧。她用手摸了摸。是血。

"霍斯珀恩！"她推开他，"霍斯珀恩，你死了吗？"

这问题真傻，她心想。这不明摆着吗？他死了。

"他就这样死在我的胸前。"希瑞把头扭向一旁。她那破相的脸上似乎反射着壁炉的火光,也可能是她脸红了,维索戈塔说不清。

"当时我只有一种感觉,"她补充道,依然没有对上他的目光,"就是失望。你觉得吃惊吗?"

"不。一点儿也不。"

"我就知道。我试着如实讲出整个经过,不加粉饰,毫无隐瞒,也不歪曲半点事实,尤其是最后这一段。"她吸了吸鼻子,用手指抹抹眼睛。

"我用树枝和石块把他埋了。可能有些随意,具体我记不清了。那时天已经黑了,我只能在原地过夜。那些人还在周围搜索,我能听到他们的喊声,也能确定他们不是普通的强盗,但我不知道他们到底在追谁——是我,还是他。我坐在那里,躲了一个晚上,直到第二天黎明。我就坐在他的坟头。呼……"

"等到天亮,"过了一会儿,她续道,"追兵已踪影全无,我也能继续赶路了。霍斯珀恩给我的魔法护腕发挥了作用。黑母马回来了,现在它属于我了。这是他给我的礼物。你知道吗?在史凯利格群岛有个传统:女孩的第一个爱人得送她一件珍贵的礼物。虽然他还没成为我的爱人就死了,可这并不重要,不是吗?"

◀━━▶

　　黑母马用前蹄刨着地面，嘶鸣一声，侧过身去，像是希望被人欣赏似的。希瑞看着它纤细修长又不乏肌肉的脖颈，看着它小巧而优雅的额头，看着它高高的肩隆与匀称的体型，不禁由衷地发出赞叹。

　　希瑞小心翼翼地凑近黑马，露出手上的护腕。母马喷了喷鼻子，压低耳朵。希瑞牵过缰绳，抚摸它光滑的鼻子。黑马没有反抗。

　　"凯尔比。"希瑞说道，"你乌黑又漂亮，就像海中的水妖一样不可思议，所以我要叫你凯尔比。我才不在乎夸不夸张呢。"

　　母马喷出一声鼻息，竖起耳朵，晃了晃长及脚踝、如丝一般柔滑的尾巴。习惯坐高鞍的希瑞收短马镫的束带，摸了摸马背上那副矮得出奇、又没有鞍角的木制马鞍。她把一只脚踩进马镫，抓紧马儿的鬃毛。"乖一点哦，凯尔比。"

　　与外表不同的是，马鞍其实很舒服，而且明显比常见的骑兵马鞍轻便得多。

　　"好了，"希瑞拍了拍母马温热的脖子，"让我们瞧瞧你的性子烈不烈。看看你是真正的纯种马，还是普通的杂种马。先跑个二十里如何？"

◀━━▶

　　如果有人趁着夜色穿过沼泽，找到这间藏在隐蔽之处、茅草屋顶上爬满苔藓的小屋，透过窗扇的缝隙向内窥探，他会看到一个白胡子老头，正在聆听一位绿色双眸、银灰头发的年轻女孩讲故事。

他会看到壁炉里的余烬被重新点亮，好像炉火也在期待女孩接着往下讲。

但这是不可能的，这些情景无人得见。因为老维索戈塔的小屋深藏在沼泽的芦苇丛中，立于终年不散的浓雾之内。这里，没人敢来。

"那片山谷果然有道溪流经过。谷底平坦，很适合骑行，所以凯尔比跑起来就像一阵风。当然了，我没去上游，而是往下游走。我还记得那个奇怪的名字——妒火村。我想起了霍斯珀恩在驿站对吉赛尔赫说过的话，我知道他为什么要警告我。有人正埋伏在妒火村，等着耗子帮自投罗网。吉赛尔赫回绝了特赦和为公会效命的提议之后，霍斯珀恩就特意提醒他，说那个赏金猎人正住在妒火村的旅店里。他知道耗子帮一定会上钩。他知道他们会赶去那个村子并落入陷阱。我必须提前赶到妒火村。我得截住他们，警告他们，说服他们回头，挽救所有人的性命。至少救下米希尔。"

"我猜，"维索戈塔喃喃道，"你没能成功。"

"当时，"她用僵硬的语气说道，"我以为妒火村里会藏有一支全副武装的人马。但我没想到，所谓的伏兵只有一个人……"

她顿了顿，双眼凝视着黑暗。

"我更没想到，那人竟是如此的可怕。"

博尔卡曾是个繁荣的小村庄，周围的景色异常迷人，黄色的稻草与红色的砖瓦屋顶聚在林木繁茂的深谷中央，森林的色彩随着季节变换。尤其到了秋天，博尔卡的风景足以满足任何挑剔的眼睛和敏感的心灵。

直到有一天，这里发生了一件事，导致村庄永远改换了名字。事情是这样的：

一位年轻的精灵农夫，从附近的精灵聚居地来到博尔卡村。他疯狂地爱上了一位磨坊主的女儿，但放荡的磨坊主之女对精灵的求爱嗤之以鼻，反向邻居和熟人——甚至是亲戚——投怀送抱，于是人们开始嘲笑精灵和他那盲目的爱。这位精灵明显有别于其他同类，他妒火中烧，最终决定以可怕的方式发泄愤怒，展开复仇。有天晚上，他借着风势放了把火，将博尔卡村烧成了白地。

家园被焚毁，村民失去希望。有些人去了别处流浪，另一些人整日借酒浇愁，为重建村庄募集的钱财被挪用、挥霍，村子一派贫苦和悲惨的景象：烧黑的山坡下，你只能看到一栋栋摇摇欲坠的丑陋棚屋。纵火之前，博尔卡是个椭圆形的小村落，中间还有个小广场。现如今，寥寥几栋相对像样的房屋、店铺和酒坊组成了一条小街。在这条小街的尽头，村民合力盖起一间小旅店，起名"奇美拉之首"。店主是个寡妇，是那场火灾的幸存者之一。

过去七年间，没人再用过"博尔卡"这个名字，取而代之的则是"嫉妒的火焰"，或者更直接的"妒火村"。

耗子帮骑马走在妒火村的小街上。这个早晨冰冷而阴暗，天空布满了乌云。

人们纷纷逃回自己的住处，躲进棚屋和土房。有窗的人家用力关上窗户；有门的紧紧锁上房门，再用重物堵住门口；有酒的则喝酒壮胆。耗子帮招摇过市，并肩而行，脸上虽然写满了冷漠与轻蔑，但眯缝的双眼仍警惕地盯着每一扇窗、每一道门和每一个转角。

"哪怕让我看到一支箭！"吉赛尔赫大声警告，让所有人都能听见，"让我听到一声弓弦响！接下来就是一场大屠杀！"

"你们的村子将再次燃起烈焰！"伊思克菈用嘹亮的女高音补充，"除了土和水，什么都不会剩下！"

有些村民确实有十字弓，但没人敢试探耗子帮是不是在吓唬人。

距"奇美拉之首"还有五六十步的距离，耗子帮下了马。他们站成一排，伴着马刺、珠宝与装饰品有节奏的叮当声，迈步朝小旅店走去。

旅店的门廊前，三个村民正用啤酒缓和宿醉的不适。一见到耗子帮，他们立刻跑得无影无踪。

"如果他真在这儿，"凯雷嘀咕道，"我们就不该等到现在。我们不该睡觉，应该趁着夜晚直接杀过来，然后……"

"你这蠢货，"伊思克菈亮出小巧的牙齿，"想让吟游诗人歌颂我们的勇气，你就不能大半夜鬼鬼祟祟地搞偷袭。我们必须让人看见！早上最理想了，因为所有人都没喝醉。对吧，吉赛尔赫？"

吉赛尔赫没答话。他捡起一块石头，瞄了瞄，砸到大门上。"滚出来，邦纳特！"

"出来，邦纳特！"耗子帮齐声喊道，"滚出来！"

旅店里有人在下楼梯,脚步声缓慢而沉重。一阵寒意滑过米希尔的脊背。

邦纳特出现在门口。

耗子帮本能地后退一步,靴跟踩进泥土,手掌伸向了武器。赏金猎人把剑夹在腋下,空出双手,一只手拿个剥了壳的鸡蛋,另一只手拿块面包。

他缓缓走向栏杆,居高临下地看着他们。他个子很高,又站在门廊上,因此显得异常高大,简直像个巨人——只是身材瘦得像个食尸鬼。

他凝视着他们,潮湿的双眼轮流扫过每一个人。他咬了口鸡蛋,又咬了口面包。

"法尔嘉在哪儿?"他含糊不清地问道。一小块蛋黄从他嘴角掉到地上。

◆━━◀▌━━▶▌━━◆

"跑啊,凯尔比!跑啊,美人儿!能跑多快跑多快!"

黑母马发出响亮的嘶鸣,俯下脑袋,不要命似的撒腿狂奔。希瑞身后沙土飞扬,马蹄却像完全没沾到地面。

◆━━◀▌━━▶▌━━◆

邦纳特伸了个懒腰,抻得皮革外套嘎吱作响。他缓缓戴上一副麂皮手套,又仔细调整了一下手套的位置。"哦,怎么着?"赏金猎人皱起眉头,"你们想杀我?为啥?"

"我们是要杀你。为了'毒蘑菇'。"凯雷回答。

"也为了找乐子。"伊思克菈补充道。

"这样,我们也能过上安生日子。"瑞夫插嘴道。

"啊哈,"邦纳特慢吞吞地说,"原来如此!如果我答应不再打扰你们,你们会放过我吗?"

"不会,你这条老灰狗,我们不会。"米希尔露出迷人的微笑,"我们了解你,知道你做事向来不择手段。你会偷偷跟在我们身后,找机会朝我们背后捅刀子。下来受死吧!"

"别急,别急嘛。"邦纳特冷笑着咧开嘴,嘴角几乎扯到跟那凶狠的灰髭须一样宽,"跳舞的时间有的是,不用这么激动。首先,耗子们,我有个提议:我会指给你们两条路,至于怎么选,看你们自己喽。"

"老家伙,你嘟嘟囔囔说什么呢?"凯雷大喊一声,身子有些绷紧,"把话讲清楚!"

邦纳特点点头,活动一下大腿。"你们的头上顶着赏金,耗子们。相当可观的赏金。没错,我也得讨生活嘛。"

伊思克菈发出山猫一样的嘶嘶声,用山猫般的双眼怒视着他。

邦纳特将双臂抱到胸前,同时把长剑挪到肘边。"相当可观的赏金。"他重复道,"要是活捉,赏金还能再加点儿。但说实话,在我看来没太大分别。我跟你们也没啥私人恩怨。就在昨天,我还打算把你们都杀了,也是为了找点乐子嘛。可今天你们自己送上门来了,省去了我的麻烦,也打动了我的心。所以我会把选择权留给你们。你们希望我怎么对付你们:活捉,还是杀掉?"

凯雷的下巴抖了抖。米希尔身子前倾,做好发难的准备,但被吉赛尔赫抓住了肩膀。

"他想激怒我们。"吉赛尔赫低声道,"让这杂种接着说。"

邦纳特哼了一声。"怎样?"他问道,"活捉,还是杀掉?我建议前者。原因你们也懂的,痛苦会少很多。"

像是收到指令一般,耗子们全都拔出了武器。吉赛尔赫抽剑出鞘,摆好架势。米希尔吐了口唾沫。"来啊,你这瘦竹竿。"她让语气尽量保持冷静,"过来啊,你这狗杂种。看我们怎么捅死你——就像捅死一条老灰狗。"

"也就是说,你们选择了被杀。"邦纳特的目光越过屋顶,像在注视远方的什么东西。他缓缓拔出长剑,丢掉剑鞘,不紧不慢走下门廊,靴子上的马刺叮当作响。

耗子们迅速散开。凯雷在最左边,几乎贴上一家酒坊的墙壁。他旁边是伊思克菈,女精灵纤薄的嘴唇露出平时那种可怕的笑。米希尔、埃瑟和瑞夫绕到右侧。吉赛尔赫留在中央,眯起双眼,审视着赏金猎人。

"很好,耗子们。"邦纳特扫视街道,再次抬头望向天空。他举起剑,往剑刃上吐了口唾沫。"既然你们想跳舞,那就跳吧。奏乐!"

双方像野狼一样扑向彼此,动作快如闪电又悄无声息,更没有半点预警。利刃划破空气,金铁交击的哀鸣声在窄街上回响。一开始,周围只能听到刀剑声、呼气声、闷哼声,以及粗重的喘息声。

紧接着,耗子们出人意料地发出尖叫,相继死去。

最先落败的是瑞夫。他的身体撞上墙壁,随即反弹回来,鲜血洒上肮脏的灰泥墙。然后是埃瑟。他步履蹒跚地退出战斗,弓起身子,朝侧面栽倒，双腿在地上不停抽搐。

邦纳特像陀螺一样旋转、跃动，被刀光剑影和利刃破空声包围其中。耗子们向后退开、躲避锋芒，随即又向前扑去、发起攻击，然后再次退后。他们愤怒而顽强，出手残忍无情，却都徒劳无功。邦纳特不慌不忙地招架，劈砍，招架，再劈砍，冷血的进攻不给对方丝毫喘息之机，但始终保持自己的节奏。耗子们只能后退，然后死去。

伊思克菈颈部中剑，倒在泥地上，像小猫一样蜷成一团，鲜血从大动脉一直喷上邦纳特的小腿和膝盖。赏金猎人跨过伊思克菈，同时挡开米希尔和吉赛尔赫的横扫，骤然转身，闪电般挥出一剑，用剑尖将凯雷开膛破肚，长长的伤口从锁骨一直延伸到腹股沟。凯雷甚至没注意到自己已长剑脱手。他只是蹲下身子，用双手捂住胸口和腹部，鲜血自掌下泉涌而出。邦纳特再次转身，避开吉赛尔赫的剑，又架住米希尔的进攻，朝凯雷挥出致命一击。凯雷的侧脑一片狼藉，金发被血肉染红。他倒向地面，在泥地上留下了一汪血湖。

米希尔和吉赛尔赫犹豫了一下。但他们没有逃跑，而是齐声发出狂野而愤怒的呼号，一同扑向邦纳特。

结果，他们也死了。

希瑞冲进村子，在街上飞奔。黑母马蹄下掀起大块的烂泥。

邦纳特用脚跟推了推背靠墙壁的吉赛尔赫。耗子帮首领已气息全无，粉碎的颅骨也不再渗出血水。

米希尔双膝跪地，寻找自己的剑。她用双手在湿泥和尿液间摸索，却没发觉自己正跪在一摊迅速扩张的血泊里。邦纳特朝她缓缓走去。

"不——！"

赏金猎人抬起头。

希瑞跳下奔马，摇晃了一下，单膝跪倒在地。

邦纳特笑了。"耗子。"他说，"第七只耗子。来得正好，这下就能凑齐了。"

米希尔找到了剑，却无力抬起。她喘息着扑向邦纳特的双脚，用颤抖的手指抓住他的靴子。她张嘴想要尖叫，但从口中喷出的并非叫声，而是鲜红的液体。邦纳特的脚狠狠踩下，让她的身子陷进了泥地。米希尔捂住破开的肚腹，拼命又爬了起来。

"不——！"希瑞喊道，"米希尔！"

赏金猎人没有回头，只用动作回应了她的呼喊。他强有力地挥出一剑，就像抡起一把镰刀。米希尔的身体离地飞起，撞上墙壁，仿佛一只瘫软的布娃娃，又像一块染成鲜红的抹布。

希瑞的喊声哽在喉头，颤抖的双手伸向佩剑。

"凶手！"她被自己陌生的语气吓了一跳，同时感到一阵口干舌燥，"凶手！杂种！"

邦纳特好奇地盯着她，脑袋略微偏向一旁。"你也想找死吗？"他问道。

希瑞走上前去,绕着他转了半圈。她抬起剑身,晃了晃,猛然刺出。但这下只是佯攻。

赏金猎人哈哈大笑。"找死,"他重复道,"小耗子想找死!"

他在原地缓缓转身,免得自己被逼进死角。但对希瑞来说,这都无所谓。她的心里洋溢着愤怒和憎恨,杀戮的欲望让她全身发抖。她想攻向这个可怕的男人,想体验一下剑刃刺穿人体的感受。她想劈开他的动脉,看着他的血伴随心脏跳动的节奏喷涌而出。

"好哇,小耗子。"邦纳特抬起血迹斑斑的长剑,往剑刃上吐了口唾沫,"在你惨叫之前,让我瞧瞧你有多大能耐!奏乐!"

六天后,棺材铺老板的儿子奈克拉讲述了当时的经过。"我也不明白他俩为啥一见面就要拼个你死我活。谁都看得出,他俩想杀了对方。两人都是。他俩扑向对方,举剑对砍,每眨一下眼的工夫都能拼上两三招。光靠眼睛和耳朵,没人数得清他俩对打了多少回合。大人啊,他俩的剑实在太快了,让人根本来不及反应。他俩就像两只黄鼠狼,绕着对方跳来跳去,好像在跳舞似的。"

外号"灰林鸮"的史提芬·史凯伦把玩着马鞭,同时专心听着他的话。

"他俩突然退后,"奈克拉续道,"可两人身上连个擦伤都没有。谁都看得出,那只母耗子愤怒得发狂,犹如龇牙咧嘴的地狱魔鬼。她发出嘶嘶声,像只到嘴的老鼠被人抢走的猫。而尊敬的邦纳特先生却很平静。"

"法尔嘉,"邦纳特咧嘴一笑,像食尸鬼一样露出牙齿,"你在跳舞和用剑方面真有两下子!你让我很好奇。在你受死之前,能不能告诉我,你是谁?"

希瑞气息沉重,恐惧已漫过她的全身。她知道自己碰上什么样的对手了。

"告诉我你是谁,我就饶你一命。"

希瑞更加用力地握紧剑柄。她必须攻破他的格挡,在他架起防御之前就解决了他。她不能再给他反击的机会,因为她的手肘和前臂又痛又麻,继续强行招架实在太冒险了。她也不能再把力气浪费在闪避上,因为她不能奢望每次都以毫厘之差躲开对方的剑锋。*下次迎击的同时,必须立刻攻破他的防御*,她心想。*不然我就死定了*。

"你死定了,小耗子。"他抬起手中的剑,朝她走来,"你居然不害怕?这是不是因为,你还不知道'死'字怎么写?"

凯尔·莫罕,她在心里默念,同时跳动着脚步。*兰伯特。梳子。空翻。*

她迈出三步,转体半周。邦纳特一剑刺来,她没理他的佯攻,而是来了个后空翻,以蹲伏的姿势着地,然后猛地朝他扑去,矮身躲过对方的长剑。她翻动手腕,借着髋关节的转动,强而有力地刺出一剑。希瑞突然感到一阵愉悦:她几乎感觉到剑刃刺进了对方的身体。

但她听到的却是刺耳的金铁交鸣声。她的眼前寒光一闪,震惊和痛苦随之传来。她发觉自己正在坠落，正在倒向地面。他挡下了我的进攻。他砍中了我。希瑞心想。我要死了。

邦纳特一脚踢中她的肚子。第二脚则精准地瞄准了受伤的手肘，使她长剑脱手。希瑞抱住隐隐作痛的头，手指却没有碰到任何伤口，更没沾上一丝血。打中我的是拳头，她惊恐地想。只是拳头，要么就是剑柄。他没杀我，只是打了我，就像老子教训儿子。

她睁开眼睛。

赏金猎人站在她面前，瘦得像具骷髅，却又显得那么高大，仿佛一棵染病的枯树。他的身上满是汗味，还有鲜血的味道。

他揪住她的头发，强行将她拽起。他手上用力，拖着脚步不稳、大声尖叫的希瑞来到墙边——米希尔就躺在一旁的地上。

"你不怕死，对吗？"他咆哮着，把她的脑袋往下压，"那就好好看看这只母耗子。这就是死。这就是人死后的德性。看清楚了，这是内脏。这是血。这是原先在她肚子里的屎尿。"

希瑞扭动挣扎，但他的手牢牢按着她，没过多久，她的动作就只剩下抽搐和干呕。米希尔还活着，但双眼黯淡无光，像条半死的鱼。她的手像鸟爪一样僵硬地一开一合，沾满了烂泥和排泄物。希瑞能闻到强烈而刺鼻的尿味。

邦纳特纵声大笑。"这就是死啊！你的母耗子快死了。死在自个儿的尿里！"

他放开她的头发。希瑞身子瘫软，四肢着地，一边抽泣一边颤抖。米希尔就在她身旁。米希尔的手，那双纤细、精致、柔软而又灵巧的手……

……一动也不动了。

◀━━▶

"他没杀我。他捆住我的双手,把我绑到拴马桩上。"

维索戈塔一动不动地坐在那里。他已经这样坐了好一阵儿了,甚至屏住了呼吸。希瑞继续讲她的故事,但嗓音越来越压抑,越来越不自然,越来越叫人不舒服。

"他招呼那些看热闹的人,叫他们拿来一袋盐和一小桶醋,还有一把锯子。我当时还不清楚……不清楚他要干吗。我不知道他能干出什么事。我被绑在……绑在拴马桩上……他叫来几个人,命令他们抓住我的头发……撑开我的眼皮。他亲自示范该怎么弄……所以我没法转头,也没法闭眼。我只能看着他的所作所为。他说他不能叫货物烂掉。不能叫它们腐烂……"

希瑞声音嘶哑,话语仿佛突然卡在干涸的嗓子里。维索戈塔明白她要说什么了,只觉胆汁涌上了喉头。

"他锯掉了他们的脑袋。"希瑞用单调的语气说,"吉赛尔赫、凯雷、埃瑟、瑞夫、伊思克菈……还有米希尔。他锯掉了他们的头……当着我的面,一个接一个……"

◀━━▶

这天夜里,如果有人悄然摸到这片沼泽的中心,来到茅草房顶覆盖着苔藓的小屋,透过窗扇的缝隙向内窥探,那么,借着昏暗的光线,他会看到一位身穿羊皮外套、胡须花白的老人,还有一个银灰色头发、脸上有道丑陋伤疤的女孩。他会看到女孩正在大声抽泣,身子偎在老人的怀里不停地颤抖。老人则笨拙地抚摸着她的头发,轻轻拍打她战栗的双肩,努力安慰她。

但这是不可能的,这一幕无人得见。因为小屋深藏在沼泽的芦苇丛中,立于终年不散的重重雾气中间。这里,没人敢来。

经常有人问我，是什么让我下定决心记录下自己的回忆，也有很多人想了解我写下这本回忆录的前因后果——换言之，就是促成手稿诞生的那起事件的细节与背景，以及引发该事件的契机。过去的我给出过不少错误的解释，也撒了不少谎，但现在的我只想诉说真相。因为我的头发已花白稀疏，而我深知：真相好比珍贵的谷粒，谎言则是无用的糟糠。

真相其实是这样：引发那起事件、进而促使我开始创作的契机，完全出于一个巧合——在我和同伴从莱里亚军营偷出来的东西里，恰好有一支笔和一堆纸。这事发生在……

——《诗歌的半世纪》

丹德里恩　著

第三章

……这事发生在九月的第五天,新月之夜的次日。从离开布洛克莱昂森林算起,这也是我们远征的第三十天。"大桥之战"后的第六日。

亲爱的未来的看官们,现在我要稍微回溯一点时间,讲述一下那场光荣而重要的"大桥之战"落幕后发生的事。但首先,我还是先讲讲"大桥之战"好了,毕竟还有些看官对此一无所知呢——不知道他们是对别的事情更感兴趣呢,还是单纯地对时事漠不关心。这场战斗发生在大战期间,时间是八月的最后一日,地点是在安格林一条连接雅鲁加河两岸、位于"红码头"要塞附近的大桥上。这场武装冲突涉及到如下势力:尼弗迦德军、米薇女王率领的莱里亚军团,以及我们这奇妙的一行人——本文的作者,也就是鄙人;猎魔人杰洛特;吸血鬼爱米尔·雷吉斯·洛霍雷克·塔吉夫-哥德弗洛伊;弓箭手玛利亚·巴林,又名米尔瓦;卡西尔·莫瓦·迪弗林·爱普·契拉克,一个紧张兮兮的尼弗迦德人,爱在一些无关紧要的细节上斤斤计较,比如他总说自己不是尼弗迦德人。

诸位看官，或许你们还不清楚，那位莱里亚女王是怎么起死回生，还跑到安格林来的呢？你们知道，尼弗迦德人于七月攻入莱里亚、利维亚和亚甸，使得这些王国向尼弗迦德帝国彻底臣服，国土也被帝国军队占领。大家都以为，在此期间，米薇女王陛下与手下的士兵一起战死沙场了。但事实上，米薇女王并未遇害，也没被尼弗迦德人俘虏。她重整旗鼓，召集了莱里亚军中的残兵败将，并尽可能地继续招兵买马，甚至将佣兵和强盗也都纳入麾下。随后，勇敢的女王陛下对尼弗迦德帝国发起了游击战，而蛮荒的安格林正是打游击的理想战场——安格林树木繁茂，无论设伏杀敌还是隐身遁藏，无所不在的丛林都能为你提供保障。当然了，除了丛林，安格林本身也没什么优点了。

米薇被部下们称为"白女王"，她的兵力迅速扩张。英勇无畏的士兵们渡过雅鲁加河左岸，深入敌后，安营扎寨，肆无忌惮地骚扰敌军。

好吧，现在让我们说回正题，也就是精彩的"大桥之战"。最初的战略形势是这样：米薇女王的部队在雅鲁加河左岸驻扎了一段时间，准备逃到右岸。但他们却在桥上与一支尼弗迦德军狭路相逢，后者恰好打算从雅鲁加河右岸逃回左岸去。我们在上述情况下出现在双方人马之间，也就是说，我们位于雅鲁加河正中央，被两支武装部队左右夹击。虽然我们无路可退，但也因此成了荣耀加身的英雄。这场战斗的胜利者是莱里亚人，因为他们达成了战略目标，成功地撤回到右岸。尼弗迦德人则被打散，不知所踪，因此是绝对的输家。我知道这些描述会让有些人摸不着头脑，但我保证在本书出版之前，会找位军事理论家咨询一番。至于眼下，我只能采纳一行人中唯一的军人，卡西尔·爱普·契拉克的意见。他说了：依据普遍的军事准则，迅速撤离战场的一方便可以声称赢得了战斗。

毫无疑问，我们在战斗中的表现极其出色，但也带来了几桩负面影响。怀孕的米尔瓦运气不佳，其他人则受到幸运之神的垂青，没受多少严重的伤。然而喜悦很快便褪了色，因为我们只收到了感谢，却没得到任何嘉奖，除了猎魔人杰洛特。尽管杰洛特经常把冷漠与中立挂在嘴边——如你们所见，这种态度相当虚伪——但他在战场上却大展拳脚，显示出强烈、甚至可谓壮烈的激情。换言之，他的表现如此抢眼，令所有人瞩目。所有人都注意到了他，莱里亚女王米薇陛下更是亲自册封他为骑士。但我们很快发现，这份荣誉带来的麻烦，远比好处多得多。

亲爱的看官们，你们要知道，猎魔人杰洛特向来是个谦逊、简单、冷静而又自律的人，他总是把感情藏在心里，但又直率得好像一根长戟。米薇女王出人意料的赏赐与显而易见的青睐改变了他——要不是我对他如此熟悉，肯定会以为他被荣誉冲昏了头。他本该不声不响地在众人眼前消失，但他没有。他反而骑着马在营地里四处招摇，品尝荣耀，享受荣誉，沐浴荣光。

而我们目前最不需要的就是名声与关注。也许有些看官已经忘了，所以我要提醒你们：先前提到的当上了骑士的猎魔人杰洛特，因为参与了仙尼德岛的暴乱，正受到四个王国的情报部门的通缉。就连我这样身家清白之人，也差点被他们安上间谍的罪名。除此之外，米尔瓦是树精和松鼠党的盟友，与布洛克莱昂森林边界那些臭名昭著的大屠杀脱不了干系。最麻烦的还属卡西尔·爱普·契拉克，他是个尼弗迦德人，归根结底是敌国的属民，而他出现在另一方前线的事实只能让人百口莫辩。我们当中只有一人与政治和犯罪事件全无关系，但他却不是人类，而是个吸血鬼。因此，只要我们中任何一人暴露身份，等待我们全体的便是削尖的白杨木桩。我们在莱里亚旗帜下每度过一天，风险便会增加一分——顺便一提，最开始那几天过得还算惬意，毕竟我们有吃有喝还很安全。

当我义正词严地提醒杰洛特时，他的脸色微微一沉，随即向我解释了他的两点动机。首先，意外流产的米尔瓦需要照顾和护理，而这支军队里恰好有军医。其次，米薇女王的军队正朝东边的凯德·杜进发。在我们的队伍被迫改变方向、又被卷入"大桥之战"之前，我们原本的目标也是东方的凯德·杜——我们希望住在那儿的德鲁伊教徒能提供一些有用的信息，好帮我们找到希瑞。在安格林肆虐的尼弗迦德骑兵、四处抢掠的佣兵与盗匪迫使我们改变了原来的路线。而现在，有了莱里亚军队的保护，再加上米薇女王的青睐，我们就可以安全而轻松地前往凯德·杜了。

但我还是提醒猎魔人：伴君如伴虎，女王陛下的恩宠缥缈不定，根本靠不住。可惜猎魔人不愿意听。好在事实很快证明了谁对谁错，等有消息传来，说尼弗迦德的复仇远征军正从克拉玛特隘口向安格林袭来，莱里亚军立刻转向北方，前往玛哈坎。可想而知，杰洛特对改道一万个不乐意。他想尽快赶到凯德·杜，而不是去玛哈坎！他像个幼稚的孩子，直接跑到米薇面前，恳求女王陛下准许他离开部队去处理自己的私事。在那一刻，王家的风度与垂青不复存在，对"大桥之战"英雄的敬意与钦佩也消散如烟。她用冰冷而坚定的语气提醒利维亚的杰洛特骑士，他有责任和义务为王室效命。于是，尚未痊愈的米尔瓦、吸血鬼雷吉斯，还有鄙人——本文的作者——被送进了跟随部队的难民与平民队伍。完全不像平民的魁梧年轻人卡西尔·爱普·契拉克则戴上蓝白相间的饰带，被分配到所谓的"自由连"，也就是由莱里亚军团一路收罗来的各色人渣组成的骑兵部队。就这样，我们的队伍分散了，这场远征似乎也不可挽回地迎来了失败的结局。

亲爱的看官，其实你们应该想象得到，这绝不可能真是结局。没错，这甚至连开始都算不上！了解事态发展之后，米尔瓦立刻宣称自己恢复了健康，足以上路旅行了，并跟我们约好一有机会就逃跑。卡西尔把王家军服丢进树丛，悄无声息地脱离了自由连，还建议杰洛特也离开他那顶奢华的骑士帐篷。

至于笔者的功绩，鄙人就不一一赘述了。出于谦逊的考虑，我不会允许自己大肆标榜，尽管鄙人的贡献当真不小。我在此只会陈述事实：在九月五日和六日之间的那个晚上，我们一行人悄然离开了米薇女王的军团。与莱里亚军队告别之前，我们没放过补充给养的机会，当然了，我们也没征得军需官的同意。米尔瓦用了"抢"这个词，但我觉得她未免有些夸张。毕竟，在之前那场意义重大的"大桥之战"中，我们的表现理应得到嘉奖。就算没有额外的奖赏，至少也该赔偿损失吧。除了米尔瓦遭遇的不幸、杰洛特和卡西尔受到的刀伤，我们的马匹也在战斗中或死或残——除了我忠心可靠的珀迦索斯，还有猎魔人任性的母马洛奇。总之，作为补偿，我们带走了三匹良种马和一匹驮马。

我们还尽可能地拿了不少装备——但我必须公正地补充一句，有一半被我们随后就扔掉了。正如在我们动手之前，米尔瓦评论的那样：在黑灯瞎火里偷东西，你没法搞清自己摸到了啥。最有用的装备几乎都是吸血鬼偷的，毕竟他在晚上的视力胜过白天。雷吉斯还进一步削减了莱里亚军的战斗力，因为他额外牵走了一头肥胖的鼠灰色骡子。牵着它离开营地的过程中，那头牲畜一次也没乱跺脚，更没有乱叫。

由此可见，所谓"牲畜能感应到吸血鬼的存在，闻到其气味时还会恐慌失措"纯属无稽之谈——除非某个吸血鬼和某头牲畜是个例外。我再补充一句，这头鼠灰色的骡子后来一直陪伴着我们。自从那匹驮马在河谷地区的森林被狼群吓得不见踪影，我们的全部行李——确切地说，是剩下的行李——就都由那头骡子来驮了。雷吉斯给它起名叫"德拉库尔"。他显然很喜欢这个名字，因为在吸血鬼的语言文化中，这个词有种滑稽的意味，但我们要他解释清楚时，他却说这只是个没法翻译过来的文字游戏。

于是我们再度上路。本来喜欢我们的人就不多，到了现在，敌人的名单拉得更长了。利维亚的杰洛特，这位无所畏惧、无可指摘的骑士，在爵位得到世人认可、纹章被设计出来之前便脱离了骑士阶层。卡西尔·爱普·契拉克，在大战期间先后为尼弗迦德帝国和北方诸国效过力，又以逃兵的身份被交战双方分别判处了死刑。其他人的处境也没好到哪儿去。绞索就是绞索，没有太大不同，唯一的区别在于被绞死的理由：侮辱骑士精神、擅离职守，或给军队的骡子取名叫什么"德拉库尔"。

所以，亲爱的看官，为什么我们拼了命也要与米薇女王的军团拉开距离，你们总该明白了吧？

我们骑着偷来的马赶往南边的雅鲁加河，打算渡河去左岸。这不仅是要让大河挡在我们与女王的游击队之间，也因为河谷地区远比战火肆虐的安格林安全得多。要去凯德·杜找到德鲁伊，绕路左岸是更明智的选择。但问题在于，雅鲁加河左岸是尼弗迦德帝国的领土。前往左岸的想法是猎魔人杰洛特提出的，脱离了只会夸夸其谈的骑士阶层，他那理性、谨慎又富有逻辑的思考方式终于回来了。接下来的日子证明，猎魔人的计划造成了深远的影响，甚至改变了整支队伍的命运。这些暂且不谈。

等我们到了雅鲁加河，河岸边已满是尼弗迦德士兵。他们在红码头要塞旁修好了大桥，正准备继续朝安格林进军，随后则要去泰莫利亚、玛哈坎，还有尼弗迦德参谋部才知道的目的地。在军队过桥期间，我们根本没有渡河的可能，只能躲起来等他们全数通过。整整两天时间，我们蹲在河边的柳树林里饱受风寒，养肥了无数蚊子。雪上加霜的是，连老天也跟我们过不去，下起连绵的细雨，刮起肆虐的狂风，把我们冻得牙齿打颤。我活了这么久，就没见过这么冷的九月。亲爱的看官们啊，也就在这时，我在从莱里亚军营借来的装备里找到一支笔和一堆纸，然后，为了消磨时间，也为了忘却不适，我开始记下这次伟大而艰难的冒险经历。

沉闷的阴雨天和整日的无所事事影响了我们的心情，各种阴暗的想法也随之出现，尤其是猎魔人。杰洛特早先就会习惯性地计算与希瑞分别了多少天——按他的说法，每耽搁一天，他们之间就会离得越远。如今，在潮湿的柳树林里，在寒风和冷雨中，猎魔人越来越阴沉，也越来越吓人。我注意到他走起路来一瘸一拐，还在自以为没人看到或听到时大声骂人，或因痛楚而大口吸气。亲爱的看官，你们肯定知道，在仙尼德岛的巫师大会期间，杰洛特的腿骨被人打碎了。多亏布洛克莱昂的树精用魔法接合了他的断骨，但他毕竟还没有彻底痊愈。猎魔人承受着肉体和精神上的双重痛苦，心情糟糕得要命，这时千万不要招惹他。

另外，他又开始做噩梦。九月十日早上，他把我们所有人都吓坏了。之前他放了一整夜的哨，直到天快亮才躺下，但没过多久，他大叫着跳了起来，还猛地拔出了长剑，一副就要发疯的样子。幸好，他马上控制住了自己。

他迈步走开，不久后摆着一张臭脸回来。他没对我们解释太多，只说队伍立刻解散，他又要独自上路了，因为某地发生了可怕的事，他必须尽快赶去。他说情况很危险，他不能叫其他人跟着去冒险，也不想为任何人负责。他语气阴沉，却没有一点说服力。由于他闹别扭已经不是一次两次了，所以我们懒得跟他争论，就连平素能言善辩的吸血鬼也只是耸耸肩。米尔瓦吐了口唾沫以示不屑。卡西尔则冷冷地提醒杰洛特，说会为自己负责，还说自己身为一名士兵，身上佩剑的同时，就已经把脑袋系到了腰带上。然后大家沉默下来，意有所指地盯着笔者，显然以为我会趁机打退堂鼓。但不用我说，各位看官也能明白，鄙人叫他们大失所望了。

不过，这起事件还是打破了僵局，促使我们下定决心强渡雅鲁加河。我必须承认，行动的方式让我隐隐有些担忧，因为按计划，我们要趁夜游到河对岸去，引用米尔瓦和卡西尔的说法，就是"被马的老二拖着走"。虽然他们是在打比方——笔者怀疑他们懂不懂什么叫打比方——但我依然怀疑珀迦索斯的胆量，更何况它还是匹阉马。保守地说，游泳从来不是我的强项。如果自然之母希望我游泳，她就该让我一出娘胎，手脚间就长出蹼来。这情况同样适用于珀迦索斯。

事实证明，我的担心是多余的——至少不用担心被马的老二拖着走。最终我们用完全不同的方式过了河，而且这主意显然比前一种更疯狂、更大胆：就在尼弗迦德守卫和巡逻队的眼皮子底下穿过重建的大桥。到头来，这个举动只是看起来很鲁莽，好像是在赌命，事实上却像钟表运转一样精密。跟在步兵队列后面过桥的，有运输车队、有牲畜群，还有各色各样的平民，我们便混在人群里，没有引起丝毫的注意。就这样，在九月的第十天，我们的队伍跨过了雅鲁加河，中途只被守卫盘问了一次。当时卡西尔盛气凌人地皱起眉头，以帝国军官的身份吼了回去，又用军队中间最具传统、但也最有效的"滚你妈逼"作为强调。不等其他人过来调查，我们便踏上了雅鲁加河左岸，迅速消失在河谷地区的森林深处。因为这里只有一条通往南方的大道，不论这条路的方向，还是路上人山人海的尼弗迦德人，都让我们不得不敬而远之。

在河谷森林扎营的第一个晚上，我也做了个怪梦。但跟杰洛特不同，我没梦到希瑞，却梦到了女术士叶妮芙。这个梦十分古怪，且令人不安。在梦里，叶妮芙一如既往穿着黑白相间的衣服，飞过一座位于山顶的黑暗小城堡，其他女术士站在下面，朝她挥舞着拳头，高声叫骂。叶妮芙舞动长长的袖子，就像一只黑色的信天翁，飘到无边无际的海面上，朝初升的太阳飞去。从这一刻起，怪梦转成了噩梦。等我醒来，细节已被我忘得一干二净，只剩下令人费解的模糊画面。但这些画面非常可怕——其间有拷打、尖叫、痛苦、恐惧和死亡……一言蔽之，实在太可怕了。

我没向杰洛特提起这个梦。一个字也没提。日后看来，这一决定相当明智。

"她的名字是叶妮芙！温格堡的叶妮芙。一位强大又知名的女术士！如果我有半句假话，情愿横死当场！"

特莉丝·梅利葛德吃惊地转过身,努力让目光穿过旅店大厅里的人群和蓝色烟雾。最后她从桌边站起身,略有些遗憾地丢下那盘涂了凤尾鱼糊的比目鱼片——这可是本地特色,也是货真价实的美味珍馐。但她来布利姆巫德的旅店和酒馆不是为了品尝美食,而是要收集信息,何况她还得保持身材。

她拼命挤过密密麻麻的人群。布利姆巫德的居民爱听故事,从不放过任何听到新故事的机会。造访此地的水手也从没让他们失望过,因为水手总有新鲜的趣闻和轶事可讲。当然了,其中绝大多数纯属虚构。但这不重要。故事就是故事,可以自由发挥。

正在讲故事、且刚刚提到叶妮芙的女人是个来自史凯利格群岛的渔妇。她身材敦实,肩膀宽阔,头发剪得特别短。跟她的四位同伴一样,渔妇的外套也用鲸鱼皮制成,破损严重,磨得有些反光。

"时间是八月的第十九天,满月后的第三个早上。"渔妇端起杯子喝了一口,继续讲她的故事。特莉丝注意到,她手掌的颜色好像旧砖块,那条赤裸、粗糙、肌肉发达的手臂或许有二十寸粗。而特莉丝的腰围只有二十二寸。

"天刚蒙蒙亮,"渔妇巡视听众们的脸,"我们就把船开进了阿德·史凯利格岛与史派克鲁格岛之间的海峡,好去我们平时设网捕鲑鱼的牡蛎栖息地。我们想抓紧时间,因为西边的天空一片昏暗,像在酝酿暴风雨。我们必须尽快把网里的鲑鱼捞出来,不然——你们晓得的,等到风暴结束,网里就只剩一堆烂鱼头了,连一条整鱼都不会留下。"

听众大多是布利姆巫德和希达里斯的居民,基本都住在海边,生计与大海息息相关。他们纷纷点头,赞同地窃窃私语。特莉丝对鲑鱼的了解仅限于生鱼片,但也跟着连连点头,以免引起旁人的注意。她有秘密任务在身,所以要尽量保持低调。

"我们赶到那里……"渔妇喝光了杯里的酒,又用手势示意某个听众再请她喝一杯,"我们赶到那里,正准备收网,斯图里的女儿姑德伦突然大叫起来!她用手指着右舷!我们回头一看,有个黑黑的东西正从空中飞过。可那不是鸟啊!我的心脏停跳了一刻,因为我突然想到,那可能是条双足飞龙,或者小型的龙蜥。据说它们有时会飞去史派克鲁格岛,尤其是在猛刮西风的冬天。可那黑黑的东西马上就掉水里了!'扑通'一声,掀起四尺高的浪花,然后径直撞进我们的网子。它在水里被网缠住,像只海豹似的拼命挣扎。我们一起用力,好不容易才把它拉上来——要知道,船上可有整整八个女人呢!光是把它拖到甲板上,就花光了我们所有人的力气!等拉上来,我们的嘴巴全都合不上了!因为那是个女人!穿着黑裙子,头发像渡鸦一样黑的女人。她被网子缠住,夹在两条鲑鱼中间,其中一条,我敢打包票,足有二十四磅半重!"

来自史凯利格群岛的渔妇吹了吹酒上的浮沫,愉快地猛灌一大口。虽然说,哪怕最年长的听众也不记得有人捕到过这么大的鲑鱼,但没一个人插嘴,更没人表示怀疑。

"网里的黑发女人咳出几口海水,"渔妇续道,"扯着渔网扭来扭去。姑德伦尖叫起来:'是凯尔比!凯尔比!是美人鱼啊!'——她怀着孕,所以容易紧张——但连傻子也看得出,这才不是什么凯尔比。如果真是,它早把渔网扯破了,哪能被我们拉到船上?她也不是美人鱼,因为没有尾巴呀。美人鱼都有鱼尾巴的!更何况她还是从天上掉进海里的,谁见过会飞的凯尔比和美人鱼?这个时候,乌娜的女儿、一向没什么脑子的史卡蒂也跟着嚷了起来:'是凯尔比啊!'她抄起拖钩,朝渔网砸了过去!你们猜怎么着?网里突然射出一道蓝色的闪电,史卡蒂嗷的一声就飞了出去!拖钩往左,史卡蒂往右——如果我有半句假话,愿我不得好死——她在空中翻了三圈,一屁股坐到甲板上!哈,原来网里是个女术士,简直比水母、蝎子和电鳗还毒呢!那个女巫一副戒备十足的架势,还大喊大叫地骂我们!紧接着,渔网开始嘶嘶作响,冒出黑烟和焦臭味。她在施展魔法!我们看得出,毫无疑问……"

渔妇喝光一杯酒,马上又拿起一杯。

"毫无疑问……"她打了个响嗝儿,用手背抹了抹鼻子和嘴巴,"把女巫套到网里可不是个好主意!我得补充一句,她这时已经在用魔法摇晃我们的船了。所以我们不再犹豫!卡伦的女儿布丽塔用拖钩钉住渔网,我抄起一支船桨,开始揍她!揍她!狠狠地揍她!"

啤酒溅得老高,泡沫洒了一桌子,几只翻倒的酒杯掉到地上。听众们擦擦脸和额头,但没人抱怨,更没人出声指责。故事就是故事,可以自由发挥。

"那个女巫终于明白,"渔妇拍了拍高耸的胸脯,轻蔑地扫视四周,"史凯利格的女人可不是好惹的!她说她认输了,还答应解除咒语和法术。她告诉我们,她的名字是'温格堡的叶妮芙'。"

听众们开始窃窃私语。仙尼德岛事件过去还不到两个月,人们依然记得被尼弗迦德收买的叛徒都有谁。其中就有著名的叶妮芙。

"我们带上她,"来自群岛的女人续道,"把她送到阿德·史凯利格岛的凯尔·卓城堡,交到克拉茨·安·奎特伯爵手上。从那以后,我就再没见过她。当时伯爵出了远门,听说等他回来,一开始就没给那个女巫好果子吃,但慢慢地对她客客气气、非常友好了。呃……我本以为那个女巫会回来报复我，毕竟我用船桨狠揍了她一顿。我以为她会在伯爵面前说我的坏话，可她没有。据我所知，她连一个字都没提。她是个正派人。后来听说她自杀了，我还觉得挺伤心的呢……"

"叶妮芙死了？"特莉丝惊叫起来，甚至忘记了隐藏身份，"温格堡的叶妮芙死了？"

"是啊，她死了。"渔妇喝了口啤酒，"像条鲭鱼一样死透了。她施展法术的时候，被自己的咒语害死了。这是不久之前的事——八月的最后一天，就在新月之前。不过这就是另一个故事了……"

"丹德里恩！别在马背上睡着了！"

"我没睡！我正在脑子里搞创作呢！"

亲爱的看官们，我们正骑马穿越河谷地区的森林，朝东边的凯德·杜前进，去寻找能帮我们找到希瑞的德鲁伊教徒。至于我们的表现为何如此糟糕，我以后会做出说明。不过首先，出于记载史实的目的，我会先描述一下我们队伍中的每位成员。

吸血鬼雷吉斯大概有四百岁——只要他没撒谎的话——也就是说，他是我们当中最年长的一位。当然了，他也可能是在撒谎，反正我们也没法证实。但我倾向于相信他说的是真话，因为他告诉过我们，他早就彻底摒弃了吸食人血的行为。多亏他作出这番声明，才让我们每晚入睡都能放心些。最开始那段时间，我发现米尔瓦和卡西尔醒来后总会先提心吊胆地揉揉脖子，但他们很快就不这么干了。至少从表面上看，雷吉斯是个崇尚荣誉的吸血鬼，既然立了誓，他就一定不会再吸任何人的血。

当然了，他也有缺点。但我觉得，他的缺点跟他是不是个吸血鬼没什么关系。雷吉斯是个聪明人，也经常流露出智慧的一面，只是他有个令人恼火的坏习惯，就是爱用先知一样的语气大声发表意见。对于他的发言，我们很快就懒得回应了，因为他的主张，要么的确是事实——至少听起来挺可信的；要么根本就无从验证——这跟事实又有什么分别呢？而最让人无法忍受的是雷吉斯的另一个习惯：他总喜欢在提问者把问题说完之前——甚至不等提问者发问——便抢先给出答案。我一直认为，这种表现看似智慧过人，实则却是傲慢无礼和狂妄自大。这样的人也许很适合在大学教书或在宫廷社交圈出入，但作为朝夕相处的同伴，却总叫人忍不住想打他。多亏队伍里还有个米尔瓦，不然我的头都要大了。杰洛特和卡西尔似乎都挺理解吸血鬼的，时不时还会戏仿一下他的说话方式，唯独米尔瓦从来不买雷吉斯的账。她选择了简单又不矫情的对应方式。当吸血鬼第三次不等她说完就抢答时，他被米尔瓦狠狠地臭骂了一顿，那些字眼和形容，连老兵油子听了也会满脸通红。真别说，这个办法还挺管用，雷吉斯以后再没犯过类似的臭毛病。这事也给我上了一课：对付那些想凭"才智"掌控全局的"智者"，骂脏话才是最有效的对策。

我有种感觉：面对那场不幸的意外和随之而来的……损失，米尔瓦一定付出了很多。但这只是我的感觉罢了，因为我知道，身为男人，恐怕我永远也没法真正理解这一切对一个女人来说意味着什么。尽管我既是诗人又是作家,但这一次,就连我老练又丰富的想象力都辜负了我,我本人对此也无能为力。

米尔瓦的身体恢复得很快,精神状态却每况愈下。有时一连几天,她从早到晚一声不吭。有时她会突然消失,一个人不知去了哪儿,让我们提心吊胆。终于有一天,她的状况开始好转。米尔瓦像个真正的树精或精灵一样,做出了粗鲁、冲动而又令人费解的举动。某天早上,她当着我们的面拔出刀子,二话不说便割掉了辫子,剩下的断发堪堪只到颈背。"我不适合再留辫子,反正我也不是处女了。"她对目瞪口呆的我们说。"但我也不是寡妇。"她又补充道,"我的哀悼到此为止。"从这一刻起,她恢复了从前的样子——粗鲁、严厉、刻薄、惯用各种难登大雅之堂的词汇。由此我们得出结论:她总算渡过难关了。

队伍里第三位成员同样是个怪人。他是个尼弗迦德人,却总想证明自己不是尼弗迦德人。他自称叫作卡西尔·莫瓦·迪弗林·爱普·契拉克……

"契拉克之子卡西尔·莫瓦·迪弗林,"丹德里恩用小铅笔指了指尼弗迦德人,同时用强调的语气说道,"在这支人人可敬的队伍里,我被迫忍受了许多让人无法忍受的事,但唯独这一件,绝对不行!在我写作时,不允许别人站在背后偷看!这种行为,是可忍孰不可忍!"

尼弗迦德人走开几步。他思索片刻,拿起自己的马鞍和毛毯,挪到米尔瓦旁边。后者似乎正在打瞌睡。

"抱歉打扰你了。"他说,"请你原谅,丹德里恩。出于好奇,我不自觉看了一会儿。我还以为你在画地图或者做算数。"

"我又不是会计!"诗人跳了起来。看得出,他可不是装腔作势,他是由衷地感到愤怒。"我也不是绘图师!就算真是,你也无权偷窥我的记录!"

"我已经道过歉了。"卡西尔干巴巴地提醒他,开始整理自己的铺盖,"在这支人人可敬的队伍里,有些事我可以妥协,有些事我也习惯了,但我依然坚持只道歉一次的原则。"

"没错。"猎魔人接口道。他竟然会赞同卡西尔,叫所有人都吃了一惊,包括年轻的尼弗迦德人本人。"你越来越暴躁了,丹德里恩。这明显跟你用笔在纸上乱涂乱画有关。"

"的确。"吸血鬼雷吉斯往营火里添了几根桦树枝,"我们的吟游诗人近来变得敏感易怒,还经常偷偷摸摸、遮遮掩掩的。哦,按他的性格,别人围观他创作,他应该很高兴才对嘛。但看目前的情形,他却一点也不喜欢别人的关注。他的自我封闭与反感他人目光的行为肯定与那张纸和那支笔有关,所以我很好奇他到底在写什么。诗歌?叙事诗?史诗?传奇诗?还是韵文?"

"都不是。"杰洛特凑近营火,把一条毛毯披在肩上,"我了解他。他不可能是在写诗,因为他既没有说脏话冒犯神明,也没有喃喃自语,更没掰着指头数算音节。他写得这么安静,所以只能是散文。"

"散文!"吸血鬼一反常态地亮出尖锐的犬齿,"是小说吗?还是随笔?道德短剧?见鬼,丹德里恩!别再折磨我了!告诉我,你在写什么?"

"回忆录。"

"那是什么?"

"在这些纸上……"丹德里恩拿出一只装满纸张的筒状容器,"记载了我毕生的杰作。这是我的回忆录,我要命名它为《诗歌的五十年》。"

"这书名真蠢。"卡西尔干巴巴地说,"诗歌又没有年纪。"

"就算它有,"吸血鬼补充道,"也肯定不止五十年。"

"你们懂啥?这书名的意思是:本书作者奉献给诗歌女神的时间不多不少,正好是五十年。"

"那就更没道理了。"猎魔人说,"你,丹德里恩,连四十岁都不到。你写诗的才华,是八岁那年在神殿学校被人用藤条抽屁股时显露出来的。就算你打那之后就开始写诗,你奉献给诗歌女神的时间也不超过三十年。我甚至都没必要做假设,因为你自己不止一次提起,你是在十九岁那年,受到德·斯塔尔女伯爵①爱意的启发,才开始认真创作并谱写诗歌的。这么算来,丹德里恩,你的奉献时间连二十年都不到。所以你是从哪只袖子里变出整整五十年的?还是说,这只是个比喻?"

"在眼界方面,"诗人神气活现地说,"我跟你们有本质上的不同。我描述现在,但也顾及未来。我正在创作的手稿,计划将在二三十年后出版,那时就没人质疑这个书名了。"

"哈,这下我懂了。您的深谋远虑真叫我五体投地。平时的你明明连第二天都不关心。"

"我确实不大关心第二天的事。"诗人的语气充满优越感,"我考

---

① 暗指十八世纪法国著名女文人,有"女伏尔泰"之称的斯塔尔夫人。——译注

虑的是将来，还有永恒！"

"从将来的角度看，"雷吉斯说，"你从现在就开始写这本书，有些不道德。就冲这个书名，以后的人就会觉得该书的作者应该是个老人，他至少拥有五十年的学识和经历，还有纵观半个世纪的视角……"

"经历过半个世纪的家伙，"丹德里恩打断他的话，"至少也是个七十岁的糟老头，脑袋都被痴呆症搞糊涂了。等我到了七十岁，我宁可坐到门廊上放屁，也不想去口述什么回忆录，因为这样只会惹来别人的嘲笑。我才不会犯这种错误。我会趁自己创作力充沛，事先写下自己的回忆。日后付梓之前，我只要做些润色就够了。"

"也许他说得有道理。"杰洛特揉了揉隐隐作痛的膝盖，小心翼翼地曲起腿，"对我们来说，这也不算坏事。我们肯定会出现在他的作品里，他也肯定不会说我们的好话，不过至少，我们在半个世纪内用不着替他的书烦心。"

"半个世纪算什么？"吸血鬼笑道，"不过弹指一挥间……哦对了，丹德里恩，我有个小小的建议：在我看来，《诗歌的半世纪》比《诗歌的五十年》更合适。"

"尽管我不能苟同，"吟游诗人低下头，继续奋笔疾书，"但还是多谢你，雷吉斯。终于听到建设性意见了。还有人有什么补充？"

"我有。"米尔瓦出人意料地从毛毯下探出头，开口道，"你们干吗这么看着我？就因为我不识字？但我又不蠢！为了拯救希瑞，我们跋山涉水，拿着武器踏入敌人的领地，而丹德里恩的笔记很有可能落到敌人手里。咱们都知道，这位大嘴巴诗人笔下根本没有秘密可言。他的破手稿没准儿会害我们上绞架。"

"你太夸张了，米尔瓦。"吸血鬼温和地说。

"夸张得何止过分。"丹德里恩说。

"我也觉得她说得有些夸张。"卡西尔漫不经心地补充道,"不知道你们北方人怎么看,但在帝国,持有书稿不算犯罪,从事文学写作也不会受罚。"

杰洛特瞥了他一眼,用力折断手里把玩的树枝。"但在被你文明的祖国征服的城市里,图书馆却遭到焚烧。"他声音平和,语调却带着毫不掩饰的责备,"这种事先不提。玛利亚,我也觉得你太夸张了。丹德里恩写的东西向来毫无意义,更不会影响我们的安全。"

"好吧,我只是凭经验做出判断而已!"女弓手坐了起来,反驳道,"财政大臣做人口普查的时候,我继父逃进了森林,躲了整整两星期,连面都不敢露。'有文书的地方就有法官。'他总这么说,'今天写下你的名字,明天就能吊死你。'他没说错,虽然他是个无可救药的人渣。那个狗娘养的,希望他依然在地狱里被火焚烧!"

米尔瓦掀开毛毯,坐到营火旁,彻底放弃了睡觉的打算。杰洛特知道,今晚他们又要聊一整夜了。

"看得出,你很不喜欢你继父。"短暂的沉默后,丹德里恩说道。

"不喜欢。"米尔瓦咬牙切齿地说,"因为他是个杂种。每次我妈不在跟前,他就对我毛手毛脚,然后声称自己什么都没干。我警告他不许再犯,可他不听。终于有一天,我受够了,就用草耙打了他。等他倒地,我又补了几脚——两脚在肋骨,一脚在小腹。他在床上躺了两天,吐血不止……不等他养好伤,我就离家出走了。后来我听说他死了,不久我妈也过世了……喂,丹德里恩!这你也写?你好大的狗胆!当心我让你好看,听到没有?"

米尔瓦能加入我们,是件挺奇怪的事;吸血鬼与我们同行,更是令人吃惊;但最奇怪也最让人无法理解的,还是卡西尔的动机。突然之间,他就由敌人变成了朋友,至少也是盟友。关于这一点,年轻人已在"大桥之战"中证明了自己:他毫不犹豫地举起长剑,站在猎魔人身边,对抗自己的同胞。这个举动为他赢得了我们的认可,也打消了我们最后一丝疑虑。我说的"我们"是指我、吸血鬼,还有女弓手。因为杰洛特虽与卡西尔并肩作战,一起拼死搏杀,可他仍用怀疑的眼光看待尼弗迦德人,也始终对其没什么好感。杰洛特努力隐藏自己的怨恨,但正如我先前指出的那样,他的个性直率得像柄长矛,所以他的敌意总会不由自主地流露出来,就像从破渔网里钻出的鳗鱼。

他的理由很明显:希瑞。

仿佛命运的安排一样,七月的新月之夜,巫师们发生流血冲突时,我也身在仙尼德岛。巫师们分成两派,一派忠于北方诸王,另一派则是被尼弗迦德人煽动的叛徒,并得到了精灵叛军"松鼠党",以及契拉克之子卡西尔的支持。卡西尔身负特殊使命来到仙尼德岛,意图俘虏并绑架希瑞,但希瑞在自卫时砍伤了他——每次看到卡西尔左手上的伤疤,我的嘴巴都会一阵阵发干。他当时肯定疼得要命,直到现在,他还有两根手指没法弯曲。

在这之后,他被自己的同胞绑到马车里,准备送回去接受残酷的死刑,是我们救下了他。我想知道他到底犯了什么罪,竟会受到如此对待?就因为在仙尼德岛失手了?卡西尔并不健谈,但我很擅长分析言外之意。他还不到三十岁，便已当上尼弗迦德军的高级军官。他的通用语也说得很好，这在尼弗迦德人中并不常见。有鉴于此，我想我已经猜到卡西尔是在哪个部门服役，也猜到他为何会晋升得如此迅速了。至于他肩负的特殊使命——在国外执行的使命——我也能猜出个大概。

卡西尔早就试图绑架过希瑞。这事发生在三年前的辛特拉大屠杀期间。那也是他第一次感受到命运的力量——一直在主宰希瑞的命运之力。

我能与杰洛特谈到此事，纯粹出于巧合。那是跨过雅鲁加河后的第三天，也是秋分日的十天前，当时我们正在河谷森林中穿行。虽然为时甚短，但我们的交谈却充斥着不快与恼火，就连猎魔人的表情和眼神都显得十分狰狞。随后，秋分日当晚，金发女人安古蓝加入之后，猎魔人终于爆发了。

◀━━╋━━▶

猎魔人没看丹德里恩，也没目视前方。他看的是洛奇的鬃毛。

"卡兰瑟在自杀之前，"他接上刚才的话题，"逼着几位骑士立下誓言，叫他们拼死保护希瑞，免得她落到尼弗迦德人手里。那些骑士在脱逃期间力战身亡，把希瑞独自留在尸体和烈火中间，留在燃烧的城市和窄街上。她原本是逃不出来的，这点毫无疑问。但他找到了她。他，卡西尔，骑着战马，掐住她的脖子，把她拖出火海。他拯救了她。多么英勇！多么高贵啊！"

丹德里恩让珀迦索斯放慢脚步。他们正骑马走在队伍末尾——雷吉斯、米尔瓦和卡西尔领先他们足有五十步,但诗人连半个字也不想叫几位同伴听到。

"问题在于,"猎魔人续道,"我们这位卡西尔的高贵之举,完全是在执行命令。高贵的他就像脖子上系了皮带的鸬鹚。鸬鹚叼着鱼,却没法吞进肚里,因为它必须把鱼献给主人。由于它失败了,所以主人很生气!鸬鹚就此失宠了!也许这就是它开始向鱼寻求友谊和陪伴的原因。你觉得呢,丹德里恩?"

吟游诗人趴到马鞍上,躲开一根椴树枝。树枝上的叶片已彻底转黄。

"即便如此,正如你所说,是他救了希瑞的命。多亏他,希瑞才能毫发无伤地逃离辛特拉。"

"也让她在噩梦里常常见到他,常常哭号不止。"

"可他还是救了希瑞。别再记恨他了,杰洛特。有好多事已经改变了——我是说,每一天都在改变。怨恨和恼火对你没好处。他救了希瑞。不管过去、现在还是将来,这个事实永远不会改变。"

杰洛特终于收回盯着洛奇鬃毛的目光,抬起头。丹德里恩瞥了一眼他的脸,立刻转过头去。

"事实不会改变?"猎魔人用充满怒意、仿佛金属般冷硬的嗓音重复道,"没错!在仙尼德岛上,他当着我的面也是这么喊的。但等我亮出长剑,他就吓得连话都说不利索了。就是这个事实,再加上他喊出的话,让我没法痛下杀手。到了现在,我更下不去手杀他了。真是太糟糕了。当时在仙尼德岛上,我就该以他为开端,串起一道死亡与复仇的链条,让人们直到一百年后依然津津乐道,让他们天黑之后就不敢再提及这个故事。我这么说,丹德里恩,你能明白吗?"

"不太明白。"

"那你干吗不去死?"

这场对话令人反感,猎魔人的表情也自始至终写满了厌恶。老天啊,我真不希望他陷入这种情绪,更不喜欢他说这话时的样子。

但我必须承认,在他说出关于鸬鹚的形象比喻之后,我的心里也不安起来。鸬鹚把鱼叼给主人,主人再把鱼开膛破肚,下锅煮熟!这类比真让人愉快,这前景真叫人欣喜……

然而,我的理性却否定了这份担忧。如果拿鱼作类比,我们会是什么鱼呢?不过是几条杂鱼。小小的、滑不溜秋的杂鱼。卡西尔身为鸬鹚,单靠这点收获可没法赢得皇帝的青睐。话说回来,他自己也没法假扮成狗鱼。跟我们一样,他也不过是条小杂鱼。在战火重铸世界和世人命运的时刻,真有人会在意区区几条杂鱼吗?

我敢用脑袋打赌,在尼弗迦德帝国,已经没人记得还有卡西尔这号人物了。

瓦提尔·德·李道克斯,尼弗迦德军事情报部门的负责人,正在低头聆听皇帝的训斥。

"看来就是这样喽?"恩希尔·瓦·恩瑞斯尖刻地说,"你的部门预算是教育、艺术和文化部门三者之和的三倍,到头来却连一个罪犯都找不到。那人已消失得无影无踪了——真棒啊，你们部门烧钱的目的，不就是让人无所遁形吗？那人犯了叛国重罪，还让你的部门沦为笑柄。我给了你们足够的资源，给了你们骚扰无辜民众的权限，结果呢？屁用都没有。相信我，瓦提尔，下次议会再提议削减情报部门的预算，我会很乐意听取他们的意见。这点你尽管放心！"

"我相信，"瓦提尔·德·李道克斯清了清嗓子，"在仔细听取正反双方的意见之后，尊贵的皇帝陛下一定会权衡利弊，做出正确的决定。也请陛下尽管放心，卡西尔·爱普·契拉克绝对不会逃脱惩罚。我正在努力……"

"我给你拨款，要的不是努力，而是成果。现在的成果实在差强人意！瓦提尔，差强人意你懂吗？威戈佛特兹的事怎么样了？希瑞菈又在哪儿？你在嘟囔什么？大点声！"

"我在想，被我们扣留在达恩·罗万的女孩，陛下您应该娶她为妻。我们需要这桩婚姻，好赢得辛特拉的合法统治权，这样还能安抚史凯利格群岛，平息阿特里、斯特瑞普及马格·图加北部的动乱。我们需要一次特赦，以维护内陆的和平，确保补给线路的安全……我们还得让柯维尔国王伊斯特拉德·蒂森保持中立。"

"我知道。可达恩·罗万的女孩是个冒牌货。我不能娶她。"

"恕我无礼，陛下，但是不是冒牌货重要吗？目前的政治局势亟须一场盛大的正式婚礼。而且要快。那位年轻女士会戴上面纱，等我们找到真正的希瑞菈，只要把新娘……调换一下……"

"瓦提尔，你疯了吗？"

"冒牌货上次只露了一下脸。辛特拉王国的人已经整整三年没见过真正的希瑞菈。根据传闻，她在史凯利格群岛待的时间比在辛特拉更长。我敢保证,不会穿帮。"

"不行!"

"陛下!"

"不行,瓦提尔!我要真正的希瑞!现在,赶紧干活儿去。给我找到希瑞,找到卡西尔,还有威戈佛特兹。因为我也敢保证,不管威戈佛特兹在哪儿,希瑞都会在他手上。"

"皇帝陛下……"

"说啊,瓦提尔!我一直在听你说呢!"

"过去我曾怀疑,威戈佛特兹的事是个局。那个巫师早就被杀或被抓了。迪杰斯特拉大张旗鼓追捕他,其实是为了诋毁我们,并以此掩盖他血腥的镇压活动。"

"我也有过这种猜测。"

"然而……有件事在瑞达尼亚还没公开:据我的探子报告,迪杰斯特拉找到了威戈佛特兹的一个藏身处,里面的种种迹象表明,巫师在那儿做过残忍的人体试验。更准确地说,是关于人类胚胎……以及怀孕女性的试验。所以,要是希瑞菈已经落到威戈佛特兹手里,继续搜寻她只怕也是……"

"该死的,闭嘴!"

"但换个角度看,"瓦提尔·德·李道克斯看看皇帝愤怒的目光,匆忙改口,"这也可能是个假情报。目的就是抹黑那个巫师。这也很像迪杰斯特拉的风格。"

"你的任务是找到威戈佛特兹,把希瑞从他手里抢过来!再提些不着边际的推测和假设,就叫魔鬼把你抓走算了!灰林鸮在哪儿?还在吉索吗?他是不是已经翻过每一块石头,搜遍每一个地洞了?'女孩显然不在这儿,也从没来过''占星师不是弄错了就是在撒谎'这不都是他报告里的原话吗?所以他还留在那儿干吗?"

"容我斗胆多嘴,验尸官史凯伦的举动确实让人摸不着头脑……他的部门——奉您旨意组建的部门——把梅契特的罗凯尼要塞当成了据点。再容我补充一句,他的部门里全是可疑的家伙。更奇怪的是,史凯伦大人在八月下旬雇了一个著名的杀手……"

"什么?"

"他雇了一个赏金猎人,要他除掉在吉索相当猖獗的某个匪帮。这事本身值得称赞,但这真是帝国验尸官该干的事吗?"

"瓦提尔,你确定自己不是出于嫉妒?你的报告是否因此存有偏见?"

"我只是叙述事实罢了,陛下。"

"我更想亲眼见到事实。"皇帝突然说,"光是听你们说,我已经受够了。"

◆━━━◆━━━◆

今天确实不太好过。瓦提尔·德·李道克斯很疲倦。根据日程安排,他还要再批阅一到两个钟头的文书,以免明天被待办的文件淹没。光是想到这一点,他就浑身发抖。不行了,他心想,看在诸神的分上,我不行了。工作又不会长腿跑掉。我得回家……不,不回家。叫那女人等着。我要去找坎塔蕾拉。在可爱的坎塔蕾拉身边,我才能真正放松一下……

他没再犹豫,径直站起身,拿起外套,走出门去。秘书递过一只染色山羊皮公文包——里面塞满了等着他签字的紧急文件——他却厌恶地挥手拒绝。明天！明天再说！

他穿过花园后门，离开皇宫，走在一条林荫道上，道路两旁种了柏树。他在途中经过一眼人工池塘，里面养着一条足足活了一百三十二年的金鲤鱼。先帝托雷斯以之为傲，还赏了它一枚金制纪念章，后者眼下正贴在这条大鱼的鳃盖上。

"晚上好，子爵大人。"

瓦提尔一抖手臂，滑出藏在袖子里的匕首，将刀柄握在手中。

"你不要命了吗，里恩斯？"他冷冷地说，"不对，在尼弗迦德露出你这张烧焦的烂脸风险太大。啊，这一定是魔法投影……"

"您注意到了？威戈佛特兹向我保证过，只要不被碰到，没人猜得出这是幻象。"

瓦提尔收起匕首。其实他只是猜测，但现在可以确定了。

"里恩斯，"他说，"你还没那么狗胆包天，不可能以身涉险。不然你知道会是什么下场。"

"皇帝对我和我主人威戈佛特兹的偏见还是那么深？"

"你的傲慢真让人难以置信。"

"见鬼，瓦提尔，我向你保证，我们——我和威戈佛特兹——依然站在你们这边。好吧，我承认背叛过你们，送了你们一个假希瑞菈，但那是出于好意。如果我说谎，愿我掉到水里淹死。真希瑞菈失踪了，威戈佛特兹相信，找个冒牌货总好过没有。我们以为这对你们没什么分别……"

"你的傲慢已经构成侮辱了。我可不想再对着一个无礼的幻影浪费时间。等抓到你的真身，我们再瞧瞧你能给我提供什么乐子。我保证，我们会聊很久的。在那之前……滚蛋吧，里恩斯。"

"这可真不像你，瓦提尔。换作我认识的那个瓦提尔，就算是魔鬼出现在他面前，他也会想方设法先让自己得到些好处，而不是马上把它赶走。"

瓦提尔不再看向幻影，而是盯着那条鲤鱼。它的鳞片爬满水藻，正懒洋洋地搅起池底的淤泥。

"好处？"他终于开口，轻蔑地撇撇嘴唇，"就凭你？你能给我什么？真正的希瑞菈？你的主人威戈佛特兹？还是卡西尔·爱普·契拉克？"

"停！"里恩斯的幻象抬起一只虚朦的手，"你猜对了。"

"猜对了什么？"

"卡西尔。我们会把卡西尔的脑袋带给你。我和我的主人威戈佛特兹……"

"拜托，里恩斯，"瓦提尔不屑地说，"你们的顺序还是修正一下比较好。不过……"

"如您所愿。在我微不足道的协助之下，威戈佛特兹将给您送来契拉克之子卡西尔的人头。我们知道他身在何处。只要你们愿意，我们随时都能把他揪出来。"

"你们有这本事？拜托，你该不会是想告诉我，你们在米薇女王的军队里有个特别优秀的探子？"

"您在试探我？"里恩斯的表情有些扭曲，"还是说您真不知道？恐怕是后者吧。我亲爱的子爵大人，卡西尔他……我们知道他在哪儿，我们知道他想去哪儿，也知道跟他在一起的都有谁。您要他的脑袋？我们能办到。"

"他的脑袋,"瓦提尔微笑着说,"恐怕没法讲述仙尼德岛上到底发生了什么。"

"这样不是更好吗?"里恩斯讽刺地回答,"干吗要给卡西尔讲话的机会呢?我的任务是化解威戈佛特兹与皇帝之间的敌意,而不是火上浇油。我会弄到卡西尔·爱普·契拉克的脑袋——再也说不出话的脑袋。我们会做好安排,让你——只有你——得到好处。三周之内,货物就会送到。"

百余岁的老鲤鱼用胸鳍拨动池水。这条鲤鱼,瓦提尔心想,一定很有智慧。可那是关于什么的智慧呢?不外乎淤泥与睡莲吧。

"里恩斯,你要什么回报?"

"只要些微不足道的情报。比如史提芬·史凯伦在哪儿?他的计划是什么?"

"他想知道的事,我都告诉他了。"瓦提尔·德·李道克斯靠着枕头,伸了个懒腰,继续把玩卡席雅·凡·坎亭的头发,"你瞧啊,我的小甜心,有时候做事就得精明点儿。所谓'精明'就是见人说人话,见鬼说鬼话。不然一招走错便会满盘皆输,变作一摊发臭的淤泥和池水。在离宫殿只有几步之遥的大理石池塘边,你还能指望些什么?小甜心,我说得对吗?"

卡席雅·凡·坎亭,昵称"坎塔蕾拉"的女孩并未作答。瓦提尔也没指望她回答。女孩芳龄十八,怎么看都不像很聪明的样子。她的兴趣仅限于做爱,跟瓦提尔做爱——至少目前如此。在性爱方面,坎塔蕾拉绝对是个天才,她的技巧与手段堪与她的热情与专注比肩。但对瓦提尔来说,这些并不是最重要的。

坎塔蕾拉寡语少言,而她乐于且擅长聆听。在她耳边,他可以畅所欲言,放松自己,让心灵和头脑都焕然一新。

"干我们这一行,受到责难是难免的,"瓦提尔语气苦涩,"一切就因为我没找到那个希瑞菈。军队能屡战屡胜,还不多亏我的手下拼死拼活,难道这还不够?总参谋部对敌方的行动一清二楚,不也要靠我们打探消息,难道这也不够?我的探子曾打开几座要塞的大门,省去了他们数周的围城时间,难道这都不够?不,不够,他对我没有半句嘉奖。重要的就只有那个希瑞菈!"

瓦提尔·德·李道克斯愤怒地哼了一声,接过坎塔蕾拉双手奉上的酒杯——杯中斟满了陶森特的东之东红酒。这酒的年份让他想起了久远的过去:那时的恩希尔·瓦·恩瑞斯皇帝还只是个被剥夺了继承权、饱受侮辱的小男孩,而瓦提尔·德·李道克斯则是个年轻的情报员,在部门里的地位无足轻重。

那是个好年头——对酒来说。

瓦提尔喝了口酒,把玩着坎塔蕾拉匀称的双乳,再次开口。女孩专注地聆听。

"史提芬·史凯伦,我的甜心,"帝国情报部门的首脑喃喃道,"是个骗子加阴谋家。在里恩斯出现之前,我就知道他有什么打算了……我已经在那边安插了一个人……一个跟史凯伦非常、非常亲近的人……"

坎塔蕾拉解开睡袍的系带,俯下身子。瓦提尔感受到她的呼吸,在愉悦的期待中呼出一口气。*真是与生俱来的天赋啊*,他心想。紧接着，柔软、炽热又光滑的嘴唇触碰到他的身体，将他的所有念头都赶出了脑海。

卡席雅·凡·坎亭缓慢又富有技巧地展示出自己的天赋，将欢愉带给帝国情报部门的首脑瓦提尔·德·李道克斯。这并非卡席雅唯一的天赋，但瓦提尔对此并不知情。

他当然不知道，虽然外表看上去不够聪明，但卡席雅·凡·坎亭却拥有过人的记忆力，以及敏锐的思维能力。

瓦提尔告诉她的一切，每一条细枝末节的信息，温存中说过的每一个字眼，卡席雅都会在次日清晨，半点不差地复述给女术士艾希蕾·瓦·阿纳兴。

没错，我敢用脑袋打赌，整个尼弗迦德一定没人记得卡西尔，更不会有人记得他的未婚妻——假如他有的话。

但这个话题先放到一边，首先把时间和地点转回到我们跨过雅鲁加河之后。我们正略显匆忙地骑马赶往东边的黑森林，在上古语里，那个地方又名"凯德·杜"。我们要去那里寻找德鲁伊教徒，他们能占卜到希瑞身在何处，或许还能化解困扰杰洛特的噩梦。我们穿过了上河谷地区的森林——"上河谷地区"又叫"左岸"，是片荒无人烟之地，位于雅鲁加河与阿梅尔山麓之间。这个区域还被称为"北方坡地"，其东部与多尔·安哥拉峡谷接壤，西部则有一片湖沼，可惜我忘记它的名字了。

从古至今，没人真正占有过这块土地，因此也就没人知道它的拥有者和管辖者究竟是谁。在这一点上，泰莫利亚、索登、辛特拉和利维亚的统治者各有主张，他们将左岸的不同区域视为自己的王族采邑，并不时用烈火和刀剑强调自己的说法。但随着尼弗迦德军越过阿梅尔山脉，他们的争执也都画上了句点，从此再没人质疑该地的归属权——因为整个雅鲁加河以南都归帝国所有了。在我写下这段话的同时，就连雅鲁加河以北，也有好些土地落到了帝国手中。由于缺乏详实的情报，我并不清楚那些土地有多广，又朝北方延伸到了何处。

再说回河谷地区，亲爱的看官们，请允许我插几句关于历史的题外话：一个地区是如何起源并形成的，其过程往往出于杜撰，是外力冲突的副产品。王国的历史通常由外来者书写。外来者虽是起因，但承担后果的却是当地居民。这个道理亘古不变。

该法则对河谷地区同样适用。

河谷地区本来也有原住民，他们称自己的家园为"河国"。经历了终年不断的兵燹与战乱之后，他们的生活陷入贫困，被迫远走他乡。村庄遭到焚毁，农田化作废墟，耕地被荒野吞没，贸易凋零，商队也渐渐远离无人修缮的道路。能在河国留下来的，就只剩下野蛮的无赖，他们与狼人和野熊最大的不同，在于还穿着裤子。至少还有一部分人是这样。我这话的意思是：有一些人穿着裤子，有一些人则不穿。他们大多是些自私、粗鄙又愚蠢的野人。

而且毫无幽默感。

◆━━━◆━━━◆

养蜂人的黑发女儿把碍事的辫子甩到身后，再次热火朝天地摇起手磨。丹德里恩的努力付诸东流——黑发女人似乎把诗人的话当成了耳边风。丹德里恩朝队伍其他成员眨眨眼,装模作样地叹了口气,又抬头看向天花板。但他并没有放弃。

"交给我吧。"他重复道,然后露齿而笑,"我来帮你摇磨,你可以到地窖里拿些啤酒。你这儿肯定有地窖,地窖里也肯定藏着酒桶。我没说错吧,小美人儿?"

"先生,别再打扰她好吗?"养蜂人的老婆气呼呼地说。她是个高挑苗条的女人,脸蛋漂亮得出人意料,眼下正在厨房里干活。"我已经说了,这儿没有啤酒!"

"都跟你说十几遍了,先生。"养蜂人帮腔支持自己的老婆,同时也打断了猎魔人与吸血鬼的交谈,"我们会用蜂蜜做薄烤饼,然后你们就有得吃了。所以别再打扰她了,她得把谷子磨成面粉。要是没有面粉,连巫师也变不出烤饼啊!让她一个人安安静静地干活吧。"

"听见没,丹德里恩?"猎魔人喊道,"别缠着人家姑娘不放了。你还是干点正经事吧,比如写你的回忆录!"

"我口渴。吃饭之前,我想先喝点东西。我有几株草药,正好可以泡一下。老奶奶,屋里有没有开水?我是说——有没有开水?"

坐在长凳上的老女人,也就是养蜂人的母亲,从正在织的长袜上抬起目光。"有,亲爱的,有。"她喃喃道,"不过已经凉了。"

丹德里恩叹了口气,无可奈何地坐到桌旁。其他人正跟养蜂人聊天——今天一大早,他们在大树参天、野兽出没的森林里遇见了他。这位养蜂人五短身材,但十分健壮,留着一头茂盛的黑发。他突然钻出树丛时,一行人都吓了一跳:他们还以为对方是个狼人呢。最有意思的是,头一个尖叫"狼人!狼人!"的竟是吸血鬼雷吉斯。虽然搞出了一阵混乱，好在误会很快得到了澄清。养蜂人外貌狂野，实际上却很有礼貌，他热情地邀请众人到家里做客。杰洛特等人也不客套，直接接受了邀请。养蜂人的家——按他们的行话又叫"地产"——坐落于一片开阔的林间空地，里面住着养蜂人及其母亲、老婆和女儿。后两位女性的美貌异于常人，说明她们肯定是树精或木精①的后裔。

在随后的交谈中，养蜂人给了他们一种印象，好像他只懂得蜜蜂、人造蜂房、天然蜂巢、采蜜板、烟熏蜜蜂、蜂蜡和如何采蜜。但第一印象往往是靠不住的。

"世道？还能咋样？老样子呗。要交的税越来越多，得两罐蜂蜜加一整块蜂蜡呢。我只能从早到晚拼命干活，吊着绳子，坐着采蜜板，上上下下掏空蜂房……你问把税交给谁？咳，谁收就给谁呗。我哪知道现在谁在当权？最近是交给尼弗迦德人，因为咱们正待在'帝国的行省'。只要我拿蜂蜜换钱，皇帝就得抽一份税。这皇帝看起来比其他人好点儿，可世道还不是一样艰难？那个……"

一黑一红两条狗在吸血鬼对面坐下，抬起脑袋，大声吠叫。养蜂人的木精老婆从炉边转过身，一扫帚拍了过去，可惜只打中一条。

"狗在大中午乱叫，"养蜂人说，"不是好兆头。那个……你们问啥来着？"

"凯德·杜的德鲁伊教徒。"

"啥？各位大人，你们不是说笑吧？你们真要去找德鲁伊？你们是活腻了还是咋地？那可是送死啊！那群槲寄生疯子，谁敢踏进他们的

---

①树精的一种，但与普通树精不同，她们与特定的树木有某种特殊的联系。——译注

地盘,都会被抓走。他们会把你们绑到柳树上,用小火慢慢烤熟。"

杰洛特瞥了雷吉斯一眼,雷吉斯冲他眨眨眼。他们两个清楚,关于德鲁伊的谣言没一句是真的。米尔瓦和丹德里恩却带着明显的兴趣竖起耳朵,脸上露出担忧的表情。

"我听说,"养蜂人续道,"那些槲寄生疯子正在报复尼弗迦德人。据说是尼弗迦德人先动的手,他们穿过多尔·安哥拉,闯进神圣的橡木林,不由分说就袭击了德鲁伊。也有人说是德鲁伊挑的头,因为他们抓了几个帝国的人,折磨致死,于是尼弗迦德人开始以牙还牙。具体情况就不知道了。不过有件事可以肯定:如果德鲁伊抓住你们,也会把你们绑到柳树上活烤。找他们等于找死。"

"我们不怕。"杰洛特平静地说。

"当然了。"养蜂人看看猎魔人、米尔瓦和卡西尔,后者喂完马,刚刚走进小屋,"看得出来,你们不是胆小怕事的人。你们好战又耐揍。哈,跟你们一起出门就没什么好怕的了……呃……不过,你们来这儿只怕要白费力气了——那群槲寄生疯子早就离开了黑森林。尼弗迦德人镇压了他们,把他们赶出了凯德·杜。他们已经不在那儿了……"

"他们跑了?"

"对,跑了。那些槲寄生疯子离开了。"

"他们去哪儿了?"

养蜂人瞥了他的木精老婆一眼,沉默片刻。

"去哪儿了?"猎魔人重复道。

养蜂人的斑纹猫在吸血鬼面前趴下,喵呜喵呜地大叫起来。木精老婆也赏了它一扫帚。

"公猫在大中午鬼叫,同样不是好兆头。"养蜂人倒吸一口冷气,露出困惑的表情,"那些德鲁伊……他们……逃去了北方坡地。没错。是这样。去了北方坡地。"

"从这儿往南大概六十里。"丹德里恩满不在乎地说。他好像很轻松,甚至有些欢快。但看到猎魔人的眼神,他赶紧闭上了嘴巴。

寂静突然降临,只有被赶出屋子的猫发出不祥的哀叫声。

"好吧,"最后,吸血鬼总结道,"这对我们又有什么分别呢?"

伴着次日清晨到来的,是更多的意外与谜团。不过答案也很快浮出了水面。

"我说过什么来着……"被讲话声吵醒、第一个爬出干草垛的米尔瓦说,"我从一开始就说对了。快瞧啊,杰洛特。"

空地上挤满了人。乍一看,其中就有五六个养蜂人。眼力老到的猎魔人还发现了几个捕兽人,以及起码一个烧炭工。这伙人里有大概二十个男人、十个女人、十几个少男少女,还有多到数不清的孩子。他们带来了六辆货车、十二头公牛、十头母牛、四只山羊、许多绵羊,以及各类品种的猫和狗。按养蜂人的标准,周围的犬吠和猫叫绝对算不上好兆头。

"我想知道,"卡西尔揉揉眼睛,"这代表了什么?"

"麻烦。"丹德里恩扒拉掉头发里的稻草,评论道。雷吉斯沉默不语,但表情很是古怪。

"我们想邀请各位大人共进早餐。"注意到他们已经醒了,养蜂人说道，一个肩膀宽阔的男人陪着他走到干草堆旁边。"早餐已经准备好了。加了牛奶的燕麦粥，还有蜂蜜……另外，请允许我介绍詹·克罗宁，养蜂人中的长者……"

"幸会。"猎魔人口不对心地说。他没回应对方的鞠躬，因为他的膝盖痛得厉害。"这些都是什么人？"

"这个嘛……"养蜂人挠挠头，"你们瞧，冬天就要来了……蜂蜜已经收完，新蜂房也造好了……我们也该搬去北方坡地的莱德布鲁尼镇了……有了存下的蜂蜜，我们可以在那儿过冬……可是，独自穿过林子……很危险……"

老养蜂人清了清嗓子。养蜂人稍稍鼓起勇气，看着脸色阴沉的猎魔人。

"你们骑着马，又都全副武装。"他吞吞吐吐地说，"你们看起来很勇敢，身手也好。有你们陪同，我们去哪儿都不用害怕……当然了，这对你们也有好处……我们熟悉每一条小路、每一片林子、每一块漫滩，甚至每一丛灌木……我们还能为你们提供食物……"

"而德鲁伊恰好从凯德·杜搬走了，"卡西尔冷冷地说，"去了北方坡地。简直太巧了。"

杰洛特缓缓走向养蜂人，用两手抓住他的外套前襟，片刻后却又改了主意，松开手，替他抚平衣服。猎魔人什么也没说，什么也没问。但养蜂人还是赶忙开口解释。

"我说的都是实话！我发誓！如果我撒谎，就叫大地裂个口子把我吞下去！那些槲寄生疯子离开了凯德·杜！他们不在那儿了！"

"然后去了北方坡地，是吗？"杰洛特咆哮道，"正好跟你们要去的地方一样？正好你们也想找些保镖？说话呀，伙计。但别忘记你刚刚发的誓,因为你脚下的大地真有可能裂个口子!"

养蜂人垂下目光,紧张地看着脚下的地面。杰洛特故意沉默不语。米尔瓦终于明白了猎魔人的暗示,立刻破口大骂起来。卡西尔不以为然地哼了一声。

"所以?"猎魔人出声催促,"那些德鲁伊到底去哪儿了?"

"哦,大人啊,天知道他们去哪儿了。"过了好一会儿,养蜂人才支支吾吾地说,"但他们没准就在北方坡地……在那儿的可能性不比别处小。北方坡地有很多高大的橡树,德鲁伊又喜欢橡木林……"

养蜂人的木精妻子和女儿走到他身后,跟克罗宁站在一起。*真幸运,他女儿继承了母亲而非父亲的相貌*,猎魔人不由心想,*养蜂人跟他老婆的差别,就像野猪之于漂亮的母马*。他还发现,两个木精身后还站着好几个女人。她们没那么漂亮,但都用恳求的眼神看着他。

他瞥了眼雷吉斯,不清楚自己该大笑还是该大骂。

吸血鬼耸耸肩。"归根结底,"他说,"杰洛特,养蜂人说得有些道理。德鲁伊确实有可能去了北方坡地。那地方相当适合他们。"

"你觉得,"猎魔人的眼神异常冰冷,"可能性大到足以令我们改变方向,跟这群乌合之众一起跑去碰运气?"

雷吉斯又耸耸肩。 "有什么分别?这么想吧:德鲁伊不在凯德·杜,所以那个方向可以排除。我相信,走回雅鲁加河也不在选择范围内。所以,其他任何方向都可以考虑。"

"是吗?"猎魔人语气跟他的眼神一样冷,"那在其他任何方向里,你觉得哪个方向最有可能?这些养蜂人要去的方向,还是恰好相反?你能用你无边的智慧做出正确的选择吗?"

吸血鬼转身看向两个养蜂人、两个木精,以及另外几个女人。"那么，"他用诚恳的语气问道，"好乡亲们，你们为什么需要保护？你们到底害怕什么？请如实讲来。"

"哦，亲爱的大人们，"詹·克罗宁叹了口气，双眼浮现出再真实不过的惊恐，"这问题还需要回答吗？……我们必须穿过西边的荒地！亲爱的大人啊，那边可怕极了！有水鬼、锯足怪、安德莱格、狮鹫等等可怕的怪物！我们上次去那儿是在两周前，有只林妖抓了我女婿，他哼都不哼一声就不见了。现在你们知道我们为啥不敢带女人和孩子走那边了吧？啊？"

吸血鬼看向猎魔人，神情严肃。"以我无边的智慧判断，"他说，"我认为最适合猎魔人的方向就是最正确的选择。"

于是我们转向南，朝阿梅尔山脚下的"北方坡地"前进。我们的队伍浩浩荡荡，什么都有：年轻女孩、养蜂人、捕兽人、农妇、孩子、宠物以及少女。我们的蜂蜜也多到数不清。所有东西都沾着黏糊糊的蜂蜜，包括少女身上。

人和牛能走多快，我们的队伍就有多快。我们的行进速度比之前有了显著的提高，因为我们不会迷路，应该说，每天的行程都像钟表一样精准——养蜂人果然熟悉路线，他们对每条林间小径，还有湖与湖之间的沟渠都了如指掌。没错，他们的知识派上了用场。这段时间，天上下起毛毛细雨，整个该死的河国都陷入到麦片粥般浓稠的雾气当中。要没有养蜂人带路，我们肯定会迷失方向，或在沼泽深处陷进泥潭。我们不用浪费时间和精力寻找食物，每天都能吃到不算奢侈但分量充足的三餐。用餐过后，我们还能仰天躺下，休息片刻。

简而言之，一切都很美好，就连牢骚满腹、抱怨不停的猎魔人也露出了笑容，开始享受生活。因为按他的计算，我们每天能走十五里，这可是自打离开布洛克莱昂森林便从未达成的壮举。只是这其中没有一丝猎魔人的功劳，虽然潮湿的荒野几乎没有干燥的地面，但我们连一头怪物也没撞见。哦，晚上的确能听到食尸鬼的咆哮和报丧女妖的哭号，沼泽间也能看到苍白的鬼火，但从始至终没发生过什么大事。

虽然我们有些不安——因为我们又像从前一样，随便找个方向往前走，还没有明确的目的地——但吸血鬼雷吉斯说得好："没有目标地前进，总胜过有目标却停留在原地，更远胜没有目标又裹足不前。"

◆━━◆━━◆

"丹德里恩！把你的笔记筒绑牢点儿！要是《诗歌的半世纪》掉进蕨丛，那就太可惜了。"

"慌什么！放宽心，我不会弄丢的。我也不会让人把它抢走！想抢走这只笔记筒，必须先从我冰冷的尸体上跨过去。容我问一句，杰洛特，你笑得这么灿烂干吗？等等，让我猜猜……你有先天性智障？"

◆━━◆━━◆

一队来自古劳皮安堡大学的考古学家在鲍克兰进行了发掘。他们挖穿了年代久远的木炭层——说明此处曾发生过大火灾——然后继续深入，直到一片更为古老、可追溯至十三世纪的地层。在这一层里，残留的土墙构成了一间洞窟,并以灰浆和胶泥密封。学者们凭借莫大的热情,最终找到两具保存完好的人类骸骨:一男一女。在骸骨旁边,除了武器和相当数量的小型文物,他们还找到一只长三十寸的筒形硬皮革容器,上面用浮雕的方式印刻着盾形纹章。纹章已然褪色,但菱形和狮子图案清晰可辨。考古队的领队——同时也是黑暗时代纹章领域赫赫有名的专家——施里曼教授认为,这是尚未确定位置的古代王国"利里亚"的标志。

考古队的热情达到了顶点,因为在黑暗时代,这种皮筒就是用来存放手稿的。容器的重量让他们相信,里面一定存有大量纸张或羊皮纸。皮筒极其良好的保存状态也让他们心存期待:也许这些文献上的字迹可以阅读,能让他们窥见消失在黑暗深处的遥远过去。那段历史将从此开口说话!这可是难以置信的惊喜啊,更代表了科学的胜利!为了应对不可预知的状况,他们从古劳皮安堡叫来一位语言学家、一位灭绝语研究员,外加几位专家——据说后者能打开任何容器,但绝不会弄坏里面的东西。

与此同时,关于"财宝"的传闻开始在施里曼教授的雇员间流传。谣言恰巧传进三个人的耳朵,他们是格拉博斯克、扎普和卡米尔·隆斯提特,都当过盗墓贼,现在则受雇于施里曼教授。他们真以为皮筒里装满了金银珠宝,于是趁夜偷走了这件无价的文物。他们逃进森林,点起一堆小小的营火,围坐下来。

"还等什么?"扎普操着浓重的口音,对格拉博斯克说,"快打开啊!"

"我也想啊,可这玩意儿太紧了。"格拉博斯克抱怨道,"跟没开苞的娘儿们似的!"

"用脚踩,你这没用的耗子屎!"卡米尔·隆斯提特建议。

在格拉博斯克脚下,无价的皮筒打开了,容器里的东西散落到地上。

"耗子屎啊!"扎普吃惊地大喊,"这他妈都是啥?"

这问题很蠢,因为一眼就能看出,里面都是纸。格拉博斯克没有回答他拿起一张纸,举到鼻子跟前,盯着那些意义不明的文字看了很久。

"上面写满了……"最后,他用专家的口吻解释道,"字!"

"字?"卡米尔·隆斯提特惊呼一声,吓得脸色惨白,"写满了字?哦,耗子屎啊!"

"上面写着咒语!"扎普牙齿打颤,倒吸一口凉气,"这写的都是巫术啊!别碰这些耗子屎!会传染的!"

格拉博斯克不需要别人重复提醒,立刻把皮筒丢进火堆,又用抽筋似的动作在裤子上擦了擦手。卡米尔·隆斯提特把剩余的纸张也踢进火里,免得这些脏东西被小孩无意中捡到。他们三人匆匆逃离这危险之地,留下黑暗时代的无价文物在炽烈的营火中熊熊焚烧。有那么一刻,历史透过噼啪作响的火苗和焦黑的纸张低声诉说着什么。最后,火焰熄灭,漆黑如耗子屎般的夜幕笼罩了大地。

多米尼克·邦巴斯图斯·霍温纳赫，1239年生人，1301年去世。此人在艾宾行省经营大宗生意发家致富，并在尼弗迦德定居。前几任皇帝对他敬重有加，詹·卡尔维特皇帝更是授予他子爵爵位和维能达盐矿总管之职，作为对其诸多贡献的奖赏，他被后来提拔为纽伍根市长。

身为一名忠实的顾问，霍温纳赫深受皇帝信任，并参与了诸多公共事务。在艾宾，他投身于慈善事业，花费数目可观的金钱救助穷人，建造了孤儿院、医院和看护所。他还是艺术和运动的狂热爱好者，为首都修建了一座剧院和一座体育场，两者都以他命名。他在礼貌和诚实方面堪称楷模，在商界广受尊敬。

——《世界最大百科全书》第七卷
艾芬伯格与塔尔伯特　著

第四章

"证人姓名?"

"肯娜·瑟尔伯尼。抱歉,我是说乔安娜。"

"职业?"

"啥都干。"

"证人是在开玩笑吗?本庭提醒证人,这里可是帝国法庭,现在正在进行叛国罪审判!你的证词将决定许多人的生命,因为叛国罪的下场是死刑!证人应当记得,你并非自愿出庭,而是由单独拘禁你的要塞押送来的,而你以后是重回牢房还是获得自由,也完全取决于你提供的证词。本庭之所以花时间解释,就是为让证人明白,在法庭里,哗众取宠的行为极不得当!该行为不但低劣,对证人本身也将造成严重的后果。证人有半分钟时间考虑。随后本庭将再次询问。"

"我考虑好了,法官大人。"

"请称呼我们为'庭上'。证人的职业?"

"我是个灵能师,尊贵的庭上。主要为帝国情报部门服务,也就是说……"

"作答请简洁明了。如需额外说明,本庭会先行告知。本庭已注意到证人与帝国情报部门合作的事实。现在,本庭要求证人对'灵能师'一词——也就是你自称的职业——进行公开说明,以便备案。"

"我拥有纯粹的灵能,也就是说,我是第一类灵能师,不具备传动①能力。具体来说,我能做以下事情:聆听他人的思想,并与其在脑海中对话,如果对方是巫师、精灵或其他灵能师,即使相隔一定距离也能办到。另外,我还能渗入他们的头脑,发送命令。也就是说,我可以强迫他人听从我的意愿。我还有预知未来的能力,但只能在睡眠状态下施展。"

"请记下这段:证人乔安娜·瑟尔伯尼是位拥有超感能力的灵能师。她拥有传心、心灵感应,以及催眠状态下的预知能力。证人请牢记,在法庭上严禁使用魔法和超感能力。本庭继续询问。证人是在何时何地,又是在何种情况下遭遇自称辛特拉公主希瑞菈之人的?"

"事实上,在被关进监牢,我是说,在被单独拘禁之前,我从未听说过'希瑞菈'这个名字。直到审讯期间,我才知道'法尔嘉'或所谓的'辛特拉女人'就是希瑞菈。为让事实更加清晰,我还是从头说起吧。事情是这样的:我正在艾托利亚的一家酒馆,达克瑞·希利凡特,就是坐在那边的人,找到了我……"

"请记下这段:证人乔安娜·瑟尔伯尼自行指认了被告希利凡特。请继续。"

"尊贵的庭上,达克瑞当时正在招人……我是说,招募武装分子。都是些凶徒和刺客,男女都有……杜菲希·克里尔、聂拉汀·西卡、

---

① 下文的"心灵传动"。——译注

科萝·斯提兹、安德雷斯·维尔尼、提尔·艾克拉德……他们都死了……活下来的人大都列席在这里,在卫兵的看守之下……"

"请具体说明证人与被告希利凡特遭遇的时间。"

"那是去年八月,快到月末的时候,我不记得具体日期了,但不管咋说也没到九月,因为那个九月,哈,让我印象深刻!达克瑞不知在什么地方听说了我,他说需要一位灵能师,而且对方不能害怕魔法,因为他们要对付的就是巫师。他说这份差事是为皇帝和帝国效力,报酬丰厚,而我们的总指挥官正是灰林鸮本人。"

"证人所说的'灰林鸮',可是指皇家验尸官史提芬·史凯伦?"

"当然,就是他。"

"请记下。证人是在何时何地与验尸官史凯伦相遇的?"

"时间是九月十四日,地点在罗卡尼要塞。恳请庭上允许我在此说明:罗卡尼是一座边境哨站,作用是保护从梅契特到艾宾、吉索到麦提那的商路。达克瑞·希利凡特带领我们出发,共乘十五匹马。我们的总人数是二十二人,其中有几位已先行赶到罗卡尼,由奥拉·哈希姆与波特·布瑞登指挥。"

木头地板上回荡着沉重的脚步声、马刺的叮当声与金属搭扣的咔嗒声。

"你好,史提芬大人!"

灰林鸮不但没起身,甚至没收回架在桌上的双腿。他摆摆手,动作急促而不失庄重。"终于啊。"他语带愠怒,"你让我等了好久,希利凡特。"

"久?"达克瑞·希利凡特大笑起来,"您可真会说笑,史提芬大人。您只给我四周时间,叫我在帝国境内及周边找十几个顶尖好手。而我带给您的这批人马,平时花上一年都招募不到!这还不值得您夸我几句?"

"夸奖?"史提芬冷冷地说,"等我审查完这些人再说吧。"

"那请尽快吧。这两位是我的副官,聂拉汀·西卡和杜菲希·克里尔,听凭您的调遣,史凯伦大人。"

"欢迎,欢迎。"灰林鸮终于站起身,他的侍从武官们也站了起来,"我来介绍一下,先生们……这是波特·布瑞登,这是奥拉·哈希姆。"

"我们是老相识了。"达克瑞·希利凡特与奥拉·哈希姆热情地握手,"我们在老布莱班特的带领下粉碎了那赛尔的叛乱。当时真够精彩的,是吧奥拉?哦,简直经典!马蹄和距毛都沾满了血!我没记错的话,布瑞登是杰莫兰人,对吧?'杰莫兰镇压军'的成员?哦,这下他有熟人了!我招募了好几位镇压军。"

"我等不及要见见他们了。"灰林鸮插了一嘴,"走吧。"

"稍等。"达克瑞说,"聂拉汀,去叫他们排好队,一定要给验尸官大人留下好印象。"

"这个聂拉汀·西卡,是'他',还是'她'?"灰林鸮眯起眼睛,看着离开的副官,"是男的还是女的?"

"史凯伦大人……"达克瑞·希利凡特清了清嗓子,等他再次开口,语气透出坚定,眼神也冰冷起来,"这我不清楚。看起来是个男的,虽然我没确认过。但聂拉汀·西卡绝对是个好军官,这点没有任何疑问。如果我想追求他,您的问题就很重要了。但我没这么想过。

您应该也没有吧。"

"说得对。"史凯伦顿了一会儿,承认道,"我没什么要说的了。去看看你的部下吧,希利凡特。"

雌雄莫辨的聂拉汀·西卡果然没浪费时间。等史凯伦和军官们走进院子,众人已排成整齐的队列,没有一颗马头、一只人脚探出队伍。灰林鸮清了清嗓子,示意大家安静。好一群难惹的暴徒,他心想。唉,要不是政策禁止……带这么一群暴徒跑到接壤的国家,奸淫掳掠,杀人放火……岂不又像回到了青春岁月……唉,要是政策允许,那该多好!

"怎么样,史凯伦大人?"达克瑞·希利凡特问道,涨红的面孔隐约带着狂热,"伟大的灰林鸮,您觉得如何?"

灰林鸮的目光从一张脸转到另一张,从一道侧影转向另一道。他对其中几人有印象——有好印象,也有坏印象。至于其他那些,他也听过他们的名号与名声。

提尔·艾克拉德,来自"杰莫兰镇压军",是个发色明亮的精灵斥候。里斯帕特·拉·坡因特,来自同一支部队的军士。还有一位,小塞普利安·福瑞普。他哥哥大塞普利安被处决时,史凯伦也在场。传说这两兄弟都有虐待狂倾向。

接下来是科萝·斯提兹,悠闲而随意地坐在花斑母马的鞍座上。她是个女盗贼,偶尔会受雇于情报部门。面对她无礼的目光和淫邪的微笑,灰林鸮匆匆转过头去。

安德雷斯·维尔尼,来自北方的瑞达尼亚,杀人如麻。斯提格沃德,来自史凯利格群岛的海盗和变节者。戴德·瓦加斯,残忍的刺客,鬼知道打哪儿来的。卡波奈特·图伦特,嗜血的凶徒。

他们全都很相似。就像一个模子刻出来的,史凯伦心想。一旦杀人超过五个,便不会有什么分别。同样的动作,同样的手势,同样的言谈、举止、着装和脾性。还有同样的眼神,默然而冰冷,缺乏活力,又像蛇一样波澜不惊。哪怕做出令人发指的暴行,他们的表情也不会有丝毫变化。

"如何?史提芬大人?"

"不错。这批人不错,希利凡特。"

达克瑞涨红了脸,行了个杰莫兰式的军礼,用拳头敲敲胸口。

"我特别叮嘱过,"史凯伦提醒他,"要你招募几个熟悉魔法的人——既不怕魔法,也不怕巫师。"

"我没忘这事。所以我找来了提尔·艾克拉德!还有他旁边骑着高大栗色母马的美人,就是科萝·斯提兹身边那位。"

"稍后带她来见我。"说完,灰林鸮倚着栏杆,用马鞭镶钉的握柄敲了一下。"注意了,伙计们!"

"是,验尸官大人!"

"你们当中很多人,"等众人的问候声平息下来,史凯伦续道,"都在我手下效过力,或者接受过我的差遣。希望这些人能在私下里对不认识我的人讲清楚,我对手下人都有哪些期待,对哪些事不能容忍。我就不再浪费口水了。

"就在今天,你们有些人已经收到任务,明天一早就要动身了。地点在艾宾境内。据官方说法,艾宾是个自治王国,我们无权在那里行使暴力,因此我命令你们,行动时必须谨慎小心。你们受雇于帝国情报部门,但我不允许你们把这作为夸口和作威作福的理由。我不许任何人做出类似的举动。听明白没?"

"明白,大人!"

"在罗卡尼要塞,我们是客人,我也希望你们有个客人的样子。除非有充分的理由,否则不许你们离开房间,更不许你们与守军有任何接触。哈希姆、布瑞登,为各位成员分配住处!"

———◆—▶—◀—◆———

"尊贵的庭上,我还没下马,达克瑞就抓住我的胳膊。他说:'史凯伦大人想跟你说几句话,肯娜。'于是我就跟他去了。灰林鸮坐在那儿,两只脚架在桌上,用马鞭敲着自己的靴面。他开门见山,直接问我是不是跟'南星号'失踪事件有关的乔安娜·瑟尔伯尼。我告诉他,没有任何证据证明我跟这事有关。他大笑道:'没有任何证据?我就喜欢这种人。'然后他问我的灵能力是否与生俱来。等我给出肯定答复,他露出严肃的表情,说:'我本打算用你的能力来对付巫师,不过首先,你必须对付一个人,一个同样相当神秘的人。'"

"证人能确定验尸官史凯伦当时是这么说的?"

"当然。我可是个灵能师。"

"请继续。"

"然后有位信使打断了我们的谈话。他风尘仆仆,显然是一路快马加鞭赶来的。他给灰林鸮送来一份急报,于是达克瑞·希利凡特先打发我去马厩。途中他对我说,信使的急报很可能会把我们连夜送上马鞍。他猜对了,尊贵的庭上。不等我们吃上晚饭,半支队伍的人已经骑马离开了。我运气不错,他们只带走了精灵提尔·艾克拉德。这让我很庆幸,因为在路上跑了好几天,我一直腰酸背痛,屁股都快开花了……而且就在当天，我的月事也不甘寂寞地……"

"证人不需要绘声绘色地描绘自己的私人感受。另外不要离题。证人是在何时识破了验尸官史凯伦提到的'神秘人物'的身份的？"

"我马上就能说到了，但我得按顺序来，不然就该乱套了！那些人没等吃晚饭就匆忙上马，从罗卡尼去了马尔宏，然后带回来个年轻人……"

奈克拉很生自己的气，甚至想跑出去大哭一场。

要是他没忘记那些明白人的警告，那该多好！要是他能记起那些寓言，尤其是不懂闭嘴的渡鸦的故事，那该多好！要是他办完事就直接回家，那该多好！可他没有！几天前的冒险经历让他兴奋得过了头。他骑着高头大马，钱包鼓鼓囊囊，于是更加没法抗拒炫耀的冲动。他没从克莱蒙特返回妒火村的家中，而是骑马去了马尔宏。他在那儿有不少朋友，其中还有位他正在追求的年轻女士。在马尔宏，他像个傻瓜一样自吹自擂，骑着马到处显摆。他不但在酒馆里请所有人喝酒，满不在乎地挥霍金钱，活像自己是个血统高贵的王子，最起码也是个伯爵……

而且，他说了很多。

他把妒火村四天前的事告诉了他们。他说出了全部事实，然后开始添油加醋，最后干脆瞪着眼睛胡扯，好在听众们没什么意见。酒馆里的常客，不论本地人还是路过的，都听得津津有味。奈克拉也算口才出众，在他编造的故事里，他自己的地位越来越接近中心人物。

到第二天晚上,他的舌头终于惹来了麻烦。

那群人闯进门时,整个酒馆顿时死一般寂静,只能听到马刺的叮当声、金属搭扣的咔嗒声和靴底踩上地板的嘎吱声,就像惨剧发生前村庄塔楼上不祥的钟声一样。

奈克拉甚至没机会扮演英雄,立刻就被拖出了酒馆,据说整个过程中,他的脚跟只碰到地板三次。昨天还让他请客喝酒、声称要跟他做一辈子朋友的熟人们,此刻全都一言不发,几乎把脑袋缩到桌子下面,就像桌子下面有个裸女跳舞似的。连当时正在酒馆的代理治安官也转过头去,面对墙壁,连个屁都不敢放。

奈克拉没敢说话,也没敢问对方是谁,要做什么,要去哪儿以及为什么。恐惧让他的舌头变成了一块硬邦邦的木头。

他们让他坐上马背,命令他骑马跟随,就这么走了几个钟头。最后他们来到一座配有栅栏和塔楼的要塞,满院子都是傲慢、吵闹且全副武装的士兵。他们领着他走进一间书房。书房里有三个人,一名首领和两名下属,这一点显而易见。首领肤色黝黑,个子有些矮,衣着华丽,谈吐优雅。奈克拉张口结舌地听着首领为他遭遇的麻烦和不便致歉,还保证绝不会伤害他,但他没有上当。在他看来,这些人跟邦纳特简直一模一样。

事实证明,他的看法惊人地准确,因为这些人的确在找邦纳特。在对方的提示下,奈克拉很快开始坦白——这也是意料之中的事,毕竟他这次完全是祸从口出。

对方警告他必须实话实说,不准有任何不实之辞。他们的态度虽然彬彬有礼,但语气严厉,不容置疑。警告他的正是那位衣着华丽的首领:他不断摆弄着尖端包有金属的鞭子,双眼透出嫌弃与恶毒。

妒火村棺材铺老板之子奈克拉说出了实情。从头到尾不带半句谎话的实情。他讲述了妒火村九月九日上午发生的事。讲述了赏金猎人邦纳特消灭了整个耗子帮，只留下一名女匪徒的性命——年纪最小，名叫法尔嘉的那个。他讲述了妒火村村民如何聚集起来，想看邦纳特处决那名俘虏，但他们失望了，因为邦纳特出人意料地没有处决法尔嘉。他甚至没拷打她！他没对她做任何事，甚至连醉酒男人从酒馆回家后对老婆常做的事——踢几脚，再赏两记耳光——都没有。

听到邦纳特当着法尔嘉的面割下死耗子的脑袋，又像挑出蛋糕里的葡萄干一样，扯下头颅上戴的金耳环，衣着华丽的绅士摆弄鞭子的动作停了下来。奈克拉接着讲述：被绑在拴马桩上的法尔嘉看着这一幕，挣扎不停，呕吐不止。

他讲述了邦纳特给法尔嘉戴上项圈——就像给狗戴的那种——然后把她拖进小旅店"奇美拉之首"。再然后……

"然后，"那人一遍遍舔着自己的嘴唇，"尊贵的邦纳特先生点了啤酒，因为他满头大汗，口干舌燥。他突然大声说，他很想赏给某人一匹好马，外加整整五弗罗林金币。这是他的原话，一字不差。我立刻接过话头，既因为我不想被人抢先，也因为我非常想要马和钱。我父亲把做棺材赚的钱全花到酒上了。我问我能牵走哪匹马，当然了，肯定是从耗子的马里挑。尊贵的邦纳特先生看着我，那眼神让我脊背发寒，然后他说，他可以赏我屁股一脚，再想要别的，我就得靠自己挣了。我还能怎样？马就在我眼前，这不是比喻，因为耗子的马匹就

绑在拴马桩上。我尤其想要法尔嘉的黑母马,那牲畜实在漂亮极了。于是我鞠了一躬,问怎样才能挣到奖赏。邦纳特先生要我骑马去克莱蒙特,中途还必须路过法诺。至于骑哪匹马都随我的便。不过他肯定看出我相中了黑母马,还特意声明我不准选它。于是我就选了这匹身上有火焰斑纹的母马……"

"少说马的毛色,"史提芬·史凯伦冷冷地责备道,"说点具体的。邦纳特给了你什么?"

"尊贵的邦纳特先生写了几封信,吩咐我千万别弄丢。他要我亲手把信交给法诺和克莱蒙特的几个人。"

"信?里面写了什么?"

"大人,这我怎么知道?我看不到内容,因为信都用蜡封了口,还盖上了邦纳特先生的戒指印章。"

"你总该记得信都是寄给谁的吧?"

"是的,这我记得。邦纳特先生让我在他面前念了十遍,免得我忘记。我骑马直接赶了过去,亲手交给那些人。他们都说我是个机灵的小伙子,有位尊贵的商人先生还赏给我一个铜板……"

"你把信给了哪些人?少说不相干的废话!"

"头一封信寄给法诺的铁匠兼铸剑师,艾斯特海兹大师。第二封信给克莱蒙特的商人,霍温纳赫大人。"

"他们有没有在你面前拆信?有没有人读过信后说了些什么?仔细想想,孩子。"

"我不知道。我当时没在意,现在什么都想不起来……"

"奥拉、穆恩,"史凯伦冲他的两个副手点点头,嗓音丝毫没有提高,"扒掉这小子的裤子,我打算赏他三十道鞭痕。"

"我想起来了!"年轻人大喊,"我突然想起来了!"

"想找回记忆,"灰林鸮龇龇牙,"蘸了蜂蜜的坚果和抽在屁股上的鞭子都很管用。快说。"

"在克莱蒙特,霍温纳赫大人大声读出了信的内容,因为还有一位先生在场——那是个小个子纯血半身人。霍温纳赫大人对他说……呃……他说养鸡场又要有表演了,而且是前所未有的大表演。他是这么说的!"

"你记得的只有这些?"

"以我母亲的坟墓发誓!请别打我,大人!行行好吧!"

"好了,好了,起来吧。别把口水喷到我的靴子上!这是一个铜板,拿去。"

"感激不尽……大人……"

"我说了,别把口水喷到我的靴子上。奥拉、穆恩,你们怎么看?什么养鸡场……"

"是'竞技场',"波利亚斯·穆恩突然开口,"不是'养鸡场',是'竞技场'。"

"没错,"年轻人喊道,"他就是这么说的!您说的简直一字不差,大人!"

"竞技场和表演!"奥拉·哈希姆一拳敲在掌心,"应该是暗语,但并不难解读。表演、竞技,可能是在警告有追兵或偷袭。邦纳特是在提醒他们做好准备!可他们的敌人会是谁呢?谁抢到了我们前头?"

"天知道。"灰林鸮思忖道,"天知道。我们必须派人去克莱蒙特……还有法诺。你来负责吧,奥拉。去给他们分配任务……听好了,孩子……"

"我听着呢,大人!"

"你出发替邦纳特送信的时候,我猜他还留在妒火村吧?但也做好了离开的准备,对不对?他看起来着不着急?有没有说他要去哪儿?"

"没说。但他看起来还没准备好离开。他叫人把沾血的外衣拿去清洗、晾干,所以他只穿着衬衫、衬裤和佩剑的腰带。尽管如此,我想他还是有些着急的。他杀了耗子,砍了他们的头,肯定得骑马离开去换赏金吧?他还得把活捉的法尔嘉送去给什么人。这是他的职业,对吧?"

"这个法尔嘉……你仔细看过她的样子没有?蠢货,你在傻笑什么?"

"哦,大人!您问我有没有仔细看过她?我当然看了!连那地方都看得清清楚楚!"

◆━━━◆━━━◆

"脱衣服。"邦纳特重复道。他语气里蕴含的味道让希瑞本能地缩起身子,但叛逆心理很快又占了上风。

"不!"

她甚至没看清朝自己眼睛挥来的拳头。希瑞眼冒金星,感觉大地在摇晃,让她立足不稳,重重地坐倒在地。她的脸颊和耳朵火烧火燎,这才意识到,打中自己的不是拳头,而是手背。

他站在她面前,攥紧的拳头紧贴她的脸。她看到一枚厚实的印章戒指,形状是个骷髅,刺痛了她的面孔。

"这次没让你掉牙。"他冷冷地说,"下次再听你说'不',我就打掉你两颗牙。脱衣服。"

她摇摇晃晃地站起身，用颤抖的双手解开束带和纽扣。聚在"奇美拉之首"门口的村民开始嘀咕和清嗓子，同时睁大眼睛。旅店的女店主——那次大火留下的寡妇——蹲在吧台后面，装作在找东西的样子。

"全脱了。一件都不许剩。"

我不在这里，希瑞木然地看着地板，一边宽衣解带。这里什么人都没有。我根本不在这里。

"两腿分开。"

我不在这里。现在发生的事跟我没关系。一点都没有。我什么都感觉不到。

邦纳特大笑起来。"你太抬举自己了。看来我得打消你的幻想。你这小蠢货，我叫你脱衣服，只是要确保你没藏着魔法印记或护身符之类的东西，不是为了欣赏你那可怜的裸体。没人对你的身子感兴趣。你只是个皮包骨的小丫头，胸像烤薄饼一样平，还丑得要命。就算我好这口，比起你，我也宁可去操火鸡。"

他走近些，用脚尖挑开她丢到地上的衣服，检查一番。"我说了，全脱掉！戒指、耳环、项链，还有手镯！"

她匆匆卸下那些珠宝。他一脚将她的蓝狐皮领外套、色彩斑斓的披巾、银色锁链腰带和手套踢进了角落。

"你别想再打扮得像只鹦鹉，或是哪个妓院跑出来的半精灵！剩下的衣服可以穿上。你们看什么？给我拿点吃的来，我饿了！还有你，胖子，去看看我的衣服洗得怎么样了！"

"我可是村长！"

"那太好了。"邦纳特斩钉截铁地说。在他的目光下,妒火村的村长似乎变矮了。"要是我的东西洗坏了,我就找你算账。快去洗衣房!其他人也给我滚!还有你,小子,你干吗还等在这儿?信在你手里,马也上了鞍,还不快赶路去?还有,给我记住了:如果你答应了却没能做到,弄丢信,或者搞错地址——我会找到你,好好教训一顿,叫你亲妈都认不出你来!"

"大人,我这就走!马上走!"

"那一天,"希瑞抿住嘴唇,"他用拳头和皮带打了我两次。然后他失去了兴趣,就那么坐在那里,一言不发地看着我。他的眼睛……像条死鱼。他没有眉毛,没有睫毛……凹陷的黑眼眶里只有一对湿润的眼球。他就用那双眼睛看着我,沉默不语。这比殴打更让我害怕。我完全不知道他想干什么。"

维索戈塔保持沉默。几只老鼠从房间里跑过。

"他一直问我到底是谁,但我什么也没说。就像在'煎锅'科拉兹沙漠被俘时那样,我封闭了自己。你应该明白我的意思。我就像只玩偶,像木头做成的傀儡,对什么都毫无知觉。我就像在空中俯视自己。哪怕他打我,踩我,给我戴上狗项圈,又有什么关系?那不是我。我根本不在那儿……你明白吗?"

"我明白。"维索戈塔点点头,"我明白,希瑞。"

"这一回,尊贵的庭上,轮到我们出动了。我们的小组。聂拉汀·西卡接受命令,队伍中由波利亚斯·穆恩负责追踪。尊贵的庭上,据说波利亚斯·穆恩能找到鱼在水中游过的痕迹。他的追踪技巧非常高明!据说他曾……"

"证人不要跑题。"

"什么?哦,对……我知道了。于是我们给马上鞍,去了法诺。那是九月十六日的早上……"

聂拉汀·西卡和波利亚斯·穆恩骑马走在最前面。在他们身后,卡波奈特·图伦特和塞普利安·福瑞普并排而行。再后面是肯娜·瑟尔伯尼和科萝·斯提兹。安德雷斯·维尔尼和戴德·瓦加斯走在队尾,大声唱着最近军队里颇为流行的歌谣,其创作和推广都由陆军部包办。听着这刺耳的旋律和完全无视基本语法的歌词,连荒地上的动物都不堪其扰,四散奔逃。歌名叫《是的,前线》,而且每一段歌词——总计超过四十段——都以这几个字开头。

是的,前线的情况难预料,
不知谁会把脑袋掉,
明天就他妈轮到你,

心肝脾肺满地跑……

肯娜轻轻吹起口哨。能与从艾托利亚前往罗卡尼的漫长旅途中认识的几个人同行,她已经很满足了。跟灰林鸦打过照面之后,她本以为自己会被随意分配,比如分到布瑞登和哈希姆的小队。提尔·艾克拉德就被分到了他们手下,不过那个精灵认识绝大多数同僚,他们也同样认识他。

虽然达克瑞·希利凡特命令他们全速赶路,但他们却只让马快步前行。大家都是老油条了,在要塞能看到的位置,他们策马狂奔,然后就放慢了速度。只有小鬼和外行人才会一路不停地打马。众所周知,除非身上闹跳蚤,不然你着什么急?

科萝·斯提兹,来自亚穆拉克的专业窃贼,把她和验尸官史提芬·史凯伦的上一次合作经历讲给肯娜听。卡波奈特·图伦特和小福瑞普让马放慢脚步,不时转身听上两句。

"我和他很熟,跟他干过好几次……"

意识到这句话的歧义,科萝迟疑片刻,但马上露出满不在乎的微笑。"在他指挥之下,我表现得很好。"她说,"不,肯娜,不用担心。当灰林鸦的手下不见得都得跟他干那个。他也没强迫我,其实是我自己争取的。不过事先说清楚,就算这么干也别想让他向着你。"

"我从来不干这种事。"肯娜抿起嘴唇,轻蔑地看着窃笑的图伦特和福瑞普。"我不会争取这种机会,也不会求谁向着我。要吓倒我可不容易,某些人想都别想!"

"别为这种小事斗嘴了,女士们。"波利亚斯·穆恩勒住他的暗褐马,等着科萝和肯娜赶上来。"还是换个话题吧。"他骑马来到她们身旁,"邦纳特的剑术无人可比。希望他跟史凯伦大人没结什么梁子,不然事情就不好办了。"

"我本来没指望会用上剑。"后面的安德雷斯·维尔尼坦白,"我以为我们会去追哪个巫师,因为他们把灵能师,也就是这位肯娜·瑟尔伯尼分给了我们。可现在我们却在追赶邦纳特和某个女孩!"

"赏金猎人邦纳特,"波利亚斯·穆恩清了清嗓子,"跟史凯伦大人签过合约。但他违背了承诺。他答应史凯伦大人会杀掉那个女孩,结果却饶了她一命。"

"肯定因为别人给的酬劳更多。"科萝·斯提兹耸耸肩,"这就是赏金猎人,没有半点荣誉感!"

"邦纳特不一样。"小福瑞普转过头反驳道,"以前的他可是出了名的守约。"

"那他突然食言就更奇怪了。"

"为什么?"肯娜追问,"这个女孩很重要吗?史凯伦大人为什么要杀她,邦纳特为什么又放过了她?"

"这关我们什么事?"波利亚斯·穆恩的表情有些扭曲,"我们有令在身!再说史凯伦大人有权索取他应得的东西。邦纳特本该杀死法尔嘉,但他没这么做。史凯伦大人只是要他遵守承诺。"

"邦纳特留她一命,"科萝·斯提兹自信满满地说,"肯定是因为她活着会比死掉换钱更多。就这么简单。"

"验尸官大人一开始也这么想。"波利亚斯·穆恩说,"吉索有个男爵雇了邦纳特,他对耗子帮深恶痛绝,还承诺会给活捉法尔嘉的人一大笔赏钱——他要慢慢拷打她,直到她死。但事实并非如此。我们不知道邦纳特为什么放过法尔嘉,但他肯定没打算把她交给那位男爵。"

"邦纳特先生!"身材臃肿的妒火村村长冲进旅店,连连喘气,"邦纳特先生,有全副武装的人进了村子!他们还骑着马!"

"有什么好奇怪的?"邦纳特用面包抹着盘子,"又不是骑着猴子。多少人?"

"四个。"

"我的衣服呢?"

"刚洗好……还没干……"

"你们怎么不去死?这下我得穿着衬裤迎接客人了。不过话说回来,什么样的客人就得用什么样的礼仪迎接。"

他把腰带系在内衣上,佩好长剑,把裤腿塞进靴子。他收紧希瑞的项圈,拽了拽锁链。"站起来,小耗子。"

等他把她拖到门廊,四个骑手已经来到旅店前。谁都看得出,他们在荒野里赶了很远的路,因为他们都带着铺盖和餐碟,马身上也沾着晒干的泥点和灰尘。

对方一共四人,但还牵着一匹空马。看到空马,尽管天气冷得要命,希瑞却突然浑身发热。那是她的白母马,缰绳和马鞍一样不少,还有米希尔送她的辔头。就是这些骑手杀了霍斯珀恩。

他们在旅店门口停下。显然是首领的家伙骑马上前,脱下貂皮帽,冲邦纳特打了个招呼。他的皮肤晒得黝黑,留着黑色的小胡子,就像有人用炭笔在他上唇描了条线。希瑞注意到,他一次又一次噘起上唇,给人一种总在发怒的印象。也许他确实在发怒。

"你好啊,邦纳特先生!"

"你好,因布拉先生。你们也好,各位。"邦纳特不慌不忙,把希瑞的铁链缠在门廊的挂钩上,"请原谅我这不像样的打扮,因为我没料到你们会来。你们赶了很远的路……是从吉索去艾宾吗?那位备受敬仰的男爵大人最近如何?身体还好吗?"

"他精神得很呢。"皮肤黝黑的男人漫不经心地答道,噘起上唇,"不过没时间闲聊了。我们赶时间。"

邦纳特提了提腰带和衬裤。"那我就不留你们了。"

"我们听说你解决了耗子帮。"

"没错。"

"基于你对男爵的承诺,"皮肤黝黑的男人看看门廊上的希瑞,又一次噘起嘴唇,"你没杀掉法尔嘉。"

"这也没错。"

"也就是说,好运都被你占光了,我们却一点好处也没捞着。"那人瞥了眼白母马,"好吧,我们这就带那女孩回去。卢帕、斯塔夫罗,把她带过来。"

"别急,因布拉。"邦纳特抬起头,"你们谁也不能带走。道理很简单:我谁也不会给你。我改主意了。我要留着这女孩自个儿用。"

皮肤黝黑、被邦纳特叫做因布拉的男人在马鞍上弯下腰,咳嗽一声,远远吐出一口唾沫,几乎落上门廊前的台阶。"你答应过男爵的!"

"是啊。但我改主意了。"

"什么?我没听错吧?"

"因布拉,你听没听错不关我事。"

"你在城堡里接受了三天的招待。因为你给男爵的承诺，你好吃好喝整整三天。酒窖里最好的酒、烤孔雀、鹿肉、馅饼、奶油梭鱼……你都尝遍了。整整三个晚上，你像国王一样睡在最好的床上。现在你却改主意了，是吗？"

邦纳特保持沉默，脸上挂着冷漠而厌倦的表情。

因布拉咬紧牙关，压抑着嘴唇的抽搐。"邦纳特，你应该明白我们能用武力抢走那只耗子吧？"

邦纳特刚才还写着厌倦的脸突然严肃起来。"试试看啊。你们有四个，我只有一个人。我还只穿着内衣裤。但要对付你们这帮杂种，我连裤子都没必要穿。"

因布拉又吐了口唾沫，拉住缰绳，转过马头。"哟，邦纳特，你犯什么病了？别人都说你是个可靠的行家，从不违背诺言。可现在看来，你的诺言连狗屎都不如！如果说从言行就能看出一个人的价值，那你的价值连……"

"说话小心点儿。"邦纳特冷冷打断他的话，手按在腰带上，"别说得太难听了。不然没你好果子吃……"

"你有胆量对付四个！那你有胆量对付十四个吗？我向你保证，卡萨德伊男爵不会放过你！"

"我很想告诉你，我会亲自去拜访男爵大人，但他那里人太多了，还有女人和小孩呢。所以听我说，我会在克莱蒙特待个十天左右。如果有人想带走法尔嘉，或者找我报仇，欢迎来克莱蒙特找我。"

"我会去的！"

"我等你。现在，给我滚吧。"

"他们怕他。怕得要命。我能感觉到他们的恐惧。"

凯尔比响亮地嘶鸣一声,晃了晃脑袋。

"他们一共四人,全副武装。而他独自一个,穿着内衣裤和有些磨损的短袖衬衫。要不是他如此可怕……这一幕简直令人发笑。"

维索戈塔默然不语,闭上被风吹得泪水盈眶的双眼。他们站在一块高地上俯瞰佩雷拉特沼泽——两周前,老人就在这附近遇见了希瑞。风吹弯了芦苇,漫过泥滩的水面泛起涟漪。

"四人当中有一个,"他们放马到水边喝水,希瑞续道,"在马鞍上放着一把小型十字弓,他的手朝十字弓挪近了一些。我几乎能听到他的想法,也能感受到他的沮丧。'我能顺利装上弩箭吗?我能扣动扳机吗?万一我动作太慢怎么办?'邦纳特也注意到了他的手和十字弓,我敢肯定,他和我一样猜到了骑手的想法。我也敢肯定,那人根本来不及装上弩箭。"

凯尔比抬起头,喷了喷鼻息,牙齿咬着嚼子。

"我越来越清楚我落到了什么人手里,我只是还搞不清他想干什么。他们的对话让我想起了霍斯珀恩先前的话。那个卡萨德伊男爵希望他把我活着带回去,邦纳特也承诺过这么做。可现在,邦纳特却打算为我而战。为什么?他想把我交给出价更高的人吗?还是说,他发现了我的秘密,发现了我的真实身份?他是不是打算把我交给尼弗迦德人?

"那天晚上,我们骑马离开了村子。他让我骑着凯尔比,但我的双手被镣铐铐在身前,他也始终牵着我项圈上的绳子。从早到晚,我们没日没夜,不停地赶路。我以为自己会虚脱而死。但不知为什么,他一点都不累。他不是人,简直是个魔鬼。"

"他带你去了哪儿?"

"一个叫法诺的地方。"

"尊贵的庭上,我们抵达法诺时,天已经黑了,黑得不见五指。那天确实是九月十六日,但像那样的夜晚——阴沉、冰冷、仿佛遭到诅咒的夜晚——却只会让人想起十一月。我们甚至没必要专门去找铸剑师的工坊,因为它不但是整个镇子占地最广的房子,还不停传出打铁声。聂拉汀·西卡……记录员先生,您没必要记下全名,因为……我不记得自己说没说过,聂拉汀已经死了,就在独角兽村……"

"证人不要对记录员指手画脚。继续你的陈述。"

"聂拉汀敲了敲门,客客气气地说明我们的身份和来意,客客气气地请对方听我们解释。然后我们进了门。铸剑师的工坊很漂亮,看起来就像一座货真价实的堡垒——松木造的栅栏,橡木搭的角楼,内壁是粉刷过的落叶杉……"

"本庭对建筑细节不感兴趣。证人请说重点。但首先,本庭要求你再说一遍铸剑师的名字,以便记录。"

"艾斯特海兹,尊贵的庭上。法诺的艾斯特海兹。"

铸剑师艾斯特海兹盯着波利亚斯·穆恩看了很久，没急着回答他的问题。

"邦纳特也许在这儿，"最后，他把玩着挂在脖子上的骨哨，开口道，"也许不在。谁知道呢？女士们，先生们，这是一家制造刀剑的工坊。跟刀剑有关的任何事，我们都能迅速、流畅且彻底地给出答案。但我觉得，我没理由回答跟其他顾客有关的问题。"

肯娜从袖子里抽出一块手帕，假装在擦鼻子。

"理由可以找嘛。"聂拉汀·西卡说，"你是要自己说呢，艾斯特海兹先生，还是让我帮你？想走哪条路，你自己挑。"与女性化的外表截然相反，聂拉汀表情冷酷，语气充满威胁。

但铸剑师只是摆弄着骨哨，哼了一声。"在贿赂和威胁里挑一个？免了。两边都是让人唾弃的玩意儿。"

波利亚斯·穆恩清了清嗓子。"只是一点信息罢了，有那么重要吗？我们不是第一天认识了，艾斯特海兹先生，你对验尸官史凯伦的名字也不陌生……"

"是不陌生，"铁匠打断他，"一点儿都不陌生。我对跟这名字有关的传闻也不陌生。可我们是在艾宾，这是有政府和自治权的独立王国，哪怕只是装装样子呢。所以，我什么都不会告诉你们。你们走吧。作为补偿，我可以答应你们：如果一个星期或一个月内，有人向我打听你们的事，我也一个字都不会说。"

"可是，艾斯特海兹先生……"

"还需要我说得更明白些吗?那好——给我滚蛋!"

科萝·斯提兹发出愤怒的嘶嘶声,福瑞普和瓦加斯将手伸向剑柄,安德雷斯·维尔尼的手攥住了佩在身侧的战锤。聂拉汀·西卡没动,但他的脸扭曲了。肯娜看到他瞥了眼那只骨哨。进门之前,波利亚斯·穆恩就警告过他们,哨声会招来骑着战马的护卫——这座工坊雇了他们,对外则宣称他们是"质量检查员"。

但聂拉汀和波利亚斯早有准备,也早就计划好了一切。他们手里还留着一张王牌。

肯娜·瑟尔伯尼。灵能师。

肯娜已经窥探过铁匠了,她谨慎地控制住他的脉搏,然后小心翼翼地进入他的意识深处。现在她准备好了。她用手帕盖住随时可能流血的鼻子,驱策脑海里悸动的迫切愿望。艾斯特海兹变得呼吸困难,脸色也开始转红。他用双手抓住身前的桌面,像是担心桌子会飞走,连同成捆的票据、墨水池和镇纸——形状是个海宁芙搂着两个男人鱼——一起飞走。

安静,肯娜命令道,*什么事也没发生。你只想把我们感兴趣的事说出来。你很清楚我们想知道什么,你也想把这些话说出口。那就说吧。说出来。你知道,一旦你开口说话,你脑海里的声音,敲打你的额角和耳鼓、让你无法忍受的声音,都将不复存在。脸颊的抽搐也将消失。*

"邦纳特四天前来过这儿,"艾斯特海兹用沙哑且缺少抑扬顿挫的声音说道,"也就是九月十二日。他身边带着个女孩,他叫她法尔嘉。我知道他们会来,因为在那两天前,我就收到了他的信……"

他的左鼻孔流下一道细小的血线。

说啊,肯娜命令道。说啊。把一切都告诉我们。你知道,这会让你更加轻松。

铁匠艾斯特海兹依然坐在橡木桌后,好奇地看着希瑞。"给她的?"他用笔杆敲了敲形状古怪的镇纸,猜测道,"你在信里要我打的剑是给她的,对吗,邦纳特?好吧,让我们测量一下……看看跟你信里写的是否吻合。身高五尺二寸……没错。那就用一百一十二盎司……哦,我看再轻点儿的剑也可以,但这无关紧要。剑柄要适合五号手套……让我瞧瞧你的手,小女士……哦,也没错。"

"我从来没弄错过。"邦纳特干巴巴地说,"你有适合铸剑的好铁吗?"

"我干这一行,"艾斯特海兹自豪地回答,"从不以次充好。我知道你铸剑是为了打斗,不是拿去散步。哦没错,你在信上已经提到了。毫无疑问,适合这位年轻女士的武器并不好找。以这个重量打造标准尺码的剑,大概会有三十八寸长。对于身体轻盈、手掌又小的她来说,最好是用轻型复合金剑配上九寸长的握柄加球形柄头。我这里可供选择的有精灵的塔尔达加剑,或者泽瑞坎马刀,再或者是维罗里丹剑……"

"先给我们看看样品,艾斯特海兹。"

"你有这么着急吗?好吧,接下来我们应该……应该……等等,邦纳特。怎么回事?你干吗用锁链牵着她?"

"管好你自己,艾斯特海兹。要是你还想保住你的手,就少管别人的闲事！"

艾斯特海兹摆弄着脖子上的骨哨，抬头看向赏金猎人，目光里既没有恐惧，也没有敬意。

邦纳特捻着胡须，清了清嗓子。"我从没干涉过你的私事。"他略微压低嗓音，但依然带着怒意，"希望你也别干涉我，这很奇怪吗？"

"邦纳特，"铸剑师没有发抖，更没有抽泣，"只要你离开我的家和我的院子，并且走之前关上门，我就会尊重你的隐私、兴趣和职业特殊性。我不会插手这些，这点你大可放心。但在我家里，我不允许任何人侵犯他人的尊严。你听明白了吗？在我家门外，就算你骑着马，把这小女孩在地上拖着走，那也是你的自由。但在我家里，你必须取下她的项圈。马上。"

邦纳特抓住项圈，解开搭扣——但在这之前，他用力一拽，差点让希瑞跪到地上。

艾斯特海兹好像没看见似的，放开了哨子。"很好。"他说，"我们走吧。"

他们穿过一条小小的走廊，来到另一间稍小些的庭院，这里的一侧与后方的熔炉相连，另一侧则与果园邻接。雕花立柱支撑的屋顶下放了张桌子，助手们等候在旁，准备设计刀剑的式样。艾斯特海兹示意邦纳特和希瑞上前观看。

"请吧，样品就在那边。"

他们走了过去。

"这些就是我的作品，"艾斯特海兹指了指桌上各式各样的刀剑，"大多都在这里打造。你们也看到了，这个马蹄铁图案就是我的签名。这些是标准款式，价格从五到九弗罗林不等。还有一些，哪儿去了？

哦，这里，是我组装并加工过的刀剑，基本都是进口货，你们从铁匠签名就看得出来。有交叉铁锤图案的来自玛哈坎，有王冠人头或马匹图案的来自波维斯，有太阳图案的来自维罗里丹的知名铁匠铺。这些的价格都从十弗罗林起算。"

"最贵的卖多少？"

"看情况喽。就说这把漂亮的维罗里丹剑吧。"艾斯特海兹从桌上拿起剑，抬起剑身，移动手掌和前臂，摆了个名为"天使行军"的复杂架势。"它的要价是十五弗罗林。这把剑有年头了，造型极具收藏价值。你应该看得出来，这是定制品。刻在剑鞘上的图案暗示它是为女性打造的。"他转过剑身，让邦纳特能看到剑面。"这是按传统刻在剑上、描述维罗里丹剑使用方法的铭文：'若无缘由，不可拔剑，若无荣誉，切莫出鞘。'哈！就算到今天，维罗里丹人依然把这规矩刻在剑上。但放眼那个国家，拔剑的却都是恶棍和白痴。随着国家荣誉的衰落，剑的价格也一落千丈，到了现在，已经没什么人想要那里的刀剑了……"

"少啰唆，艾斯特海兹。把剑给她，让她亲手用用看。拿剑，丫头。"

希瑞接过轻巧的剑，立刻感受到掌中坚实的触感。她试了试剑身的重量，开始跃跃欲试。

"这是把轻型复合金剑。"艾斯特海兹解释道。显然他有些多此一举，因为希瑞知道怎么用长柄剑，她把三根指头放到球形柄头上。

邦纳特后退几步，来到院中，猛地拔剑出鞘，划开眼前的空气。"来啊！"他对希瑞说，"来杀我啊。你手里有剑，好好利用吧，因为你短时间内不会再有这种机会了。"

"你疯了吗?"

"闭上你的嘴,艾斯特海兹。"

她装作看向一旁,又耸了耸肩,然后剑面朝上,闪电般地刺出。邦纳特抬剑格挡,力道之强,让希瑞脚步一晃,被迫向后跳去,屁股撞上了放着刀剑的桌子。为保持平衡,她本能地垂下了剑——她知道,只要邦纳特愿意,这一下立马就能取了她的性命。

"你们都疯了吗?"艾斯特海兹抬高了嗓门,再次将骨哨捏在手中。助手和工人们目瞪口呆地看着这一幕。

"把剑放下。"邦纳特根本没理铁匠,他的目光始终不离希瑞。"我说了,放下。不然我砍掉你的双手!"

短暂的犹豫过后,她照办了。

邦纳特露出古怪的笑。"我知道你是谁,你这阴险的小毒蛇。但我会让你自己承认。言语也好,行动也罢,我会迫使你坦白的,然后再杀了你。"

艾斯特海兹发出受伤似的嘶嘶声。

"还有,"邦纳特瞥了眼她的剑,"对你来说,这把剑太重了,所以你的动作慢得就像怀孕的蜗牛。艾斯特海兹!你给她的剑至少重了四盎司。"

铸剑师脸色发白,目光在希瑞和邦纳特之间来来回回,脸上挂着古怪的表情。最后,他朝一名助手点点头,低声吩咐了几句。

"我这儿有把剑,"他慢吞吞地说,"包你满意,邦纳特。"

"那还不快拿出来?"赏金猎人喝道,"我在信里都说要上等货色了。你觉得我买不起好剑?"

"我知道你买得起,"艾斯特海兹语气坚决,"我刚才就看出来了。

你问我干吗不早点拿出来？我怎么知道你会带来个……戴着项圈、绑着锁链的女孩？我哪知道剑是给谁用，要用来干吗的？现在我知道了。"

仆人抬着一只细长的匣子回来了。

"过来吧，小丫头，"艾斯特海兹平静地说，"过来看看。"

希瑞走上前去，看着匣子，倒吸一口凉气。

她飞快地拔出剑来。波浪状的剑刃反射着壁炉里红色的火光。

"就是它，"希瑞说，"你觉得怎么样？当然了，你也可以拿过去自己看。不过要小心，它比剃刀还锋利。有没有觉得剑柄黏黏的？因为那是用一种身体扁平、尾巴有毒刺的鱼的皮做成的。"

"你是说，鳐鱼？"

"也许吧。这种鱼的外皮长着细小的'牙齿'，就算手心出汗，剑柄也不容易滑脱。瞧瞧剑刃上刻的东西。"

维索戈塔身子前倾，低下头，眯起眼睛，专心地看着那行字。

"这是精灵曼荼罗，"过了一会儿，他抬起头，"也就是所谓的'Blathan Cáerme'，命运之兆：风格化描绘的橡树花、绣线菊和山羊苜蓿。塔楼，被雷电击中，这在上古种族的传说中象征着混沌与毁灭……而那塔上的是……"

"一只雨燕。"希瑞总结道，"吉薇艾儿。也是我名字的由来。"

"的确不赖。"邦纳特终于开口,"侏儒打造的,一眼就看得出来。能熔炼这种黑铁的就只有侏儒而已。也只有侏儒会打造火焰形状的剑刃,只有他们突破了剑身减重的瓶颈……承认吧,艾斯特海兹,这是仿制品吧?"

"才怪。"铁匠说,"这是真货。货真价实的侏儒古威希尔剑。这种剑大概有两百年的历史,当然了,这把要新得多,但我绝不会称之为仿制品。这是提尔·托恰尔山的侏儒按我的要求打造的,完全遵照古老的技术、方法和式样。"

"见鬼,没准我还真买不起这把剑。开价多少?"

艾斯特海兹沉默片刻,他的表情令人费解。"一文钱也不要,邦纳特。"最后,他断然道,"这是一件礼物,好让必须达成的目的得以实现。"

"谢谢。"邦纳特露出惊讶的表情,"多谢,艾斯特海兹。这可真是一份厚礼……真的。我欠你个人情。"

"你不欠我。这剑是给她的,不是给你。过来吧,戴项圈的女孩。看看蚀刻在剑刃上的图案。你当然看不懂,但我会告诉你的。看,预先画好的命运之线扭曲波动,通往此处的高塔,通往废墟,通往现存秩序与价值的毁灭。而在这塔上——你看到了吧?有只雨燕。那是希望的象征。拿着这把剑。愿它助你实现你必须达成的目的。"

希瑞伸出手,轻轻抚摸明镜般的黑色剑刃。

"拿着它,"艾斯特海兹看着希瑞睁大的双眼,缓缓说道,"拿着它。把它握在手里，小丫头。拿……"

"不！"邦纳特突然大吼起来。他一跃而起，抓住希瑞的肩膀，用力将她推开。"躲开！"

希瑞跪倒在地，庭院里的碎石扎得她手掌生疼。

邦纳特一拳打在剑匣上。"不行，"他咆哮道，"今天不行！你还没准备好。"

"是啊。"艾斯特海兹看着他的双眼，赞同道，"她明显还没准备好呢。真是太可惜了。"

"铸剑师的脑袋里没多少有用的信息，尊贵的庭上。我们找到他是在九月十六日，满月的三天前。然后我们从法诺返回罗卡尼，途中与奥拉·哈希姆会合。他还带着七个人。奥拉叫我们立刻赶回大部队，因为在前一天，也就是九月十五日，克莱蒙特发生了一场大屠杀……关于这件事，也许我没必要细说，庭上诸位肯定知道这场大屠杀的经过……"

"证人继续说，无需揣度本庭知道些什么。"

"邦纳特料到我们会来。九月十五日那天，他带着法尔嘉去了克莱蒙特……"

"克莱蒙特，"维索戈塔重复道，"我知道那镇子。他带你去了克

莱蒙特哪里?"

"集市广场的一间大房子,门口有立柱和拱门。你一眼就看得出,那是有钱人的住处……"

房间墙壁上覆满奢侈的挂毯和华丽的壁挂,描绘的场景涉及宗教、狩猎、乡村生活,以及衣着轻薄的美女。镶在家具上的黄铜配件闪闪发光。从地毯上走过时,你连脚踝都会埋进里面。但希瑞没时间注意这些细节,因为邦纳特脚步飞快,手里还攥着项圈的锁链。

"你好啊,霍温纳赫。"

虹色彩光透过玻璃窗照射进来,让一块描绘狩猎场景的挂毯闪闪发亮。一个肥胖而庄严的男子站在挂毯前面,身穿绣有金线的外套,还有一件长长的毛皮束腰外衣。尽管正值壮年,他的头顶却光秃无发,脸颊的赘肉也像牛头犬一样垂落下来。

"你好啊,雷欧。"他说,"还有你,这位小姐……"

"她算哪门子小姐?"邦纳特指了指锁链和项圈,"用不着跟她打招呼。"

"讲礼貌又不花钱。"

"但会浪费时间。"邦纳特拽了拽锁链,朝那人走去,大咧咧地拍了拍他的肚皮,"你最近又胖了不少啊。"他说,"说真的,霍温纳赫,如果你挡在路上,跳过你都比绕过去省力。"

"日子过得太好嘛。"霍温纳赫晃了晃脸颊的赘肉,快活地说道,"你好,雷欧,欢迎,欢迎你的到来,因为我有充分的理由庆祝这一天。生意简直顺利得要命，进账的款项一笔接一笔！就拿今天来说吧，有位尼弗迦德后备部队的上尉兼军需官卖了一船从前线运来的军备给我——六千张军队制式长弓。只要把这些卖给猎人、盗猎者、窃贼、精灵和其他自由斗士，我就能赚回十倍。我还从本地一位侯爵手里低价买来一座城堡……"

"见鬼，你要城堡干什么？"

"我得活得够气派才行。再说一遍，我的生意很顺利。有件事我还真得感谢你。一个本来不可能还钱的债务人刚刚跟我结清了账目，就在刚才。他付钱时手还在发抖，因为那家伙看到了你。他以为……"

"我知道他以为什么。你收到我的信了？"

"收到了。"霍温纳赫重重地坐了下来，肚皮撞到桌子上，让玻璃水瓶和高脚杯叮当作响。"我也全都准备好了。你看过赔率了吗？她肯定能满足观众的要求……大伙已经等在竞技场了。收银台正忙着呢……坐吧，雷欧。我们还有时间，可以聊聊天，喝点儿酒……"

"我可不想喝你的酒。又是从尼弗迦德人的运输队偷来的？"

"你在说笑吧？这瓶可是陶森特的东之东红酒，我们高尚的恩希尔皇帝还包着羽绒尿布时，酿酒的葡萄就采摘下来了。那可是酿酒的好年头……为你的健康干杯，雷欧。"

邦纳特沉默地举起酒杯。

霍温纳赫用品评的目光看着希瑞，咯咯笑了起来。"这就是那头天真的小鹿？"他开口道，"你在信里保证说，她将献上一场精彩的表演，没错吧？我听说温沙·因布拉来了这座城镇，还带着几个打手……"

"霍温纳赫，我挑的货让你失望过吗？"

"你说得对，没有。但你好久没给我带过货啦。"

"我接的活儿比过去少了。我正想找个机会彻底退休呢。"

"那得有资金才行。我倒是知道个法子……想听听吗?"

"反正也没别的事。"邦纳特挪了挪身体,抬起一条腿,又指了指凳子,叫希瑞坐下。

"你考虑过去北方吗?去辛特拉,或者雅鲁加河那边的北方坡地?你知不知道,每个跑去被征服地区定居的人,都能得到帝国分配的四海得①土地,而且免税十年?"

"我才不想要什么农庄。"赏金猎人平静地回答,"我不会耕地,也不会养牛。我对蚯蚓和粪肥过敏,看到那些我就想吐。"

"我也是。"霍温纳赫晃了晃下巴,"总体来说,我只能勉强容忍非法农业,其余的简直令人作呕。他们说农业是经济的支柱,是富饶的保证。我却觉得它既没价值也不体面,反而像在暗示我:财富是以粪臭为基础的。我仔细研究过那条法令,它没规定必须耕地或者养牛。你只要收下地,马马虎虎打理一下,就能有可观的收入。相信我吧,足够让你糊口了。没错,我在这方面做过不少研究,所以我希望你能去一趟北方。因为你要明白,邦纳特,我有个活儿需要你去那儿。一份报酬丰厚的长期活计,对你来说也挺轻松的。而且符合你的要求:没有粪肥,没有蚯蚓。"

"不妨说说看。但别忘了,我还没答应你。"

"一点点创业精神,再加上少量初始投资,就能用皇帝赐给移民的土地拼成一片相当气派的大型种植园。"

---

①译注:这里的"海得"与下文的"友克",都是西方古时的土地测量单位。

"我明白了。"赏金猎人咬着自己的胡须,"我明白你想说什么了。我知道你为生意兴隆做了多少努力。但你就没想过会遇到问题?"

"想过,但只有两个小问题。首先,我们得找一批人伪装成去北方的移民,好收下分配到的土地。名义上是给他们的,实际上是给我的。不过这个问题我自己就能处理,你只要解决下一个就好。"

"我洗耳恭听。"

"有些移民得到土地就不想交出来了。他们会忘掉跟我的契约和从我这儿拿到的钱。你肯定不会相信,根植在人性中的欺瞒、残忍和堕落有多深。"

"我相信。"

"所以你必须让他们明白,欺瞒我没有任何好处。必须给他们惩罚。这就是你要干的活儿。"

"听起来不错。"

"本来就不错。我已经开始运作了。等艾宾并入帝国,允诺的土地分发出去,然后只要等圈地法令正式实施就行了。到那时,克莱蒙特这个漂亮的小镇就在我的领土中间,整片土地都属于我,直到包住地平线的灰色薄雾那里。整整一百五十海得的土地——帝国丈量的土地,不是小户农家自己胡乱测量的。也就是将近一万友克,或者一万八千九百通用亩。"

"无法之国度,灭亡已降临。"邦纳特讽刺地背诵着,"帝国将陨落,窃之莫迟疑。利己与自私是弊病……"

"权势与力量却蕴藏之中。"霍温纳赫颤声念道,"邦纳特,你把偷盗与个人创业搞混了。"

"我经常搞混。"赏金猎人平静地承认。

"那你打算跟我合作吗?"

"现在就瓜分北方的土地是不是太早了?难道你不该谨慎行事,等尼弗迦德赢得这场战争再说吗?"

"谨慎行事?别说笑了。战争的结果已经很明显了。打赢战争靠的是钱,帝国有北方人没有。"

"既然说到钱……"

"已经准备好了。"霍温纳赫在桌上的文件里翻找起来,"这是一百弗罗林的银行汇票。这是账款转让合同,有了这张文件,吉索的瓦恩哈根家族给那些盗匪开出的人头悬赏就全归我了。请在这里签字。谢谢。另外要给你一笔利润分成,不过票据还没开好,收银台还在忙活呢。她会带来很大的利润,雷欧。非常大。这个镇子的居民正为无聊和沮丧所苦。"他顿了顿,看向希瑞,"我由衷地希望你没看错人。希望她真能献给我们精彩的表演……我也希望她能跟我们合作,为了我们共同的好处……"

"她可得不到任何好处。"邦纳特漠然地看着希瑞,"这点你很清楚。"

霍温纳赫皱起眉头,露出愤慨的表情。"见鬼,这事不该让她知道!你不该告诉她的!你怎么搞的,雷欧?万一她不配合我们表演,万一她不可靠,那我们怎么办?"

邦纳特的表情毫无变化。"那样的话,"他说,"我们就把她放进竞技场,叫你的牛头犬好好教训她。我没记错的话,它们一直都很可靠,也知道怎么让表演更精彩。"

希瑞沉默良久，不断揉搓破了相的脸颊。

"我终于明白了。"最后她说，"我知道他们想叫我干吗了。我绷紧神经，决定一有机会就逃跑……无论风险有多大。但他们没给我机会。他们把我看得紧紧的。"

维索戈塔沉默不语。

"他们拖着我去了楼下。胖子霍温纳赫的客人就等在那里。全都是怪物！维索戈塔，你说这么多怪物都是打哪儿来的？"

"弱内强食的结果。"

头一个男人又矮又壮。比起人类，他看起来更像半身人，穿着也像半身人——朴素、整洁、色调柔和。第二个男人尽管上了年纪，衣着和体格却像是个当兵的。他佩着一把剑，黑色外套的肩部别着一枚闪闪发亮的银制胸针，上面刻着一头长有蝠状双翼的龙。另一名女子长着浅色头发，身材苗条，嘴唇纤薄，鼻子略带鹰钩。她那条淡黄绿色的裙子领口开得很低，但这实在不适合她，因为她根本没有乳沟可露，只有又干又皱、仿佛羊皮纸一样的皮肤，脸上还涂着一层厚厚的胭脂和美白乳霜。

"这位是出身名门的德-奈蒙斯·尤瓦侯爵夫人。"霍温纳赫介绍道，"迪克兰·罗斯·爱普·迈克拉德先生，尼弗迦德皇帝陛下帝国后备部队的上尉。克莱蒙特的镇长潘尼奎克。这位是雷欧·邦纳特先生，是我亲戚，也是我多年来的好搭档。"

邦纳特僵硬地鞠了一躬。

"那么这位，就是今天要为我们表演的小盗匪喽？"侯爵夫人用细小的淡蓝色眼珠盯着希瑞。她嗓音沙哑，好像宿醉未醒，还带着挑逗的意味。"要我说，算不上漂亮，但身材不错……我猜这具身体一定……相当优美。"

面对侯爵夫人伸出的手，希瑞转过身去，奋力后退。她怒火中烧，发出蛇一样的嘶嘶声。

"请勿触摸，"邦纳特冷冷地说，"请勿投喂，也请勿激怒她。不听劝告，后果自负。"

"这具身体，"侯爵夫人舔舔嘴唇，对他的话充耳不闻，"如果绑到床上，那就方便多了。邦纳特先生，你要剥夺我的乐趣吗？侯爵和我都喜欢这样的身体，但如果我们抓了当地的牧羊女和农家女孩，霍温纳赫大人会怪罪我们的。侯爵已经没法再狩猎小孩子了，他跑不了太快。只要他跑起来，胯下的软疳和湿疣就会发作……"

"够了，够了，玛蒂尔达。"霍温纳赫看到邦纳特脸上的厌恶，连忙开口，"我们该去竞技场了。镇长大人刚才说，温沙·因布拉带着卡萨德伊男爵的一队仆从来到了这个小镇，所以我们是时候出发了。"

邦纳特从口袋里掏出个小瓶子，用袖子擦了擦缟玛瑙的桌面，往上面倒了一小堆白色粉末。他拽了拽连着希瑞项圈的锁链。

"你知道怎么吸吧？"

希瑞咬紧牙关。

"用鼻子吸。或用口水沾湿手指，抹在牙龈上。"

"不！"

邦纳特头都不回。"要么你自己来，"他轻声说，"要么我帮你。我会用在场诸位都乐意看到的方式。不光你的鼻子和嘴里有黏膜，小耗子，另外几个特殊的地方也有。我可以叫仆人按住你，让你好好体会一下。"

德-奈蒙斯·尤瓦侯爵夫人发出沙哑的笑声，看着希瑞将颤抖的双手伸向麻药粉。

"特殊的地方！"侯爵夫人舔了舔嘴唇，"是个好点子。我也得找机会试试才行！嘿，小丫头，小心点儿，这可是上等的麻药粉，别洒了！记得给我留点儿！"

这一次，麻药粉的效力比她和耗子们尝过的都要强。用后没多久，令人目眩的欣快感便占据了希瑞的身体，她看到的人影轮廓愈发鲜明，色彩和光亮刺痛了双目，各种气息逗弄着她的鼻子，声音刺耳到无法忍受，一切都虚幻不实，转瞬即逝，就像梦中的景致。她看到了楼梯，看到并闻到了散发着臭味、灰尘覆满的挂毯和壁挂，听到了德-奈蒙斯·尤瓦侯爵夫人粗声粗气的大笑。她看到了庭院，感觉到落在脸上的骤雨，感觉到脖子上项圈的拉扯。她看到一栋高大建筑的木制塔楼，还有挂在门口的一幅花哨而可憎的硕大油画，画上描绘的是一只正在啃咬怪物的狗。那怪物像龙又像狮鹫，也可能是双足飞龙。许多人等在入口处。其中一个叫喊起来，打了个手势。

"真恶心！不但令人作呕，而且罪孽深重，霍温纳赫先生！你竟把从前的神殿拿来举办这种不敬神又不人道的可憎活动！野兽也有知觉啊，霍温纳赫先生！它们也有自尊！把它们丢进竞技场相互厮杀，用这种方法赚取金钱、取悦民众，简直与犯罪无异！"

"冷静点，圣人先生！请勿插手私人事务！顺带一提，今天不是野兽互斗。一头野兽都没有！只有人类！"

"那么，请接受我的道歉。"

建筑物内部座无虚席，座椅围成一块圆形竞技场，中间有个挖出来的深坑，那是个直径约有三十尺的圆形场地，由粗糙的立柱和墙壁支撑，场地周围有一圈围栏。臭味和噪音几乎是压倒性的。希瑞再次感觉到项圈的拉扯，然后有人抓住她的腋窝，又有人推了她一把。突然间，她发现自己落到坑底的沙地上。

她落进了竞技场。

最初的反应已然消退，如今麻药粉只能振奋她的精神，强化她的感官能力。希瑞捂住耳朵——圆形竞技场的观众席上，人们正在喊叫和吹口哨，噪音让她无法忍受。她注意到自己的右腕和前臂包裹着硬皮铠甲，这给了她某种程度上的保护。但她想不起自己是何时穿上的。

她听到了仿佛宿醉未醒的熟悉嗓音，看到穿着淡黄绿色裙子的侯爵夫人、尼弗迦德上尉、衣着朴素的镇长、霍温纳赫和邦纳特站在竞技场上方高处的包厢里。她放下捂住耳朵的手，就在这时，有人敲响了铜锣。

"看啊，乡亲们！今天的竞技场里没有野狼、没有哥布林，也没有安德莱格！今天在竞技场里的，是来自耗子帮、杀人如麻的法尔嘉！请在入口附近的售票处下注！请不要吝惜赌金，各位！这可是除了吃喝之外最好的消遣——在这儿，省钱的人才是输家！"

人群开始咆哮和鼓掌。麻药粉的效力再次浮现，欣快感占据了希瑞的身心，让她的感官能察觉到每一样事物，每一个细节。她听到霍温纳赫嘹亮的大笑，侯爵夫人宿醉般的嗤笑，邦纳特冷酷的低音，那位维护动物的祭司的呼喊，女人的尖叫和孩子的大喊。她看到环绕场地的立柱上沾着深色的血迹，还有木桩后面散发着恶臭的黑洞。她的目光越过木桩上面的栏杆，看到观众们汗水淋漓的扭曲嘴脸。

一阵突如其来的骚动，让观众们抬高嗓门，咒骂连连。有一队人挥着武器，挤过人群，却在武装卫兵的人墙前停了下来。她见过其中一人，她还记得那张黝黑的脸，还有那副看起来像是炭笔涂鸦的小胡子。

"温沙·因布拉先生？"霍温纳赫的声音响起，"从吉索来的那位？高贵的卡萨德伊男爵的总管？欢迎，欢迎诸位外国来宾。请马上入席吧，表演很快就要开始了。但请别忘到门口买票！"

"我不是来看热闹的，霍温纳赫先生！我为公务而来！邦纳特知道我在说什么！"

"是吗，雷欧？你知道总管大人在说什么吗？"

"我没跟你说笑！我带了十五个人！我们要找法尔嘉！把她交给我们，不然没你好果子吃！"

"我不明白你为何如此激动，因布拉。"霍温纳赫皱起眉头，"但我想给你个忠告，这里不是吉索，也不是你那位男爵大人的地盘。如果你非要大喊大叫、惹是生非，我就只能用鞭子赶你们走了。"

"我无意冒犯，霍温纳赫先生！"温沙·因布拉的语气缓和下来，"但法律站在我们这边！邦纳特答应过要把法尔嘉交给卡萨德伊男爵，他亲口保证过。我只想要他履行承诺和义务！"

"雷欧?"霍温纳赫晃了晃脸上的赘肉,"你听明白他在说什么吗?"

"我听明白了。我也赞同他的话。"邦纳特站起身,轻蔑地挥挥手,"我不会反驳,也没有异议。女孩就在那儿,你们都看到了。想抓她,尽管去啊。"

温沙·因布拉一时没反应过来,他的嘴唇剧烈地抽搐了几下。"你说什么?"

"女孩就在那儿。"邦纳特朝霍温纳赫使个眼色,"想带她离开,你就尽管去嘛。要死的还是要活的,悉听尊便。"

"什么?"

"见鬼,你是在考验我的耐心吗?"邦纳特佯装愤怒地大喊道,"哪儿那么多'什么'?你没长脑子吗?想抓她,随便你!只要你觉得合适,往肉里掺上毒扔给她也行,就像毒野狼一样。至于她吃不吃,那我就管不着了。她看上去并不蠢,对吧?总而言之,因布拉,想带她走,你就给我亲自动手。你大可以跳进竞技场嘛。想要法尔嘉?尽管去抓呀!"

"你想用法尔嘉当鱼饵诱我咬钩,就像用青蛙钓鲶鱼那样?"温沙·因布拉恶狠狠地说,"我可信不过你,邦纳特。我闻得到,鱼饵下面有铁钩的味道!"

"恭喜你,鼻子还真灵,连铁钩都能闻到。"邦纳特站起身,从凳子底下抽出他从法诺带来的剑。他拔剑出鞘,精准地丢进竞技场,剑刃笔直地插进沙子,距希瑞仅两步之遥。"喏,'铁钩'就在那儿。明明白白,毫无遮掩。我不在乎这个女孩,谁想要她就带她走,只要你办得到。"

德-奈蒙斯·尤瓦侯爵夫人神经质地大笑起来。"只要你办得到。"她用宿醉般的女低音说道,"因为现在,这个身材优美的小家伙有了把剑。真是精彩,邦纳特先生,我可不想看她手无寸铁地对付这帮暴徒。"

"霍温纳赫先生,"温沙·因布拉双手叉腰,看都不看苗条的女贵族,"这场表演是你主办的,这家竞技场也是你的。告诉我,我们应该遵守谁的规矩?你的,还是邦纳特的?"

"竞技场的规矩是笑声与欢呼。"霍温纳赫晃了晃肚皮和牛头犬似的下巴,"这家竞技场确实属于我,但这里的国王却是掏钱买票的顾客!规则由顾客来定,我们这些商人只能遵守规则——不管顾客有什么要求,我们都必须满足嘛。"

"顾客?你是说这些人?"温沙·因布拉用手画了个半圈,指着人满为患的观众席,"这些付钱来看表演的人?"

"在商言商嘛。"霍温纳赫说,"既然有人买,那我为何不卖呢?有人愿意花钱看野狼厮杀,看安德莱格和蚁熊互斗,看狗抓兔子,这很奇怪吗,因布拉先生?大家对比赛和表演的需求就像一日三餐——在我看来更胜三餐,今天来这儿的很多人甚至省下了饭钱。可是看啊,他们的眼睛闪闪发光。他们已经等不及要看表演开场了。"

"正因如此,"邦纳特露出恶毒的笑,补充道,"我们至少也要有点竞技精神。所以我给了女孩一把剑。各位观众,你们觉得呢?我做得对吗?"

观众们七嘴八舌表示肯定,声音正如邦纳特预料的一样响亮而欢快。

"卡萨德伊男爵不会喜欢你的做法,霍温纳赫先生。"温沙·因布拉缓缓地说,"我得告诉你,他不会高兴的。为了一个小丫头跟男爵作对,你觉得值吗?"

"在商言商嘛。"霍温纳赫重复一遍,晃了晃下巴,"卡萨德伊男爵也很清楚:他用极低的利息从我这儿借了不少钱,等他再来找我借,我们就得好好谈谈了。不过嘛,区区一个外国男爵也想干涉我的私人事务吗?赌金已经押下,观众也买了入场券,竞技场的沙地必须洒下鲜血。"

"必须?"温沙·因布拉咆哮道,"见鬼去吧!我可以让你的竞技场再见不着一丝血!我可以直接离开,连看都不看你一眼。下次流血的就是你们自己了!光是想想要给这些下等人提供娱乐,我就想吐!"

"叫他滚!"人群里突然传来个声音,是个身穿马皮外套的大块头,"既然他想吐,那就叫他滚。我不介意。听说谁能拿下耗子帮,谁就能拿到赏金。我这就下场办了她。"

"滚蛋!门都没有!"因布拉的一名手下喊道。他个头不算太高,但肌肉发达,体格健硕。他的头发浓密蓬乱,胡乱扎成一条脏兮兮的辫子。"是我们先来的!对不对啊,伙计们?"

"这还用说!"另一名手下赞同,是个留着山羊胡的瘦子。"第一次机会是我们的!你就别在名誉方面这么敏感啦,温沙!让下等人看看又咋了?法尔嘉就在竞技场里,我们只要带走她就好。就算这些下等人把眼睛瞪得再大,我们也不用在乎!"

"而且我们还能捞一票!"第三个手下尖叫道,他穿着鲜艳的紫红色紧身上衣,"保证公平,对吗,霍温纳赫先生?这里最适合看表演了!再说还有赏金可拿!"

霍温纳赫露出欢快的笑容,自豪而威严地点点头,脸上的赘肉晃个不停。

"那么,"山羊胡问,"赔率是多少?"

"目前来说,"商人笑着说,"还没到给结果下注的时候!但有人赌你们压根儿就不敢进场,赔率是三赔一。"

"就是!"马皮外套大吼,"我也要下注!我准备好了!"

"滚开!"脏辫子吼了回去,"是我们先来的,第一次机会归我们。来啊,我们还等什么?"

"我们是能上多少上多少?"紫红上衣正了正腰带,"还是一个一个上?"

"啥?你们这帮狗娘养的!"衣着朴素的镇长也吼了起来,大大出乎众人的意料。他的嗓音像牛一样雄壮,跟他的体格完全不相称。"你们还想十个打一个?那你们想不想骑马呀?再来辆战车?要不你们去武器库瞧瞧,推一辆投石车来,远距离朝那女孩丢石头?好不好啊?"

"行了,行了。"邦纳特插嘴道,刚才他一直在跟霍温纳赫小声嘀咕,"既要公平,还得有趣。你们可以一次上两个人。也就是二对一。"

"不过赏金是不会加倍的!"霍温纳赫警告道,"如果上两个人,赏金你们就只能自己分了。"

"干吗要两个人?干吗要二对一?"脏辫子猛地把头发甩向身后,"伙计们,你们就不觉得丢人?她只是个小丫头!呸!退后,我自己上。看我怎么修理她!"

"我要活的法尔嘉!"温沙·因布拉出言反对,"让厮杀和决斗都见鬼去!我才不在乎邦纳特的表演,我只要那个女孩!你们两个一起。你和斯塔夫罗,把她给我弄出来。"

"叫我跟人联手?"斯塔夫罗,也就是留山羊胡的男人说道,"对付这么个皮包骨的小东西？简直是侮辱。"

"男爵大人会用一枚弗罗林补偿你的侮辱，但你必须把她活着拖出来！"

"男爵大人真是个小气鬼。"霍温纳赫大笑，肚皮和牛头犬似的下巴抖个不停，"他既没有娱乐精神，也拿不出像样的奖赏！但我支持这场比试，所以我会提高赏金。独自踏入竞技场，还能自己走出来的人，我会用这只手，从这个口袋里掏出赏钱，亲自奉上——不止二十，而是三十弗罗林。"

"那还等什么？"斯塔夫罗尖叫道，"我先上！"

"等等，"小个子镇长用打雷般的嗓音喊道，"那丫头只穿了一件薄布衣！所以你也得脱掉皮甲。为了公平！"

"愿瘟疫带走你们！"斯塔夫罗解开镶钉外套，脱掉衬衣。他赤裸上身，瘦削的身子长满汗毛。"愿瘟疫带走你们，连同你们该死的娱乐精神！我就光膀子上好了！喂！我用不用连裤子也脱了？"

"脱，内裤也脱了！"德－奈蒙斯·尤瓦侯爵夫人挑逗地喊道，"让我们瞧瞧你是不是个只会动嘴的男人！"

在雷鸣般的喝彩声中，赤裸上身的斯塔夫罗走近竞技场，一条腿跨过栏杆，谨慎地面对希瑞。希瑞手臂交叉，捂着胸口。她甚至没朝插在沙地上的剑走去。斯塔夫罗犹豫起来。

"别这样。"希瑞轻声说，"别逼我……别碰我。"

"无意冒犯，小姑娘。"斯塔夫罗跳过栏杆，"我跟你无冤无仇。但在商言商……"

他的话没能说完，希瑞已经将"雨燕"——这是她在脑海里对这把侏儒古威希尔剑的称呼——握在手中，逼近他面前。她用了一套几乎注定失败的简单虚招，名叫"三小步"，但斯塔夫罗却中计了。他后退一步，本能地抬起剑，同时也成了待宰羔羊：他背靠着竞技场的围栏，"雨燕"的剑尖距他的鼻子只有一寸之遥。

"这套技巧，"在响亮的欢呼与喝彩声中，邦纳特对侯爵夫人解释道，"合称'三小步'，佯攻，突刺。真没意思，我还指望那丫头使些更复杂的招数呢。不过你得承认，如果她真想杀人，那家伙已经没命了。"

"杀了他！杀了他！"人群呼喊起来，朝镇长和霍温纳赫比出拇指冲下的手势。斯塔夫罗的面孔血色尽褪，脸颊上的疙瘩和痘疤清晰可见。

"我说了，别逼我。"希瑞嘶声道，"我不想杀你！好在你也没碰我。所以，打哪儿来回哪儿去吧。"

她后退几步，转过身，垂下手里的剑，抬头看向观众席。"你们拿我当玩具？"她用嘶哑的声音喊道，"你们想强迫我战斗并杀人？你们强迫不了我。我不会打的！"

"听到了吗，因布拉？"邦纳特讽刺的声音在沉默中响起，"这可是百无一害的纯利！她不会打的。你可以进去，把她活着拖出竞技场，然后献给卡萨德伊男爵，让他赏识你。你可以轻轻松松带走她！连武器都不用拿！"

温沙·因布拉吐了口唾沫。斯塔夫罗的后背依然贴着围栏，他呼吸粗重，攥紧了手里的剑。

邦纳特笑了。"不过呢，因布拉，我敢用全部身家跟你打赌，你抓不住她。"

斯塔夫罗重重地呼出一口气。在他看来，背对他的女孩显得心神恍惚。他发出带着愤怒、耻辱与憎恨的咆哮。他忍不下去了。他发起了进攻,迅速而又背信弃义的进攻。

观众没看清她是如何躲闪并还击的。他们只看到斯塔夫罗扑向法尔嘉,然后像芭蕾舞者一样跳了起来——他甚至做了个芭蕾舞的动作——向前跌落沙地,沙子立刻被他的鲜血染红。

"发自本能的动作!"邦纳特的嗓音盖过观众的呼喊,"完全是下意识反应!霍温纳赫,我跟你说什么来着?现在明白了吧,你用不上你的牛头犬了!"

"真是一出精彩又有赚头的戏码。"霍温纳赫的眼神写满欣喜。

斯塔夫罗用双臂撑起身体,颤抖着晃了晃脑袋,大叫一声,然后倒吸一口气,吐出一口血,重新倒回到沙地上。

"这一招又叫什么,邦纳特先生?"德-奈蒙斯·尤瓦侯爵夫人用沙哑的声音问道,同时淫荡地蹭着膝盖。

"这叫即兴表演。"回答侯爵夫人的问题时,邦纳特露齿而笑,"美丽又充满创意、发自本能的即兴表演。我知道有个地方会教人这种即兴式的腹部刺击。我敢打赌,我们的小女士知道那个地方。我也知道她是谁。"

"别逼我!"希瑞用骇人的语气喊道,"我不会就范的!听到了吗?我不会!"

"这女人真是个地狱饿鬼!"紫红上衣灵巧地跳过栏杆,绕起圈子,试图分散希瑞的注意力,不让她注意到同样跳进场地的脏辫子。马皮外套也跟在脏辫子身后跳了进去。

"不公平!"潘尼奎克镇长喊道,观众们也发声附和,"三对一!不公平!"

邦纳特笑了。侯爵夫人舔舔嘴唇，蹭腿的动作更剧烈了。

三人的计划很简单——迫使女孩退到围栏边，两人封堵她的进攻，第三人趁机杀死她。但他们的如意算盘落空了。理由很简单。女孩没有后退，而是发起了进攻。

她用单足旋转的舞步穿过他们中间，动作流畅得仿佛脚不沾地。穿过的一刹那，她用剑砍中了脏辫子的颈动脉，后者应声栽倒。这一剑如此轻巧，甚至没能影响到她的节奏。她的动作优雅而迅速，在旋转结束之前，脏辫子的脖子甚至没溅出一滴血。她身后的紫红上衣想砍她的脖子，但这阴险的一击却被剑挡了下来。希瑞弯腰，转身，跳起，用双手挥出一剑，并借着腰部的动作加强力道。深色的侏儒剑仿佛一柄剃刀，伴着破空声劈开了对方的腹部。紫红上衣哀号一声，倒在沙地上，缩起身子。马皮外套挪近几步，也跳了起来，想砍断女孩的喉咙。她扭动身体，动作流畅地转过身，用剑身中部劈开了他的面孔，包括一只眼睛、鼻子、嘴巴以及下巴。

观众大吼起来，吹起口哨，连连跺脚。德－奈蒙斯·尤瓦侯爵夫人将双手夹在绷紧的两腿之间，舔着自己濡湿的嘴唇，用女低音发出紧张的淫笑。尼弗迦德后备部队的上尉脸色白得像牛皮纸。有个女人想用双手捂住她孩子的眼睛，那孩子却奋力挣扎。坐在前排的一个灰发老头把脑袋埋进膝盖，大口大口地吐了出来。

马皮外套双手掩面，大声号啕，指头下面渗出混了黏液与唾沫的鲜血。紫红上衣像家猪一样打滚、尖叫。脏辫子试图爬上围栏，但鲜血随着他的心跳不时喷出，将围栏染得又湿又滑。

"救——命——！"紫红上衣疯狂地按住自己不停外涌的内脏，"伙计们——！救——命——！"

"救……救……我……"马皮外套大口喷血。

"杀了他们!杀了他们!"观众们有节奏地跺脚,高声喊道。刚刚还在呕吐的老头站起身,朝栏杆踢了一脚。

"我敢拿全部身家打赌,"邦纳特讽刺的低音穿透了噪音,"没人敢再踏进竞技场。全部身家,因布拉!哦,再加点儿也行!"

"杀了他们!"怒吼、跺脚、鼓掌声响彻不停,"杀了他们!"

"小姐!"温沙·因布拉大喊一声,朝自己的手下挥挥手,"请让我们把伤员抬出来!让我们进竞技场,在他们失血过多之前带走他们!发发慈悲吧,年轻的女士!"

"慈悲?"希瑞重复一遍,自觉肾上腺素不断涌出。她回忆起从前的训练,用力深呼吸几下,压下了那股冲动。

"进来抬走他们吧。"她说,"但不许带武器。他们也是人。至少曾经是。"

"不行!"观众齐声高喊,"杀!杀!"

"你们这群恶毒的禽兽!"希瑞转过身,目光扫过看台和长凳,"不识抬举的猪猡!你们这群无赖!肮脏的杂种!你们想要血?那就来呀!下来——到这儿来品尝吧!趁血还没干!禽兽!吸血鬼!"

侯爵夫人呻吟一声,颤抖着翻起白眼,无力地靠在邦纳特身上,双手依然夹在两腿中间。邦纳特皱了皱眉头,用尽可能得体的动作推开她。观众们咆哮起来。有人把吃了一半的香肠丢进竞技场,还有人丢出一只靴子。有人甚至朝希瑞丢了根黄瓜,她用剑将黄瓜在空中一分为二,引来更加响亮的倒彩。

温沙·因布拉的手下抬起紫红上衣和马皮外套。搬起紫红上衣时,他发出一声号叫。马皮外套昏了过去。脏辫子和斯塔夫罗已生机全无。

希瑞在竞技场里退到尽可能远处，因布拉的手下也尽量与她保持距离。

温沙·因布拉则一动不动地站在那儿，眯起双眼看着希瑞，一只手按住剑柄——踏入竞技场时，他曾发誓绝不会拔出自己的长剑。

"不。"她几乎嘴唇都不动地警告他，"我不想再杀人。拜托。"

因布拉脸色发白。观众们在跺脚、咆哮和呼喊。

"别听她的。"邦纳特的喊声盖过了噪音，"拔剑吧！不然全世界都会知道，你是个尿裤子的胆小鬼！从阿尔巴到雅鲁加，所有人都会知道，温沙·因布拉被一个小女孩吓得夹着尾巴逃跑了！"

因布拉的剑从剑鞘里滑出一寸。"不。"希瑞说道。剑又收了回去。

"懦夫！"人群里有个声音喊道，"懦夫！没种！"

因布拉板着脸走向竞技场边缘。他前方的地上躺着两名同伴，他们曾向她出手，现在则连手指都已僵硬。他又回头看了一眼。

"你应该知道等待你的会是什么命运了，小丫头。"他轻声说道，"你应该明白雷欧·邦纳特是什么样的人了。你应该知道雷欧·邦纳特能干出什么事，知道什么事能让他兴奋。还会有人踏进竞技场跟你厮杀，你会为愉悦这帮猪猡和人渣而杀人，甚至更糟。等到连杀人都没法再取悦他们，等到邦纳特厌倦了你的表演，他会杀了你。他会把更多人赶进竞技场，让你应接不暇。他会叫人突然袭击，或者放狗把你撕碎，而这帮下等人会闻着血味喝彩，直到你在肮脏的沙地上流干每一滴血，就像你今天对他们所做的一样。好好想想我的话吧。"

虽说有些奇怪，但直到这时，她才注意到他涂釉的衣领上那枚小巧的别针。

一只在黑色方格里人立而起的银色独角兽。

独角兽。

希瑞垂下头，看着自己的剑刃。

突然间，周围鸦雀无声。

"伟大日轮在上，"一直保持沉默的迪克兰·罗斯·爱普·迈克拉德，尼弗迦德后备部队的上尉突然喊道，"不。别这么做，小丫头。Ne tuvén quess, Luned!"

希瑞咽了口口水，缓缓转动手腕，将剑柄对着沙地。她弯下腰，右手扶着剑身，剑尖不偏不倚地指向自己的左胸骨。剑刃刺穿了她的衣服。

只要别哭出来就好，希瑞将身体更加贴近剑尖。*别哭出来就好，我不能哭，也不想哭。只要猛地一刺，一切就结束了……*

"你办不到的。"寂静中传来邦纳特的声音，"你办不到，女猎魔人。在凯尔·莫罕，他们教过你杀人，所以你杀人的动作像机械般精准。这些都出自本能。但要杀死自己，你需要个性、力量、决心和勇气。可惜他们没教过你这些。"

——◆——

"如你所见，他说得对。"希瑞不情不愿地承认，"我没能办到。"

维索戈塔沉默不语。他手里拿着一块麝鼠皮，一动不动地坐了很久，久到几乎忘记那块毛皮的存在。

"我退缩了。我是个懦夫。而且我付出了代价，就像每个懦夫一样。痛苦、羞愧、令人作呕的屈服，还有强烈的自我厌恶……"

维索戈塔还是没出声。

◀—▶

如果有人趁着夜色悄悄溜到这间房顶凹陷的小屋前，透过窗扇的缝隙向内窥探，那么，借着黯淡的光线，他们会看到一个灰白胡须的老人和一个银色头发的女孩坐在壁炉前。他们会看到，这两人都沉默地注视着壁炉里深红色的木炭。

但这一切无人得见。这间房顶爬满苔藓的小屋深藏在迷雾与阴霾间，又坐落于佩雷拉特沼泽无边无际的芦苇丛中。这里，没人敢来。

凡流人血的，他的血也必被人所流。

——《圣书·创世纪·九章六节》

许多活着的人都该死，一些死了的人却该活，你能把命还给他们吗？若是不能，就别急着断人生死吧。即便是极有智慧的人，也不能洞悉万物的结局。

——J. R. R. 托尔金

的确，要将断头台上流下的鲜血称之为正义，只有无比自豪、又无比盲目的人才办得到。

——科沃的维索戈塔

第五章

"猎魔人来我的地盘干吗?"莱德布鲁尼的总督福尔科·阿特维尔德问道。在持续的沉默中,他显得越来越不耐烦。"猎魔人打哪儿来?想找什么?有什么目的?"

做好事总是这种结果,杰洛特看着总督遍布伤疤的脸,心想。扮成高贵而仁慈的猎魔人,帮助一群肮脏的乡巴佬,结果又是这样。就因为想稍微舒服一下,我们找了一家旅店,结果那种地方果然不缺密探。跟大嘴巴诗人一起旅行老是这种下场。现在这个房间就像牢房,没有窗户。我屁股下的硬木椅固定在地板上,一看就是审问犯人用的,我还注意到了椅背上的支架和束带。它们可以绑住你的双手,勒住你的脖子。目前它们还没派上用场,但随时可以。

活见鬼,我该怎样摆脱眼下的困境?

◆――▶◀――◆

他们与河国的养蜂人共同旅行五天、终于走出潮湿的荒野时,雨也停了,风吹开了迷雾和潮湿的水汽。阳光穿透云层,让白雪覆盖的山顶熠熠生辉。

就在不久前,雅鲁加河还像是某个意义重大的转折点,是让这场远征向更加严肃的阶段过渡的分水岭。但到现在,他们却觉得自己更像是在接近某种极限或屏障,而撤退才是唯一的选择。所有人都感觉到了,尤其是杰洛特。这也是无可奈何的事,毕竟他们从早到晚都能看到那片高大、参差、冰雪覆盖的山脉在南方反射着阳光,堵住了他们的去路。那便是阿梅尔山脉。而在无情的山脉当中,尤为突出的是庄严而险峻的"魔鬼山峰"戈尔贡。它耸立于阿梅尔山脉锯齿状的轮廓之上,就像一座棱角分明的方尖碑。众人对此避而不谈,但杰洛特知道,所有人想的都是这件事。每当他自己看到阿梅尔山脉和戈尔贡峰,都觉得继续往南根本是疯了。

幸好他们突然发现,已经没有往南的必要了。

给他们带来消息的,是那位头发蓬乱的养蜂人,也就是这场荒野跋涉的带头人,让他们在过去五天里扮演武装护卫之人。他是一位美丽木精的丈夫,也是另一位木精女孩的父亲,站在她们身边的他就像两匹母马旁边的野猪。也正是他过去试图欺骗他们,让他们以为德鲁伊迁到了北方坡地。

这场会面发生在他们来到莱德布鲁尼镇的一天后——这里像蚁丘一样繁忙,正是河国的养蜂人与捕兽人的目的地——同时这也是他们与养蜂人道别的一天后,对方已经不再需要猎魔人了,猎魔人也以为双方不会再见面了。正因如此,猎魔人才会更加吃惊。

养蜂人滔滔不绝地向杰洛特道谢,还递给他一只装满钱币的小袋子以作酬劳。收下钱袋时,杰洛特感受到雷吉斯和卡西尔略带嘲讽的目光。在这场远行中，他不止一次向他们抱怨过人类的忘恩负义，还一再强调利他主义是多么愚蠢和徒劳。

随后，兴奋的养蜂人终于把消息告诉给了他。"所以说，猎魔人先生，那些槲寄生疯子——也就是德鲁伊——就住在洛克·孟登湖边的橡木林里，从这儿往西大概三十五里。"

这个消息是养蜂人卖给他某个亲戚蜂蜜和蜂蜡时听来的，而他亲戚又是从某个开采钻石的熟人口里听来的。养蜂人听说德鲁伊就在附近，立刻跑来告诉他们。他的笑容洋溢着满足与骄傲，就像每一位谎言碰巧成真的骗子一样。

杰洛特本打算立刻赶去洛克·孟登湖，但同伴们强烈反对。雷吉斯和卡西尔主张用养蜂人给的钱去城里添置些补给品和装备。米尔瓦补充说，他们还应该买些箭，因为经常要打猎，而她不想总用削尖的木棍凑合。丹德里恩则想找个旅店安稳地睡一晚，睡前还想洗个澡，再享用一杯美味的啤酒。

他们都对杰洛特说，反正德鲁伊也不会跑掉。

"尽管出于巧合，"吸血鬼雷吉斯露出古怪的微笑，"我们的队伍却选中了正确的道路和正确的方向。所以，我们注定将与那些德鲁伊相遇，耽搁一两天也无关紧要。而且，"他又发出富有哲理的评论，"匆忙行动只会让人觉得时间紧迫。这种念头通常是一种警示，提醒我们应当放慢脚步，以更加理性的方式去思考我们的做法。"

杰洛特没再争辩，也没反驳吸血鬼的理论，尽管每晚的噩梦一再提醒他要加快脚步，而他每次醒来时，却根本想不起梦到的内容。

那是九月十七日，满月之夜，距秋分日还有六天。

米尔瓦、雷吉斯、卡西尔负责购买和补充装备,杰洛特和丹德里恩则负责向莱德布鲁尼的居民打听消息。

莱德布鲁尼坐落于奈维河的河湾处。如果只算围在栅栏中的砖瓦及木制建筑群,这个城镇其实很小。但实际上,住在壁垒环绕的中心地带的人口仅有全镇的十分之一,其余十分之九则分布在镇外由小屋、茅舍、货摊、棚屋、帐篷与大篷车构成的喧闹汪洋里。

养蜂人的亲戚奇切罗内给猎魔人和诗人带路。他是个易怒而傲慢的年轻人,典型的小混混,在这个镇子土生土长,对它知根知底。他就像浑浊溪流里的一尾鲑鱼,带着他们穿过镇子的嘈杂、人群、灰尘和恶臭。他显然很乐意为他们在这座可憎的城镇里担任向导。尽管没人要求,他却在热情地传授自己在街头打混时得来的种种经验。他解释说,对于迁居北方的移民者而言,莱德布鲁尼是很重要的一站,因为再往北去,他们就能得到皇帝许诺的土地:每人四海得,也就是大概五百亩,外加十年免税。因为莱德布鲁尼位于多尔·奈维谷口,与穿过阿梅尔山脉下的"北方坡地"的西奥杜拉隘口相接,后者又与尼弗迦德长久以来的众多附属国接壤,比如马格·图加、吉索、麦提那和梅契特。他解释说,莱德布鲁尼是移民者补给和歇脚的最后一站,一旦过了雅鲁加河,他们就只能依靠自己、老婆和随身的货车了。其中有很多人——他的语气带着对贫民窟的热爱与骄傲——在这镇子永久定居下来,因为莱德布鲁尼文明又开化,绝非散发着粪臭的穷乡僻壤。

事实上，莱德布鲁尼飘散着十分浓烈的粪臭味。

多年以前，杰洛特来过莱德布鲁尼，但这镇子变化太大，他已经认不出它了。莱德布鲁尼以前可没这么多身穿黑色外套和铠甲、佩戴银色肩章的骑兵，也没这么多人说尼弗迦德语。镇子从前也没有采石场，更没这么多衣衫褴褛、沾满血迹、面容憔悴的劳工。他们一边敲打石料，一边被身穿黑衣的守卫敲打。

向导说，有很多尼弗迦德士兵驻扎在这里，但不会待太久。他们只是暂时休憩，很快就会去追捕名为"北方坡地自由军"的游击队。尼弗迦德人需要很多劳工，因为他们打算利用开采出来的大量石材，将老旧的木制建筑改造成高大的石头要塞。开采石料的都是战俘，有的来自莱里亚和亚甸，有的来自从前的索登、布鲁格和安格林地区，有的来自泰莫利亚。莱德布鲁尼大概有四百战俘。贝哈文的矿山和露天矿坑足有五百多，另有上千人负责修桥和翻整通过西奥杜拉隘口的道路。

杰洛特上次来这儿时，市集上就有一架绞刑台，但过去的它要体面多了。当时它可没这么多额外的物件，比如尖桩、铁叉和长棍之类，也没挂着这么多恶心、发臭又腐烂的装饰物。

几个人看着绞刑台，小混混告诉他们，那些碎尸是新任军事总督福尔科·阿特维尔德大人的杰作。福尔科大人相当倚重刽子手。这位大人可不好惹，他补充道，这是个严厉的总督。

他们在旅店见到了小混混的朋友，也就是养蜂人提到的采钻人。他给杰洛特的第一印象很糟，因为他脸色惨白，全身发抖，那种半睡半醒、虚实不分的状态明显是宿醉几天几夜的结果。猎魔人的心沉了下去。他担心，德鲁伊教徒就在附近的消息只是那人的胡话而已。

然而在回答问题时，醉醺醺的采钻人却显得条理清晰，思路分明。他用玩笑化解了丹德里恩的质疑，说诗人如果采到了钻石，也会变成他这副德性。他准确而具体地描述了德鲁伊在洛克·孟登湖的哪个方位，不带任何夸张与过度的修饰。他毫不顾忌地问他们为什么要找德鲁伊，得到的回应却是轻蔑的沉默。他提醒他们，前往德鲁伊的橡木林等于送死，因为德鲁伊会抓住入侵者，将他们关进人形的柳条笼，一边祈祷并念诵咒语，一边把人活活烧死。看起来，某些毫无根据的谣言和恶毒的传说跟那些德鲁伊一起迁徙了过来。

接下来，九个士兵打断了他们的谈话。那些人全副武装，黑色制服的肩章上有个太阳符号。

带头的军士用橡木杖轻轻敲打自己的腿肚。"你就是名叫杰洛特的猎魔人？"

"对。"杰洛特迟疑片刻，回答道，"我就是。"

"那就跟我们走吧。"

"为什么跟你们走？你们要逮捕我吗？"

军士在仿佛永无止境的沉默中盯着他，目光不带丝毫敬意。毫无疑问，在场的八个手下便是他胆大妄为的资本。

"不，"他最后说，"我们不是要逮捕你。没人下令逮捕你。如果真有这种命令，阁下，我就不会用这种语气跟你讲话了。我的态度会大为不同。"

杰洛特故意正了正剑带。"如果是那样，"他冷冷地说，"我的反应也会大为不同。"

"好啦，好啦，先生们。"丹德里恩摆出调停的架势，脸上也露出政客般的微笑，"何必说话带刺呢？我们都是正派人，没必要害怕当权者。哦,没错,我们很乐意协助当局。当然了,前提是要有这个机会。就这一点来说,当权者显然是欠我们的,对吧,士兵先生?但您至少应该给我们个解释,总不能随随便便就限制我们的公民自由吧?"

"现在可是战争时期。"听完诗人流利的演说,军士却不为所动,"自由,顾名思义,是和平时期才有的东西。至于理由,总督大人会向你们说明的。我只负责执行命令,不负责解释。"

"跟他争辩也没用。"猎魔人朝诗人故作轻松地眨眨眼,"那就带我去见总督吧,可敬的士兵先生。丹德里恩,你回去告诉他们,叫他们该怎么办就怎么办。雷吉斯会明白的。"

"猎魔人为什么会来北方坡地?他来这儿干吗?"

提问的是个肩膀宽阔的黑发男子,面孔遍布伤疤,左眼还戴着皮革眼罩。若是这副独眼巨人般的容貌出现在昏暗的巷子里,多半会引发大规模恐慌。但这完全是个误会,因为这张脸属于福尔科·阿特维尔德,莱德布鲁尼的总督及本地区的首席执法官。

"猎魔人来北方坡地有何贵干?"首席执法官重复道。

杰洛特叹了口气,耸了耸肩,装出满不在乎的样子。"阁下,您知道问题的答案。我是个猎魔人,河国的养蜂人雇了我,叫我护送他们来这儿。身为一名猎魔人,无论是在北方坡地还是别的什么地方,我都得谋生啊。只要有顾客,我可以出现在任何地方。"

"听你这么一说,"福尔科·阿特维尔德点点头,"似乎还挺自然的。但你两天前就跟养蜂人分开了,现在正要跟几个奇怪的同伴往南边去。你的目的是?"

杰洛特的目光毫不动摇,灼人的视线聚焦在总督的独眼上。"我被捕了?"

"没有。至少现在没有。"

"那样的话,我的目的应该属于个人隐私。"

"但我会建议你开诚布公,哪怕只是为了证明你没作恶,顺便让当局放心你不会与其作对。我再重复一遍:猎魔人,你这趟旅行的目的地是哪儿?"

杰洛特犹豫了一下。"我打算去找以前住在安格林、但现在已经搬到这里的德鲁伊。这件事您可以从我护送的养蜂人口里证实。"

"谁雇你对付德鲁伊的?是不是因为那些环保主义者用柳条笼烧死了太多人?"

"这些只是无知之人编造的谣言、故事和迷信。我只想寻求德鲁伊的知识,而非鲜血。说实话,总督大人,我想我开诚布公的程度已经足以证明我没作恶了。"

"重点不在于你作恶与否。至少暂时如此。如果我们的对话能以互谅互让为主旨,我会非常高兴的。尽管表面上不太像,但我们这次对话的主题之一,其实是为保存你和你同伴的性命。"

杰洛特没有立刻回答。"您让我很好奇,先生。我能不能先听听您的解释?"

"毫无疑问,我会解释清楚的,但要一点点来,一步步来。猎魔人先生,你听说过'污点证人'吧?你应该知道这是什么意思。"

"我知道。就是告发同伙换取免罪的家伙。"

"你的说法过于简单化了。"福尔科·阿特维尔德面无笑容地说,

"真是典型的北方人作风。你们常用讽刺、夸张和简化的方式填补自己教育的缺失,还觉得这样很有趣。帝国法律在北方坡地同样适用,猎魔人先生。更确切地说,直到消灭猞猁的犯罪行为、将其连根拔起之前,帝国的战时法律在这里都适用。想要镇压违法行为,最好的办法是用绞刑架,你在市集那边肯定也看到了。不过有时候,利用污点证人也是办法之一。"

为了强调,他故意停顿片刻。杰洛特没插嘴。

"就在不久前,"总督说,"我们将一伙年轻匪徒成功地引进了埋伏圈。他们负隅顽抗,直至被杀……"

"但不是所有人,对吧?"杰洛特毫不犹豫地指出,他有些厌烦对方的滔滔不绝了,"你们活捉了其中一个。你们承诺说,如果他愿意充当污点证人,就赦免他的罪行。也就是说,让他指控某个人。而他指控了我。"

"此话怎讲?你跟本地的罪犯圈子有什么联系吗?现在还是之前?"

"不,没这回事。现在没有,之前也没有。请原谅,总督大人,但这整件事都是个彻头彻尾的误会,或者说骗局,又或是针对我的陷阱。如果是后者,我建议我们别再浪费时间了,还是直接说重点吧。"

"也就是说,你觉得这是针对你的陷阱?"总督揉着留有一条骇人伤疤的额头,"或许跟你先前所说的不同,你确实有害怕法律的理由?"

"不。我反倒开始害怕这场打击犯罪的战斗会迅速失控,害怕你们会不再询问细节,也不再仔细考量有罪或无罪。但这也是讽刺和过度简化的说法,是北方人典型的愚蠢言论。这也能解释上述那位北方人为何仍不明白莱德布鲁尼总督会怎样保护他的性命。"

福尔科·阿特维尔德在沉默中审视他好一会儿,然后拍了拍手。

"带她进来。"他大声命令几个卫兵。

杰洛特做了几次深呼吸,强迫自己镇定,因为他突然确信了一件事,这让他的心脏狂跳不已,肾上腺素也开始猛烈分泌。过了一会儿,他又深吸几口气,手甚至在桌下做起动作。他在施展法印,好让自己镇定——这可是前所未有的事。当然了,其效果等于零——这事同样前所未有。他身子发烫,同时又阵阵发凉。

卫兵带进房间的是个女孩。

"哦,瞧啊,"双手被反绑的女孩坐进椅子,立刻开口道,"瞧瞧这风把谁吹来了!"

阿特维尔德打个短促的手势。一名卫兵,个子很高,长了一张看着就不大聪明的脸,漫不经心地扇了她一耳光,让整张椅子都摇晃起来。

"请原谅,大人。"卫兵语带歉意,却又出奇地温柔,"她年轻又愚蠢,而且鲁莽。"

"安古蓝,"阿特维尔德放慢语速,吐字清晰,"我答应过会听你说话。但这话的意思是,我会听你回答我的问题。我知道你爱胡闹,但你敢不听话,你就会受到惩罚。听懂了吗?"

"听懂了,大叔。"

手势。耳光。椅子摇晃不止。

"她还年轻,"卫兵揉了揉自己的腰,"而且鲁莽……"

杰洛特看清她不是希瑞,不禁为自己的糊涂而暗暗惊讶。女孩微翘的鼻头流出一条细细的血线。她用力吸了吸鼻子,露出凶狠的笑。

"安古蓝,"总督重复道,"你听懂了吗?"

"听懂了,福尔科大人。"

"他是谁,安古蓝?"

女孩又用力吸了吸鼻子,低下头,挑起大眼睛看着杰洛特。她的眸子是深棕色而非绿色。她晃了晃亮稻草色的头发,一缕凌乱的发丝粘在她的额头上。

"从没见过他。"她舔了舔流到嘴唇上的血,"但我知道他是谁。我早就告诉你了,福尔科大人,现在你应该知道我没说谎。他就是杰洛特,是个猎魔人。大概十天前,他渡过雅鲁加河,现在正往陶森特去。我说的对吗,白发大叔?"

"年轻……鲁莽……"卫兵飞快地说着,担忧地看了眼总督。但福尔科·阿特维尔德只是蹙了蹙额,然后摇摇头。"你还是到绞架上说笑吧,安古蓝。我倒是不介意。跟杰洛特一起旅行的都有哪些人?"

"这我也告诉你了!有个名叫丹德里恩的帅小伙儿,是个吟游诗人,带着鲁特琴。还有个深金色头发的年轻女人,辫子长及脖颈,但我不知道她的名字。另一个男人长相不好描述,名字我也不知道。他们总共四个人。"

杰洛特用拳头支着下巴,饶有兴味地看着那个女孩。

安古蓝没有垂下目光。"你的眼睛,"她说,"好奇怪!"

"继续,继续。"总督催促道,冲安古蓝皱起眉头,"跟猎魔人一起旅行的还有谁?"

"没人了。我说了,一共四个。大叔,你没长耳朵吗?"

手势,耳光,鼻血再流。卫兵揉了揉腰,再次对女孩的年少莽撞发表看法。

"你在撒谎,安古蓝。"总督说,"我再问一遍,他们总共多少人?"

"随你便,福尔科大人。随你便。你说多少就多少。两百!三百!六百人!"

"总督大人!"趁那卫兵还没甩出巴掌,杰洛特大喊,"她刚才的描述非常准确,没有半句谎话,尽管信息不太全面。可她的信息是从哪儿得来的?她刚才甚至都承认了,她这辈子从没见过我。我这辈子也是头一次见到她。我向您保证。"

"谢谢你……"阿特维尔德斜眼看着他,"协助这次调查。你的帮助对我们至关重要。等我开始询问你时,希望你也能这么健谈。安古蓝,听到猎魔人大人的话了?老实回答。别乱问问题。"

"有人说,"女孩舔了舔鼻血,"只要将预谋犯罪通知给当局,再揭露预谋者的身份,就能得到赦免。喂,我这样算是老实回答了吧?我知道一起预谋犯罪,也想要阻止。听好我的话:夜莺和他的'汉萨'正在贝哈文,打算劫杀猎魔人和他的同伴。委托他们的是个陌生的半精灵——鬼知道他是打哪儿来的,也没人认识他。半精灵只告诉我们对方是谁,长什么样子,会以什么方式来到那儿,会从哪儿出发,又跟着哪些同伴。他提醒说,目标是个猎魔人,不仅不是简单的废物,反而很精明。他叫我们别逞英雄,最好从背后捅刀子,或用十字弓射死他。如果可以,趁他在贝哈文吃饭的时候下毒也行。半精灵把钱给了夜莺。一大笔钱。他答应事成之后再给更多。"

"事成之后?"福尔科·阿特维尔德说,"所以这个半精灵还在贝哈文?跟夜莺的匪帮在一起?"

"也许吧。我不知道。我逃出了夜莺的'汉萨',已经有两个多星期了。"

"这就是你告发他的理由?"猎魔人笑道,"出于私人恩怨?"

女孩眯起眼睛，肿胀的嘴唇厌恶地扭曲起来。"去你妈的私人恩怨，大叔！我告发他能救你的命，对吧？你应该感谢我才对！"

"谢谢。"杰洛特没给卫兵扇她耳光的机会，"但我只想说，如果牵扯到私人恩怨，你的信用就会大打折扣，污点证人小姐。为了保住自己的皮囊，有人确实会告发别人，而为了报仇，他们也会撒谎。"

"安古蓝根本没有活命的机会。"福尔科·阿特维尔德插嘴道，"但只要她肯合作，也许还能保住她的皮囊。对我来说，这个动机足够了。安古蓝，你怎么说？你想保住自己的皮囊，对吧？"

女孩抿住嘴唇，明显脸色发白。

"强盗的勇气，"总督轻蔑地说，"就跟小鸡差不多。是啊，他们有勇气袭击并抢劫弱者，屠杀没有反抗能力的人。但要直面死神，他们就没种了。"

"等着瞧吧。"女孩恶狠狠地说。

"那就等着瞧，"福尔科赞同道，"也别忘了等着听：你会在刑架上尖叫的，安古蓝。"

"大人，你答应过我的。"

"我会遵守诺言，只要你供述属实。"

安古蓝在椅子里猛转过身，像在用自己苗条的身体指向杰洛特。"那这算什么？"她尖叫道，"我没说实话吗？他说过自己不是猎魔人杰洛特吗？他凭什么指责我不值得相信？我完全可以任他骑马去贝哈文，那样就能证明我没在撒谎！然后你们会在阴沟里找到他的尸体。不过到那时，你们又会说我没能阻止犯罪，说我毫无同情心！是这样吧？你们这群无赖！骗子！"

"别打她，"杰洛特说，"拜托。"

他的语气让总督和卫兵的手停在了半空。

安古蓝扬起鼻子,犀利地看着他。"谢谢,大叔。"她说,"他们就是想打我,叫他们打好了。我从小被人打到大,已经习惯了。如果你想表达善意,就承认我说的是实话吧!好叫他们遵守承诺。见鬼,求你们吊死我吧!"

"带她下去。"福尔科命令道,然后示意想要抗议的杰洛特安静。

"我们不需要她了。"等女孩离开房间,福尔科说道,"我什么都知道,我会向你说明。然后我会要求你也坦诚相告。"

"首先,"猎魔人语气冰冷,"请说明一下她最后那句话吧。为什么她会说'求你们吊死我'?作为污点证人,这个女孩已经尽了本分。"

"还没有。"

"此话怎讲?"

"外号'夜莺'的荷马·斯特拉根是个穷凶极恶的罪犯。他残忍、大胆、狡猾又幸运,而且一点不蠢。事实上,他总是煽动别人,自己却能逃脱惩罚。而我必须结束这一切。所以我才会跟安古蓝达成协议。我的承诺是,如果安古蓝的供述能帮我们逮到夜莺,摧毁他的匪帮,我就安排安古蓝上绞架。"

"等等,"猎魔人惊讶地说,"这就是污点证人的待遇?跟当局合作的结果是——上绞架?那拒绝合作呢?后果是什么?"

"被尖桩刺穿。在这之前,先用滚烫的铁钳挖出双眼,撕烂乳房。"

猎魔人没再搭话。

"这叫威慑。"过了一会儿,福尔科·阿特维尔德续道,"在和盗匪的对抗中,这一点至关重要。你干吗把拳头捏得这么紧?我都听到你的指节噼啪作响了。难道你是个人道主义者?当然了,你有这余裕,因为你对付的生物杀戮时很讲人道——虽然听起来有些荒谬。但我就没这余裕了。我见过被夜莺和他那伙人抢掠的商队和房屋。我见过他们是怎么强迫别人说出藏宝地点的。我见过没能满足夜莺、或是没有利用价值的女人如何被他开膛破肚。我见过遭受更加残忍对待的人,而那群强盗只是为了取乐。安古蓝的命运触动了你,但她肯定也做过类似的事。她在夜莺的匪帮待了很久。假如她这次没能侥幸逃脱,就不会有人知道夜莺埋伏在贝哈文,而你也将以另一种方式遇见她。也许朝你背后放冷箭的人就会是她。"

"我不喜欢'假如'。你知道她为什么逃离匪帮吗?"

"说实话,我不清楚,我的手下也没深究。不过人人都知道,对夜莺来说,女人只能扮演一种角色。如果他不能说服女人,就会使用暴力。另外还有代沟方面的问题,夜莺是个成年男人,而他的喽啰都是安古蓝这样涉世未深的年轻人。当然这些只是推测,事实怎样我又不在乎。容我问一句,你为什么在乎?为什么见到安古蓝,你的情绪会这么激动?"

"您的问题真奇怪。这女孩说有人要袭击我,说她从前的同伴接受了一个半精灵的委托。这事本身就让人不解,因为我从没跟半精灵结过仇,而这女孩知道我的同伴都有谁,连'吟游诗人叫丹德里恩,女人留着辫子'的细节都一清二楚。正因为这些细节,我才会猜想这一切只是谎言或陷阱,如果有人抓住并质问那个养蜂人,就不难知道上周和我同行的都有哪些人了。然后您又安排了这场戏……"

"够了!"阿特维尔德一拳砸到桌上,"简直是胡说八道。你觉得我在演戏?为什么?就为欺骗一个猎魔人,好把你引进陷阱?你以为你是什么了不起的人物,需要我这么大费周章?只有罪犯才会做贼心虚，猎魔人先生。只有罪犯！"

"那就给我另一种解释。"

"不对，是你该给我个解释才对。"

"抱歉。我只有这种解释。"

"我完全可以编个理由，"总督露出恶毒的笑，"但又何必呢？我就直说了吧。谁想杀你，为什么想杀你，我不在乎。别人为何了解你，甚至对你头发的长度和颜色都一清二楚，我也一点都不感兴趣。另外，猎魔人，我也没必要告诉你你将遭到袭击。我可以放你们离开，再用你们当诱饵吸引毫无防备的夜莺上钩。我可以盯着你们，直到夜莺把你们一网打尽，然后再坐收渔利。因为我只对他感兴趣。如果抓住他就必须牺牲你们？哈，那也没办法，反正我又不会少块肉！"

他停了下来。杰洛特沉默不语。

"你要明白，猎魔人阁下，"短暂的停顿过后，总督续道，"我曾向自己发誓，要让法律支配这片土地。不惜代价，不择手段，尽我所能。因为法律不是法学理论，不是写满哲学论文的大部头，不是对正义的幻想，不是陈腐的道德与伦理词汇。法律是能安全通行的大道和小路。就算天黑，你也可以安然走在城市的街道上。你可以在酒馆和旅店上厕所，把你的钱包和老婆留在桌边。法律能让人安稳地睡到公鸡报晓。而对那些违法之人，等待他们的将是绳索、斧头，还有烧红的烙铁！这就叫杀鸡儆猴。违法之人必须受到惩罚，无论用怎样的方式和手段……嘿，猎魔人！我看见你不以为然的表情。你是不喜欢我的手段还是目的？我想是手段吧！批评别人的手段很简单，可你不想住在安全的世界里吗？喂，回答我的问题！"

"我没什么可说的。"

"我想你有。"

"福尔科大人，"杰洛特平静地说，"其实我很喜欢您想象中的那个世界。"

"是吗？从你的表情，我可看不出来。"

"您想象的世界对猎魔人来说很完美，因为猎魔人在那里不愁没工作。你的世界没有法律书籍、法令文书和对正义的幻想，只有违法、混乱、专制、独裁者的自私、野心家的热忱、狂信者的盲目、自诩正义的残忍，以及复仇，残酷的复仇。你的愿景是个充满恐惧的世界，人们不敢在天黑后离开自己的家——他们怕的不是盗匪，而是法律的守护者。因为每次对盗匪进行大规模搜捕，其结果总是盗匪集体加入执法者的行列。你的愿景是个充满贿赂与陷阱、证人与伪证的世界，充斥着刺探与逼供、告发与害怕告发的世界。那样的一天迟早会来：蒙冤之人会被铁钳撕烂乳房，无辜之人会被绞死并刺穿。然后世界将被犯罪占据。简而言之，"他总结道，"那会是个让猎魔人如鱼得水的世界。"

"拜托，"福尔科·阿特维尔德停顿片刻，揉了揉皮革眼罩下的眼窝，"原来你是个理想主义者！你是猎魔人，杀戮的专家，可你同时又是理想主义者，还是个卫道士。这可真是个危险的预兆，猎魔人，这说明你越来越不适合这一行了。早晚有一天，你会犹豫要不要杀死某只吸血妖鸟，因为它也许是无辜的，因为你杀它也许只是盲目的复仇。而如果有一天——虽然我不希望发生这种事，但不管我怎么想，可能性还是存在的——有人残忍地伤害了你最亲近的人，我会重提这场对话，重提罪与罚的比例问题。也许到那时，咱们俩就没那么多分歧了。但在此时、此地，我们确实没必要讨论或思考这事。今天我们要说的是个实际存在的问题。这个问题就是你,亲爱的猎魔人!"

杰洛特微微扬起一条眉毛。

"虽然你嘲笑了我的手段和我对世界秩序的愿景,但我不怪你。我只会利用你,亲爱的猎魔人,来达成这一愿景。我重申一次:我向自己发过誓,要让所有违法者得到应得的惩罚,不放过任何一个。从集市上短斤少两的摊贩,到窃取军备品的小偷。强盗、扒手、窃贼、匪徒、'北方坡地自由军'那帮自称'自由斗士'的恐怖分子,还有夜莺。尤其是夜莺。夜莺必须受到惩罚,无论使用什么手段。而且我们必须迅速行动——抢在特赦颁布,让他逍遥法外之前……猎魔人,为了这次先发制人的机会,我已经等了好几个月。我必须确保他犯下错误,犯下自取灭亡的大错。还要我说下去吗?你应该已经猜到了。"

"我猜到了,但您还是继续说吧。"

"那个神秘的半精灵——也就是发起和煽动袭击之人——警告过夜莺,他说了关于猎魔人的事,他叫夜莺小心,避免自满、傲慢和炫耀的行为。我知道他有理由给出警告。但他的警告不会有任何意义。夜莺犯了个错。他要袭击的是一位事先得到提醒、有备而来的猎魔人,猎魔人就等着他下手呢。那天将是夜莺的末日。我要和你达成一项协议,杰洛特。你来做我的'污点猎魔人'。别插嘴。协议很简单,义务和责任都很明确。你必须以夜莺为优先目标。至于我这边……"

他沉默片刻,露出狡猾的笑容。

"我不会再打听你们的身份。你打哪儿来,往哪儿去,我都不管。我不会问你的尼弗迦德语为什么几乎不带口音,狗和马又为什么躲着你。我会允许吟游诗人丹德里恩带着他那只装满笔记的皮筒。在夜莺死掉或被关进监狱之前,我不会把你的事报告给帝国情报部门。也许以后也不会，反正没什么好着急的，对吧？我会给你时间，外加一个机会。"

"什么机会？"

"前往陶森特的机会。那个荒谬的、仿佛童话故事一般的公国，就连尼弗迦德情报部门都不敢踏入他们的国土。在不久的将来，很多事都会改变。特赦将会颁布，雅鲁加地区的扩张或许也会结束，甚至有可能出现长久的和平。"

猎魔人沉默良久。总督遍布疤痕的脸上全无表情，双眼却闪现精光。

"同意。"猎魔人说。

"没有附加条件吗？"

"有两个。"

"理所应当。我听着呢。"

"首先，我必须花几天时间骑马去西边，去洛克·孟登湖找那些德鲁伊，因为……"

"你以为我是傻瓜吗？"福尔科·阿特维尔德突然打断他，"你想愚弄我？去西边？人人都知道你们要去哪儿！包括在路上设伏的夜莺在内。你们要去南边的贝哈文，去奈维河与杉斯雷托山谷的交汇处，一路前往陶森特。"

"你是说……"

"我是说，德鲁伊不在洛克·孟登湖。他们差不多一个月前就离开了。他们穿过杉斯雷托山谷去了陶森特，现在正在鲍克兰接受安娜叶塔公爵夫人的庇护。那位公爵夫人对怪人、怪胎与传说中的生物情有独钟。她的小仙境很乐意收容他们那些人。你很清楚，猎魔人。别把我当傻瓜。别想欺骗我!"

"我没想骗你。"杰洛特慢吞吞地说,"我发誓,没这回事。明天我就出发去贝哈文。"

"你是不是忘了什么?"

"不,我没忘。第二个条件:把安古蓝交给我。我希望你赦免她,把她放出牢房。你的'污点猎魔人'想要你的'污点证人'。说吧,你同不同意?"

"同意。"福尔科·阿特维尔德几乎立刻回答,"我别无选择。安古蓝是你的了。我很清楚,你愿意跟我合作,就是因为她。"

吸血鬼与杰洛特并肩骑行,专心聆听,始终没有插嘴,但也没放过猎魔人讲的每一个细节。

"我们是五个人,不是四个。"等杰洛特讲完,他迅速总结道,"我们从八月底就是五个人了,跨过雅鲁加河也是五个。米尔瓦到河国才剪了辫子,那是一周前的事。你的金发学徒时只提到四个人。真奇怪。"

"这算整个故事里最奇怪的地方吗?"

"不算。最奇怪的是贝哈文,匪徒设伏的城镇。坐落于群山深处,穿过奈维河和西奥杜拉隘口才能抵达的城镇……"

"我们从没想过去那儿。"猎魔人踢了踢开始掉队的洛奇的马腹,"三个星期前,那个半精灵雇佣夜莺匪帮刺杀我时,我们还在安格林,正要赶往凯德·杜,同时又担心伊格斯沼泽有危险。我们甚至没想过要横渡雅鲁加河。见鬼,今天早上我们还不知道……"

"我们知道,"吸血鬼打断他,"我们知道自己要去找德鲁伊。今天早上和三周之前都知道。这位神秘的半精灵在通往德鲁伊所在之处的路上设了埋伏,并且坚信我们一定会走那条路。这说明他……"

"比我们更清楚该走哪条路。"猎魔人报复似的打断了雷吉斯,"但他是怎么知道的?"

"这就只能问他了。这也是你答应协助总督的原因,不是吗?"

"当然。我想我应该跟那位半精灵谈谈。"杰洛特的微笑带着恶意,"但就算我不跟他谈,答案也呼之欲出,不是吗?他肯定有帮手。"

吸血鬼沉默地看着他。

"我不喜欢你说的话,杰洛特。"最后,他说道,"也不喜欢你的想法。你的想法很丑陋,既不成熟,也不周全。完全是成见和积怨的结果。"

"那该怎么解释……"

"不管怎么说,"雷吉斯用杰洛特前所未闻的语气打断他,"不管怎么说,这都并非唯一的解释。举例来说,你考虑过你那位金发学徒撒谎的可能性吗?"

"行了,行了,大叔。"安古蓝骑着骡子德拉库尔,跟在他们身后大声道,"别做这种没法证明的指控好吗?"

"我不是你大叔,亲爱的。"

"我也不是你亲爱的,大叔!"

"安古蓝,"猎魔人在马鞍上转过身,"闭嘴。"

"如你所愿。"安古蓝立刻软化下来,"你可以使唤我。你把我带出了监狱,让我摆脱了福尔科的魔掌。你现在是我汉萨的领袖……"

"请你闭嘴。"

安古蓝小声嘀咕一句，不再催促德拉库尔，也和两人拉开了距离——杰洛特和雷吉斯加快马速，追上前面的丹德里恩、米尔瓦与卡西尔。他们骑马朝群山挺进，旁边便是奈维河的河岸。最近的降雨让河水呈现浑浊的棕黄色，水流湍急，起伏不定。他们并不孤单，道路上经常出现尼弗迦德军的中队、孤身赶路的骑手、移民的马车，以及商队。

耸立于南方的阿梅尔山脉越来越近，也越来越令人畏惧。还有那形状仿佛尖针、高耸入云的"魔鬼山峰"戈尔贡。

"你打算什么时候跟他们说？"吸血鬼指指前面的三人。

"扎营的时候。"

等杰洛特讲完，第一个开口的是丹德里恩。"如果我总结错了，请纠正。"他说道，"也就是说，你心甘情愿且无条件接纳的女孩是个罪犯。虽然她罪有应得，但为保护她免遭惩罚，你决定跟尼弗迦德人合作。你让他们雇佣了你，我是说，不光是你，而是雇了我们所有人。我们所有人都要帮尼弗迦德人逮捕并处死一伙本地强盗。简而言之：你，杰洛特，成了尼弗迦德人的佣兵、赏金猎人和杀手。而我们必须扮演你的随从……你的跟班……"

"你的总结天赋真是无与伦比，丹德里恩。"卡西尔嘟囔道，"但你当真没搞清关键吗？还是说你在故意装傻？"

"闭嘴，尼弗迦德人。杰洛特？"

"这么说吧，"猎魔人将把玩良久的一根小树枝丢进火堆，"这本来就是我个人的计划，我也不需要任何人的帮助。我一个人就能做到，用不着随从或者跟班。"

"你有种，大叔。"安古蓝提高了嗓门，"但夜莺的汉萨有二十四个人，他们也很有种，没那么容易被吓倒，哪怕对手是个猎魔人。说到用剑，就算关于猎魔人的传闻都是真的，你一个人也不可能对付二十四个。你救了我的命，所谓投桃报李，我也会警告你，帮助你。"

"汉萨是什么鬼东西？"

"Aen Hanse，"卡西尔说，"在我们的语言里，是指依靠友谊维系的武装团伙……"

"一种秘密结社？"

"差不多吧。我在本地土话里也听过这个词……"

"汉萨就是汉萨，"安古蓝插嘴道，"说'匪帮'或者'团伙'也行，但这不重要。重要的是我的警告。一个人不可能对付整个汉萨，夜莺在贝哈文及周边地区还有很多朋友和盟友。如果不熟悉路，你们很难接近那个城镇。我得告诉你们，猎魔人只靠自己是不会成功的。我不知道你们有什么行事风格，但我不会看着他自投罗网。就像丹德里恩大叔说的那样，虽然我是个罪犯，他却'心甘情愿且无条件'地接纳了我……我的头发还带着牢房的臭味，因为我没机会洗头……把我带出来的是猎魔人，不是别的什么人，所以我对他心怀感激，我也不会辜负他。我会带他去贝哈文，去找夜莺和那个半精灵。我会跟他一起。"

"我也是。"卡西尔立刻说。

"还有我！"米尔瓦不甘落后地说。

丹德里恩把装有手稿的皮革圆筒贴在胸口。他这一路都跟它形影不离。谁都看得出，他的内心正在挣扎——为得失而挣扎。

"别考虑了，诗人，"雷吉斯轻声道，"没什么好羞愧的。你比我更没有理由参与刀光剑影的厮杀。我们没学过用武器伤害他人。另外……我……"他眨眨眼，对猎魔人和米尔瓦说，"我是个懦夫。"他承认道，"如果没有必要，我不想再经历驳船和桥上的事了。再也不想了。请别把我算作前往贝哈文的战斗人员。"

"在驳船和桥上，"米尔瓦断然道，"你把动弹不得的我背在背上。如果你真是个懦夫，你早就把我丢下逃之夭夭了。帮助我的不是懦夫。是你，雷吉斯。"

"说得好，大妈。"安古蓝心悦诚服地说，"我不知道你们在说什么，但你说得很好。"

"我不是你大妈！"米尔瓦的双眼闪现凶光，"注意点，小姐！再敢这么叫我，咱们走着瞧！"

"瞧什么？"

"闭嘴！"猎魔人大吼道，"够了，安古蓝！看来我得要求所有人遵守秩序才行。四处闲逛的时间结束了，漫无目标的日子到头了。是时候行动了，是时候动手了。因为我们总算知道要对付的人是谁了。还没明白的人现在也该明白了——我们终于要面对真正的敌人了：那个想取我们性命、为我们的敌人卖命的半精灵。多亏安古蓝，我们事先知道了风险在哪儿，也像俗话说的那样'化险为夷'了。我必须找到那个半精灵，逼他说出幕后主使者的身份。我这么说，你听明白了吗，丹德里恩？"

"依我看，"诗人平静地说，"我比你明白得多。用不着找人逼供，我也想象得出：那位神秘的半精灵是奉迪杰斯特拉之命——就是在仙尼德岛上，当着我的面被你打碎脚踝的那位。根据维赛基德元帅的说法，迪杰斯特拉认定我们是尼弗迦德的密探。从莱里亚军团和米薇女王手中逃脱之后，我们的罪名肯定又增添了好几项……"

"你错了，丹德里恩。"雷吉斯轻声说，"不是迪杰斯特拉。不是维赛基德。也不是米薇。"

"那又是谁？"

"现在做出任何判断和结论都为时过早。"

"的确。"猎魔人冷冷地说，"所以我们只有找到半精灵才能确认。必要的话，我可以掏出他的心肝。"

"但是，"丹德里恩没有退让，"我还是觉得这个主意既愚蠢又危险。幸好我们提前知道半精灵设下了埋伏，所以我们可以绕过镇子。就让半精灵在那儿等吧，我们可以继续赶路……"

"不，"猎魔人打断他，"讨论到此为止，我的朋友。无组织无纪律的时间结束了。是时候给我们的……汉萨……找个首领了。"

每个人，包括安古蓝，都一言不发地看着他。

"我、安古蓝、米尔瓦，"他说，"我们三个去贝哈文。卡西尔、雷吉斯、丹德里恩，你们转道杉斯雷托山谷，直接去陶森特。"

"不，"丹德里恩紧紧抓着笔记筒，"想都别想。我不能……"

"闭嘴。这不是讨论，而是汉萨首领的命令！你、雷吉斯，还有卡西尔，你们去陶森特，在那儿等我们。"

"我去陶森特等于送死。"吟游诗人无力地说，"如果鲍克兰城堡有人认出我来，我就死定了。我必须向你坦白……"

"没这个必要。"猎魔人再次打断他，"太迟了。你本来可以回去的，可你不愿意。你选择跟着我们。为了救出希瑞，对吧?"

"对。"

"那你就跟着雷吉斯和卡西尔穿过杉斯雷托山谷。你们在山里等我们吧，先不要跨过陶森特的边境。等……不，如果有必要的话，你们就跨过边境去。因为凯德·杜的德鲁伊似乎就在陶森特。如果有必要，你们就先找德鲁伊获取讯息，然后自己去找希瑞。"

"你说'自己'是什么意思？你该不会觉得……"

"我什么也没觉得，但我要考虑每一种可能性，顾及每一种情况。你可以称之为'后手'。如果一切顺利，你们没必要踏入陶森特。但如果是另一种情况……后手就非常重要了，因为尼弗迦德人不会跟着你们进入陶森特境内。"

"的确不会。"安古蓝补充道，"说起来很怪，但尼弗迦德人尊重陶森特的边界。为了躲避追兵，我到那边藏过一次。不过那边的骑士不比黑色大军好多少！他们说起话来彬彬有礼，长枪和刀剑却毫不留情。而且他们总在边境巡逻，别人都叫他们'游侠骑士'。他们有些人喜欢独行，有些喜欢三两结伴。他们会消灭暴民，也就是我们。猎魔人，你的计划应该做个改动。"

"怎么改？"

"去贝哈文找夜莺的应该是你、我和卡西尔大人。让大妈跟他们走。"

"为什么？"杰洛特用手势示意米尔瓦冷静。

"因为这事需要男人。别瞪眼，大妈！我知道自己在说什么！如果真走到那一步，动武之前，我们的气势不能输。如果三个人里有两个是女人，夜莺的汉萨不可能害怕的。"

"米尔瓦得跟着我们。"杰洛特用手抓住发怒的女弓手的肩膀,"得是米尔瓦,不是卡西尔。我不想跟卡西尔同去。"

"为什么?"安古蓝和卡西尔几乎同时发问。

"是啊,"雷吉斯慢吞吞地说,"为什么?"

"因为我不相信他。"猎魔人简短地回答。

随之而来的沉默尴尬而沉重,几乎有种黏稠感。说话声、叫喊声和歌声从森林里传来,那是一支商队和另一群旅行者扎营的位置。

"能不能解释一下?"卡西尔问。

"有人背叛了我们。"猎魔人断然道,"在跟总督说过话,又听过安古蓝的情报之后,这一点已毋庸置疑。如果你们仔细思考一下,也能得出我们当中存在叛徒的结论。而且猜出是谁并不难。"

"依我看,"卡西尔皱起眉头,"你在暗示我就是叛徒。"

"我并不否认自己有这想法。"猎魔人语气冰冷,"因为证据很充分。而且这一来,很多事都能解释通了。很多事。"

"杰洛特,"丹德里恩说,"你说的是不是有点过分了?"

"让他说吧。"卡西尔抿住嘴唇,"让他说。他想说什么就说什么。"

"我们都怀疑过,"杰洛特的目光一一扫过同伴的脸,"所谓的'计算误差'。你们明白我的意思。他们觉得我们是四个人,而不是五个。我们本以为有人算错了——比如那个神秘的半精灵,或者夜莺,或者安古蓝。但犯错的人究竟是谁呢?这时,另一种解释就浮出了水面:我们的队伍一共五人,但夜莺接受的委托只要杀死其中四个。因为第五人正是那群杀手的帮凶,那人一直在向他报告我们的动向——从一开始,从我们喝着鱼汤,组成这支队伍时起,甚至从那人加入尼弗迦德的军队开始。那个尼弗迦德人想抓住希瑞,交给他的皇帝恩希尔,因为他的性命和前途就取决于此……"

"所以我没猜错。"卡西尔缓缓地说,"果然,你指认的叛徒就是我。恶毒又奸诈的叛徒。"

"杰洛特,"雷吉斯重新加入讨论,"请原谅我的直白,但你的说法就像用旧的筛子——全是漏洞。正像我之前说过的那样,你的思考方式也很丑陋。"

"我是个叛徒。"卡西尔重复道,像是没听到吸血鬼的话,"虽然据我理解,还没有任何证据能证明我的背叛,有的只是猎魔人模糊的怀疑和推测。据我理解,现在我只能自证清白了。我必须证明自己不是害群之马,对吗?"

"别说得这么苦情,尼弗迦德人。"杰洛特站到卡西尔面前,目光定格在他身上,"要是手上有证据,我才不会浪费口舌,直接就把你剁成碎片了!你知道什么叫'犯罪动机'吧?那就告诉我:除你之外,谁还会有一丁点儿背叛我们的动机?除你之外,谁又能从背叛中获益?"

商队营地那边突然传来响亮而持久的欢呼声。闪亮的金红两色火花在黑色的天空中炸开。烟花像一群金色的蜜蜂升向高空,化作彩色的雨点飘落下来。

"我不是害群之马。"年轻的尼弗迦德人语气坚定有力,"不幸的是,我没法证明这一点。但我能证明另一件事。当我或我拥有的东西遭到侮辱,我的荣誉与尊严遭到践踏和玷污时,我能证明的事。"

卡西尔的动作快如闪电。如果猎魔人的膝盖没有受伤,行动还方便的话,这一拳他应该躲得过去。但他没有。他的闪避没能成功,对方裹着手套的拳头狠狠打中了他的脸,让他仰天栽倒在火堆里。火星四溅,猎魔人一跃而起,但膝盖的痛楚再次拖慢了他的速度。卡西尔又扑了上来。这一次,猎魔人还是来不及闪躲,卡西尔的拳头重重打中他的侧脑,彩色的烟花在他眼前闪烁,比那些商人放的更加鲜艳。杰洛特痛骂一句,纵身扑向卡西尔,用双臂勒住他,将其放倒在地。两人在沙砾上打滚,同时拳脚相加。

自始至终,天空都被诡异而不自然的烟花光芒照亮。

"住手!"丹德里恩吼道,"住手,你们这两个该死的白痴!"

杰洛特正想起身,卡西尔飞起一脚,将他再次踢倒,又迅速补了一拳。这一拳的声音格外响亮。杰洛特翻个身,撑起身子,一脚踢中了卡西尔的大腿。二人又在地上扭打起来,拳头纷飞,落进眼睛的灰尘和沙子令他们视野模糊。

突然,两人分开了,朝不同的方向滚去,双手抱住脑袋,拼命躲避如雨点般抽下的皮鞭。

是米尔瓦。她解下自己宽宽的皮革腰带,将靠近带扣的那一段缠在手上。她跑向互殴的二人,用力抽打他们,毫不吝惜自己的手臂和腰带。皮带呼啸着抽上卡西尔和杰洛特的手臂、肩膀和后背,直到两人分开,米尔瓦仍像蚱蜢一样跳来跳去,继续抽打他们。

"你们这两个蠢货!"她大喊着,一皮带抽在杰洛特背上,"两个蠢货!我要打到你俩恢复理智为止!"接下来一皮带赏给卡西尔,"够了没?"米尔瓦的喊声更加响亮,"你俩打完没有?冷静下来没有?"

"别打了!"猎魔人吼道,"够了!"

"够了,"卡西尔蜷起身子,附和道,"够了!"

"够了,"吸血鬼也说道,"可以了,米尔瓦。"

女弓手大口喘息，用缠着皮带的手擦了擦额头。

"精彩，"安古蓝提起嗓门，"精彩，大妈。"

米尔瓦猛转身，用尽全力甩出皮带，打在安古蓝肩头。后者尖叫一声，倒在地上哭了起来。

"我警告过你，"米尔瓦气喘吁吁地说，"别再这么叫我。我警告过你！"

"什么事也没有！"丹德里恩对从附近营地跑来围观的商人和旅行者保证道，他的嗓音有些发颤，"只是朋友之间的小误会。我们有点分歧，但已经解决了！"

猎魔人用舌头舔了舔一颗松动的牙齿，开裂的嘴唇间吐出一口沾血的唾沫。他能感觉到背后和手臂鼓起的鞭痕，他的耳朵也肿得跟花椰菜差不多了。卡西尔在他身边爬了起来，动作实在算不上优雅，两手捂住脸上和手臂上清晰可见的鞭痕。

一阵刺鼻的硫黄雨落到地上，那是最后一轮烟火的余烬。

安古蓝捂住肩膀，哭得鼻涕一把泪一把。米尔瓦放下皮带，犹豫片刻后，默不作声地跪在她旁边，抱住了她。

"我建议，"吸血鬼冷冷地说，"所有人都握手言和。希望我们再也不要提及此事。"

从群山的方向刮来一阵强风，夹带着鬼魅般的尖叫、呼喊和悲号。掠过天空的云彩化成奇异的形状。月色转为如血的鲜红。

◆━━◆━━◆

黎明到来之前，他们就被众多欧夜鹰狂乱的啼叫和拍翅声吵醒了。

他们在日出前出发，因为再过一会儿，山顶积雪反射的阳光就会耀眼到无法直视。等太阳露出山头，他们已经赶了很久的路。顺带一提，在太阳升起前很久，天空就布满了云彩。

他们骑马穿过森林，从树木种类的变化就能看出，地势已越来越高。橡树和角树无影无踪，取而代之的是黑压压的山毛榉。地面散发出霉菌的味道，铺满了厚厚的落叶、蛛网和真菌，其中蘑菇尤为茂盛。潮湿的夏末制造了一场名副其实的真菌洪流，有些地方的山毛榉几乎被伞菌和毒蝇伞的菇帽彻底盖住。

山毛榉林寂静无声，好像大多数鸟都已迁走，只有乌鸦嘶哑的啼叫在丛林边缘回荡。

他们聆听着这片寂静，紧接着，云杉突然出现，树脂的味道弥漫开来。

他们越来越频繁地踏上荒芜的山岗和山脊，每到这时，风就会扑面而来。奈维河起伏不定，泛起浮沫，尽管下过雨，河水却清澈见底。

戈尔贡山在地平线若隐若现，离他们越来越近。

在那高山参差不齐的边缘，他们能看到冰川和积雪，仿佛山峰裹着白色的围巾。魔鬼山峰的顶部始终环绕着云彩，就像一位遮住头部和脖颈的神秘新娘。有些时候，戈尔贡山又像身穿白裙的舞者一样婀娜多姿。那是一幕美丽却致命的光景：崩塌的雪堆从陡峭的山坡滑下，将路上所有东西一扫而光。积雪会一直滑到山脚，穿过西奥杜拉隘口，再穿过奈维河与杉斯雷托山谷，最后落入山中的湖泊。

太阳终于钻出云层，但也没能照耀太久，很快就消失在西方的群山之后，让天空被紫色和金色的火光照亮。

他们扎营过夜，直到太阳升起。

然后就到了分别的时刻。

----◀━━▶----

米尔瓦用丝绸头巾包住头发。雷吉斯戴上自己的兜帽。杰洛特再次检查一下背上的希席尔剑，还有靴子里的两把匕首。

卡西尔在旁边打磨他的尼弗迦德长剑。安古蓝将一条羊毛头带系在额头，再将一柄猎刀插进靴子——那是米尔瓦送她的礼物。女弓手和雷吉斯给马上鞍。吸血鬼把马留给了安古蓝，换回了那头名叫德拉库尔的骡子。

他们做好了准备，只差一件事。

"大伙都过来。"

他们走了过来。

"契拉克之子卡西尔，"杰洛特努力不让语气透出感伤，"我用毫无根据的猜疑冒犯了你，还对你表现出敌意。我要在此低头道歉。我向你道歉，并请求你的原谅。我也请求你们所有人的原谅，因为我不该让你们看到或听到这件事。

"我没把自己愤怒和悲伤的理由告诉卡西尔和你们，而这些情绪都源于一个事实：我知道是谁背叛了我们。我知道是谁背叛并绑架了希瑞，也就是我们想要拯救的女孩。我的愤怒源于这个事实：我们所说的那个人，曾经与我非常亲密。

"我们在哪里，在做什么，走在哪条路上，又有什么目的——这些都可以通过探知类咒语加以探查。对于熟悉魔法的巫师或女术士来说，要从远处定位某个人并加以观察，其实不算难，只要那人曾和他们足够熟悉亲近。只要形成持久的心灵联系,他们就能建立起咒语模型。但我所说的那个巫师或女术士犯了个大错,暴露了自己。那人弄错了这支队伍的成员数量,这个疏忽出卖了那人。告诉他们吧。雷吉斯。"

"杰洛特应该没说错。"雷吉斯慢吞吞地说,"我和其他吸血鬼一样,不会被探知类咒语探查到。用分析咒语可以找出近处的吸血鬼,但距离过远,巫师或女术士也无能为力,定位咒语和追踪咒语都无法生效。任何探知类咒语都没法发现吸血鬼,因此,也就只有巫师或女术士才会犯下这样的错误,把五个人当成了四个人,因为我们本来就是四个人外加一个吸血鬼。"

"而我们会利用他们的疏忽找到那个巫师或女术士。"猎魔人再次开口,"我、卡西尔和安古蓝骑马去贝哈文,找想杀我们的半精灵谈谈。我们不会问他奉了谁的命令,因为我们已经知道了。我们会问他那个巫师或女术士在哪儿。如果能得知那人的位置,我们就赶去那里,杀个措手不及。"

所有人沉默不语。

"我们忘了计算天数,甚至没察觉今天已是九月二十五日。秋分日是在两天前。秋分日。没错,就是你们想到的那个晚上。我看得出你们眼里的悲伤,在那个恶毒的夜晚,有支商队在附近扎营,他们为了庆祝,居然敢一边歌唱一边放烟火。当时你们也感知到了某些迹象。当然了,你们不可能像我和卡西尔一样,看到清晰的征兆,但你们一定联想到了。你们甚至会有所怀疑。恐怕你们的怀疑已经应验了。"

鸦群飞过光秃秃的岩石,发出嘶哑的叫声。

"所有迹象都表明一件事:希瑞可能已经死了。就在两天前,秋分日那天,她遇害了。而且就离这里不远——当时她孤身一人,周围都是怀有敌意的陌生人。

"所以我们能做的唯有复仇。血腥而残忍的复仇,关于它的故事将流传百年。每当入夜,人们将闭口不谈。而那些想犯下类似罪行的人,只要想到我们的复仇就会浑身发抖。我们会为他们树立恐怖的榜样!我们会配合福尔科·阿特维尔德大人的手段——那位聪明的、知道如何用绞刑架对付罪犯的福尔科大人。我们会竖起连他也将大为吃惊的威慑典范!

"让我们开始这趟地狱之旅吧!卡西尔、安古蓝,上马。我们沿奈维河往前,再前往高处的贝哈文。丹德里恩、米尔瓦、雷吉斯,你们走杉斯雷托山谷前往陶森特边境。你们不可能走错路的,戈尔贡山会为你们指明方向。回头见吧。"

希瑞摸了摸黑色的公猫,它已经回到沼泽里的小屋。它和所有猫儿一样,不喜欢寒冷与饥饿,对舒适的渴望最终压倒了它对自由的热爱。此刻它正趴在女孩的膝头,伸出脖子让她抚摸,发出愉快的呼噜声。

只是公猫对女孩的故事一点也不感兴趣。

"那是我唯一一次梦到杰洛特。"希瑞续道,"自我们在仙尼德岛的海鸥之塔分别之后,我就再没在梦里见过他。所以我以为他死了。但突然间,他出现在我的梦里。叶妮芙早就教过我,这种梦有预知和预言的性质,展示的不是过去就是未来。那是秋分日的前一天,在我忘记了名字的小镇上,在邦纳特囚禁我的地下室里,在他拷打我、强迫我说出自己的身份之后。"

"你把你的身份告诉他了?"维索戈塔抬起头,"你把一切都告诉他了?"

"我为自己的懦弱付出了代价。"她咽了口口水,"我屈服了。我恨我自己。"

"把你的梦讲给我听。"

"在梦里,我站在一座山上。一座高大陡峭、仿佛石刀的山峰。我看到了杰洛特。我听到他说的话。清清楚楚,一字不差,就像我真的站在他旁边。我记得自己想朝他大喊,告诉他事情和他想象的不一样,告诉他那些并非事实,而他遭到了严重的误导……他把一切都弄错了!我想告诉他,时间还没到秋分日,就算真到了,我也不会像他宣告的那样,在秋分日那天死去,因为我还活着。我想告诉他,他不应该指控叶妮芙,说她的坏话……"

她停顿片刻,摸了摸公猫,用力吸了吸鼻子。

"但我发不出声音。我甚至没法呼吸……感觉就像是溺水了似的。然后我醒了。我看到的最后一样东西,关于那个梦的最后一段回忆,是三位骑手。杰洛特和另外两人在峡谷里策马奔驰,瀑布从山壁间落下……"

维索戈塔沉默不语。

◆━━━━◆━━━━◆

如果有人趁着夜色偷偷来到这间房顶塌陷的小屋前,透过窗扇的缝隙向内窥探,那么,借着昏暗的火光,他们会看到一位花白胡须的老人正在专注地聆听一个女孩讲故事。女孩的头发是银灰色的,脸颊上有道丑陋的伤疤。

他们会看到一只黑猫坐在女孩膝头,发出懒洋洋的呼噜声,希望女孩继续抚摸自己。这也让窜过房间的老鼠庆幸不已。

但这一幕无人得见。这间房顶塌陷、爬满苔藓的小屋坐落于佩雷拉特无边无际的沼泽里,深藏在迷雾之中。这里,没人敢来。

众所周知,猎魔人会受到痛苦、折磨与死亡的威胁。而在面对这类感受时,他们自己的内心却会涌现出堕落的喜悦,就像正派的敬虔之人在他的新婚之夜给妻子播种时一样。由此我们得出结论:猎魔人是违反自然的生物,是卑劣而邪恶的败类。他们全都来自最污秽、最黑暗的地狱深渊,因为只有魔鬼才会因痛苦和折磨而欣喜快乐。

——《怪胎,或对猎魔人的描述》
作者不详

第六章

他们离开通往奈维山谷的道路，改走捷径，穿过群山，在路况允许的前提下尽可能加快速度。这条小径崎岖狭窄，周围满是奇形怪状的岩石，色彩各异的苔藓和地衣覆盖着石面。他们在两面垂直的山崖间穿行，时而看到或大或小的瀑布。他们骑马穿过峡谷和溪谷，越过横跨裂口的小桥，急流在下方远处泛起白色的泡沫。

棱角分明的戈尔贡山似乎就高耸在头顶，但他们看不到魔鬼山峰的最高点——覆盖天空的云朵和雾气将其彻底遮住了。这里是典型的山脉气候，仅仅几个钟头，天气就会变坏，下起令人恼火的毛毛雨。

等到夜晚降临，三人用急切的目光寻找牧人的小屋、废弃的羊圈，哪怕是个山洞也好，只要能让他们躲雨和过夜就行。

◆━━◆━━◆

"雨好像停了。"安古蓝的语气满怀希望，"现在只是积水从屋顶的破洞滴下来而已。到了明天，只要运气好，我们就能赶到贝哈文，在镇子附近找间畜棚或者谷仓过夜。"

"我们不骑马进城吗?"

"绝对不行。骑马的陌生人太打眼。夜莺在城里有很多眼线。"

"但我们的计划就是拿自己当饵……"

"不行。"她打断道,"这计划很烂。我们一起行动只会惹人怀疑。夜莺是条狡猾的狗,我被捕的消息肯定已经传到他耳中了。如果夜莺有所猜疑,那个半精灵也会知道。"

"那你的建议是?"

"我们绕过镇子,去东边的杉斯雷托谷口。那边有几座铁矿,我有个朋友在其中一个矿井里。我们去拜访他一下。谁知道呢,如果运气好,走这一趟肯定不冤。"

"你能说得再清楚点吗?"

"等明天,到了矿井再说。现在说会招来霉运的。"

卡西尔将几根桦木枝丢进火堆。雨已下了一整天,别的木材根本没法燃烧。但桦木枝尽管沾满雨水,却在发出几声"嗞啦"后,随即燃起猛烈的蓝色火焰。

"安古蓝,你是哪里人?"

"辛特拉人。那是个海边王国,就在雅鲁加河口。"

"我知道辛特拉在哪儿。"

"既然知道这么多,还问我干吗?你好像对我很感兴趣?"

"这么说吧,是有一点儿。"

他们沉默不语。火堆噼啪作响。

"我母亲,"安古蓝盯着火焰,终于开口,"是辛特拉的贵族,出身高贵。她的家族纹章上有只猫鼬。我很想拿给你看——我母亲给了我一条刻着那只蠢动物的吊坠——可我赌骰子把它输掉了……反正那个狗屎一样的家族也抛弃了我,据说因为我母亲跟平民有染——大概是个马夫——也就是说,我是个私生子,是家族的耻辱、荣誉的污点。所以他们把我送到某个关系很远的姻亲那里,那家人可没什么画着猫啊狗啊的纹章,不过他们对我不坏。他们送我上学,最重要的是很少打我……虽然他们总提醒我别忘记自己的身份:我是个在树丛里出生的野种。在我小的时候,母亲来看过我三四回,以后就再也没来了。其实她根本就不在乎我,即便这样……"

"你怎么会与罪犯为伍的?"

"你这语气就像法官在审犯人。"她吸了口气,面孔滑稽地皱成一团,"与罪犯为伍?嚯!偏离了正道?呸!"

她小声嘀咕了一句什么,翻了翻外套,拿出一样猎魔人没怎么见过的东西。

"那个独眼福尔科,"她含混不清地说着,急切地将少许粉末涂在牙龈上,又用鼻子吸了少许,"终究是个体面人。他把别的东西都拿走了,但给我留下了这个。猎魔人,要来点儿吗?"

"不。我希望你也别碰。"

"为什么?"

"不为什么。"

"卡西尔?"

"我从不碰麻药粉。"

"我居然碰上了两个正人君子。"她摇摇头,"你们是不是打算对我说教一番,再告诉我这玩意儿会叫我眼瞎、耳聋和秃顶?说我以后生的孩子都是弱智?"

"闭嘴,安古蓝。把你的故事讲完。"

女孩打个响亮的喷嚏。"好吧,如你所愿。说到哪儿了……啊哈。后来战争爆发了,你也知道尼弗迦德人都是什么德性。我亲戚失去了所有财产,不得不背井离乡。他自己就有三个孩子,再没余力养活我了,于是就给我找了个新家。那个新家由某间神殿的祭司们管理,说起来还挺有趣的。那是间窑子,或者叫妓院,专门招待喜欢肤白体柔的小雏儿的客人,你明白吧?就是小女孩。小男孩也有。可我到那儿的时候,年纪已经太大了,没有人喜欢我……"

令人意外的是,她涨红了脸。就算在火光的晕染下,那抹红色也颇为显眼。"几乎没有。"她又补上一句。

"你当时几岁?"

"十五。我认识了一个女孩和五个男孩,他们跟我的年纪相仿,有的稍大一些。我们全体达成一致。我们都听过道上的传说和故事,知道狂人德艾、黑巴特,还有卡西尼兄弟……我们向往道上的自由,向往盗匪的快乐生活!于是我们对自己说:干吗留在这种地方,每天只能吃两顿饭,还得向那些恶心变态卖屁股……"

"注意用词,安古蓝。你要知道,说太多脏话有害健康。"

女孩清了清嗓子,朝火堆吐了口痰。"你还真是道德楷模啊!好吧,我直接说重点,因为我不怎么喜欢说话。我们偷了厨房的刀——用磨刀石和皮带打磨之后,足够我们用了。我们拆下椅子腿当木棒。我们还需要马和钱,所以一直等到两个无赖光顾——他们是常客,年纪起码有四十岁了。他们来到妓院,坐下喝了点葡萄酒,然后等着祭司像往常那样,把他们选中的女孩绑在特制的家具上……不过那天他们没操成她!"

"安古蓝!"

"好吧,好吧。简而言之,我们宰了那两个老无赖,顺便还杀了三个祭司和一个马童——那家伙没逃跑,反而跑去保护马匹。神殿守卫不肯交出大门钥匙,于是我们点着了守卫室,但饶了他一命,因为那时的世道还不算太坏,我们也一向与人为善。然后我们就当了强盗,境遇时好时坏,有时抢劫,有时卖点赃物过活。我们时常陷入疲倦或饥饿的境地,哈,饥饿的情况更多些。凡是地上爬的、能抓到的,我全都吃过。至于会飞的,我吃过一个孩子的风筝,因为上面的黏胶是用面粉做的。"

她顿了顿,用力甩甩亮稻草色的头发。

"那都是过去时了。我再告诉你一件事:跟我出逃的伙伴没一个活下来。最后两个,欧文和亚伯,几天前被福尔科大人的士兵干掉了。亚伯和我一样弃剑投降,但还是被他们砍了头。不过他们饶了我一命,你别以为这是出于善意。他们把我按到地上,强迫我分开双腿,这时有个军官跑来,搅了他们的乐子。然后你来了,帮我逃脱了绞架……"

她停顿片刻。

"猎魔人?"

"我在听。"

"我知道该怎么表达谢意。只要你想……"

"什么?"

"我去看看马。"卡西尔赶忙说道。他站起身,裹上外套。"瞧瞧它们的蹄子有没有受伤……"

女孩打个喷嚏,吸了吸鼻子,然后清清嗓子。

"别说了,安古蓝。"猎魔人警告她。他的心情很不好,既纠结又难过。"一个字也别说了!"

她又清了清嗓子。"你真不想要我?一点儿也不想?"

"米尔瓦已经让你尝过皮带的滋味了,你这流鼻涕小鬼。再不闭嘴,我让你尝尝第二回。"

"好吧,我不说了。"

"好姑娘。"

山坡上满是矮小扭曲的松木,坑洞随处可见,洞上铺着木板,并以栈桥、绳梯和脚手架连接。有通道从坑洞里延伸出来,洞口用交叉的木杆作为支撑。其中几条通道间,有人忙碌地推着货车与独轮手推车进进出出,将车里的东西——乍一看像是混着石头的烂泥——倾倒进通道尽头的水槽,再从那里汇入一连串各自分离的小型水槽。木制水槽间不断有水流过,嘈杂声不绝于耳。这水是从树木繁茂的山上,用木架搭起的管道引来的,似乎将一直淌下断崖。

安古蓝下了马,示意杰洛特和卡西尔也照做。他们把马系在围栏上,艰难地穿过漏水的管道和排水沟旁的泥泞地面,朝一栋屋子走去。

"铁矿石就在这里冲洗。"安古蓝指了指,"矿石出自那个矿井的隧道。他们在那边给料,倒进水槽,用溪水冲洗。矿石会沉淀在筛子里,与杂质分离。贝哈文周围有好多类似的矿井和筛矿营地。矿石会被运到树木茂盛的山谷,比如马格·图加,因为熔炼需要用到木材……"

"多谢你的讲解,"杰洛特阴沉着脸打断她的话,"我这辈子去过好几个矿井,知道熔炼需要用到什么。你打算什么时候告诉我们来这儿的目的?"

"目的是为找一个熟人谈谈。他是一个矿坑的工头。跟我来吧。哈,找到他了!就在那儿,那栋木工小屋旁边。来吧。"

"你说那个矮人?"

"对,他叫戈兰·德罗兹戴克。我说过的,他是……"

"矿坑的工头。你说过了。可你没说为什么要找他谈谈。"

"瞧瞧你们的靴子。"

杰洛特和卡西尔依言看向靴子,上面粘满了略带红色的泥巴。"你们要找的半精灵跟夜莺见面时,"没等他们回应,安古蓝就给出了答案,"鞋子上就粘着同样泛红的泥巴。现在明白了吧?"

"明白了。那个矮人呢?"

"你们一句话也不要说,最好一直保持沉默。要板着脸。记住,你俩都是狠角色,不爱废话,只爱打人。"

他们穿过营地,途中没遇到任何阻碍。有些矿工看到他们,立刻转过头去,另一些则瞠目结舌地站在原地。挡住他们去路的人都忙不迭地让开。杰洛特能猜到原因:他的脸依然肿着,卡西尔也是满脸瘀青、抓伤和擦伤——这都是那场斗殴与被米尔瓦痛打留下的明显痕迹。所以他俩看着就像爱打架的恶徒,一言不合就拳脚相加,发起狠来连自己人都打。

安古蓝的朋友——一位大胡子上沾着油漆的矮人——就站在木工小屋旁边,在一块像是黑板的东西上涂写着什么,旁边还有两块抛过光的木板。他注意到他们一行三人,于是放下手里的刷子,把油漆桶挪到一旁,垂下浓眉,瞪着眼睛打量来者。他的脸上浮现出惊愕的表情。

"安古蓝?"

"你好啊,德罗兹戴克。"

"是你吗?"矮人张大了嘴巴,"真的是你?"

"不,不是我。我是刚刚复活的先知。别问这么傻的问题,戈兰,你也该稍微学聪明点儿了。"

"别开玩笑了,金发妞儿。俺咋能料到还能再见到你?莫莱斯林五天前来过,说你被官兵抓了,在莱德布鲁尼被钉上了木桩。他还发誓说是真的!"

"哦,那敢情好。"女孩耸耸肩,"等莫莱斯林跟你借钱并发誓一定会还的时候,你就知道他的誓言有多少价值了。"

"这俺早就知道。"矮人飞快地眨眨眼睛,像兔子似的抽了抽鼻子,"就算俺的钱是从天上掉下来的,俺也不会借他一个子儿。不过你还活着,真让俺高兴。哈,要是你也打算还清欠俺的账,俺就更高兴了!"

"也许吧,谁知道呢?"

"金发妞儿,这两位又是谁呢?"

"我的好朋友。"

"长成这样?好嘛……诸神要领你们去哪儿呢?"

"跟往常一样,领入歧途呗。"她没理会猎魔人威胁的眼神,取出一小撮麻药粉,吸进鼻子,再把剩下的抹到牙龈上。"戈兰,要来点儿吗?"

"好哇。"矮人伸手接过一撮麻药粉,贴近鼻子。

"说实话,"女孩续道,"我也许会去贝哈文。你知道夜莺和他的汉萨在哪儿吗?"

戈兰·德罗兹戴克昂起头。"你,金发妞儿,最好别挡夜莺的路。据说他很生你的气,气得就像冬天被人吵醒的狼獾。"

"啥?他不都听说我被钉上尖桩了吗?还有两匹马拽着我的腿呢!难道他就不觉得难过?没为我流几滴眼泪?"

"完全没有。听说他只讲了这么一句:这下安古蓝得到应有的报应了——屁眼里插了根棍子。"

"呵,是够难听的。真是个粗鲁的杂种。用福尔科总督的话说,就是'社会的渣滓'。要我说,应该是'阴沟里的渣滓'!"

"这话你可别当着他的面说,金发妞儿,也别在贝哈文附近逗留,还是早点儿绕过去为好。如果你们非得进城,那就化化装……"

"老人家咳嗽还用你教,戈兰?"

"俺哪敢?"

"听好了,矮人。"安古蓝一脚踩在通往木工小屋的台阶上。"我要问你个问题。别急着回答,开口之前好好想想。"

"问吧。"

"你最近是不是碰巧遇见了一个半精灵?是个生面孔,不是本地人。"

戈兰·德罗兹戴克吸了口气,打了个响亮的喷嚏,用手腕擦擦鼻子。"你说半精灵?什么半精灵?"

"别装傻,德罗兹戴克。就是给夜莺派活儿的那个,让他解决某个人,某个猎魔人……"

"猎魔人?"戈兰·德罗兹戴克笑了笑,拿起地上的木板,"真没想到!说实话,俺们也在找猎魔人——所以俺才写了这些告示,准备挂到周围去。瞧这儿:征募猎魔人,报酬优渥,包吃包住,细节请咨询小巴贝特矿井的工头。'细节'这词咋写来着？'细'还是'系'？"

"你就写'详情'吧。矿井干吗要征募猎魔人？"

"这还用问？除了怪物还能有啥原因？"

"什么怪物？"

"比如敲击怪，还有须岩怪。矿井底层简直到处都是。"

安古蓝瞥了眼杰洛特。后者点点头，表明他知道那是些什么怪物，然后他意味深长地咳嗽一声，示意她说回正题。

"好吧，说回正题。"女孩立刻明白过来，"你对那个半精灵了解多少？"

"俺不认识什么半精灵。"

"我说过了，好好想想。"

"俺好好想过了。"戈兰·德罗兹戴克狡猾地瞥她一眼，"俺觉得，知道这种事恐怕不划算。"

"你是说……？"

"俺的意思是，现在不太平。这地界不太平，世道也不太平。匪帮、尼弗迦德人、'北方坡地自由军'……还有不少外来人，以及半精灵。每个都喜欢惹麻烦……"

"所以……？"安古蓝皱了皱鼻子。

"俺的意思是，你欠俺钱，金发妞儿，可你不但不还，还想债上加债。这是笔数目不小的债呢——因为你的问题很可能导致俺的脑袋挨上一家伙，不是拳头，而是铁镐。俺知道又有什么好处？就算俺知道半精灵的事，有人付钱给俺吗？会有人报答俺吗？看来这事儿只有风险，没有回报……"

杰洛特听够了。谈话的内容让他厌烦，对方说话的方式和暗藏的套路更是令他不快。他一把揪住矮人的胡子,把他拽向自己,然后用力推开。戈兰·德罗兹戴克被油漆桶绊了一下,摔倒在地。猎魔人朝他扑去,用一只膝盖顶住他的胸口,掏出刀子在他眼前晃了晃。"你的报酬,"他咆哮道,"就是你能保住这条命。快说。"

戈兰仓皇四顾,目光从矿洞转向通道。

"说,"杰洛特重复道,"把你知道的都告诉我。不然我就割开你的喉咙,让你流血过多之前先被自己的血淹死……"

"里阿尔托……"矮人呻吟道,"他在里阿尔托矿场……"

里阿尔托和小巴贝特的差别其实并不大,安古蓝、杰洛特和卡西尔经过的其他矿井和露天矿坑也都差不多——春之宣告、阿尔特兹、纽厄兹、四月愚人、杜辛尼拉、共同事业、欢乐洞……每个矿坑都忙碌无比,从隧道里挖出的矿石都要倒进洗矿槽,经筛网过滤。所有矿坑外都堆满了独特的红色泥巴。

里阿尔托是位于峰顶的一座大型铁矿。矿工们削去峰顶,开出一片露天矿坑,筛矿营地则在山腰处开凿出来的阶地上。在通道入口附近,一片几乎与地面垂直的山坡上,他们能看到水槽、筛子、排水沟和其他采矿设施。这是一个名副其实的村落:有木头小屋,有用树皮当屋顶的仓库,还有简陋的小棚子。

"这里没有我的熟人。"女孩把缰绳系到一根栅栏上,"但我们可以找个工头谈谈。杰洛特,可以的话,请你不要马上抓住他的领子,用刀子威胁他。君子动口……"

"老人家咳嗽还用你教,安古蓝?"

他们没再废话,但也没来得及走进貌似工头小屋的建筑物。在一片停有许多矿石货车的小广场上,他们遇上了五名骑手。

"哦,该死。"安古蓝说,"真该死。瞧瞧这风把谁吹来了。"

"他们是谁?"

"夜莺的手下,来收保护费的。他们看到我了,他们认出我了……真见鬼!这下我们死定了……"

"你能蒙混过关吗?"卡西尔低声问。

"我想不能。"

"为什么?"

"我逃跑时顺了夜莺的钱,他们不会原谅我的……不过我可以试试。你们安静等着,睁大眼睛,做好准备,以防不测。"

骑手越来越近了。两人在前,一个男人长着灰白长发,身穿狼皮外衣,另一个是个年轻的瘦高男子,留着一脸胡子,似乎是为了遮掩痘疤。他俩看着安古蓝。杰洛特注意到他们眼里一闪而过的恨意。

"金发妞儿。"

"诺沃赛德、伊里尔,你们好。今天天气不错,就是有点下雨。"

灰发男下了马,准确地说,他的右腿流畅地跨过马脖子,然后整个人跳下马鞍。其他人也下了马背。灰发男把缰绳交给伊里尔——就是留胡子的瘦高个儿——自己走上前来。

"好了,"他说,"你这多嘴的小野鹅。看起来你还活得好好的。"

"还在活蹦乱跳呢。"

"爱顶嘴的丑小鬼!我听说你被木桩刺穿了,听说独眼福尔科抓住了你,而你在拷问台上像云雀一样叽叽喳喳,把我们全都供出来了!"

"诺沃赛德,"安古蓝厉声道,"我也听说你妈要人付她四枚铜板,但所有人都只肯给她两个。"

匪徒轻蔑地往她脚上吐了口唾沫。

安古蓝再次抬高嗓门,活像一只发怒的猫。"诺沃赛德,"她双手叉腰,大胆地说道,"我有事要跟夜莺谈谈。"

"有意思。他也有事要跟你谈谈。"

"闭嘴,听我说完。两天前,在离莱德布鲁尼一里远的地方,我这两位朋友解决了一个猎魔人——就是有人雇夜莺去杀的那个。你听懂了吗?"

诺沃赛德意味深长地看了自己的同伴们一眼,正了正手套,用品评的目光看着杰洛特和卡西尔。"你这两位朋友……"他缓缓地重复道,"哈,从外表就看得出,他们绝非善类。你说他们杀了猎魔人?怎么干的?从他背后捅刀子?还是趁他睡着时下的手?"

"细节无关紧要。"安古蓝做个猴子似的鬼脸,"重点在于,那个猎魔人已经死了。我不想惹夜莺生气,也不想抢他的风头。但在商言商嘛,那个半精灵给了你们预付款,用来补偿必要的物资和人力消耗——这笔钱是你们的,我不介意。但尾款,也就是半精灵答应事成后付的那笔,按理说应该属于我。"

"按理说?"

"没错!"安古蓝假装没听懂他讽刺的语气,"因为我们完成了委托,杀死了猎魔人,这点我会向那个半精灵证明。我会拿走属于我的东西,然后远走高飞。我已经说过了,我不想跟夜莺争个长短。北方坡地也容不下我们两个。把这话传达给他吧,诺沃赛德。"

"就这些?"他的语气充满了恶意的嘲讽。

"还有几个吻。"安古蓝恶狠狠地说,"你可以替我亲吻他的屁股。"

"我觉得,"诺沃赛德瞥了眼自己的同伴们,大声道,"安古蓝,我应该带你本人去见他。我可以把你拽到他面前,让他跟你好好谈谈,弄清楚每一件事,一并解决所有的问题——半精灵斯奇鲁的委托酬劳应该归谁的问题,你偷他钱的问题,还有北方坡地容不容得下你们两个的问题。这一来,所有问题就能解决了。一劳永逸。"

"还有个小问题,"安古蓝垂下双手,"诺沃赛德,你打算怎么带我去见夜莺?"

"哦!"强盗伸出手来,"当然是先掐住喉咙了!"

杰洛特闪电般地拔出希席尔剑,抵到诺沃赛德的鼻子下面。"我建议你别这么干。"他恶狠狠地说。

诺沃赛德吓了一跳,后退几步,也拔出长剑。伊里尔发出嘶嘶声,从背后的刀鞘里抽出一把短弯刀。其他人也纷纷亮出兵器。

"我建议你们别这么干。"猎魔人说。

诺沃赛德骂了一句,看看自己的同伴。他算数不大好,但也知道五大于三。"上啊!"他尖叫起来,冲向杰洛特,"杀了他们!"

猎魔人的身体旋转半周,避开攻击,刺中对方的鬓角下方。不等诺沃赛德倒下,安古蓝手臂一甩,小刀划过空气,正要举刀攻来的伊里尔脚步一晃,脖子上多了把骨制握柄。他的喉咙血如泉涌,安古蓝跳上前去,一脚踢中他胸口,让他摔倒在地。在此期间,杰洛特砍翻了另一个强盗。卡西尔也猛地挥起尼弗迦德长剑,劈开一个强盗的头颅,落地的头颅活像缺了一角的西瓜。最后一个强盗连忙后退,跳上马背。卡西尔抬起长剑,捏住剑身,像扔标枪一样扔了出去。利剑扎透了那强盗两肩中间。马匹嘶鸣一声,扬起脑袋,然后跪倒在地,在染红的泥地上挣扎不止,踩踏并拖曳着背上依然握住缰绳的尸体。

不到五次心跳的时间,一切已经结束了。

"来人啊!"有人在房屋间喊道,"来人!救命啊!杀人了,杀人了,有人杀人了!"

"军队!叫军队!"另一个矿工一边尖叫,一边驱赶几个目瞪口呆、挡住别人去路的孩童——好像自打时间伊始,每个孩子都爱凑热闹,都爱乱上添乱。

"快去叫军队啊!"

安古蓝拔出小刀,擦拭干净,塞回靴子里。"拜托,别吵了!"她大吼着扫视四周,"你们这帮挖矿的都他妈瞎了?这叫自卫!懂吗?这些罪犯袭击了我们!你们没看到吗?还有,你们不知道他们才是坏蛋吗?好像他们没勒索过你们似的!"

她打了个响亮的喷嚏,从仍在抽搐的诺沃赛德的腰带上扯下钱袋,又朝伊里尔弯下腰。

"安古蓝。"

"干吗?"

"住手。"

"为什么?这是战利品!你的钱多到花不完吗?"

"安古蓝……"

"嘿,你们。"一个响亮的声音传来,"过来一下。"

一栋充当工具仓库的小屋门前站着三个人。其中两个肌肉健壮,留着短发,额骨很低,智力看起来也很低。第三个人——也就是出声叫住他们的人——是个高大英俊的黑发男子。

"我恰好听到了骚动之前你们的对话。"那人说,"我当时不相信你们杀掉了猎魔人,我觉得你们在吹牛。但我现在不怀疑了。过来吧,进屋谈谈。"

安古蓝倒抽一口凉气。她看了看猎魔人,用很难察觉的幅度点点头。

那人是个半精灵。

半精灵斯奇鲁个子很高,超过六尺,黑色长发扎成马尾耷在背后。他的双眼暴露了他的血统——杏仁状的硕大瞳仁,还是猫一样的黄绿色。

"这么说,你们杀了猎魔人,"他恶毒地笑道,"而且比'夜莺'荷马·斯特拉根动作还快?有意思,有意思。简而言之,我该付你五十弗罗林。这是尾款。也就是说,斯特拉根白拿了五十弗罗林,因为我不大相信他会把钱乖乖吐出来。"

"怎么对付夜莺是我的事。"安古蓝找个板条箱坐下,双腿离地晃荡起来,"跟猎魔人有关的委托是你的事。我们完成了委托。我们,不是夜莺。猎魔人死了,他的三个朋友都死了。委托已经达成了。"

"至少你是这么说的。他死了?"

安古蓝继续摇晃双腿。"等我年纪大了,"她用平时的傲慢语气说道,"我会写下自己的生平,把我平生经历的所有细节都写出来。不过在那之前,你只能等着了,斯奇鲁先生。"

"这么说你很难启齿喽?"混血精灵冷冷地评论道,"你用了什么阴险的手段?"

"你很介意吗?"杰洛特问道。斯奇鲁谨慎地看了看他。

"不。"片刻之后,他回答,"利维亚的猎魔人杰洛特不配有好下场。他是个幼稚的傻瓜加白痴。如果他死得体面又荣光,关于他的传说又该广为流传了。但他不配拥有传说。"

"死就是死,人人都一样。"

"并不总是一样。"半精灵摇摇头,他从始至终都在窥探杰洛特藏在兜帽阴影里的双眼,"我向你保证,并不总是一样。我猜,给出致命一击的人是你。"

杰洛特没答话。他心里涌起一股势不可挡的冲动,想要抓住这个混血精灵的马尾辫,把他摔在地上,逼他吐出所知的一切。他想狠狠踢这个半精灵,踢到他连一颗牙都不剩。但他忍住了。理性之声告诉他,安古蓝的办法更胜一筹。

"随便吧,"斯奇鲁放弃了徒劳的等待,"我不会强迫你们报告详细的过程。你们不愿意说,所以很明显,当时的情形并不值得夸口。当然了,除非你们保持沉默是出于截然不同的理由……比如,什么也没发生。你们可有证据证明猎魔人真死了?"

"猎魔人死掉之后,我们砍了他的右手。"安古蓝镇定地回答,"不过后来被一只浣熊偷走吃掉了。"

"但我们不光拿走了他的右手。"杰洛特在衬衣里缓缓摸索几下,掏出他的狼头徽章,"猎魔人的脖子上还戴着这个。"

"请拿给我。"

杰洛特没犹豫太久。

半精灵用手掂量一下徽章。"这下我相信了。"他慢吞吞地说,

"这件饰品散发出强大的魔力。只有猎魔人才有这东西。"

"而且猎魔人,"安古蓝总结道,"就算性命攸关也不会放弃它。这是确凿无疑的证据。好了,亲爱的大人,请把报酬放到桌上吧。"

斯奇鲁小心翼翼地收起徽章,从口袋里拿出一捆纸,放到桌上,用手抚平。"请吧。"

安古蓝跳下板条箱,走上前去,夸张地扭动屁股,朝桌子俯下身。这时,斯奇鲁飞快地抓住她的头发,将她按在桌上,用一把刀子抵住她的喉咙。女孩甚至连叫喊都来不及。

杰洛特和卡西尔拔出长剑,但为时已晚。

半精灵的同伴——两个额骨很低的肌肉男——已将铁钩握在手中,毫不迟疑地走上近前。

"把剑放到地上。"斯奇鲁恶狠狠地说,"两把剑都放地上。要不然,我就帮这丫头把嘴巴开大点儿。"

"不要……"安古蓝开口道,但话没说完就转成尖叫。半精灵狠狠扯住她的头发,匕首划过她的皮肤,一缕鲜红的血丝从女孩脖颈处流下。

"放下剑!我是认真的!"

"也许我们可以沟通一下。"杰洛特没去理睬内心升腾的怒火,他决定继续演下去,"就像文明人一样。"

半精灵露出恶毒的微笑。"沟通?猎魔人,跟你吗?我是受命来杀你,不是跟你沟通的。没错,没错,你这变种人。你带着满口谎言来到这儿,可我一眼就认出了你。有人向我巨细无遗地描述过你。你能猜出是谁告诉我的吗?是谁如此精准地向我指出你的所在,又告诉我哪些人与你同行?哦,我相信你能猜到。"

"放开那女孩。"

"但我对你的了解并不止于那些描述。"斯奇鲁续道,他完全没打算放开安古蓝,"我见过你。我甚至跟踪过你一次。在泰莫利亚,快到七月的时候。我跟着你去了多里安。去了柯德林格与芬恩的法律事务所。想起来了吗?"

杰洛特扭转剑身,让反射的光线照进半精灵的眼睛。"我想知道,"他冷冷地说,"斯奇鲁,你打算怎么摆脱现在的僵局?在我看来,你有两条路可走。第一条,放开那女孩。第二条,你杀了她……然后,你的血会在墙壁和天花板上洒出漂亮的图案。"

"在我数到三之前……"斯奇鲁狠狠一拉安古蓝的头发,"你们给我把剑放到地上。不然我就在这丫头身上开个口子。"

"让我们瞧瞧你身上的口子能开多大。我想不会太大。"

"一!"

"二!"杰洛特跟着喊道,希席尔剑在他手中一转。

屋外传来了叫喊声、马蹄声、马嘶声,以及马匹的鼻息声。

"怎么样?"斯奇鲁笑道,"我就料到他们会来。这可不是僵局,是将军!我的朋友来了。"

"是吗?"卡西尔朝窗外望去,"我看到了帝国轻骑兵的制服。"

"也就是说,被将军的人是你。"杰洛特说,"你输了,斯奇鲁。放开那女孩。"

"没门儿。"

房门被人踢开,十几个人冲进屋内,大都身穿黑色制服,动作整齐划一。带领他们的是个浅色头发、留着胡子的男人,银色肩章上有只熊的图案。

"Que aén succcś?"他用威胁的语气问道，"这是怎么回事？这场屠杀该由谁负责？外面那些死尸是谁干的？快说！"

"大人……"

"Gláeddyv vort！放下你们的武器！"他们照办了，因为十字弓已经瞄准了他们。安古蓝摆脱了斯奇鲁，正想逃离桌边，但突然有个身穿鲜艳衣服、眼睛像青蛙一样凸出的魁梧男人抓住了她。她想尖叫，那人立刻用包着铠甲的手捂住了她的嘴。

"请别使用暴力。"杰洛特冷冷地警告银熊肩章，"我们不是罪犯。"

"哦，这样啊。"

"我们的行动得到了莱德布鲁尼总督福尔科·阿特维尔德大人的许可。"

"哦，这样啊。"银熊肩章重复一遍，示意手下收走杰洛特和卡西尔的剑，"你们得到了福尔科·阿特维尔德大人的许可？那位可敬的阿特维尔德大人？伙计们，你们听到了吗？"

他的手下——这些家伙就像身穿的黑衣一样阴沉——立时哄堂大笑。

安古蓝在蛙眼男手里扭动挣扎，徒劳地想要尖叫。但这已经没必要了，杰洛特明白了。早在斯奇鲁微笑着和银熊肩章握手之前，他就明白了。早在四个黑衣尼弗迦德人抓住卡西尔，另外三个用十字弓对准他的脸之前，他就明白了。

蛙眼男抓住安古蓝，走到同伴们身边。女孩在他手中无力地耷拉着身子，就像一只布娃娃。她已经放弃了挣扎。

银熊肩章缓缓走向杰洛特，突然用戴着铁手套的拳头打向猎魔人的小腹。杰洛特弯下腰,但没倒地。冰冷的怒火撑住了他。

"不妨告诉你吧,"银熊肩章说,"你不是头一个被独眼福尔科利用的白痴。我跟荷马·斯特拉根先生,也就是'夜莺',合作运营的生意获利颇丰。因为我的生意,还有我叫荷马·斯特拉根率领帝国矿场护卫队保护矿场一事,令福尔科愤怒不已。他没法利用官方手段复仇,所以才会雇佣你们这些无赖。"

"外加一个猎魔人。"斯奇鲁露出恶毒的微笑,补充道。

"在屋外,"银熊肩章大声说道,"有五具尸体躺在雨里。你们杀了帝国军的人!你们干扰了矿场的工作!我敢肯定你们都是密探、破坏者和恐怖分子。本地区适用战时法律。根据戒严令,我在此宣判你们死刑。"

蛙眼男哈哈大笑,按倒安古蓝,两手摸向她的胸部,捏住就不撒手。

"现在如何,金发妞儿?"他用聒噪的嗓音说道,声音竟比他的眼睛更像青蛙。如果说"夜莺"这个外号是他自己取的,说明他还有些幽默感。但如果他是想掩饰身份,那他从一开始就不该张开嘴巴。

"我们又见面了!"夜莺用沙哑的嗓音说道,用力捏住安古蓝的乳房,"你开心吗?"

女孩发出痛苦的呻吟。

"从我手里偷走的宝石,被你藏哪儿了?"

"福尔科抓了我,没收了我的东西!"安古蓝大喊,徒劳地想要装出并不害怕的表情,"想拿回来,你去找他呀!"

夜莺呱呱怪叫,双眼凸出——他看起来更像青蛙,就差伸出舌头去抓苍蝇了。他熊抱住安古蓝,用力前后摇晃,令后者痛呼出声。杰洛特透过眼中愤怒的红雾看去，觉得女孩越来越像希瑞了。

"把他们拿下。"银熊肩章不耐烦地说，"带去外面。"

"他是个猎魔人，"一个矿场护卫队员犹豫地说，"是个危险人物！我们怎么可能赤手空拳抓住他？他会不会用什么魔法袭击我们……"

"别担心。"斯奇鲁笑着拍了拍腰包，"没有护身符，猎魔人没法施展魔法。而他的护身符在我这儿。抓住他。"

更多身穿黑衣、手持武器的尼弗迦德人等在屋外，旁边是衣着五颜六色的夜莺匪帮成员。一群矿工也聚了过来。无处不在的狗和孩童簇拥在周围。

夜莺突然失控，像被魔鬼附了身似的。他愤怒地冲着安古蓝嘶吼，用拳头狠狠地打她，待她摔倒又补上好几脚。杰洛特在强盗们的压制下奋力挣扎，换来的却是脖颈处的重重一击。

"我听说，"夜莺用嘶哑的声音说道，像只发疯的蟾蜍一样在安古蓝身前跳来跳去，"他们在莱德布鲁尼用木桩刺穿了你的屁眼，你这小荡妇！看来他们能预卜未来！因为你确实会死在木桩上！嘿，伙计们，给我找根木桩来！快点儿！"

"斯特拉根先生，"银熊肩章皱起眉头，"咱们没必要拿这种浪费时间的野蛮处刑取乐。犯人还是直接吊死比较好……"

那对恶毒的蛙眼让他闭了嘴。

"安静点儿，上尉。"强盗头子用嘶哑的嗓音说，"我给你那么多酬劳，就为让你说这些不合时宜的蠢话？我发过誓要让安古蓝死得很难看,所以现在,我要跟她好好玩玩。你愿意的话,可以吊死另外两个。他俩我不在乎。"

"可我在乎。"斯奇鲁插嘴道,"我需要他们两个,尤其是猎魔人。反正你们也得磨蹭一会儿才能把那丫头钉在木桩上,我会好好利用这段时间的。"

他走上前,用那对猫眼盯着杰洛特。

"你要知道,变种人,"他说,"你朋友柯德林格在多里安被杀时,我也在场。我是遵从我主人威戈佛特兹大师的命令——好些年前,我就是他的仆从了。我用刀子将柯德林格开膛破肚,还有那个恶心的小怪物芬恩。我把他埋在文件堆里,放火把他烤熟。我可以用刀给他个痛快,但我没有。我站在旁边,听他哀号、尖叫。告诉你,他的哀号和尖叫活像一头被放血的猪,那声音一点儿也不像人类。你知道我为什么跟你说这些吗?因为我也可以用刀给你个痛快,或者叫人给你个痛快。但我打算拨出一点点时间和精力,倾听你的惨叫。你说死就是死,人人都一样?你很快就会明白,死亡并不都是一样的。伙计们,点燃油壶里的焦油,再拿几根铁链来。"

伴着一声闷响,有件东西撞上小屋一角,引发了爆炸,熊熊烈火很快在呼啸声中燃起。

第二件东西直接砸中了焦油桶,杰洛特闻到了油味。第三件东西则在牵马的人群中间炸开。砰的一声,火花四射,马匹立刻陷入惊慌。现场一片混乱,火焰四处蔓延,狗也狂吠不止。夜莺手下一名匪徒突然伸展双臂,倒在地上,背上多了根箭杆。

"北方坡地自由军万岁!"

山顶那边,身穿灰袍、头戴毛皮帽子的身影沿着脚手架和栈桥来往穿梭，一颗又一颗燃烧弹飞向众人、马匹和小屋，火焰和烟雾组成的发辫伸向各处。其中两颗燃烧弹落进一间木工小屋，落在覆盖刨花和锯末的地板上。

"北方坡地自由军万岁！尼弗迦德入侵者去死吧！"

箭矢破空声呼啸而来。

一名黑衣尼弗迦德人坠落马下，夜莺手下有个强盗也被射穿了喉咙。随后又一个短发肌肉男倒在地上，脖子上多了根十字弓矢。银熊肩章发出食尸鬼似的呻吟，倒了下去，一支箭钉在他胸骨下方——都怪他的护胸甲没能提供足够的防护。虽然不会有人知道，但这支箭确实是从军方运输队手里抢来的，是帝国军标准箭支稍稍改良后的版本。宽阔的双刃箭头锯开了几道齿，在冲击之下将会撕裂血肉。

碎裂的箭头精巧地撕烂了银熊肩章的内脏。

有个孩子倒在红色烂泥里，身体被某个准头不够好的自由斗士一箭射穿。按住杰洛特的一个士兵也丢了性命。压住安古蓝的两人也少了一个，女孩挣脱另一人的手，从靴子里飞快地拔出刀子，用力横扫。匆忙之下，她没能砍中夜莺的喉咙，但也在他脸上留下一道几乎露出牙齿的伤口。夜莺大吼一声，双眼像要凸出脑袋。他跪在地上，捂着脸，鲜血从指间泉涌而出。安古蓝发出疯子般的咆哮，朝他冲去，想要了结对方的性命。但她没能办到，因为下一颗燃烧弹就在她和夜莺之间炸开，火花四溅，烟雾弥漫。

嘶嘶作响的火焰疯狂肆虐，周围仿佛化作炽热的魔窟。马匹跺脚嘶鸣，人立而起。尼弗迦德人和强盗们连声惨叫。矿工在混乱中撞在一起——有些在逃跑，有些则在努力扑灭房屋的火势。

杰洛特从一具尼弗迦德死尸手里抢回了希席尔剑。一个高个子女人，身穿链甲，正打算用手里的钉头锤砸死安古蓝，却被猎魔人一剑劈开了脑袋。下一个对手是个身穿黑衣的尼弗迦德人，那人举起长枪朝杰洛特冲来，但被希席尔剑刺中了大腿。紧接着，猎魔人割开了挡道的第三个敌人的喉咙。

离他不远，有匹皮毛烧焦的惊马撞倒并踩死了一个孩子。

"去找匹马！找匹马！"卡西尔站在他身旁，两人用剑清出了一大块空地。但杰洛特没听到他的话，也没有看向他。他冲向下一个尼弗迦德人，同时寻找斯奇鲁的踪影。

安古蓝跪坐起来，抄起一把十字弓，将箭矢送入三尺外某个强盗——也就是所谓的矿场护卫队员——的下腹。随后她跳起来，抓住了从旁跑过的一匹马的缰绳。

"去找匹马，"卡西尔喊道，"赶紧离开这儿！"

猎魔人将剑高举过头，把一个尼弗迦德人从胸口一直劈到腰部。他抬起头，甩开盖住眉毛和眼睛的兜帽。"斯奇鲁！你这杂种，给我出来！"

出剑。尖叫。温热的液体落在他脸上。

"饶命！"一个黑制服男人跪在泥地里哀号。猎魔人犹豫了一下。

"醒醒！"卡西尔咆哮着抓住他的肩膀，用力摇晃，"醒醒！你失去理智了吗？"

安古蓝牵着另一匹马的缰绳，策马狂奔而来。两名骑手在她身后追赶。其中一个中了自由斗士的流箭，坠落马下。杰洛特用剑将另一名骑手扫下马鞍。

杰洛特跳上马背。借着火光，他看到斯奇鲁正站在恐慌尖叫的尼弗迦德残兵中间。夜莺在他旁边，用沙哑的嗓音连声咒骂。他的面孔鲜血淋漓,看起来就像一头正在吃人的巨魔。

杰洛特怒吼一声,转过马头,挥舞起他的长剑。

卡西尔在一旁大喊一声,骂了一句,坐在马鞍上的身体摇摇欲坠。鲜血自他额头流出,很快盖住了他的双眼和面孔。"杰洛特!帮帮我!"

斯奇鲁将一群士兵招聚在身边,高声命令他们用十字弓射击。杰洛特用剑身拍了拍马屁股,准备不顾一切地发起攻击。斯奇鲁必须死。其他一切都不重要。卡西尔不重要。安古蓝也不重要。

"杰洛特!"安古蓝喊道,"帮帮卡西尔!"

他突然清醒过来。他感到羞愧。

猎魔人朝卡西尔伸出手,扶住对方。

卡西尔用袖子擦了擦脸上的血,但血马上又流了下来。"没关系,只是擦伤……"他的声音在发抖,"离开这儿,猎魔人……跟着安古蓝,让马快跑……快跑!"

嘹亮的叫喊声从山脚处传来,手持铁镐、撬棍和短柄斧的人群正朝这边接近。"里阿尔托"矿工的同行与伙伴们——也就是来自邻近矿井,包括"欢乐洞"和"共同事业"的矿工们——赶来救援了。

杰洛特双脚一夹马腹。马匹撒蹄狂奔。

◆━━◆━━◆

他们抱紧马颈,头也不回地往前冲。安古蓝找了匹好马,它原本属于某个强盗,个头矮小但很有灵性。杰洛特骑的是匹枣红色种马,系着尼弗迦德式的缰绳,此刻已开始连连喘息,连抬头都有些费劲儿。卡西尔骑了匹军马,它更强壮也更有耐力,只是卡西尔本人的处境有些糟糕。他受了伤,在马鞍上摇摇晃晃,本能地夹紧双腿,鲜血洒在马脖子和鬃毛上。但他仍然一路狂奔。

安古蓝跟两人拉开一段距离。她停下马,在前方转向下坡的弯道处等着他们。道路两边是高耸的岩壁。

"追兵一定会追上来……"她喘着粗气,脸上沾着泥土,"他们不会放过我们……那些矿工看到了我们逃跑的方向。我们不能走大路,得躲进没有路的森林……好让他们……"

"不。"猎魔人焦躁地回答,他听到自己的坐骑发出断断续续的喘息声,"我们必须走大路……这是通向杉斯雷托山谷的最短路线……"

"为什么?"

"现在不是闲聊的时候。快走!马背上的东西能丢则丢……"

他们策马奔驰。猎魔人的枣红种马喘着粗气。

枣红马已经没法再跑下去了。它的四条腿僵硬得就像木棍,连走路都变得困难。它身躯沉重,呼气声好像沙哑的呻吟。最后,它侧身栽倒,一动不动地看着自己的骑手,满是责备的双眼渐渐模糊。

卡西尔的马状况稍好些,但他本人则要凄惨得多。他坠下马鞍,虽然奋力起身,但也只能手脚并用地撑住身体。他大口呕吐,虽然他胃里并没有多少可吐的东西。

杰洛特和安古蓝试着托起他鲜血淋漓的头,他大叫起来。

"见鬼,"女孩说,"他们毁了你的发型。"

尼弗迦德年轻人的额头和鬓角少了相当大一块皮肤,伤口中露出了骨头。要不是血液本身的黏性，剥落的皮肤恐怕会垂到他的耳朵上。现在这副景象已经足够骇人了。

"这伤是怎么搞的？"

"有人朝他的脑袋丢了把斧子。可笑的是，对方不是尼弗迦德士兵，也不是夜莺的手下，而是某个矿工。"

"谁干的不重要。"猎魔人扯下衣袖，紧紧裹住卡西尔的脑袋，"重要的是，那人准头很差，只刮掉了他的头皮，不然他的颅骨就该裂开了——这也算他走运。但他的颅骨还是受到了损伤，他的大脑也察觉到了。就算马能驮着他继续走，他也没法坐稳马鞍了。"

"那我们怎么办？你的马快累死了，他跟死了没啥区别，我也浑身是汗……后面还有追兵，我们不能留在这儿……"

"我们必须留下。卡西尔和我，还有卡西尔的马。你继续赶路。快。你的马很结实，经得起折腾，就算把它累死也没关系……安古蓝，在杉斯雷托山谷某处，雷吉斯、米尔瓦和丹德里恩正在等我们。他们对这些事毫不知情，所以很可能会被斯奇鲁抓住。你必须找到并警告他们，然后你们四个骑马赶去陶森特。他们不会追去那里。希望不会。"

"那你和卡西尔呢？"安古蓝咬住嘴唇，"你们怎么办？夜莺不蠢，如果他看到这匹半死的枣红马，他会把周围翻个底朝天！你和卡西尔跑不远的！"

"追赶我们的人是斯奇鲁，而他会跟着你。"

"你真这么想？"

"真的。走吧。"

"我一个人找到他们，该怎么跟大妈说？"

"该怎么说就怎么说——但别跟她说,只跟雷吉斯一个人讲。雷吉斯知道该怎么做。至于我们……等卡西尔的头皮能在颅骨上粘牢一点儿,我们就步行去陶森特。我们会去那里找你们。好了,别再傻等了,丫头。骑上马,快走。别让追兵抓到你。别让他们看到你。"

"老人家咳嗽还用你教?你们保重!回头见!"

"回头见,安古蓝。"

◀━▮━▶

他没离开大路太远,并且不住探看追兵。他一点也不担心,因为他知道那些人不会浪费时间,只会立刻去追安古蓝。

他猜中了。

不到一刻钟,追兵就出现了。他们一边叫喊一边争吵,还翻找了死马附近的树丛,但很快又继续上路。毫无疑问,他们得出结论:三个逃亡者正骑着两匹马,只要他们不浪费时间,就能很快追上对方。杰洛特看到,某些追兵的马匹状况也不佳。

追兵当中,穿黑色外套的尼弗迦德轻骑兵并不多,绝大多数都是夜莺身穿鲜艳服饰的强盗手下。杰洛特没能看清夜莺本人是否也在追兵里,也不知道他有没有清洗并包扎脸上的伤口。

马蹄声消失在远方,杰洛特离开藏身的蕨丛,搀扶着呻吟不止的卡西尔,帮他站起身。"马太虚弱,已经驮不动你了。你能走路吗?"

尼弗迦德人发出像是否定的声音。也可能不是。重要的是,他确确实实踏出了一只脚。

他们走进低处的山谷,前往谷中的小河边。距离目标还有十几步远，卡西尔却摔倒在湿滑的山坡上。他可怜巴巴地滑到坡下，爬到河边，喝了很多水，又把水浇到包扎过的头上。猎魔人没有催他，只是做了几下深呼吸，休息了一会儿，养精蓄锐。

杰洛特一手搀着卡西尔，一手牵着马。二人沿河而上，以岩石和倒下的树木为落脚点蹚过溪水。走了一阵子，卡西尔没法继续前进了。他迈不开步子，也做不出任何大的动作，猎魔人只好拖着他走。这样下去可不行啊，何况溪道间开始出现瀑布和急流。杰洛特使了把劲儿，将伤员扛到背上，但他牵的马又开始不省心。等他们终于走出山谷，猎魔人仰天瘫倒在森林的潮湿地面上，喘息连连，精疲力竭，卡西尔则在他旁边呻吟。他们躺了很久。杰洛特的膝盖传来一阵阵恼人的痛楚。

卡西尔又有了些生命迹象。不久后，他竟然奇迹般地站起身，骂了自己一句，抱住了脑袋。他们继续前进。卡西尔的脚步起初很快，随后又慢了下来。最后，他倒下了。

杰洛特一会儿背他，一会儿拽他，咬着牙在岩石间穿行。他的膝盖疼痛难忍，眼前飞舞着狂乱的金星儿。

"一个月前……"卡西尔在他背上呻吟道，"谁能想到你会背我……"

"闭嘴，尼弗迦德人……别浪费力气说话……"

等他们终于找到一处岩壁，天已经快黑了。猎魔人没敢奢望找到洞穴，但他还是找到了。他们无力地倒在第一个被发现的洞穴里。

◆━━━━◆━━━━◆

洞穴里散落着人类的颅骨、肋骨、骨盆和其他骨骼。重要的是，这里有干树枝。

卡西尔发起高烧，身子痉挛似的发抖。他清醒而勇敢地忍住了缝合头皮的过程——工具是杰洛特不知从哪儿找来的弯针与麻线。当天深夜，杰洛特顾不得危险，在洞里生了堆火。外面风雨交加，不大可能有人在附近游荡，搜寻火光。而且卡西尔需要取暖。

卡西尔发了一整晚的烧。他颤抖、呻吟、神志不清。杰洛特也没法睡觉，他必须确保火堆不会熄灭，再说他的膝盖也疼得要命。

◆━━━━◆━━━━◆

随着太阳升起，年轻的尼弗迦德人体力有所恢复。他脸色苍白，满身大汗，杰洛特甚至能感受到他散发的热气。打颤的牙齿略微影响了他的发音，但他还是开了口，语气间带着自信。他抱怨了几句头疼：对于脑袋被斧子砍到，连头发带头皮都被削去一大块的人来说，这表现再正常不过了。

从不眠的夜晚到黎明之间，杰洛特抽空在岩石和桦树皮上收罗了些雨水。毕竟卡西尔和他都极度干渴。

"杰洛特?"

"嗯?"

卡西尔用一根大腿骨拨了拨火堆里的柴枝。

"我们在矿场战斗的时候……我被吓到了,你知道吗?"

"我知道。"

"有那么一刻,我以为你陷入了狂暴。好像对你来说,一切都不重要了……除了杀戮……"

"我知道。"

"我担心的是,"卡西尔平静地总结道,"你会在这种状态下杀掉斯奇鲁。而在死者身上,我们得不到任何情报。"

杰洛特清了清嗓子。他越来越欣赏这个年轻的尼弗迦德人了。不光欣赏他的勇敢,还有他的智慧。

"你叫安古蓝快走,做得很对。"卡西尔的牙齿微微打颤,"这种事不适合女孩子……哪怕是她那样的女孩子。这是我们两个的事。我们要追寻真相,而不是狂暴地杀戮。你把这看做复仇……杰洛特,但我们的目的决不是复仇。我们必须活捉那个半精灵……强迫他说出希瑞在哪儿……"

"希瑞已经死了。"

"这话不对。我不相信她死了……你也不信。承认吧。"

"我是不信。"

洞外狂风怒号,大雨滂沱,洞里却舒适而温暖。

"杰洛特?"

"我在听。"

"希瑞还活着。我又做了个梦……没错,秋分日那天发生了一些事,一些灾难性的事……是啊,毫无疑问,我也看到并感觉到了……但她还活着……她绝对还活着。我们必须抓紧时间……不是为了复仇与杀人。我们必须找到她。"

"是啊,是啊,卡西尔。你说得对。"

"那你呢?你后来做过梦吗?"

"做过。"猎魔人苦涩地说,"但跨过雅鲁加河之后,我就很少做梦了。而且我每次醒来,什么都不记得。卡西尔,我心里有些东西已经停了。被烧毁了。被彻底撕成了碎片……"

"没关系,杰洛特。我做的梦足有两个人的份。"

他们在黎明时分再次上路。雨已经停了,乌云遮蔽天空,似乎连太阳都要努力在其间寻找一个开口。

他们共乘那匹尼弗迦德军马,缓慢前行。

战马在碎石路上步履蹒跚,但到通往陶森特的杉斯雷托山谷之后,情况有所好转。杰洛特熟悉这条路。他来过这儿。这里变化很大,但没改变的东西也有很多。杉斯雷托山谷中的小溪随着他们往前而逐渐变宽,最后化成杉斯雷托河。阿梅尔山脉与"魔鬼山峰"戈尔贡依然高耸在前方。

有些东西永远不会改变。

"军人不会质疑命令,"卡西尔摸了摸包在脑袋上的布,"不会分析命令,不会思考命令,也不会指望有人解释一下命令的含义。这就是他们教给我们这些士兵的头一件事。所以你应该猜到了,我毫不犹豫地遵从了下达给我的命令。我片刻也没想过为什么要去寻找那个辛特拉的公主。命令就是命令。当然了,我很恼火,因为我想作为骑士,在正规部队里赢得名望……但对我们来说,为情报部门工作也是一份荣耀。只可惜,他们没让我去抓某些重要人物……而是叫我去找一个小女孩。"

杰洛特把一根鲑鱼的脊骨丢进营火。他们昨晚在汇入杉斯雷托河的小溪里抓到不少鱼。这条鲑鱼正在产卵,不算太肥。

他听着卡西尔的故事,好奇和懊悔在心中交战。

"总而言之,那是个巧合。"卡西尔看着火堆,"再纯粹不过的巧合。我后来才知道,我们在辛特拉的宫廷里有个探子,是一名王室管家。就在我们即将攻占城市、为围攻城堡做准备时,那个探子溜了出来,说对方想把公主偷偷送出城去。于是我们分头行动。我的小组碰巧遇上了希瑞。

"我们在着火的城区间展开追逐战。那里简直就像地狱,只有除了火舌的嘶嘶声和火焰组成的墙壁。马不想往前跑,人也不想。我的四个属下一边尖叫一边咒骂,他们觉得我失去了理智,将要带他们踏上毁灭之路……我费尽全力才勉强安抚住他们。

"我们穿过酷热的火焰,继续追赶逃亡者,最后追上了对方。突然,五个辛特拉人挡在我们面前,没等我要他们交出女孩,他们就拔剑攻了过来。打斗期间,坐在马鞍上抱着小公主的人死了,她也掉到了地上。我有名手下把她拉上马,但他没能跑多远,就被一个辛特拉人从背后一剑刺穿。我看到剑锋离希瑞的脑袋只有一寸远。她又摔到地上,差点吓昏过去。我看到她朝死人爬去,想要钻到他身下……就像一只想要躲到死猫身下的小猫咪……"

他顿了顿,咽了口唾沫。"她甚至不知道自己求助的对象是个敌人,一个被她憎恨的尼弗迦德人。"

短暂的停顿过后,他续道:"当时就只剩下我俩了。她和我,周围只有尸体和火焰。希瑞在血泊里爬,这里连血液也开始迅速蒸发。一栋屋子倒了,我只看到火星和烟雾,然后就什么都看不清了。我朝她大喊,叫她到我身边来。为了盖过火焰的咆哮,我嗓子都哑了。她看到了我,也听到了我的声音,但她毫无反应。我的马不肯往前,但我忍不住了,只好下马,一只手攥住缰绳,伸出另一只手想抓住她。我的马奋力挣扎,差点把我撞倒在地。等我抓住她,她开始尖叫,然后她身子一僵,昏了过去。我用沾满泥水、污垢和血迹的外套裹住她,带着她骑马离开,穿过了火海。

"我记不清我们是凭怎样的奇迹才顺利离开的,但我们突然就到了河边。不幸的是,北方人的军队正往那边撤离。我丢掉了我的军官头盔,如果戴着它,就算上面的羽翼装饰已经烧毁,他们也能立刻看穿我的身份。而我的制服满是焦痕,看不出特征。如果当时,女孩恢复了知觉,肯定会放声尖叫,我也会被他们杀掉的。但我运气不错。

"我跟着他们走了一里地,然后故意掉队,藏在不断有尸体飘过的河边的灌木丛里。"

他顿了顿，清了清嗓子，又用双手摸了摸头上的布。他涨红了脸，但也可能只是反射的火光。

"希瑞身子很脏，我只好脱了她的衣服，替她擦洗……她没抵抗，也没尖叫。她全身发抖，双眼紧闭。每次我碰她，帮她清洗或擦拭，她都会绷紧身体……我知道该跟她说说话，也许那样她就能冷静下来……但我突然不会说你们的语言了……其实我母亲说的就是你们的语言，我从小听到大，但我当时却彻底词穷了，只能让动作尽量温柔点儿，好叫她平静下来……她却全身僵硬，呜呜地哭了……就像一只柔软的小鸟……"

"她为此做过噩梦。"杰洛特轻声说道。

"我知道。我也是。"

"然后呢？"

"然后她睡着了。我也睡着了。我太累了。等我醒来，她已经不见了。踪影全无。接下来的事我就不记得了。后来找到我的人说，我像狼一样绕着圈子，叫唤个不停，他们只好把我绑起来。等我冷静下来，他们带我去见瓦提尔·德·李道克斯的手下，但他们只关心希瑞菈的事。他们不断逼问我：她在哪儿？逃去哪里了？她是怎么从我身边逃走的？我又为什么放任她逃跑？一遍问完，他们又从头再问一遍：她在哪儿？逃去哪里了？……我气疯了，破口大骂我们的皇帝竟连一个小女孩都不放过。这一骂害我在牢里待了好几年。但我随后得到了赦免，因为他们需要我。在仙尼德岛上，他们需要一个会讲通用语、并且知道希瑞长相的人。皇帝叫我去仙尼德岛……他说这次不准失败，叫我必须把希瑞带给他。"

他停顿片刻。

"恩希尔给了我机会,我没法拒绝,不然就意味着彻底失宠和终身流亡。就算我想,我也没法拒绝。何况我并不想拒绝。因为你知道,杰洛特……我忘不了她。

"我不想撒谎。我一直在梦里见到她。而且我见到的,不是我在河边替她脱掉衣服、擦拭过身体的皮包骨小女孩。我……我见到的是个成熟女人——美丽、自信、迷人……我还看到了许多细节,比如在她的腹股沟那里,有个火红色的玫瑰刺青……"

"你说什么?"

"我不知道,我自己也说不清……但事实就是这样。我现在还会在梦里见到她,就像我当时在梦里见到她一样……所以我才会答应接受仙尼德岛的任务,所以我后来才想加入你们。我……我想……想再见她一面,抚摸她的头发,看着她的眼睛……我想再见到她。想杀我就动手吧。但我不会再掩饰了。我觉得……我觉得我爱她。我恳求你,不要笑我。"

"我一点也不觉得好笑。"

"这就是我与你们同行的原因。你明白了吗?"

"你是自己想要她,还是想把她交给你的皇帝?"

"其实我很现实。"他低声道,"我知道她不可能嫁给我。但她如果嫁给皇帝,或许我还能时不时见到她。"

"那就再现实点儿。"猎魔人哼了一声,"你肯定也明白,我们必须先找到她,救出她。假设你的梦没撒谎,假设希瑞真的还活着。"

"我知道。但我们什么时候能找到她?找到以后呢?"

"走一步算一步吧,卡西尔。"

"别跟我拐弯抹角了。说实话吧,你不会允许我带走她,对吧?"

杰洛特没答话。

卡西尔也没再重复那个问题。"在那之前，"他冷冷地说，"我们能做朋友吗？"

"可以，卡西尔。我要为之前的事再度请求你的原谅。我不知道自己着了什么魔。说实话，我并不是真的怀疑你出卖了我们。"

"我不是叛徒。我永远不会出卖你，猎魔人。"

他们骑着马，穿过湍急而宽阔的杉斯雷托河冲刷出的峡谷，转向东方，朝陶森特公国的边境前进。"魔鬼山峰"戈尔贡高耸在前方。若想眺望山顶，你得用手遮住阳光才行。

但他们没看向那边。

他们首先闻到了烟味，过了一会儿，又看到了火堆和木棍，木棍上串着正在烧烤的鲑鱼。然后，他们看到一个人独自坐在火堆旁。

换作不久之前，如果有人声称猎魔人看到吸血鬼会满心喜悦，杰洛特会毫不留情地嘲笑并讽刺他。他会把那人看做一个白痴。

"哟嗬，"正在调整木棍的爱米尔·雷吉斯·洛霍雷克·塔吉夫-哥德弗洛伊说道，"瞧瞧这风把谁吹来了？"

敲击怪，又名采矿怪、矿场妖、矿精、点石精、宝藏妖精或煤矿鬼等，是狗头人的变种之一，但体格与力量都更胜一筹。敲击怪通常长有浓密的胡须，住在地下的隧道、洞穴、洞窟、岩坑与迷宫之中，且那里通常是藏有宝物的土地，例如藏有宝石、矿石、煤炭、石油和盐等等。因此可知，敲击怪经常在矿坑中出没，在废弃的矿坑中尤其常见，但也会为炫耀出现在正在开采的矿坑中。敲击怪是矿坑的祸害，喜欢掠夺和骚扰，会给矿工带来各式各样的灾难，比如破坏机械、敲击岩石吓唬人、制造隧道塌方、偷窃采矿设备和工具，甚至偷偷跟在矿工身后，敲打他们的脑袋。

然而，通过贿赂的方式，能将它们的恶作剧控制在可接受的范围内。最合适的做法是在昏暗的隧道里放些黄油面包、绵羊奶酪或熏鱼。如果能放瓶白兰地就更好了，因为白兰地口味甘甜，而敲击怪又嗜酒如命。

——《生物论》

第七章

"他们很安全。"吸血鬼提了提骡子德拉库尔的腹部,"他们三个都是——米尔瓦、丹德里恩,当然还有安古蓝。她及时在杉斯雷托山谷追上我们,讲了一切缘由,还加上了生动别致的修辞与字眼。我始终不明白,你们人类怎么有那么多脏话跟性爱有关?说到底,性是美好的,更与美丽、欣喜和愉悦息息相关。你们为什么会把生殖器官用在如此粗俗的表达上……"

"别跑题,雷吉斯。"杰洛特打断他。

"好的,抱歉。安古蓝警告我们盗匪即将来袭,于是我们立刻穿过边境,去了陶森特。事实上,米尔瓦强烈反对,还想掉头返回去找你们两个,我好容易才说服了她。而丹德里恩不但不为公爵领提供的庇护而欣喜,反而显得闷闷不乐……你知道陶森特那边有什么东西让我们的诗人如此畏惧吗?"

"不知道,但我猜得出来。"杰洛特酸溜溜地说,"因为我们的诗人朋友肯定不是初次造访陶森特。现在他安分些了,因为他的同伴都是体面人,但他年轻时的品行绝对算不上高洁。我敢说,在他面前,只有跳进河里，或有能耐爬到树顶的女人才算安全。而她们的丈夫、未婚夫、父亲或兄弟对他表现出敌意，你也就可以理解了。毫无疑问，陶森特肯定有位丈夫一见到丹德里恩就会想起过去的不快。但这不重要，我们说回正题吧。那些追兵呢？希望你们……"

"依我看，"雷吉斯微笑着说，"他们没敢追着我们进入陶森特境内。边境到处都是游侠骑士，他们穷极无聊，总在寻找打架的借口。另外，我们在边境加入了朝圣者的队伍，他们的目的地是米克维德的圣林。那是个令人惧怕的所在。即使那些朝圣者——由于患病或伤残，长途跋涉去米克维德寻求医治的人们——也只敢留在森林外围的营地里，不敢进入圣林深处。据说胆敢踏入圣林的人会被装进柳条笼，用小火灼烧。"

杰洛特倒吸一口凉气。

"真的……"

"当然是真的。"吸血鬼打断了他，"米克维德森林居住着德鲁伊。他们从前住在多尔·安格拉和凯德·杜，然后迁移到洛克·孟登，最后来到陶森特的米克维德森林。我们早晚会遇见他们，这是命中注定的事。你也许不记得了，但我早就这么说过。"

杰洛特深吸一口气。卡西尔骑马跟在他身后。

"这些德鲁伊里有你的朋友？"

吸血鬼再次露出微笑。

"不算我的朋友，但可以说是熟人。"他解释道，"没错，她甚至得到了提拔，现在负责领导整个团队。"

"她是大祭司？"

"是女贤者。这是对最高阶德鲁伊女性的称呼。只有男性才叫大祭司。"

"的确,我都忘了。那米尔瓦他们……"

"正受到德鲁伊和女贤者的庇护。"像过去一样,吸血鬼没等猎魔人问完就给出了答案,"我是来接应你们的。发生了一件怪事。当时我正要说明来意,但女贤者没让我说完。她说她已经知道了一切。她说他们早就在期待我们的造访……"

"这怎么可能?"

"我也没能掩饰住自己的怀疑。"吸血鬼让骡子停下,踩着马镫站起身,四下张望。

"你在找什么人或什么东西吗?"卡西尔问。

"不,我已经找到了。下马。"

"我们应该尽快赶路……"

"下马。稍后我会解释。"

他们被迫抬高嗓门,因为附近有道相当高的悬崖,一条瀑布正从崖顶倾泻而下。在崖底,瀑布水汇成了一眼大湖。山崖上有个黑色的口子,是个洞窟的入口。

"对,就是这儿。"雷吉斯确认了猎魔人的猜想,"我来跟你们会合,因为有人要求我这么做。你必须进入那个洞窟。我跟你说过,那些德鲁伊知道你,也知道希瑞的事和我们的使命。而这些,他们都是听住在洞里的人说的。如果德鲁伊值得信任的话,那人还想跟你谈谈。"

"如果德鲁伊值得信任的话。"杰洛特用强调的语气重复道,"我以前来过这一带,我知道魔鬼山峰的深洞里住了什么。那儿住了很多东西,绝大多数你必须拿着刀剑才能与之交流。你的德鲁伊还说了什么？我还应该知道些什么？"

"她特意向我说明，"吸血鬼注视着杰洛特露出精光的双眼，"她不喜欢摧毁和杀戮自然生物的人，尤其是猎魔人。我向她解释说，现在的你只是个有名无实的猎魔人。我说你绝不会招惹自然，除非自然先招惹你。你要明白，女贤者是个拥有超凡智慧的女人，她明白你抛开猎魔人的行事之道，不是想法变了，而是情势所迫。'我很清楚，'她告诉我，'某个与猎魔人亲近的人遭遇了不幸。猎魔人被迫放弃他的生活，赶往营救……'"

杰洛特未置一词。但看着他的表情，吸血鬼赶忙做出解释。

"她说……我只是引述她的话：'这位有名无实的猎魔人必须证明自己的谦卑与牺牲精神。他必须走进黑暗深邃的地底，卸下武装，不带任何武器，不带任何尖锐的金属，不带任何邪念、敌意、愤怒与傲慢。他必须带着谦卑踏入洞中。到了那里，到了地下深处，谦卑的猎魔人便将找到一直纠缠他的问题的答案。他会找到许多问题的答案。但若猎魔人裹足不前，他将一无所获。'这是她的原话。"

杰洛特朝瀑布和洞窟的方向吐了口唾沫。

"听起来像是个拙劣的骗局，"他说，"像某种消遣或娱乐的手段。预言，牺牲，地下的神秘会面，所有问题的答案……这么老套的桥段只在吟游诗人的故事里才会出现。有人要捉弄我，这还算好的，如果对方的目的不只是恶作剧……"

"无论如何，我都不会称之为恶作剧。"雷吉斯坚定地说，"无论如何都不会，利维亚的杰洛特。"

"那么，这是怎么回事？也是德鲁伊知名的怪癖之一？"

"在你弄清楚之前，"卡西尔说，"我们不会知道的。好了，杰洛特，我陪你一起……"

"不行，"吸血鬼摇摇头，"女贤者在这方面说得很清楚。猎魔人必须独自进去，不带武器。把你的剑交给我，我暂时替你保管。"

"我会死在……"杰洛特刚开口，便被雷吉斯用手势迅速制止了。

"把你的剑交给我。"他伸出手，"如果你还有别的武器，也一并留下。想想女贤者的话。不带敌意。牺牲。谦卑。"

"你知道是谁想见我吗？在洞窟里等我的是什么人……或者说，什么东西？"

"不，我不知道。戈尔贡山的地底通道里住了很多东西。"

"我会死的！"

"确实有这可能。"吸血鬼严肃地说，"但你必须承担风险。因为你别无选择。"

正如猎魔人所料，这个洞窟的入口处散落着大堆的颅骨、肋骨、椎骨和其他骨骸，却闻不到腐臭。这些俗世生命的残骸显然已有许多个世纪的历史，充其量也只是吓阻入侵者的装饰品而已。

至少他这么认为。

他步入黑暗，骨头在脚下碎裂折断。他的眼睛迅速适应了黑暗，发现自己站在一个巨大的洞穴中。上面是半球形的岩石洞顶，大小难以估量，因为密密麻麻的钟乳石从洞顶垂下，仿佛一根根彩色的树枝，混淆了他的空间概念。白色与粉色的石笋兀立在地面上，底部粗厚，顶端尖细，其中有些甚至高过猎魔人的头顶。有几根钟乳石上下相连，呈圆柱形。在这间石室里，滴水声回响不断。

他往前走去，深入洞穴。他知道有人或东西在监视他。

他强烈地意识到自己的后背没有剑，这让他很不舒服。感觉就像突然缺了颗牙。

他放慢脚步。

没等他踏出下一步，位于一根石柱底部的一堆圆石突然睁开亮晶晶的大眼睛，朝他看来。密密麻麻的土灰色石块张开大嘴，圆锥形的长牙闪闪发亮。

是须岩怪。

他缓缓前进，落脚小心翼翼。须岩怪无处不在，个头或大或小，挡在他前进的路上，丝毫没有离开的意思。到目前为止，它们还显得很平静，但他也不知道这些生物被踩到时会有什么反应。他没法走直线，只好在石笋森林里蜿蜒前行。冰凉的水从洞顶滴落到他身上。

他每次转弯，都能看到滚过地面的须岩怪，它们的数量越来越多。他能听到它们的喘息声。他能嗅到它们刺鼻的酸味。

他被迫停下脚步。两根钟乳石柱之间，一株高大的棘魔树挡住了唯一的路，其身上还竖立着长而密集的尖刺。杰洛特咽了口唾沫。棘魔树能将尖刺弹射出去，最远可达十尺。那种尖刺还有个令人不快的特质——刺入身体后会立即碎裂，而尖端会穿透并深入体内，直到触及重要脏器为止。

"蠢货猎魔人。"黑暗里传来声音，"胆小鬼猎魔人！他害怕了，哈，哈！"

这声音听起来很陌生，但杰洛特却不是头一次听到这种说话方式。会说话的怪物并不习惯借助有声语言进行沟通，所以它们的口音和语调会很古怪，音节也会不自然地拖长。

"蠢货猎魔人！蠢货猎魔人！"

猎魔人拒绝回答。他咬住嘴唇，从棘魔树旁边挤过。怪树像海葵的触须一样摇曳不止。一瞬间，棘魔树的动作停了，但随后又变回到仿佛大丛杂草的模样。

两只硕大的须岩怪从他的路线前方穿过，嘴里嘟嘟囔囔。在他头上——也就是洞顶的位置——传来膜状翅膀的鼓动声，以及咯咯声和嘶嘶声，这是薄暮蝠存在的确凿证据。

"杀手来了！屠夫来了！猎魔人来了！"

黑暗中再次响起他先前听到的声音。

"他来了！胆子不小！可这屠夫没有剑！他要怎么杀？用眼神吗？哈，哈，哈！"

"也许，"第二个声音传来，发音比之前那个更不自然，"我们应该杀了他？嗯——？"

须岩怪异口同声叫嚷起来。其中一个——个头像只熟透的南瓜——跟在杰洛特身后，一口咬在他的脚后跟上。猎魔人压下险些脱口而出的大骂，继续往前走。水不断从钟乳石上滴落，制造出清脆的回音。

有个东西抱住了他的腿。他按捺住将它踢开的冲动。

那生物很小，只比哈巴狗稍大一些，脸也像哈巴狗，其他部分则像猴子。杰洛特不知道这是什么。他从没见过类似的东西。

"猎魔人！"显然不是哈巴狗的生物抱紧杰洛特的靴子，开口道，"猎魔人！你这狗娘养的！"

"走开，"他咬紧牙关，恶狠狠地说，"放开我的靴子，不然我赏你屁股一脚。"

须岩怪发出响亮的嘟囔声。黑暗中有什么东西在吼叫。杰洛特不知道那是什么。声音听起来像牛,但猎魔人敢用全副身家赌那绝不可能是牛。

"猎魔人,狗娘养的。"

"放开我的靴子。"他拼命压抑住情绪,重复道,"我没有恶意,也没带武器。你在妨碍我……"

他闭了嘴,突如其来的恶臭让他难以呼吸。他的双眼涌出泪水,全身也起了鸡皮疙瘩。

抱住他腿部的东西翻了个白眼,拉在了他的靴子上。伴着那股恶臭,声音更是令人作呕。

他狠狠地咒骂几句,把那讨人厌的怪物扫下腿去。考虑到它惹的麻烦,他的动作已经温和得过头了。即便如此,他担心的事还是发生了。

"他踢了它!"黑暗里有个声音盖过须岩怪飓风般的鼻息声,"他踢了它!他伤害了那个可怜的生物!"

离他最近的须岩怪抓住他的脚。他能感觉到坚若磐石的有力双爪抓住了他的脚掌和脚踝,让他动弹不得。他没再抵抗,而是选择听天由命。最大也最好斗的一只须岩怪用体毛摩擦着他的脚。它们拖拽他的衣服,让他坐倒在地。某个大家伙爬下一根钟乳石柱,落在地上。他知道那是什么。敲击怪。它身体矮胖,毛发蓬松,长着罗圈腿和宽阔的肩膀,还有红色的大胡子。

随着敲击怪走近,地面震颤起来,仿佛朝他走来的并非敲击怪,而是一匹高头大马。它的每只脚掌都超过半尺长,看起来很滑稽。

敲击怪朝他弯下腰,全身散发出伏特加的臭气。这杂种还会酿蒸馏酒呢。杰洛特木然地想。

"你踢了一只无力自卫的弱小生物,猎魔人。"敲击怪朝他的脸呼出满是酒臭的气息,"你毫无理由就攻击了一只弱小无力又无辜的生物。我就知道不能相信你。你很好斗。你喜欢杀戮。你这杂种,你杀了我们多少同胞?"

对于这个问题,好像怎么回答都不合适。

"嗝——!"敲击怪再次吐出一口酒气,让他几乎窒息,"这是我从小的梦想!从小!我的梦想终于实现了。看左边。"

他傻乎乎地看了过去,下巴右侧立刻挨了一拳,视野中白光乍现。

"嗝——!"敲击怪浓密发臭的胡须里露出硕大歪曲的牙齿,"这是我从小的梦想!看右边。"

"够了。"洞穴深处传来一句洪亮的命令,"别玩了,也别再恶作剧了。放过他。"

杰洛特吐出一口沾血的唾沫。他的嘴唇破了。他用墙上流下的一股水流洗了洗靴子。哈巴狗怪物露出讽刺的笑,跟他拉开一段距离。敲击怪揉着拳头,面露笑容。

"去吧,猎魔人。"它尖声道,"去见呼唤你的人吧。我会等着。反正你回来也得走这条路。"

他走进的洞穴意外地亮堂。阳光透过洞顶的孔洞照进内部,让沉积岩地面映出斑斓的色彩。除此之外,还有一颗散发强光的魔法球悬

浮在空中，墙壁上的石英也反射着它的光。尽管有这么多照明，但洞穴边缘依然被黑暗笼罩，稍远处的钟乳石柱也隐没在黑暗之中。

在一面仿佛是大自然特意准备的石壁上，有人正在创作一幅巨大的壁画。画手是位高个子金发精灵，穿着染色长袍，反射出不可思议的光辉，让他头部仿佛有光环围绕。

"坐吧。"精灵指了指一块圆石，目光不离画作，"它们伤到你了？"

"没。算不上。"

"你一定要原谅它们。"

"是啊。一定。"

"它们就像小孩子。因为你的到来，它们很不高兴。"

"我也发现了。"

精灵看着他。

"坐吧。"他重复道，"马上就好，就快画完了。"

精灵就快画完的是一只线条分明的动物，多半是头水牛。目前来说，完成的部分仅限轮廓——从威风凛凛的双角到气势绝不逊色的尾巴。杰洛特坐在石头上，暗自发誓要尽可能表现出耐心和谦卑。

精灵吹了声口哨，用画笔在颜料罐里蘸了蘸，飞快地涂起色彩，紫色水牛的形象随之浮现。思索片刻后，他又往那只动物身侧画上了虎纹。

杰洛特沉默地看着他。

最后，精灵后退几步，从远处审视自己的作品。那幅画以狩猎为主题。一群手持弓箭和长矛、线条潦草的人类正在追赶这头长着虎纹的紫色水牛。

"这画有什么用?"杰洛特忍不住开口。

精灵瞥了他一眼,将画笔的另一头叼到嘴边。

"这是数千年前洞穴原始人的史前画作。"他说,"他们大都是猎手,喜欢狩猎早已灭绝的紫色水牛。某些史前猎手同时也有绘画的天赋,认为自己有必要承担艺术方面的责任。为了让人记住存在于他们灵魂里的东西。"

"真是个迷人的故事。"

"那当然,"精灵赞同道,"你们的科学家多年来徘徊于不同的洞窟,寻找史前人类的痕迹。每次找到时,他们都会难以自拔。这些痕迹能够证明,你们在这片土地和这个世界上并非外来者。这能证明你们的祖先在这里生活过许多个世纪,而世界也将属于你们的子孙后代。哦,每个种族都有寻根溯源的权利,包括人类,你们的根应该来自大树才对。哈,这句双关很好笑吧?简直堪称箴言了。你喜欢诗歌吗?你觉得还需要画点什么?"

"给那群史前猎手添上硕大的男根。"

"这主意不错。"精灵用画笔蘸了蘸颜料,"男根崇拜是早期文明的典型特征,这也可以证明人类在肉体方面的确出现了退化。你们祖先的男根大小堪比木棒,而后代却只有小树枝的程度……多谢你,猎魔人。"

"不客气。我还有个建议——对于史前画作来说,这颜料未免太新鲜了。"

"别担心。再过个三四天,空气中的盐分和顺着墙壁流下的水滴就能让颜料褪色,而这幅画和其他史前画作的相似程度会让你们的科学家欣喜若狂。我敢用我的鞋子打赌,就算最聪明的家伙也别想识破我的把戏。"

"他们会识破的。"

"为什么?"

"因为你会忍不住在这幅杰作上签名。"

精灵干巴巴地笑了起来。

"完全正确。你的推测没错。哦,我的虚荣之火啊——想要压抑灵魂中的艺术家本性真是太难了。我已经签名了。瞧,就在这儿。"

"那不是只蜻蜓吗?"

"不,这是表意文字。我的名字是克利凡·艾斯平·爱普·科曼·马卡。为方便起见,我会用'阿瓦拉克'这个化名。你也可以这么称呼我。"

"如你所愿。"

"你是利维亚的杰洛特,是个猎魔人。然而,你现在却不再追杀怪物和野兽,只在寻找一个失踪的女孩。"

"消息传得真够快的,还够远,而且够详细。显然你早就预料到我会出现在这儿。所以我猜,你可以预言未来?"

"预言未来,"阿瓦拉克用布擦擦双手,"这种事谁都办得到。而且谁都经常预言未来,因为容易嘛。难的是准确与否。"

"真是简洁的论点,堪称箴言。你显然预言得很准。"

"这很容易,我亲爱的杰洛特。我知道很多事,也能做很多事。按你们人类的说法,'我的头衔就是证据。因为我是'艾恩·萨维尼'。"

"通晓者。"

"正确。"

"你愿意跟我分享你的学识吗?"

阿瓦拉克迟疑片刻。

"分享？"最后，他慢吞吞地说，"与你？我亲爱的猎魔人，学识是种特权，人们只在地位相等时才会分享特权。仅仅几百万年前，你们的种族才从猴子、老鼠、胡狼或者别的什么哺乳动物进化而来。而你们的祖先又花了将近两百万年，才发现自己长毛的双手能制造原始的骨制工具，然后呢？他们却只想把那些骨头塞进自己的后庭，发出幸福的呻吟。所以我，身为精灵，身为通晓者，身为精英的一员，为何要同你们分享我的学识呢？"

精灵沉默下来，转过身，欣赏自己的画作。

"为什么，"他语带讽刺，"你会有胆量要求我分享学识呢，人类？告诉我吧。"

杰洛特擦去靴子上残留的粪便。

"我猜是因为，"他说，"这是无可避免的事。"

精灵猛转过身。"你说什么无可避免？"他咬紧牙关问道。

"就是分享学识这件事啊。"杰洛特没有抬高嗓门，"因为再过若干年，人类就会接收所有学识，无论拥有者愿不愿意与人分享。其中也包括你——精灵兼通晓者——狡猾地藏在这幅岩石壁画背后的学识。希望那些人不会用铁镐砸碎这面石壁，摧毁这幅关于古代历史的伪作。哦，我的虚荣之火啊，你有何高见？"

精灵哼了一声。奇怪的是，他的表情却显得颇为愉快。

"哦，是啊。"他说，"如果我相信你们会在摧毁所有事物之前停手，那么虚荣就将变成愚蠢了。你们会摧毁遭遇的一切。可人类啊，这是为什么呢？"

"我不清楚，你来告诉我吧。如果你认为分享不合适，我这就离开。不过我宁愿走另一条路出去,因为你的同伴就等在刚才的路上,准备打折我的肋骨。"

"好吧。"精灵伸出一只手,比划个动作,紫色水牛中间出现了一条裂缝,那面石壁也随着嘎吱声朝两边分开。"这边走。朝着光明前进。无论在字面还是比喻意义上,通常这都是正确的路。"

"可惜了你的画。"杰洛特说。

"你在说笑吧?"精灵的语气透出难以置信,但又出奇地和善与友好,"这幅画什么问题都不会有。只要再施展一次同样的法术,我就能合拢岩石,不会留下任何裂缝。来吧,我跟你一起走。我会给你带路。我已经得出结论了:我有件事要告诉你,并展示给你看。"

墙壁另一边充满黑暗。透过温度的变化和空气的流动,猎魔人立刻明白这间洞窟大得惊人。他们脚下踩到潮湿的卵石。

阿瓦拉克变出了光源——用的是精灵独有的方式,只做动作,不念咒语。发光的球体飞向洞顶,生长在洞穴石壁上的水晶被无数反光照亮,阴影也随之舞动。猎魔人不由自主发出惊叹。

这不是他头一次看到精灵的雕像与浮雕,但他每次的感受都一样。精灵的雕像就像在眨眼的一瞬间定格下来似的,完全不像艺术家用凿子雕刻而成,而像某位强大的巫师使用咒语,将活生生的肉体转换成了阿梅尔山脉出产的白色大理石。

最近处的雕像是位屈膝坐在玄武岩板上的年轻女精灵。她伸长了脖子,转动脑袋,仿佛在聆听他们的脚步声。她全身赤裸,大理石的奶白色光泽给她美丽的身躯增添了温暖,仿佛散发出热量一般。

阿瓦拉克在雕塑中间的小径上停下脚步,靠向一根圆柱。

"杰洛特,"他平静地说,"这是你第二次看穿我的把戏。你说得对，画在墙上的水牛只是个伪装，目的是为阻止人类挖穿岩石，发现藏在后面的东西，从而避免破坏和盗窃。所有种族，包括精灵在内，都有寻根溯源的权利。你在这里看到的就是我们的根。小心脚下。这里其实是一片墓地。"

水晶反射的光芒在洞窟内舞动，映照出越来越多的事物——雕像、浮雕、纪念碑、圆柱、拱廊。一切都用白色的大理石打造。

"我希望这里能保存下去。"阿瓦拉克做了个囊括一切的手势，"哪怕整片大地都被一里深的冰雪覆盖，哪怕我们都离开了这里，希望提尔·纳·贝亚·艾林尼也能继续存在下去。我们会离开，但总有一天我们还会回来。我们——精灵。在 *Aen Ithlinnespeath* 中，伊丝琳妮·爱普·艾维尼恩的预言给出过这样的承诺。"

"你真的相信她？相信她的预言？宿命论对你们的影响有这么深吗？"

"她预见了一切。"精灵没看他，而是看着一根雕有蛛丝花纹的大理石圆柱，"你们的到来，战争，人类与精灵之血的泼洒。你们种族的崛起，我们种族的没落。南北方统治者之间的争斗。南方统治者将与北方诸王敌对，他的军队将像洪水一样淹没他们的王国，将之摧毁。世界的毁灭也由此开始。猎魔人，你还记得 *Aen Ithlinnespeath* 里的说法吗？身处远方者将死于瘟疫，身处近地者将毙于剑下；逃匿躲藏者将倒于饥饿，生还存活者将丧于霜雪……因为 *Tedd Deireádh* 将要到来——终结的时刻，剑与斧的时代，轻蔑的时代。白霜与白光之时，寒狼风雪之纪元……"

"真有诗意。"

"你想听不那么诗意的表达吗？日照角度将要改变，世界永久冰封的边境将移至南方远处。即便这些山峰也将被无比宽阔的冰川淹没。冰雪会掩埋一切，寒冬将君临此地。"

"而我们会穿上温暖的长裤，"杰洛特无动于衷地说，"还有毛皮外套，再戴上遮耳的帽子。"

"我也想这么说呢。"精灵道，"穿着长裤和帽子的人类会生存下去，并在将来回到这里，挖开冰雪，在洞窟里洗劫、抢掠。伊丝琳妮的预言没提到这一点，但我知道，蟑螂和人类是不会灭绝的，每次都会有多子多孙的一对幸运儿能存活下去。至于我们精灵，预言的说法非常明确：只有追随雨燕的才能存活。雨燕是春天的象征，是救星，是开启禁忌之门、为我们展现救赎之道的人。雨燕会让世界的重生成为可能。雨燕，也就是上古血脉之子。"

"这是指希瑞，"杰洛特脱口而出，"还是她的孩子？怎么会？为什么？"

阿瓦拉克好像没听到他的话。

"拥有上古之血的雨燕，"他思忖着说，"来自于她的血脉。瞧啊。"

即便在所有栩栩如生的雕像中，阿瓦拉克所指的纪念像也显得格外精致。那是尊白色大理石雕成的精灵，半躺在平台上，给人以刚刚醒来、随时准备起身的印象。她面对着身前的一张空椅子，正伸出手来抚摸某个看不见的东西，脸上露出安详与幸福的表情。

过了好一会儿，阿瓦拉克才打破沉默。

"这位是劳拉·爱普·希达哈尔。这当然不是她的坟墓，只是尊纪念像而已。这尊雕塑的姿势是不是让你很吃惊？用大理石雕刻两位传奇恋人的方案最终没能得到多少支持。劳拉和洛德的克雷格南。克雷格南是人类，浪费大理石给他造像简直是种亵渎。把人类的雕像摆放在这里，在提尔·纳·贝亚·艾林尼，也是亵渎神明的行为。但另一方面，抹除那段感情的回忆是更严重的罪行。于是他们选择了折中方案。克雷格南……形式上不在这里，但又存在于这里，在劳拉的表情和动作中。两位恋人在这里团聚，即便死亡也无法将他们分开。无论是死亡、遗忘……还是憎恨。"

在猎魔人看来，精灵冷漠的语气有一瞬间改变了，但这很可能是他的错觉。阿瓦拉克走近雕像，轻柔而谨慎地抚摸大理石的手臂。他转过身，瓜子脸上露出招牌式的讽刺微笑。

"猎魔人，你知道永生最大的缺点是什么吗？"

"不知道。"

"是性。"

"什么？"

"你没听错，是性。没等过去一百年，性爱就会变得乏味，刺激和吸引力荡然无存，新鲜感也不复存在。能试的全试过了……无论哪一种。然后突然间，天球交汇，世界融合，人类出现。残存的人类从另一个世界逃到这里——就在你们作为一个种族诞生的五百万年后，你们用依然长满毛发的手彻底摧毁了原本自己的世界。你们数量不多，平均寿命也短得离谱，于是你们靠繁殖的速度维持存续。欲望和对性的渴望始终与你们同在。性欲彻底支配了你们，甚至胜过了你们的生存本能。什么？我快死了？那临死之前，干吗不先做个爱呢。简而言之，这就是你们的人生哲学。"

杰洛特没插嘴，也未予置评，虽然他很想。

"然后发生了什么？"阿瓦拉克续道，"男精灵厌倦了无趣的女精灵,开始垂青乐于献身的人类女性;而同样厌倦了的女精灵沉溺于堕落的好奇心,转而钟情于充满活力与力量的人类男性。紧接着,一件出乎意料也无法解释的事发生了——女精灵通常每十年到二十年才会排卵一次,但自从与人类交配之后,她们每次性高潮都会排卵。这应该是某种未知激素的影响,或是多种激素组合后发挥的效力。精灵们明白,通过这种方式,他们可以同人类生儿育女了。我们本可以趁着依然强势时消灭你们,不然等你们壮大起来,就会开始消灭我们了。但你们在精灵当中有了盟友。他们是推崇互惠、合作与共存的一派……而且他们不愿承认与你们同床共枕的事实。"

"这些跟我有什么关系?"杰洛特没好气地说。

"跟你?完全没有。但这些跟希瑞关系重大。希瑞是劳拉·朵伦·爱普·希达哈尔的后裔,而劳拉·朵伦赞成与人类共存。当然,主要是与一个男人共存——人类巫师,洛德的克雷格南。劳拉·朵伦与克雷格南成功地共存了许多次。简而言之,她怀孕了。"

猎魔人这次选择沉默。

"问题在于,劳拉·朵伦不是普通精灵。她的基因非比寻常,这是许多代精灵共同努力的结果。如果与其他基因——当然是精灵的基因——结合,她将会生下一个独一无二的孩子。而怀上人类的子孙却葬送了这个可能,她浪费了经由数百年的计划与准备、即将获取的成果。至少我们是这么认为的。没人觉得克雷格南的混血子女能从母亲那里继承到有价值的东西。不,如此不相称的婚姻不可能带来任何好处……"

"所以,"杰洛特插嘴说,"他们遭到了严厉的惩罚。"

"跟你想象的不同,"阿瓦拉克匆忙补充道,"虽然劳拉·朵伦和克雷格南的关系给精灵带来了难以估量的损失,但谋杀克雷格南的却是人类而非精灵。导致劳拉殒命的也是人类而非精灵。虽然许多精灵有理由憎恨这对恋人,其中也包括私人恩怨。"

精灵语气中的细微变化再次让杰洛特玩味了一番。

"不管怎么说,"阿瓦拉克续道,"共存的美梦像肥皂泡一样破裂,两族开始了血腥的战争,并一直延续到今天。在此期间,劳拉的基因……大概你也猜到了,经过岁月流逝,它并未消失,反而进化了。不幸的是,它也发生了突变。是的,是的,你的希瑞是个变种人。"

这次精灵没等他开口。

"当然了,女术士也插了一手。她们故意撮合选中的男女,但最后,事态失控了。没几个人能想到,劳拉基因在希瑞体内重生时会变得如此强大,而这恰恰是导火索。我想威戈佛特兹——就是在仙尼德岛上打断你腿骨的人——知道这件事。那些女术士用劳拉和雷安伦的后裔做实验,却没能得到想要的结果,于是她们放弃了计划。但实验本身仍在继续进行。希瑞是帕薇塔之女、卡兰瑟的外孙女、雷安伦的后裔,也是劳拉·朵伦的直系后代。威戈佛特兹也许是意外得知这事的。尼弗迦德皇帝恩希尔·瓦·恩瑞斯也清楚这一点。"

"你也知道。"

"事实上,我知道的比他们更多。但这不重要。命定的磨盘会碾磨命运的谷粒……你没法改变将要发生的事。"

"将要发生的什么事?"

"预言中的事。亘古之前就已决定的事。当然了,这只是个修辞而已。目标、计划和结果,三者齐备,机制也万无一失。"

"不是诗歌就是形而上学。或者两者一起上,因为它们有时很难区分。你能不能说具体点儿？尽量长话短说？哦，我很乐意跟你讨论，但现在看来，我必须抓紧时间了。"

阿瓦拉克用锐利的目光看着他。

"你干吗这么着急？哦，抱歉……看来你完全没理解我的话。那我就直说了吧：你为拯救他人而冒的这些风险根本毫无价值，也全无用处。首先，已经太迟了，最关键的恶行已经发生，你没能赶在他抓住女孩之前救出她。其次，如今雨燕已走上正确的道路，她能出色地保护自己，也拥有让一切事物畏惧她的力量。所以你的帮助毫无必要。第三……唔……"

"我听着呢，阿瓦拉克。我一直在听呢。"

"第三……第三个理由是，现在有别人在帮她。真希望你别这么自大，以为和那女孩命运相连的人就只有你一个。"

"就这些？"

"就这些。"

"那就再见吧。"

"稍等一下。"

"我说过了，我赶时间。"

"稍微假设一下，"精灵说，"也许我真知道会发生什么，也许我真能看到未来。如果我不顾你的热情和努力，把将要发生的事告诉了你，把未来告诉了你，你会选择找个安静的地方，作壁上观，等着一连串事件相继发生，直至无可避免的结果出现吗？"

"不会。"

"如果我告诉你，虽然可能性很低，你的行动的确有可能带来改变，但却会朝更坏的方向发展呢？你会改主意吗？哦，我从你的表情看得出来,你不会。所以我要问你,为什么?"

"你真想知道?"

"想。"

"很简单,因为我不相信你那套关于目标、计划与结果的形而上学理论。我也不相信你那位著名的女先知伊丝琳妮和她的预言。我认为她只是虚构的人物,就跟你的画一样,是编造的谎言。就像紫色的水牛,阿瓦拉克,仅此而已。我不知道你是不能还是不想帮忙,但我不会记恨你……"

"你觉得我要么不能帮忙,要么就是不想帮忙。那我怎样才能帮到你?"

杰洛特思索片刻。他很清楚,这个问题的措辞意义重大。

"我能救下希瑞吗?"

他立刻得到了答案。

"你能。但你又会立刻失去她,这一次是永远。在那之前,你会失去所有陪伴你的人。你将在接下来的几周内,也许几天内,甚至几个小时内,失去第一位同伴。"

"谢谢。"

"我还没说完。如果你干涉命定的磨盘,影响了目标与计划,直接后果将是数万人的死亡。虽然这并不特别重要,因为不久之后,还将有数千万人死去。你所知的世界将被消灭,不复存在,并在一段时间后以截然不同的方式重生。这件事注定会发生,没人可以改变,没人能阻止或逆转万物的法则。无论你、我,还是那些女术士,全都办不到。就连希瑞也办不到。你对此有何高见?"

"紫水牛而已。不过还是谢谢你,阿瓦拉克。"

"在某种程度上,"精灵耸耸肩,"我也想看看落进磨盘的小石子能有什么作为……我还能为你做什么?"

"我想没有了。因为我猜,你没法告诉我希瑞在哪儿,对吧?"

"谁说的?"

杰洛特屏住了呼吸。阿瓦拉克轻快地走向洞穴墙壁,又用手势示意猎魔人跟上。

"提尔·纳·贝亚·艾林尼的墙壁,"他指了指墙上发光的水晶,"拥有不同寻常的特性。而我,就算用最谦虚的说法,也拥有超凡的能力。把你的手放在这儿。集中精神。用力思考。想想她现在有多需要你。想想你有多想拯救她。影像会出现在你眼前,而且会很清晰。你可以看,但不要做出剧烈的反应,也别说话。只是幻影而已,你没办法与她交流。"

他照办了。

与精灵说的不同,幻影并不清晰。影像模糊不定,内容却激烈又暴力,令他大吃一惊。放在桌上的断手……溅上鲜血的窗户……骑着骷髅马的骷髅……被铁链锁住的叶妮芙……塔。黑色的塔。塔的后面……是北极光?

画面毫无征兆地清晰起来。清晰得过头。

"丹德里恩!"杰洛特喊道,"米尔瓦!安古蓝!"

"怎么了?"阿瓦拉克来了兴致,"哦,没错。看来你的努力全泡汤了。"

杰洛特从石壁边退开,几乎摔倒在玄武岩地板上。

"这不重要,该死的!"他说,"听着,阿瓦拉克,我得尽快赶去德鲁伊森林。"

"凯德·米克维德?"

"对!我在那儿的朋友有危险!他们在为自己的生命而战!有人威胁到了他们的生命!我得尽快赶过去……见鬼!我得取回我的马和武器……"

"无论什么马,"精灵冷静地打断他,"都没法在天黑之前将你带到米克维德……"

"可我……"

"我还没说完。回去找你那把有名的剑吧,我会帮你解决马的问题。那是匹适合山路的完美坐骑。要我说,这匹坐骑有些不寻常……不过有它在,你只要半个钟头就能赶到凯德·米克维德了。"

敲击怪除了味道像马,除此之外跟马再没有任何相似之处。杰洛特在玛哈坎山脉见识过一次矮人组织的竞速活动:骑着野山羊冲下山坡。在他看来,那已经是彻头彻尾的极限运动了。可现在,他趴在狂奔的敲击怪的后背上,这才明白什么叫真正的极限。

为了不被甩下去,他用手指紧紧扣住敲击怪粗糙的毛发,双腿夹紧怪物毛茸茸的体侧。敲击怪散发出汗水、尿液和伏特加的混合味道,着了魔似的往下冲,地面在它的大脚下颤抖,仿佛它的脚底是用青铜打造。它滑下一片山坡,几乎全程不用减速,然后迈开步子,快得让风从猎魔人耳边呼啸而过。它飞身跃过山脊,让某些小径和壁架显得如此狭窄,也让杰洛特闭紧双眼,免得自己往下张望。它跃过能让山羊望而却步的瀑布、深坑和裂缝,每次跳跃都伴之以震耳欲聋的怒吼。

敲击怪差不多每时每刻都在吼叫,而现在,它的吼声比平时更加狂野、嘹亮。

"慢一点儿!"猎魔人的话几乎被风噎回嗓子。

"为啥?"

"因为你喝酒了!"

"呜哇啊哈哈哈!"

它一跃而起。耳畔风声呼啸。

敲击怪散发出浓烈的臭气。

大脚掌踩踏石面的闷响渐渐减少,岩块与石屑发出的咔嗒声也不再频繁。地面的岩石越来越少,有个绿色的东西从旁边飞掠而过,看起来像株矮松。随即,棕绿相间的冷杉林出现了。树脂的味道与怪物的体臭混合起来。

"呜哇啊哈哈哈!"

绿色的针叶被他们抛到身后。现在环绕他们的是截然不同的色彩——黄色、赭色、橘色、红色。在敲击怪脚下,树叶沙沙作响。

"慢点儿!"

"呜哇啊哈哈哈!"

敲击怪高高跳起,越过一棵倒伏的枯树。杰洛特差点咬到舌头。

疯狂的疾驰突然停下。

敲击怪的脚跟用力跺进地面,咆哮一声,将猎魔人重重地摔在地上。杰洛特躺在落叶间,大口喘息,连骂人的力气都没了。他站起身,摩挲着又开始疼的膝盖,倒吸一口凉气。

"你没掉下来。"敲击怪的语气充满惊愕,"不赖嘛。"

杰洛特什么也没说。

"到了。"敲击怪用它长毛的手指了指,"这就是凯德·米克维德。"

他们下方是片雾气弥漫的山谷,雾气上方能看到树梢。

"这雾,"敲击怪猜到了他想问的问题,"不自然。除了雾,我在这儿还能闻到烟味。如果我是你,我会抓紧时间。咿呀,我倒是想跟你一起去……我想好好干上一架。跟猎魔人背靠背战斗,足够我炫耀一阵子了!不过阿瓦拉克不准我太张扬。为整个族群的安全着想……"

"我知道。"

"别记恨我那一拳。"

"我不会的。"

"真男人。"

"谢谢你。也谢谢你的赞美。"

敲击怪露出被红胡子掩盖的大牙,呼出一口酒气。

"这是我的荣幸。"

米克维德森林的雾气浓密而形态不定,看着就像发疯的厨子往蛋糕上浇了一摊生奶油。这雾让猎魔人想起了布洛克莱昂,出于保护和隐藏的目的,树精森林也常被魔法迷雾掩盖。在这片主要由赤杨和山毛榉组成的险恶森林边缘,笼罩着一股庄严的气氛,这一点也与布洛

克莱昂十分相似。

在森林边缘地带，一条落叶覆盖的小径上，杰洛特差点被一堆尸体绊倒。这情形也跟布洛克莱昂差不多。

留有可怖伤口的尸体并非德鲁伊，也不是尼弗迦德人，更不是夜莺或斯奇鲁的手下。没等杰洛特踏进雾气，他就想起了雷吉斯提过的朝圣者。看起来，有些朝圣者没能顺利抵达终点。

潮湿的空气间，刺鼻的烟味和焚烧的味道越来越浓，看来他的方向没错。很快他又听到了说话声、尖叫声和拉小提琴的声音。

杰洛特加快脚步。

雨后的林间小径上停着一辆货车。轮子旁边也有许多尸体。

一名强盗正在货车上翻找，顺手将物品和工具丢到路上。第二名强盗牵着马。第三名正扯下某个死去的朝圣者的狐皮斗篷。第四名在拉小提琴——多半是战利品吧。不得不说，这家伙拉得难听死了。

但这噪音也有点用处，它掩盖住了杰洛特的脚步声。

乐声戛然而止，小提琴的弓弦发出揪心的呻吟，强盗倒在地上，鲜血浇湿了落叶。牵马那个来不及尖叫就被割断了喉咙。第三名盗匪没能跳下货车，而是摔了下来，捂住被割开的股动脉惨叫不止。最后一个虽有时间拔剑出鞘，但没时间将其举起。

杰洛特用拇指抹去剑刃上的血。

"哎呀，伙计们。"他朝森林里飘出烟雾的方向走去，"这主意糟透了。你们真不该听夜莺和斯奇鲁的话，真该老老实实待在家里。"

很快他又看到一辆马车和更多的死者。在诸多朝圣者的尸体里，他还看到了身穿白袍、血肉模糊的德鲁伊。浓烟贴着地面弥漫，火场应该不远了。

这次的盗匪比先前那些警惕得多。他尽量在不被发现的前提下接近了其中一个：那家伙正从一具女人的尸体上摘戒指和手镯。杰洛特不假思索地砍翻了他，但对方发出惨叫，引得其他强盗叫嚷着冲了过来，其中还混杂着尼弗迦德人。

猎魔人退回进森林，背靠一棵大树的树干。但没等强盗冲到他面前，迷雾中就传来一阵马蹄声，一匹高头大马随即出现，身上裹着金红相间、棋盘花纹的马衣。马背上的骑士全身披挂，外罩雪白色斗篷，头盔上挂着鸟喙形状的钻孔面甲。强盗们还没反应过来，骑士已经冲到他们中间，手中长剑左右挥舞，砍向他们的脖子，鲜血如泉喷涌。这一景象真是赏心悦目。

但杰洛特没有余暇袖手旁观，因为已有两个敌人朝他冲来，其中一个穿着樱桃色的紧身上衣，另一个则是尼弗迦德军的黑色制服。强盗的脸被他一剑劈开，牙齿横飞到半空。尼弗迦德士兵见状，立刻转过身去，逃进雾气当中。

杰洛特差点被那匹穿着棋盘花纹马衣的战马踩到。它飞驰而过，背上的骑士却不见了。

他毫不犹豫地穿过矮树丛，朝传来叫喊声、咒骂声和打斗声的方向奔去。

三个强盗将骑士拽下了马,正试图杀死他。其中一个叉着腿站在骑士身前,用斧头劈向对方,另一个则用剑猛砍。第三个强盗是个红发男人,像只兔子似的跳来跳去,寻找机会想把短钩矛刺进敌人铠甲的缝隙。骑士倒在地上大叫大喊,隔着头盔,杰洛特听不清他在喊什么。他双手举起盾牌,挡住对手的攻击。斧子每劈一下,盾牌便降下几分,已经快贴上骑士的胸口了。很明显,再挨一两下,骑士的内脏就会从甲缝里流出来。

杰洛特连迈三步,冲进战团,一剑砍翻了手持钩矛、跳来跳去的红发男人,又划开了斧头男的肚子。骑士尽管身穿铠甲,动作却很灵活,他用盾牌边缘狠狠砸中第三个强盗的膝盖,等对方倒下,又接连往其面部狠砸三下,直到鲜血泼上盾牌才住手。他跪在地上,在杂草丛中摸索他的佩剑,看上去活像一只金属打造的巨型马蝇。他突然看到杰洛特,动作不由一僵。

"我落入了谁人之手?"头盔深处传来一个声音。

"你没落入任何人之手。地上这些也是我的敌人。"

"哦……"骑士想掀开面甲,但那块金属已扭曲变形,铰链也卡住了。"以我的荣誉起誓!对您施以援手致以万分的谢意。"

"我施以援手?明明是你救了我。"

"真的?什么时候的事?"

*他没看见,*杰洛特心想。*面甲上开了那么多洞,他却没看见我。*

"您的名字是?"骑士问道。

"杰洛特。利维亚的杰洛特。"

"纹章是?"

"骑士阁下,现在没时间交流纹章学了。"

"以我的荣誉起誓,您说得对,英勇的杰洛特骑士。"

骑士找到了他的剑,站起身来。他那把满是缺口的剑与马衣一样——剑柄上装饰着金红相间的棋盘花纹,其中交错写着字母"A"和"H"。

"这并非我的家族纹章,"骑士用低沉的声音解释道,"而是我效命的安娜·亨利叶塔公爵夫人的首字母缩写。人们叫我'象棋骑士'。我是个游侠骑士,因此不能暴露真名和家族纹章。我立下过骑士誓言。以我的荣誉起誓,再次向您致以谢意,阁下。"

"这是我的荣幸。"

一名倒地的强盗呻吟着扭动身体,让地上的落叶沙沙作响。象棋骑士走上前去,强有力地刺出一剑,将那人钉在地上。强盗像被串起的蜘蛛一样挥舞着手脚。

"快,"骑士说,"此地仍有盗匪出没。以我的荣誉起誓,眼下并非休憩之时!"

"的确,"杰洛特承认,"盗匪正在森林里徜徉,屠杀朝圣者和德鲁伊。我的朋友们正身处险境……"

"请稍候。"

又一名强盗展现出蓬勃的生命力,但也被骑士一剑刺穿。强盗用力踢蹬骑士的双腿,连靴子都蹬掉了。

"以我的荣誉起誓,"象棋骑士用青草擦了擦佩剑,"这些强盗命还真硬!杰洛特阁下,切勿因我痛下杀手而惊讶。以我的荣誉起誓,从前的我绝不会这么做。但这些盗匪复原的速度实在惊人,正人君子只能叹为观止。由于我们必须和三倍于己的无赖对抗,所以只能下此狠手,免得他们卷土重来。"

"我明白。"

"如我所言,我是个游侠骑士,但以我的荣誉起誓,我的灵魂并不恶毒。哈,我的马在这儿。来吧,比塞弗勒斯[①]!"

森林变得开阔,主要树种换成了枝繁叶茂的巨型橡树。烟味和燃烧的气息似乎就在附近。又过一会儿,他们看到了。

小小的村落里,芦苇小屋正在燃烧,货车上的布料也在燃烧。货车之间躺着许多死者——从远处就能看到,其中很多穿着德鲁伊的白袍。

强盗和尼弗迦德人聚在一栋底部有木桩支撑的大屋周围。他们把货车推到前面,用车身掩护自己。那栋屋子用坚硬的圆木建造,屋顶的木瓦砌成斜面,因此匪徒们丢出的火把只能毫无建树地滚落到地上。大屋正在遭受围攻,但也守得稳稳当当。当着杰洛特的面,有个强盗不小心探出身子,便立刻闪电般地倒在地上,脑袋上多了支箭。

"您的朋友们,"象棋骑士说,"肯定就在那栋大屋里!以我的荣誉起誓,他们眼下处境堪忧。来吧,去解救他们!"

杰洛特听到一句大喊和几声命令,也因此认出了脸上绑着绷带的强盗头子夜莺。他又花了点时间,找到了正在后方掩护黑甲尼弗迦德士兵的半精灵斯奇鲁。

嘹亮的号角声突然响起,震得橡木叶纷纷掉落。紧接着是战马的

[①]亚历山大大帝战马的名字。——译注

蹄声，一群骑士冲锋而来，身上的铠甲与手中的刀剑闪闪发亮。强盗们高喊一声，开始四散奔逃。

"以我的荣誉起誓！"象棋骑士大吼着踢了踢马腹，"他们是我的同袍！他们总算赶上了！为了荣耀，进攻！杀呀！"

象棋骑士驾着比塞弗勒斯猛冲出去，追上了正在逃窜的强盗。他杀了其中两个，其余那些一哄而散，活像见到了老鹰的麻雀。有两个强盗转向杰洛特这边，仅仅一眨眼的工夫，猎魔人就解决了他们。

第三名强盗举起"加百列"，朝他射出箭矢。这种小型十字弓的发明和制造者是维登的工匠加百列。他首创了一句标语："保护你免遭盗匪和暴力困扰。"又在广告里这么写道："法律无力又无用。所以，保护好你自己吧！离家之前，千万带上方便又好用的加百列牌十字弓。加百列是你的守护天使。加百列会保护你和你所爱之人不被盗匪所伤。"

于是这种十字弓一经推出便供不应求，销售额创下了历史记录。没过多久，就连强盗也都人手一把加百列牌十字弓了。

杰洛特是猎魔人，原本有能力躲开这一箭。但他忘了膝盖的旧伤，躲避的动作迟了一秒，立刻被锋利的箭尖撕裂了耳朵。痛楚令他眼前一花，但他马上恢复过来。强盗没时间再拉开十字弓了，怒不可遏的杰洛特砍断了他的双手，又用希席尔剑将其开膛破肚。

不等杰洛特擦去耳朵和脖子上的血，又有个小个子强盗朝他攻来。那家伙长着一双鼬鼠似的眼睛，眼里闪着异样的光芒，手持一把泽瑞坎曲刃马刀，使刀的技巧也相当出色。杰洛特接连挡住两下劈砍，二人的武器迸出火星。

鼬鼠眼身手敏捷，目光敏锐。他发现猎魔人一瘸一拐，便在周围绕起圈子,从最有利的一侧发起攻击。他的速度快得惊人,马刀呼啸着破空而来。杰洛特躲得越来越吃力。每次他踉跄一下,伤腿就要承受起整个身体的重量。

鼬鼠眼蹲伏下来,突然跃起,狡猾地虚晃一招,闪电般砍向猎魔人的耳朵。杰洛特成功地挡下。灵活的强盗变换位置,挥出一记危险的下盘斩击,但他突然闭上眼睛,打了个响亮的喷嚏,鼻涕横飞的同时也露出了破绽。猎魔人迅速砍中他的脖子,剑刃破开血肉,直至脊骨。

"肯定有人告诉过你,"他看着快要断气的强盗说,"麻药粉吸多是能要人命的。"

有个强盗高举狼牙棒朝他冲来,但随即一头栽倒在地,腹股沟多了支箭。

"我来了,猎魔人!"米尔瓦喊道,"我来了!坚持住!"

杰洛特转过身,但周围已经没有了敌人。米尔瓦射中的是最后一个强盗。在那些铠甲花哨的骑士追赶下,其他盗匪纷纷逃进森林。象棋骑士追赶着几个敌人,身影消失在林木之间,但他们仍然能听到他的战吼。

一个还没死透的尼弗迦德人突然爬起身,想要逃跑。米尔瓦迅速取下弓箭,箭矢呼啸着钉在逃亡者的肩胛骨中间。

女弓手叹了口气。"我们会上绞架的。"她说。

"为什么会有这种想法?"

"这里是尼弗迦德。过去两个月里,我们杀的大都是尼弗迦德人。"

"这里是陶森特,不是尼弗迦德。"杰洛特摸了摸侧脑,发现手上沾满了血,"见鬼。我这里怎么了?帮我看看,米尔瓦。"

女弓手用品评的目光看着伤口。

"没什么好担心的。"她俏皮地说,"只是射掉了你的耳朵而已。"

"你说得倒轻巧。我还挺喜欢这只耳朵的。给我块绷带,血都流进衣领里了。丹德里恩和安古蓝在哪儿?"

"跟朝圣者一起躲在小屋里……哦,该死。"

雾气中现出三名骑士,都骑着战马,外套和旗帜在风中猎猎作响。杰洛特正等着他们发出战吼,但米尔瓦突然抓住他,把他拽到货车下面。对手骑在马背上,手持十四尺长矛,这可不是闹着玩的,毕竟马头前方十尺以内都是他们的有效攻击范围。

"出来!"骑士的马蹄踩踏着货车周围的地面,"放下武器,滚出来!"

"我们要上绞架了。"米尔瓦嘀咕道。

恐怕她没说错。

"哈,恶棍们!"银色盾牌上有个黑色公牛头图案的骑士高声说道,"以我的荣誉起誓,你们会上绞架!"

"以我的荣誉起誓!"另一个较为年轻的声音说道,那人穿着蓝色的外衣,"我们会在这里将你们撕碎!"

"嘿!住手!"

象棋骑士走出雾气。他终于掀开了扭曲变形的面甲,露出浓密的胡须。

"别为难他们。"他喊道,"他们并非盗匪,而是正派人。为保护朝圣者,这位女士像男人一样英勇战斗。而她的搭档是位优秀的骑士,我可以替他担保。"

"优秀的骑士?"牛头纹章掀起面甲,怀疑地看着杰洛特,"以我的荣誉起誓！这不可能。"

"以我的荣誉起誓！"象棋骑士用套着铠甲的拳头敲了敲胸口，"这是真的。这位英勇的骑士在我陷入困境时救了我——当时那些无赖将我拖下马背，而我又寡不敌众。他的名号是'利维亚的杰洛特'。"

"他的纹章是？"

"我的真名和我的纹章，"猎魔人没好气地说，"都恕我不能透露。我立下过骑士誓言。如今我是游侠骑士杰洛特。"

"哦哦！"有个熟悉的嗓音大咧咧地说道，"瞧这风把谁吹来了？哈，我早说过，大妈，猎魔人会来救我们的！"

"而且正是时候！"丹德里恩、安古兰，还有一小群朝圣者走了过来。诗人一手拿着鲁特琴，一手端着他视若珍宝的笔记筒。"分毫不差。你的戏剧感真出色，杰洛特，你真该试着写一出戏剧！"

他突然闭了嘴。牛头纹章在马鞍上伸长脖子，眼睛一亮。

"朱利安子爵？"

"德·佩拉克-佩兰男爵？"

这时又有两个骑士走出橡木林。为首的戴着饰有白天鹅翅膀的头盔，用绳索牵着两名俘虏。第二个游侠骑士明显是个实干家，他已经备好了绞索，正在寻找合适的树枝。

"夜莺不在其中，"安古兰指给猎魔人看，"也没有斯奇鲁。真可惜。"

"真可惜。"杰洛特附和道，"但我会想办法补救的。骑士阁下……"

牛头纹章——或者说，德·佩拉克-佩兰男爵——没理他。看起来，他眼里只有丹德里恩一人。

"以我的荣誉起誓，"他慢吞吞地说，"我的眼睛没欺骗我吧？您真是朱利安子爵本人。哈！公爵夫人会很高兴的。"

"谁是朱利安子爵？"猎魔人好奇地问。

"我就是。"丹德里恩压低声音说，"别掺和这事，杰洛特。"

"以我的荣誉起誓，安娜叶塔公爵夫人①会很高兴的。"男爵重复了一遍，"我们会把你们全带去她的鲍克兰城堡。不准找借口，子爵，我不会听你的任何借口！"

"有几个匪徒逃走了，"杰洛特冷冷地说，"我提议我们先去抓住他们，然后再考虑这越来越有趣的一天应该做些什么。你意下如何，男爵大人？"

"以我的荣誉起誓，这可不行。"牛头纹章惋惜地说，"我们不能追击他们。那些罪犯已经逃到了河对岸，而我们甚至连马蹄都不能沾到那边的土地。米克维德森林是不可侵犯的圣域，按照德鲁伊与我们敬爱的公爵夫人安娜·亨利叶塔签订的条约……"

"该死，强盗逃到了那边！"杰洛特愤怒地打断他，"他们会屠杀不可侵犯的圣域里的所有人！而你却对我说，你们不能保护那里……"

"我们立下了誓言！"德·佩拉克-佩兰男爵说道，他纹章上的公牛脑袋真该换成一只温顺的绵羊，"条约禁止我们越境！我们一步也不能踏入德鲁伊的土地！"

"条约禁止他们越境，但没禁止我们。"安古蓝牵过两匹强盗的坐骑，"别再浪费口水了，猎魔人。来吧。我跟夜莺的账还没算完呢，我猜你也很想找那个半精灵谈谈。"

---

①安娜·亨利叶塔的简称。——译注

"我跟你们一起。"米尔瓦说,"不过先等我找匹马。"

"我也是,"丹德里恩突然说,"我也跟你们一起……"

"不,你不行!"男爵吼道,"以我的荣誉起誓,子爵,你得跟我们去鲍克兰城堡。如果不带你回去,公爵夫人不会原谅我们的。我不会阻止其他人,无论他们想做什么,有何打算,我都不会干涉。作为朱利安子爵的同伴,安娜叶塔公爵夫人会在城堡恭候诸位大驾,如果到时你们敢轻视她的款待……"

"我们不会的。"杰洛特打断他,同时朝安古蓝投去警告的目光,后者正在男爵身后做出各种令人反感和带有冒犯意味的手势,"我们不会轻视她的款待。我们一定会去拜见公爵夫人,并带给她相应的礼物。不过首先,我们必须去做该做的事。我们也以自己的荣誉发誓:等事情结束,我们会立刻赶往鲍克兰城堡。我们一定会来。"

然后,他又用意味深长的语气强调道:"我只希望我们的朋友,也就是朱利安子爵,不会受到任何羞辱与怠慢。"

"以我的荣誉起誓!"男爵突然笑了,"我向你保证,朱利安子爵绝不会受到任何羞辱与怠慢。我忘了告诉你,子爵,雷蒙德公爵两年前就死于中风了。"

"哈哈!"丹德里恩突然容光焕发,嗓门也抬高了,"你说公爵中风死了?真是个令人愉快又欢欣的消息……我是说,令人悲痛又哀伤……愿他安息……既然这样,我们快去鲍克兰吧,先生们!杰洛特、米尔瓦、安古蓝,我们城堡见!"

他们涉水过河，催马踏入森林，来到高大茂盛的橡树与高及马镫的蕨丛之间。米尔瓦毫不费力就找到了逃亡者的踪迹。他们跑得很快，杰洛特不禁为德鲁伊担心。他担心残余的强盗喘过气之后，会把对陶森特游侠骑士的怨气发泄到德鲁伊身上。

"你知道丹德里恩干过的风流韵事吗？"安古蓝问，"夜莺那伙人把我们堵在大屋时，他把害怕陶森特的原因告诉了我。"

"我猜到了。"猎魔人说，"但我没料到他的眼光会这么高。公爵夫人，哈！"

"那是几年前的事了。雷蒙德公爵——就是死翘翘那个——好像发誓要掏出诗人的心，煮熟之后喂给公爵夫人吃下去。幸好丹德里恩没落到公爵之手。我们也很走运……"

"这就得走着瞧了。"

"丹德里恩说，安娜叶塔公爵夫人爱他爱得发狂。"

"丹德里恩每次都这么说。"

"你们，闭嘴！"米尔瓦厉声道。她挽住缰绳，伸手摘下弓。

有个强盗穿过橡树，迅速朝他们冲来。他没戴帽子，没有武器，像只没头苍蝇。他奔跑，绊倒，爬起来继续奔跑。他在尖叫，叫声刺耳又骇人。

"怎么回事？"安古蓝吃惊地问。

米尔瓦默不作声地拉开弓，但没放开弓弦。强盗径直朝他们跑来，好像看不见他们似的，全速穿过了猎魔人和安古蓝的坐骑。

他们看到了他的脸——惨白如纸、因恐惧而扭曲、双眼凸出的脸。

"这他妈怎么回事?"安古蓝重复道。

米尔瓦摇摇头,让自己清醒过来。她在马鞍上转过身,朝强盗的后背射出一箭。那人尖叫一声,倒在蕨丛里。

大地晃了一下,附近一棵橡树的橡实如雨落下。

"我想知道,"安古蓝说,"他到底在躲什么……"

大地再次震颤。灌木丛传来噼啪声,树枝也在嘎吱声中折断。

"那是什么?"米尔瓦惊叫一声,踩着马镫站起身,"那是什么,猎魔人?"

杰洛特瞪大眼睛,深吸了一口气。安古蓝也看到了。她脸色发白。

"哦,见鬼!"

米尔瓦的马也看到了。它恐慌地嘶鸣一声,人立而起,双脚踢打空气。女弓手被甩下马鞍,重重地摔在地上。马跑进了丛林。杰洛特的坐骑擅自转头,朝来时的方向飞跑。不幸的是,它选择的路线上有根低垂的橡枝,将猎魔人扫下了马背。震惊和膝盖的痛楚几乎让他失去意识。

安古蓝在马背上留得最久,但到最后,她也被甩了下来。逃窜的惊马差点踩到正要爬起的米尔瓦。

这一刻,他们彻底看清了正在逼近的东西,受惊的马匹完全被抛到了脑后。

那生物像棵树,一棵粗糙多瘤的橡树。没准儿它真就是一棵橡树。但与普通橡树不同,它没有安静地伫立在落叶和掉落的橡实之间,也没让松鼠在它的枝头奔跑。它踩着轻快的步伐穿过森林,迈开坚硬有力的树根,折断路上的树枝。粗壮的树干,或者说怪物的躯干,直径至少有两寻以上。那块鸟喙般的凸起也许并非树皮，而是嘴巴，因为它正一开一合，发出厚重门板的撞击声。

尽管颤抖的大地让那怪物自身也很难保持平衡，但它仍以令人屏息的敏捷穿过了一道山谷。显然，它的目标相当明确。

就在他们眼前，树怪挥舞一根树枝，逼近一棵倒下的树，如鹳鸟在草丛中捕食青蛙一般，灵巧地揪出了藏在树下的强盗。那名强盗被树枝缠住，悬在半空，叫声之凄惨令他们也感到同情。杰洛特看到，同样被树怪缠住的还有另外三个强盗，外加一个尼弗迦德士兵。

"快跑……"他呻吟起来，徒劳地想站起身。他觉得有人像把滚烫的钉子敲进了他的膝盖。"……米尔瓦、安古蓝……快跑……"

"我们不会丢下你！"

树怪肯定是听到了她的话，因为它突然欢快地迈开树根，朝他们快步走来。没能扶起猎魔人的安古蓝骂了一句。米尔瓦用颤抖的双手试图搭箭上弦，好像这么做真会有用似的。

"快跑！"

太迟了。树怪已经站到面前，把他们吓傻了。他们清楚地看到了它的战利品——四个被树枝缠住的强盗，其中两个还活着，正发出凄厉的惨叫，双腿盲目地乱踢。第三个无力地垂下手脚，可能晕过去了。怪物显然没打算要猎物的命，但它抓第四个俘虏时却失了手，不小心攥得太紧，结果让那家伙双眼凸出，舌头也耷拉出来，胡子上沾满了鲜血和呕吐物。

下一瞬间，他们也被树枝缠住，悬在空中，发出声嘶力竭的呼叫。

"嘘，嘘，嘘！"他们听到下方的根须间传来一个声音，"小心点儿，大树。"

从树怪身后，走出一个身穿白衣、头戴花冠的德鲁伊女孩。

"别伤人，大树，别用力。轻点儿。嘘，嘘，嘘。"

"我们不是强盗。"杰洛特的声音有气无力，缠紧胸口的树枝让他几乎无法出声，"让它放开我们……我们是无辜的……"

"人人都这么说。"女德鲁伊挥挥手，赶走一只悬停在眉毛旁边的蝴蝶，"嘘，嘘，嘘。"

"我尿裤子了……"安古蓝呻吟道，"活见鬼，我尿裤子了！"

米尔瓦嘟囔一声，脑袋垂向胸口。杰洛特狠狠地咒骂起来。除此之外，他什么都做不了。

在女德鲁伊催促之下，树怪穿过森林。一路上，所有意识尚存之人都随着树怪的脚步而牙齿打颤。他们很快来到一大片林间空地。杰洛特看到了一群白袍德鲁伊，以及第二只树怪。这只的收获要差一些：它的树枝上只挂着三名强盗，其中只有一个活着。

"罪犯、凶手、恶徒。"下面一个拄着长杖的德鲁伊说道，"仔细看吧，看看这些踏入米克维德森林的罪犯和恶徒会得到怎样的下场。看吧，然后记住。我会放你们走，让你们把目睹的一切说出去。作为对其他人的警告。"

空地中央垒着一堆高高的圆木和树枝，木柴堆上方是一只用木桩支撑、做成人形的大号柳条笼。笼子里塞满了人，正在尖叫和抽泣。猎魔人听得很清楚，强盗"夜莺"正用沙哑的嗓音发出惊恐的嚎叫。他也看得很清楚，半精灵斯奇鲁写满恐惧的苍白面孔正紧贴着柳条编成的笼子格。

"德鲁伊，"为了盖过笼中强盗的叫嚷，杰洛特用尽全力喊道，"女贤者阁下！我是猎魔人杰洛特！"

"谁在呼唤我?"下方一个高挑苗条的女子开口问道。她那灰钢色的头发垂落在两肩,额头上还缠着一圈槲寄生花环。

"我是……猎魔人杰洛特……爱米尔·雷吉斯的朋友……"

"重复一遍,我没听到。"

"杰——洛——特——!吸——血——鬼的朋友。"

"哦!干吗不早说?"

灰钢发色的女德鲁伊做个手势,树怪便把他们放了下来,只是动作算不上太温柔。他们摔在地上,一时间无力起身。米尔瓦不省人事,鼻孔里流出鲜血。杰洛特费力地爬起来,跪在她身边。

女贤者站在他身旁,清了清嗓子。她的脸很瘦,甚至有些憔悴,让人不由产生"皮肤包着颅骨"的不快联想。她的双眼像矢车菊一样蔚蓝,透出和善与亲切。

"我猜她肋骨断了。"她低头看向米尔瓦,"不过我这里有药,我会治好她。对于已经发生的事,我向你道歉。可我怎么知道你们是谁?没人邀请你们来凯德·米克维德,也没人允许你们进入我们的圣地。没错,爱米尔·雷吉斯可以为你们担保,但来我们森林里的可是个猎魔人,是收取报酬屠杀活物的凶手……"

"我会尽快离开的,尊敬的女贤者。"杰洛特说,"只要……"

他看到德鲁伊拿着点燃的火把,朝装满人的柳条笼走去,立刻停了口。

"不!"他攥紧拳头,大喊道,"住手!"

"那只笼子原本用来装干草,"女贤者充耳不闻,"到了冬天,我们会把它立在森林里,喂养饥饿的动物。但我们抓住这群强盗时,我想起了世人那些恶毒的谣言和诽谤。于是我想,好啊,既然你们说我们会用柳条笼烧死人,那我就烧给你们看好了。你们编造的噩梦,我可以让它成真……"

"叫他们住手。"猎魔人低声说,"尊贵的女贤者……别烧死他们……其中一个强盗有我需要的重要情报……"

女贤者伸出一只手,按在他胸口。她的目光和善又亲切。

"哦,不,"她不带任何感情地说,"这可不行。我不相信什么污点证人制度。让罪犯免于惩罚?这太不道德了。"

"住手!"猎魔人喊道,"别点火!住手……"

女贤者做个简短的手势,站在附近的树怪走上前,将一根树枝压在猎魔人肩头。杰洛特重重地坐倒在地。

"点火!"女贤者命令道,"抱歉,猎魔人,但这才是正确的做法。我们德鲁伊重视并尊敬任何形式的生命,但留罪犯活命根本毫无意义。罪犯害怕的只有恐惧,所以我们会给他们上一堂关于恐惧的课。希望不会再有下一次了。"

木柴开始燃烧。柳条笼里的声音令人汗毛直竖。虽然不大可能,但在哀号和火焰的噼啪声中,杰洛特似乎听到了半精灵斯奇鲁的尖叫。

他说得对,猎魔人心想,*死亡并不都是一样的。*

久到令人绝望的一段时间过后,支架垮塌,柳条笼被熊熊烈火吞没。火势异常猛烈,任何人都不可能生还。

"你的徽章,杰洛特。"站在他身边的安古蓝说。

"什么?"他大声咳嗽,喉咙绷紧,"你说什么?"

"你的狼头徽章。斯奇鲁带着它。这下你彻底失去它了,它会被火烤化的。"

"那有什么办法?"过了一会儿,他看着女贤者矢车菊色的双眸,开口道,"我不是猎魔人。我再也不是猎魔人了。无论在仙尼德岛的海鸥之塔,在布洛克莱昂森林,在雅鲁加河的桥上,在戈尔贡山的洞窟,还是在这片米克维德森林,不,我都不是猎魔人。我必须习惯没有猎魔人徽章的生活了。"

国王深爱他的王后，爱得毫无保留，而她也全心全意爱他。这样的故事只会以灾难收场。

——《童话与民间故事》
佛罗伦斯·德兰诺伊　著

佛罗伦斯·德兰诺伊，语言学家，历史学家，1432年生于维可瓦罗，并于1460年至1475年间担任帝国宫廷的书记与图书管理员。他孜孜不倦地研究民俗学与传说故事，发表了许多极具影响力的论文，那些文章堪称帝国北方地区语言学与文学历史上的里程碑。他最重要的作品包括《北方人的传说与传奇》《童话与民间故事》《意外惊喜，抑或上古血脉的神话》《猎魔人传说》，以及《猎魔人与女猎魔人——无尽地寻找》。他从1476年开始担任古劳皮安堡大学的教授，并于1510年在当地离世。

——《世界最大百科全书》第四卷
艾芬伯格与塔尔伯特　著

第八章

风从海上吹来,船帆随风飘动。针雨如细小的冰雹敲打在脸上,带来阵阵痛楚。从大运河涌入的河水泛着油光,在风吹雨打中起伏不定。

"大人,这边请。船已经准备好了。"

迪杰斯特拉叹了口气。他已经厌倦了海上旅行,只要能踩上平稳的堤岸和铺路石,哪怕只是一小会儿,都能让他欣喜若狂。但他又要回到摇摆不定的甲板上,一想到这儿,他的胃里就一阵阵不舒服。但他必须这么做。朗·爱塞特,柯维尔的冬季首都,与世界上的其他都城截然不同。在朗·爱塞特的港口,经海路到来的旅行者在石头码头上岸之后,会立刻搭乘下一艘船出发——那是一种船首很高,船尾却要矮得多的细长船只,通过划动数对船桨来行驶。朗·爱塞特建在水上,位于探戈河宽阔的河湾内。这座城市没有街道,取而代之的是运河,所有交通都由小艇进行。

他走上船去,正在等他的瑞达尼亚大使立刻致以问候。他们的船离开码头,船桨整齐地划开水面,小船开始移动,速度逐渐增加。瑞达尼亚大使保持沉默。

大使，迪杰斯特拉暗自心想，瑞达尼亚向柯维尔派遣大使有多少年了？超过一百二十年。也就是说，柯维尔和波维斯脱离瑞达尼亚王国有一百二十多年了。这期间发生了很多事。

波维斯和柯维尔位于普拉克希达海湾北部，有史以来一直是瑞达尼亚王国的采邑，崔托格的宫廷更将这两个地方视为王冠上的明珠。过去统治那儿的是自称"特洛伊登后裔"的伯爵们，他们继承了——或者说自称继承了——特洛伊登的血脉。特洛伊登是瑞达尼亚国王拉多维德一世——也就是众所周知的"大帝"——的弟弟。年轻时，特洛伊登就以"虚伪"和"卑劣"而著称。光是想象一下他成长后的样子，都让人满心畏惧，拉多维德一世自然也不能免俗。他对这个弟弟的憎恨远超瘟疫，所以为了摆脱特洛伊登，拉多维德一世任命他为柯维尔伯爵。因为对于瑞达尼亚王国来说，再没有比柯维尔更远的地方了。

从形式上说，柯维尔的特洛伊登伯爵只是瑞达尼亚的封臣，但与普通封臣不同，他不必承担任何责任与臣属义务。他甚至不用参与效忠仪式，只要承诺不会为害王国就好。有人说，拉多维德是怜悯他，知道"王冠上的明珠"交不出多少贡品和军队。而另一些人则声称，拉多维德只是不想见到伯爵，光是想想这个弟弟会带着金钱或军队出现在崔托格，他就恶心得想吐。事实究竟如何，没有人知道，但这情形就这么保留了下来。拉多维德一世驾崩多年之后，瑞达尼亚仍在实行大帝在位时制定的法律。首先，柯维尔是臣属国，但无需纳贡与出兵。其次，特洛伊登家族可以自行决定继承人。第三，崔托格不会插手特洛伊登家族的事务。第四，特洛伊登家族成员在国定假日不会受邀参加崔托格的庆典。第五，其他任何情况下也都不会邀请该家庭。

简而言之，没多少人知道北方发生了什么，也没人在乎。传到瑞达尼亚的消息——主要还是通过科德温——不是柯维尔伯爵与北方的小领主发生了什么冲突，就是他们与亨佛斯、玛琉尔、克雷伊登、塔尔哥或别的什么名字难记的国家又进行了同盟与战争之类。谁征服或吞并了谁啊，谁和谁拉关系成了姻亲啊，谁击败了谁要求纳贡啊，等等等等。但这些国家具体都有谁，这些事件的起因与结果究竟如何，瑞达尼亚并不十分清楚。

然而，北方的战事和冲突吸引了大批恶棍与冒险者，以及寻求刺激、财宝与致富机遇的人们。他们来自世界各地，甚至包括辛特拉和利维亚等偏远国家，但其中大部分还是瑞达尼亚人和科德温人。科德温有许多骑兵宁可叛逃也要跑去柯维尔，更有谣言说，其中为首的便是著名的爱蒂恩——科德温国王性格叛逆的私生女。在瑞达尼亚，有传闻说阿德·卡莱的宫廷打算占据北部诸国，进而夺取瑞达尼亚的王冠。有些人开始叫嚣必须使用军事手段介入该地。

然而，崔托格却公开宣布，他们对北方不感兴趣。根据王家法理学者的看法，现行的法律是相互作用的，既然柯维尔对王室不承担义务，王室也无需向柯维尔提供援助。尤其柯维尔也从未请求过援助。

与此同时，经历战争的多次洗礼之后，柯维尔和波维斯变得越来越强大，只是明白这事的人寥寥无几。国力提升最明显的征兆，便是出口贸易额越来越多。过去数十年里，人们总说"柯维尔唯一的财富便是沙子和海水"，但等到食盐工厂出现之后，这句玩笑便不再是玩笑了：柯维尔几乎垄断了全世界的玻璃与食盐市场。

尽管数以万计的人开始使用印有柯维尔工厂标志的玻璃容器，又用波维斯生产的食盐给汤调味,但在人们的印象中,那里仍是个偏僻、遥远、环境恶劣又充满敌意的国度。

在瑞达尼亚和科德温,有人会用"滚去波维斯或柯维尔"替代"下地狱吧"。师傅会对不听话的学徒说:"如果你不喜欢我,就滚去柯维尔吧,没人拦着你。"教授会这样训斥不守规矩的学生:"别把柯维尔的礼节搬到这儿来!"农民的儿子批评祖辈的犁地和休耕制度时,往往也会遭到回击:"你这么有本事,干吗不去波维斯啊?"

总之,谁不喜欢传统,谁就可以滚去柯维尔和波维斯,反正没人拦着你。

这些话听多了,人们渐渐意识到,通往柯维尔和波维斯的道路确实畅通无阻。于是,第二拨前往北方的移民潮开始了。跟前一次一样,这次的移民也是对现状不满,渴望得到更多东西的人们。只是这一次,他们不光是没有地产、无家可归的冒险者。

在前往北方的人中,有坚持所谓的"不现实"与"疯狂"理论的科学家。有坚信自己能打破主流观点的窠臼,制造出革命性新机械与新设备的工程师和发明家。有认为用魔法建造堤坝并非渎神的巫师。有认为谋求利润不分国境,必须摒弃故步自封思想与短浅目光的商人。还有听信了别人的说法,认为不毛之地也能化为良田,在北方气候下也能大量养殖牲畜的农夫和农场主们。

去北方的还有矿工和地质学者。他们认为,柯维尔荒无人烟的群山和丘陵就是确凿的证据——既然外表如此贫瘠,那么内部肯定潜藏着宝藏。因为大自然一向以平衡著称嘛。

那里的确潜藏着宝藏。

四分之一个世纪过去了,柯维尔利用矿产资源得到的利益超过了瑞达尼亚、亚甸和科德温三国的总和，这里开采和加工的铁矿石产业仅次于玛哈坎。然而，即便玛哈坎也要进口柯维尔的贵重金属，用以制造合金。柯维尔和波维斯的银、镍、铅、锡与锌矿石的开采量达到全世界的四分之一，铜矿石与天然铜的开采量则是二分之一，锰、铬、钛和钨矿石是四分之三，那些只以纯粹形态存在的金属——包括铂、铁金①和阻魔金——的开采量也同样达到了四分之三。

黄金的开采量更在全世界的百分之八十以上。

凭借这些黄金，柯维尔和波维斯买下了北方无法种植或养殖的一切，以及柯维尔和波维斯不会生产的一切。后者不是因为某些主观或者客观条件限制，纯粹是因为利润不够丰厚。柯维尔和波维斯的手艺人，还有那些背着行李远道而来的年轻人，如今的收入是瑞达尼亚或泰莫利亚的同行的四倍之多。

柯维尔开始与全世界贸易往来，还想进一步扩大贸易规模。但事与愿违。

瑞达尼亚国王换成了拉多维德三世，其人继承了伟大的曾祖父拉多维德大帝的名号、狡猾与贪婪。他被溜须拍马之辈称为"无畏者"，又被其他人称为"红王"。他注意到一件他的祖先们都忽略的事实：既然柯维尔的生意做得如此之大，为什么瑞达尼亚却见不到一个铜子儿？柯维尔只是个无足轻重的爵领，是臣属国，是瑞达尼亚王冠上一颗小小的明珠。作为臣属，柯维尔也该侍奉自己的君主了！

良机很快到来，瑞达尼亚与亚甸发生了边境冲突，地点一如既往是在庞塔尔山谷。拉多维德三世决定出动军队，并开始进行必要的准

---

①字面意思为含铁的黄金，是一种虚构的天然金铁合金。——译注

备。他制定了战时的特别税法，称之为"庞塔尔什一税"，要求所有国民和臣属国都必须缴纳税金，没有例外，包括柯维尔。红发国王不禁摩拳擦掌，柯维尔收入的十分之一可不是小数目！

瑞达尼亚的信使团去了庞德·维尼斯——在人们印象里，那不过是个只有木头栅栏的小村子。等他们回到国王身边，却带回了令人震惊的消息。

庞德·维尼斯才不是什么小村庄，而是一栋大城，是柯维尔王国的夏季首都，其统治者盖多维乌斯国王给瑞达尼亚国王的口信如下：

柯维尔王国不是任何人的臣属。崔托格的主张和要求缺乏理由，其依据也是早已不具效力的一纸空文。崔托格的国王从来都不是柯维尔的君主，只要查阅记录就能发现，柯维尔的领主从未向崔托格纳贡，也从未履行过军事义务，更重要的是，他们从未受邀参加过崔托格的国定假日庆典。别的日子也没有。

信使说，柯维尔国王盖多维乌斯向拉多维德三世表示歉意，但他压根没把拉多维德视为自己的君主，更别提缴纳什么什一税了。柯维尔的所有臣民也一样，他们只效忠柯维尔的国王。

言外之意，就是叫崔托格管好自己，别再插手独立王国柯维尔的事务。

红发国王的心里涌起冰冷的怒火。独立王国？外国？好哇，那我们就把柯维尔当做敌对的外国一并对付好了。

瑞达尼亚、科德温和泰莫利亚开始对柯维尔实行严厉打击。前往南方的柯维尔商人，无论愿意与否，都必须在瑞达尼亚的城市展示货物并出售，否则只能打道回府。同样的规定也适用于从南方北上柯维尔的商人。

至于走海路的柯维尔商船，一旦在瑞达尼亚或泰莫利亚的港口停靠，瑞达尼亚便会收取大量关税，其行径堪比海盗。当然了，商船肯定不愿缴纳这笔费用，也只会在没法逃走时才肯乖乖掏钱。于是，一系列在海上展开的猫抓老鼠游戏很快演变成暴力事件。一艘瑞达尼亚巡逻艇想拘捕一条柯维尔商船，但两艘柯维尔护卫舰立刻出现，往巡逻艇上放了把火，艇上的所有人也随之沉入大海。

这便是压垮骆驼的最后一根稻草。红王拉多维德打算给不听话的臣属上一堂礼仪课。四千人组成的瑞达尼亚军队跨过布拉河，科德温的远征军则朝坎恭恩进发。

两周后，幸存下来的两千瑞达尼亚军从相反方向渡过了布拉河。科德温的残兵败将则穿过米兰山脉隘口，灰头土脸地返回故乡。

北方金矿的另一个用途就此揭晓——柯维尔的常备军大概有二万五千人，都是精通战争与抢掠的专业人士。他们是从天涯海角涌来的雇佣军，但由于前所未见的慷慨报酬与合同上承诺的养老金，他们都对柯维尔王室死心塌地，愿意为了丰厚的奖赏赴汤蹈火。领导这些士兵的指挥官不仅经验丰富、天资过人，如今更变得异常富有。就连拉多维德三世与科德温国王邦达都十分熟悉他们，因为他们都曾在科德温和瑞达尼亚的军队服过役，后来却出人意料地离开了，如今则成了柯维尔的军官。

红王不是傻瓜，知道如何从失败中吸取教训。他安抚了鼓吹远征的将军们，也没听从商人们的建议：用贸易封锁来讨好科德温国王邦达，替他被毁灭的精锐部队复仇。他随后开始了和平对话，并被迫强压羞辱感吞下苦药——柯维尔王国答应谈判，但地点是在其境内的朗·爱塞特。立场倒转了过来。

他们以请求者的身份来到朗·爱塞特，迪杰斯特拉用斗篷裹紧自己，心中暗想，就像低三下四的乞丐。就像今天的我。

当初瑞达尼亚舰队进入普拉克希达海湾，朝柯维尔海岸进发，在旗舰阿拉塔号的甲板上，红王拉多维德、科德温国王邦达，以及诺维格瑞的主教——他充当调停人的角色——惊愕地看着翻涌的海浪，以及耸立在海浪之上那座要塞敦实的城墙与塔楼。要塞保护的正是庞德·维尼斯城的入口。在向探戈河口航行的途中，两位国王看到一座又一座港口、船厂与码头，看到森林般密集的桅杆，还有令人目眩的白色船帆之海。他们这才明白，柯维尔王国已经做好准备应对一切封锁、报复与高额关税了。他们显然也做好了称霸海洋的准备。

阿拉塔号驶入探戈河宽阔的河口，在石头码头下锚。出乎两位国王意料的是，接下来又是一场水上之旅。朗·爱塞特没有街道，取而代之的是运河，其中包括作为主干道与城市中线的大运河，它从码头径直通往柯维尔君主的居所。国王们乘上一艘饰有花环、漆着深红色与金色盾形纹章的排桨帆船：红王和邦达惊讶地认出了代表瑞达尼亚的老鹰，以及代表科德温的独角兽。

行驶在大运河上，两位国王及其随从扫视四周，沉默不语。更确切地说，他们是惊得说不出话来。他们自以为深知何谓财富与壮丽，但朗·爱塞特的富饶与奢华远远超出了他们的想象。

他们继续航行，途中经过气派的王国海军大厦，还有商人公会的办公室，岸边的人行道上满是身着鲜艳与豪华服饰的行人；他们从成排的贵族宅邸与商人大宅间穿过，运河水面倒映出装饰华丽却异常窄小的豪宅正墙。在朗·爱塞特，屋主必须根据房屋的正墙大小来交税——正墙越宽，税金也就越高。

唯一一栋正墙宽阔到浪费的建筑，正是柯维尔君主宏伟的冬季居所恩塞纳达宫。由王室夫妇，也就是柯维尔君主盖多维乌斯及其妻婕玛为首的迎宾委员会等在连接宫殿与运河河岸的台阶上。他们以宫廷之礼欢迎客人，态度恭敬到……出人意料。盖多维乌斯管拉多维德叫"亲爱的叔叔"，婕玛则微笑着称邦达为"亲爱的祖父"。盖多维乌斯自然是特洛伊登的后裔，巧合的是，婕玛是叛逆的爱蒂恩的后代——那位逃离了科德温的公主，其血管中流淌着阿德·卡莱历代国王的血脉。

亲缘关系改善了会面的气氛，也拉近了与会者之间的距离，但对谈判本身却毫无助益。"孩子们"简短地诉说了要求，"长辈们"侧耳聆听。他们在一份文件上签了字，后世称之为《朗·爱塞特第一条约》。为与随后签订的条约区分开来，第一条约还有个名字，取自条约序文最前面几个字——《海路自由通行条约》。

开放海路。通行自由。贸易自由。利润是神圣的。爱你的贸易、利润和邻舍，如同爱你自己。阻碍他人的贸易与利润是违背自然的行为。柯维尔不是任何国家的臣属。它是个独立、自主且中立的王国。

看起来，就算出于礼节，盖多维乌斯和婕玛也不会为了挽回拉多维德和邦达的颜面，做出哪怕一丁点儿的让步。但他们还是让步了。他们答应拉多维德，允许红王在官方文献里称自己为"柯维尔的国王"，直到他过世为止。他们也同意邦达使用"坎恭恩与玛琉尔的君主"这一头衔，直至其过世。

当然了，这些只是虚名而已。

盖多维乌斯和婕玛执掌王权二十五年，到他们的儿子杰拉德统治期间，特洛伊登家族灭亡了。随后，伊斯特里尔·蒂森——也就是蒂森家族的建立者——登上了柯维尔的王位。

在短短数十年间，柯维尔历代国王便与全世界的所有王朝成了血亲。他们严格遵守《朗·爱塞特条约》的内容，从不干涉邻国事务，也从不主张外国的继承权，尽管柯维尔的国王或王子不止一次有充足的理由继承瑞达尼亚、亚甸、科德温、希达里斯、维登，甚至利维亚的王位。强大的柯维尔也从未拓展疆土，从未将他们配有弩炮的战船派往外国的海岸，也从未想过争夺"海上霸主"的名号。对柯维尔王国来说，只要有《海路自由通行条约》，有海路通行与贸易自由，就已经足够了。柯维尔王国公开表现出对贸易和利润的崇尚。

以及不容置疑、毫不动摇的中立立场。

迪杰斯特拉正了正外套的海狸皮领子，保护自己的脖子免遭风吹雨打。他看了看周围，中断了沉思。大运河的水面看起来一片漆黑。透过迷雾，他能看到王国海军大厦。虽然它曾让朗·爱塞特引以为傲，但如今，它更像一所兵营。商人们的宅邸也失去了往日的光彩，狭窄的正墙似乎更窄了。**也许真的更窄了，迪杰斯特拉心想。如果伊斯特拉德王提高了税率，贪婪的屋主完全有可能把正墙修得更窄。**

"阁下，如此恶劣的天气持续多久了？"为打破恼人的沉默，他随口问了一句。

"从九月中旬就开始了，伯爵大人。"大使答道，"从满月那天起。今年的冬天会来得很早。塔尔哥已经迎来初雪了。"

"我还以为塔尔哥的雪一年四季都不停呢。"迪杰斯特拉说。

大使看了看他，断定这是句玩笑话，并非出于无知。

"在塔尔哥，"他也开起玩笑，"冬天从九月开始，到三月结束。那儿也有春秋之分。另外还有夏天……通常从八月第一个周二开始，然后在周三早上结束……"

迪杰斯特拉没笑。

"但即便在那儿,"大使的面孔阴云密布,"十月飘雪也是前所未见的事。"

与大多数瑞达尼亚贵族一样,大使也没法忍受迪杰斯特拉。光是接待这个特务头子,已经够耻辱了,摄政议会居然还任命迪杰斯特拉——而不是他——负责与柯维尔谈判,更是天大的羞辱。他,堂堂德·鲁伊特九世伯爵,出自大名鼎鼎的德·鲁伊特家族最知名的分支血脉,竟要称一个土包子暴发户为"伯爵大人",简直令他作呕。但身为一名老练的外交官,他出色地隐藏了自己的不满。

船桨富有节奏地一起一落,小艇飞快地滑过运河水面。他们刚刚经过了文化艺术宫,一座小巧却雅致的建筑。

"我们是要去恩塞纳达宫吗?"

"是的,伯爵大人。"大使确认道,"外交大臣特意表示,他希望在您到达后立刻与您会面,因此我会直接带您去恩塞纳达宫。到了晚上,我会用小艇接您到寒舍,望您赏脸与我共进晚餐……"

"抱歉,大使阁下。"迪杰斯特拉连忙打断他,"职责不允许我接受邀请。我还有很多事要尽快处理,只好牺牲享乐的时间了。我们可以改日再共进晚餐。改个更欢快、也更和平的日子。"

大使鞠了一躬,悄悄地松了口气。

迪杰斯特拉踏入恩塞纳达宫。当然了,走的是后门,但他对此感

到由衷地高兴。这座冬季王宫的主入口位于细长圆柱支撑的三角墙下，与大运河岸边的白色大理石台阶相连，看起来气势恢宏却长得要命。通往众多后门的台阶没那么壮观，但走起来却要轻松许多。尽管如此，迪杰斯特拉迈步时依然咬紧嘴唇，用比呼吸还轻的声音暗暗咒骂，免得让陪同的护卫、士兵与管家听到。

进入宫殿，等待他的是另一段台阶与另一番艰辛的攀登。迪杰斯特拉再次低声咒骂。小艇里的湿度、寒冷和难受的姿势让他的腿——骨头被打断，然后用魔法治好的腿——又开始隐隐作痛了。随之浮现的还有不堪回首的记忆。迪杰斯特拉咬紧牙关。他知道，猎魔人的腿骨也被人打断了。他很开心，觉得那家伙真是恶有恶报。他强烈地希望猎魔人的断腿之痛要多厉害有多厉害，要多长久有多长久。

王宫外已是漆黑一片，王宫走廊同样被黑暗笼罩。一位沉默的管家领着他们穿过一段通道，其间有一排手捧蜡烛的男仆提供照明。管家又领着他们经过一扇大门，门前的卫兵手持长戟，神情紧张，姿势僵硬，好像屁股里也插着一根长戟似的。然后又是一排男仆和蜡烛，烛光刺痛了他的眼睛。如此铺张的欢迎让迪杰斯特拉不禁有些吃惊。

他走进房间，更是惊讶得停下了脚步。他赶忙鞠躬。

"欢迎，迪杰斯特拉。"柯维尔、波维斯、纳洛克、维尔哈德与塔尔哥的国王伊斯特拉德·蒂森说道，"别站在门口，过来，靠近点儿。别这么拘谨，这不是正式接见。"

"国王陛下，王后陛下。"

对于他毕恭毕敬的鞠躬，伊斯特拉德的妻子泽丽卡王后只是微微点点头，手里的钩针一刻不停。

除了国王夫妇，房间里一个人都没有。

"没错,"伊斯特拉德注意到他的目光,"我只想单独……抱歉,是我们三个私下谈谈。我认为这样才最合适。"

迪杰斯特拉坐进伊斯特拉德对面的椅子。国王围着貂皮围脖,披着深红色斗篷,戴着与外套相衬的天鹅绒帽子。他就像每个蒂森家族的男人一样,个子高挑,体格强壮,而且帅得离谱。他始终显得健康又壮实,像个刚刚从海上归来的水手,光是看着他,你就能闻到冰冷的海水与腥咸的海风的味道。同样跟所有的蒂森家族成员一样,这位国王的确切年龄很难猜。看着他的头发、皮肤和双手——这些部位很容易暴露年龄——你会觉得伊斯特拉德应该在四十五岁上下。但迪杰斯特拉知道,国王已经五十六岁了。

"泽丽卡,"国王朝妻子凑近些,"看看他。如果事先不知道,你会相信他是个密探吗?"

泽丽卡矮小而丰满,外表朴素到令人同情。看那身穿着打扮,她明显与时尚绝缘。她穿着肥大的灰色衣物,把头发藏在软帽里,而那软帽估计是她祖母传下来的。她没戴首饰,也没有化妆。

"《圣书》里说过,"她用柔和悦耳的声音说道,"评断邻舍应当谨慎,因为我们也会被对方评断。以貌待人尤不可取。"

伊斯特拉德·蒂森朝妻子投去温柔的目光。他深爱着她,这绝非秘密。在长达二十九年的婚姻里,他的爱火始终没有减退,至今仍在熊熊燃烧。据说伊斯特拉德从未背叛过泽丽卡。对于这种难以置信的传闻,迪杰斯特拉没什么特别的想法,但他确曾三度安排女性密探去讨国王的欢心,以便收集情报,结果都无功而返。

"我不喜欢拐弯抹角,"国王说,"所以我就把私下谈话的原因直接告诉你吧。原因有好几个。首先,我知道你不会回避贿赂手段。说实话，我相信我手下的官员，但何必让他们面对巨大的诱惑和考验呢？你打算拿多少钱贿赂我的外交大臣？"

"一千诺维格瑞克朗。"密探眼都不眨地说，"如果讨价还价，我可以给到一千五。"

"所以我喜欢你。"片刻的沉默过后，伊斯特拉德说，"你就是个该死的杂种，让我想起了我的年轻时代。我看着你，就像看到当年的自己。"

迪杰斯特拉欠了欠身以示感谢。他只比国王年轻八岁。他敢肯定，伊斯特拉德清楚这一点。

"你是个该死的杂种，"国王皱着眉头重复道，"但又是个正派而诚实的杂种。在这扭曲的时代，这种品质相当罕见。"

迪杰斯特拉又欠了欠身。

"你瞧，"伊斯特拉德续道，"每个国家都能找到追求理想的狂热分子。他们醉心于自己理想中的社会秩序，什么事都干得出，包括令人发指的罪行。按他们的说法，只要目的正当，手段和行为都不重要。他们认为自己不是在杀人，而是在维护秩序；他们不是在拷打或勒索，而是在保护国家权益，为秩序而斗争。如果某个个体妨碍了他们的教条，或是他们确立的规范，那个个体的生命就变得无足轻重。但他们始终没意识到，自己服务的社会正是由个体组成的。他们的眼界还真是'开阔'啊……拥有如此的眼界，无视他人也就顺理成章了。"

"这是尼哥底母·德·布特的话。"迪杰斯特拉说道。

"很接近，但还差了一点。"柯维尔国王露出石膏般雪白的牙齿，"是科沃的维索戈塔。作为哲学家和道德学家，他的名气略显逊色，但同样非常优秀。我推荐你读读他的著作。你的国家应该还留有几本他的书,肯定没全烧光。不过还是说重点吧。你,迪杰斯特拉,也会不择手段,会耍阴谋诡计,会贿赂、勒索和拷打。宣判别人死刑,或者下令暗杀时,你连眼睛都不会眨一下。没错,你所做的一切都是为了你忠心侍奉的王国,但这没法替你开脱,也没法赢得我的同情。完全不能。你很清楚。"

密探头子点点头,表示他是很清楚。

"可是你,"伊斯特拉德说,"如我所说,是个有操守的杂种,所以我欣赏并尊敬你,这也是我私下接见你的原因。因为你,迪杰斯特拉,有过无数次成为百万富翁的机会,但你这辈子没做过任何中饱私囊的事,也没在国库里偷过一个便士,连半个法新都没有。你瞧,泽丽卡!他是真的脸红了,还是我眼花看错了?"

王后放下手里的针线活儿,抬起头来。

"等你看到谦逊的色彩,就会知道真实的模样。"她又引用了《圣书》中的话,其实她在密探头子脸上没看到半点红晕。

"好了,"伊斯特拉德说,"回到正题吧。他是怀着爱国者的责任漂洋过海的。他的祖国瑞达尼亚正深陷危机。自从国王维兹米尔不幸身亡,那里便被混乱所支配。统治瑞达尼亚的是一群名为'摄政议会'的白痴贵族,我的泽丽卡啊,这伙人不会为瑞达尼亚做任何事。危机来了,他们会逃跑,或者跪下,像狗一样舔舐尼弗迦德皇帝用珍珠装饰的靴子。那群家伙蔑视迪杰斯特拉,因为他是个密探、杀手和暴发户,但漂洋过海打算拯救瑞达尼亚的人也是迪杰斯特拉。这就能证明真正关心那个王国的是谁。"

伊斯特拉德·蒂森顿了顿,喘了口气,又正了正略微盖住额头的帽子。

"所以，迪杰斯特拉，"国王说，"你的王国正面临怎样的危难？我是说，除了财政紧张之外。"

"除了财政紧张之外，"密探的脸像用石头雕刻出来似的，"什么危难都没有，每个人都很健康，谢谢您的关心。"

"哦。"国王点点头，再次把滑下的帽子戴正，"哦，我懂了。我明白你的意思，甚至要击节叫好了。只要你们有了钱，就能买下对应所有病症的良药。重要的是资金。可你们没有资金，如果有，你就不用来这儿了。我说得对吗？"

"毫无疑问。"

"纯粹出于好奇，你们需要多少？"

"不多。一百万。"

"不多？"伊斯特拉德做了个夸张的手势，又用双手按住帽子，"这叫不多？哎呀哎呀。"

"对于陛下您，"密探喃喃道，"这是笔小数目……"

"小数目？"国王放开帽子，双手抬向天花板，"哎呀哎呀！一百万只是小数目——泽丽卡，你听到了吗？你明不明白，迪杰斯特拉，有这一百万和没这一百万，里外里就是两百万啊？我明白你和菲丽芭·艾哈特急着建立对抗尼弗迦德人的防线，可你们想怎么做？买下整个尼弗迦德？"

迪杰斯特拉没答话。泽丽卡专心钩针。在此期间，伊斯特拉德假装在欣赏画在天花板上的裸体宁芙。

"跟我来。"他突然站起身，朝密探头子点点头。他们走到一幅巨大的油画旁边，画上是盖多维乌斯王骑着一匹灰马，用权杖指着画布外的某样东西——多半是在指挥军队前进。伊斯特拉德从口袋里掏出一支镀金的小木棒，碰了碰画框，用比呼吸还轻的声音念出一句咒语。盖多维乌斯和灰马消失不见了，取而代之的是张已知世界的地图。国王用木棒碰了碰地图边缘，它神奇地改变了比例，将雅鲁加河谷和四个王国所在的区域放大。

"蓝色是尼弗迦德，"他解释道，"红色是你们的王国……剩下的部分。你在看什么？看这儿！"

迪杰斯特拉将目光抽离其余的油画——大多数是航海的场景。他想知道其中哪些是伪装。众所周知，伊斯特拉德手上有记录柯维尔商业情报和军事部署的地图，还有将通过勒索与贿赂确立的线人、业务联系人、破坏分子与雇佣杀手全部记录下来的情报网络图。他知道国王有这几张图表，也一直在努力寻找，却徒劳无功。

"红色是你们的王国。"伊斯特拉德重复道，"看起来不妙，是吧？"

是不妙。迪杰斯特拉在心里承认。最近他除了看战略地图几乎什么都没干，但看着伊斯特拉德这张地图，情况似乎更加恶化了。蓝色区域的形状就像可怕巨龙的血盆大口，随时准备咬住并撕裂可怜的红色区域。

伊斯特拉德看看周围，寻找能充当教鞭的东西，最后拔出一柄装饰用的细剑。

"尼弗迦德，"他开始上课，必要时用细剑来指示，"对莱里亚和亚甸宣战的理由是，位于前线的格里维辛根要塞遭到了袭击。我没兴趣弄清谁真的袭击了格里维辛根要塞，谁又伪装成了谁。其实亚甸和泰莫利亚都制订了同样的计划，但要纠结恩希尔比他们领先了多少天或多少个钟头，已经没什么意义了。我会把这些问题留给历史学家去头疼。我感兴趣的是当前的处境,以及明天会发生的事。此时此刻,尼弗迦德人正驻扎在多尔·安哥拉和亚甸,并以精灵国度多尔·布雷坦纳作为缓冲带和庇护所。而与精灵国度接壤的,是曾经属于亚甸,现在归属科德温的一块领土——换个比较形象的说法,科德温国王亨赛特从恩希尔嘴里抢下这块肥肉,自己吃下了肚。"

迪杰斯特拉未置一词。

"至于亨赛特国王的品行,我也打算留给历史学家去评断。"伊斯特拉德续道,"但只要看看这张地图,你就会发现一件事:亨赛特吞并北部领地之后,也就挡住了恩希尔向庞塔尔山谷进军的路线,并且保护了泰莫利亚的侧翼,以及你们瑞达尼亚的侧翼。你应该感谢他。"

"我会感谢他的。"迪杰斯特拉低声说,"不过只在心里默默感谢。亚甸国王德马维正在崔托格做客,他对亨赛特的品行可是相当直言不讳。他习惯使用简短而有力的字眼。"

"我想象得到。"柯维尔国王点点头,"这个话题先放到一边,再看看雅鲁加河南边吧。攻击多尔·安哥拉时,恩希尔跟泰莫利亚的弗尔泰斯特单独签署了和约,从而确保了侧翼的安全。但在结束了与亚甸的战争之后,皇帝立刻撕毁和约,攻打了布鲁格和索登。凭借懦弱的和约,弗尔泰斯特只得到两周的和平。确切说是十六天。而今天是十月二十六日。"

"的确。"

"十月二十六日的局势如下:索登和布鲁格已被占领。玛伊纳和拉兹瓦要塞已经沦陷。泰莫利亚军队在马里波之战败北,被迫撤回北方。马里波正遭受围攻。今天早上,他们仍在坚持。但现在已是晚上了,迪杰斯特拉。"

"马里波会守下去的。尼弗迦德人不可能彻底包围他们。"

"这话不假。他们过于深入敌境,因此拉长了补给线,也暴露出侧翼的弱点。在冬天到来之前,他们就会被迫停止攻城,撤回雅鲁加河,并且收缩前线。但明年春天又会发生什么呢,迪杰斯特拉?等青草钻出雪地,又会发生什么?来吧,看看这张地图。"

迪杰斯特拉听话地照办。

"看看这张地图,"国王重复一遍,"我会告诉你,恩希尔·瓦·恩瑞斯会在明年春天做什么。"

"等春天到来,他会发动一场空前庞大的进攻。"卡席雅·凡·坎亭在镜子前整理她的金色卷发,同时大声说道,"哦,我知道消息本身算不上新鲜,就连围着水井的农妇都会拿来闲聊。"

艾希蕾·瓦·阿纳兴今天很生气,而且很不耐烦,但她努力控制住情绪,没有质问对方为何提起这种无人不知的情报。艾希蕾了解坎塔蕾拉。既然她能提到这件事,就肯定有充足的理由,她最后得出的结论通常也是正确的。

"只不过,我比农妇们知道得多一些。"坎塔蕾拉说,"瓦提尔把他与皇帝会面时讨论的问题都告诉我了。他甚至还带了个装有地图的文件包。等他睡着,我又看了一遍……还要我继续说吗?"

"当然。"艾希蕾眯起眼睛,"亲爱的,说吧。"

"主要进攻目标当然是泰莫利亚——包括庞塔尔河、诺维格瑞、维吉玛与艾尔兰德。门诺·库霍恩指挥的中央集团军负责这部分攻势。

侧翼部队是东部集团军,他们将在庞塔尔山谷和科德温进攻亚甸……"

"科德温?"艾希蕾扬起眉毛,"难道说,由于战利品已瓜分完毕,所以脆弱的友谊走到终点了?"

"科德温威胁到了军队右翼,"卡席雅·凡·坎亭略微张开嘴巴,她的樱桃小口与言语中的战略智慧形成强烈的反差,"攻击他们只是防患于未然。东部集团军会牵制住亨赛特国王,免得他派军支援泰莫利亚。"

"至于维登的集团军,"金发女子续道,"将从西侧发起攻击,他们的任务是控制希达里斯,封锁诺维格瑞、苟斯·维伦和维吉玛。总参谋部预计,这三处的围城战将持续很久。"

"你还没说两支集团军的指挥官叫什么。"

"东部集团军是阿达尔·爱普·达西。"坎塔蕾拉笑着说道,"维登集团军是约阿希姆·德·维特。"

艾希蕾吃惊地眨了眨眼。

"有意思,"她说,"这两位都被恩希尔得罪过——他们的女儿都被踢出了皇后候选人名单。我们的皇帝陛下要么十分天真,要么十分聪明。"

"就算恩希尔对贵族们的密谋有什么了解,"卡席雅说,"也不是从瓦提尔这里知道的。瓦提尔完全没跟皇帝提过。"

"继续说。"

"这次进攻的规模前所未有。把前线、后备、辅助和殿后部队都计算在内,参与军事行动的人将有三十万。当然了,还有精灵。"

"开战日期呢?"

"还没确定。主要问题是补给,而补给取决于道路状况。没人能预料冬天会在何时结束。"

"瓦提尔还说了什么?"

"那个可怜虫吐了好多苦水。"坎塔蕾拉的牙齿闪闪发亮,"当着其他人的面,皇帝再次羞辱并斥责了他。理由依然是史提芬·史凯伦和他整个部门的神秘失踪。恩希尔公开表示瓦提尔不称职,说他作为军事情报部门的首脑,没能耐让人不留痕迹地消失,反而因为别人的失踪而束手无策。他就这个话题说了个恶毒的双关语,瓦提尔没能准确复述。皇帝还用说笑的语气问瓦提尔:这是否意味着帝国内部还有一个连他都不知晓的情报组织。我们的皇帝真够狡猾的。他差点儿就猜中了。"

"是差点儿。"艾希蕾喃喃道,"还有什么,卡席雅?"

"瓦提尔安插在史凯伦手下的密探——那人叫聂拉汀·西卡——也跟着史凯伦一起消失了。瓦提尔肯定相当看重他,因为他的消失让瓦提尔大为光火。"

我,艾希蕾心想,同样因为杰蒂亚·梅凯瑟的失踪而郁郁不乐。但我跟瓦提尔·德·李道克斯不同,我很快就知道了真相。

"里恩斯呢?瓦提尔没再跟他联络过?"

"我想没有。瓦提尔没提过。"

两人同时陷入沉默。最后,艾希蕾的猫用响亮的呼噜声打破了寂静。

"艾希蕾女士。"

"说吧,卡席雅。"

"这种没脑子情人的角色,我还要扮演多久?我想回学校,专心做学术研究……"

"快了，"艾希蕾打断她，"再等一段时间就好。坚持住，好姑娘。"

坎塔蕾拉叹了口气。

她俩结束谈话，相互道别。艾希蕾·瓦·阿纳兴把猫赶下椅子，又读了一遍芙琳吉拉·薇歌从陶森特寄来的信。她再次陷入沉思，因为这封信唤起了她的不安。艾希蕾觉得薇歌字里行间另有深意，但她解读不出来。

当尼弗迦德女术士艾希蕾·瓦·阿纳兴启动传影镜，与瑞达尼亚的蒙特卡沃城堡取得联系时，已经是深夜时分了。

菲丽芭·艾哈特穿着一条肩带很细的短睡袍，脸和脖子上都点缀着唇膏印。艾希蕾好不容易才掩饰住自己的不悦。**看来我永远都不会理解这种事。我也不想理解。**

"方便说话吗？"

菲丽芭的手挥了个半圈，用魔法光球裹住自己。

"现在方便了。"

"我有消息要告诉你。"艾希蕾干巴巴地说，"消息本身算不上新鲜，就连围着水井的农妇都会拿来闲聊。不过……"

◆━━▶ ◀━━◆

"整个瑞达尼亚，"伊斯特拉德·蒂森看着地图说，"目前能征募到三万五千名可以上前线的士兵，其中四千是重骑兵。当然了，这只是估算。"

迪杰斯特拉点点头。国王的估算相当准确。

"德马维和米薇当初的部队也差不多,但恩希尔只用二十六天就击溃了他们。如果不能在短时间内增强兵力,瑞达尼亚和泰莫利亚也将是同样下场。我赞同你的想法,迪杰斯特拉,你和菲丽芭·艾哈特的想法。你们需要士兵。你们需要经验丰富、训练有素且装备精良的骑兵。你们需要价值超过一百万林塔的马匹。"

密探头子点点头。国王的计算准确无误。

"然而,你也知道,"国王冷冷地续道,"柯维尔过去是、将来也会是中立王国。我们与尼弗迦德帝国签过和约,签字双方是我祖父伊斯特里尔·蒂森和当时的帝国皇帝费格斯·瓦·恩瑞斯。和约条款不允许柯维尔支援尼弗迦德的敌人。金钱和部队都不行。"

"等恩希尔·瓦·恩瑞斯解决了瑞达尼亚和泰莫利亚之后,"迪杰斯特拉清了清嗓子,"他会放眼北方。恩希尔不会满足的。要不了多久,你们的和约就将变成一纸空文。刚才您也说了,泰莫利亚国王弗尔泰斯特与尼弗迦德的和约只换来十六天和平……"

"哦,亲爱的,"伊斯特拉德笑了,"这样的论点,凭良心说我无法接受。和约就像婚姻:不能带有可能被背叛的念头,也没有任何猜疑的余地。没法认同这些,你就不应该结婚。虽然不是每个男人都必须结婚,但我要说,用'害怕外遇'作为独身的借口,实在又荒谬又可悲。在婚姻问题上,没有所谓的'万一'……只要没外遇,就没必要去谈;如果发生了,再谈也没意义。既然我们说到外遇,那位漂亮的玛丽的丈夫——瑞达尼亚财务大臣德·梅希侯爵最近身体如何?"

"陛下,"迪杰斯特拉僵硬地一欠身,"您的情报源真让人羡慕。"

"是啊,没错。"伊斯特拉德承认,"如果你知道他们的数量和能力,肯定会大吃一惊的。不过你的手下也毫不逊色。我是说你在我的宫殿和庞德·维尼斯安插的那些。我敢保证，他们每一个都担得起'顶尖'二字。"

迪杰斯特拉连眼睛都没眨一下。

"恩希尔·瓦·恩瑞斯，"伊斯特拉德看着天花板上的宁芙，续道，"也巧妙地安插了优秀的密探。因此我重复一遍：柯维尔王国保持中立的理由，就是'有约必守'原则。柯维尔不会违反和约。哪怕另一方有可能毁约，柯维尔也不会。"

"恕我斗胆提醒您一句，"迪杰斯特拉说，"瑞达尼亚并没有劝说柯维尔违反和约。瑞达尼亚绝不是为了对抗尼弗迦德而寻求柯维尔的同盟或军事援助。瑞达尼亚只想……借一笔小钱，将来会还的……"

"我不认为你们会还这笔钱，"国王打断他，"所以我一个子儿也不会借。你也不用拿这些伪善的借口来掩饰了，迪杰斯特拉，因为你的表情就像见了肉的饿狼。你还有别的论点吗？严肃、睿智或一针见血的那种？"

"恐怕没有了。"

"幸好你只是个密探。"沉默片刻后，伊斯特拉德·蒂森说，"要是做生意，你这种人成不了气候。"

◆━━▶━━◀━━◆

自打世界诞生那天起，所有王室夫妇都会分房睡。国王会临幸王后的房间——频率因人而异——当然王后有时也会突然造访国王。完事之后，他们会回各自的卧室和床榻休息。

在这方面，柯维尔的王室夫妇是个特例。伊斯特拉德·蒂森和泽丽卡始终睡在同一间卧室的同一张大床上。

入睡之前,泽丽卡会戴上眼镜——这是她羞于让臣民们看到的东西——阅读《圣书》。伊斯特拉德·蒂森通常会说些闲话,这个夜晚也不例外。伊斯特拉德戴上他的睡帽,拿起权杖。他喜欢把玩权杖,但不会在公开场合这么做,因为他担心臣民会说他狂妄自大。

"知道吗,泽丽卡,"他坦白说,"最近我开始做怪梦。我好几次梦到我妈妈。她站在我面前,一遍又一遍地对我说:'我给坦科里德找了个妻子,我给坦科里德找了个妻子。'然后她带来个漂亮又年轻的女孩给我看。泽丽卡,你知道那女孩是谁吗?是卡兰瑟的外孙女希瑞。泽丽卡,你还记得卡兰瑟吧?"

"我当然记得,夫君。"

"辛特拉的希瑞菈,"伊斯特拉德把玩权杖,继续说道,"据说将会嫁给尼弗迦德的恩希尔。那位皇帝的打算让所有人都大吃一惊……所以说,她怎么可能成为坦科里德的妻子?"

"我们的坦科里德,"王后说起儿子时,语气总会特别温柔,"需要个女人。或许只要他定下心……"

"也许吧,"伊斯特拉德叹了口气,"虽然我表示怀疑。不管怎么说,结婚嘛,可以试试。唔……这个希瑞……哈!柯维尔和辛特拉。雅鲁加河口!听起来不错。这场婚姻……这个联盟……都不算坏。可如果恩希尔已经看上了那个小家伙……那她为什么会出现在我的梦里?我为什么会做这种毫无意义的梦?你肯定记得,秋分日我曾惊醒过……哦,那可真是个噩梦,幸好我不记得细节了……嗯……我是不是该找个占星师?或者占卜师?灵媒?"

"席儿·德·坦沙维耶女士就在朗·爱塞特。"

"不，"国王皱起眉头，"我可不想见那女术士。她太聪明，就快变成下一个菲丽芭·艾哈特了！这些女术士的气场都太过强大，让人没法信任她们，或者赋予她们特权。"

"您一如既往地正确，夫君。"

"唔……可我的梦……"

"《圣书》里说："泽丽卡翻过几页，"人睡觉时，诸神会让他们敞开双耳，并与他们对话。先知雷比欧达也教导过我们：在梦里，你会见证非凡的智慧，也可能目睹非凡的愚蠢。重要的是懂得分辨。"

"让坦科里德跟恩希尔看上的新娘结婚，听起来可不像非凡的智慧。"伊斯特拉德叹了口气，"如果我真能在梦里见识到智慧，那可就太好了。问题在于迪杰斯特拉这次拜访，这事很难处理。你也知道，我最亲爱的泽丽卡，尼弗迦德随时可能挥军北上，征服诺维格瑞。这可不是值得高兴的事，毕竟诺维格瑞人对世事的看法——包括我们的中立——跟南方人大相径庭。要是瑞达尼亚和泰莫利亚能阻止尼弗迦德的进军，并将他们赶回雅鲁加河一带，那就太好了。可动用我们的金钱来实现这些真的正确吗？亲爱的，你在听吗？"

"我在听，夫君。"

"你是怎么认为的？"

"《圣书》里蕴含着一切智慧。"

"你的《圣书》提到迪杰斯特拉来找我们借一百万林塔吗？"

"《圣书》，"泽丽卡眨了眨镜片后的双眼，"不会提及不足以道的俗事。但有段话是这么说的：施比受更有福，以善意帮助穷困乃高尚之举。上面还说：散尽家财，会让你灵魂高贵。"

"也会让你口袋空空。"伊斯特拉德·蒂森嘀咕道，"泽丽卡，除了跟灵魂高贵有关的段落,那本书上有关于生意的智慧吗?比方说……它怎么看待等价交换?"

王后正了正眼镜,飞快地翻动书页。

"于是他们将外邦神像全部交给雅各,雅各将它们藏了起来。"

伊斯特拉德沉默良久。"还有,"最后他缓缓问道,"其他的吗?"

泽丽卡在《圣书》里翻找。

"在先知雷比欧达的《智慧集》里,"很快,她宣布,"我有了些发现。要读出来吗?"

"请吧。"

"于是先知雷比欧达说:的确,对穷困之人应当慷慨解囊。但与其赠予整个甜瓜,不如只给半个,对穷人而言,这更像交了好运。"

"半个甜瓜,"伊斯特拉德·蒂森哼了一声,"你是说五十万林塔吧?泽丽卡,有这五十万和没这五十万,里外里就是一百万呀,这点你明白吗?"

"我还没说完呢。"王后从镜片后透出严厉的眼神,用责怪的语气说,"先知雷比欧达接下来说:更好的做法是只给穷人四分之一个甜瓜,而最好的做法是让别人给穷人一整个甜瓜。因为我要告诉你,不管什么时候,肯定存在拥有一整个甜瓜、而且愿意送给穷人之人——不是出于慷慨,就是出于各种不同的理由与算计。"

"哈!"柯维尔国王用权杖敲了敲床头几,"这位先知真是个聪明人!安排别人来代替我?我喜欢这主意——简直是金玉良言。再看看先知的《智慧集》,亲爱的泽丽卡。我相信你会找到办法,帮我解决瑞达尼亚的问题,再变出瑞达尼亚想用我的钱招募的军队。"

泽丽卡又翻了一会儿书,最后读道。

"一日，先知雷比欧达的门徒来找他，说：'请给我建议，老师，我该怎么做？我的邻舍想要我最喜欢的狗。如果我把狗给他，我的心会悲伤到碎掉。可如果我不给他，他会郁郁寡欢，因为我的拒绝伤害了他。我该怎么做？''比起你心爱的狗，'先知问，'你有不那么喜欢的东西吗？''有的，老师。'门徒答道，'我有只顽劣的猫，我从没喜欢过它。'于是先知雷比欧达说：'带上你的猫，把它送给你的邻舍。这一来，你会得到双倍的幸福。你摆脱了猫，你的邻舍也会欢喜。虽然大多数情况下，你的邻舍不大会满意这份礼物，但他会喜欢自己得到礼物的事实。'"

伊斯特拉德沉默一会儿，眉头紧蹙。

"泽丽卡？"他最后问，"这是同一个先知说的话吗？"

"带上你的猫……"

"我已经听过了！"国王大喊一声，但马上软化下来，"请原谅，亲爱的，我只是不明白这跟猫有什么关系……"

他沉默下来，陷入深思。

八十五年后，局势发生了翻天覆地的变化，人们已经可以毫无顾忌地谈论某些事了，克雷伊登公爵奎斯卡德·弗缪伦——伊斯特拉德·蒂森的外孙，也就是伊斯特拉德的长女高蒂穆妲之子——如是说道。奎斯卡德公爵已是头发花白的老人，但他对有些事依然记忆犹新。为了对抗尼弗迦德，瑞达尼亚添置了许多骑兵装备，总共花费一百万林塔，这笔钱究竟来自何处，也是奎斯卡德公爵披露给世人的。与人

们预想的不同,这一百万资金并非来自柯维尔国库,而是来自诺维格瑞的政府金库。奎斯卡德说,伊斯特拉德·蒂森之所以能从诺维格瑞拿到这笔钱,是因为他们投资了当时刚成立不久的海外贸易公司。矛盾之处在于,这些公司是在尼弗迦德商人的积极配合下成立的。可敬的公爵大人等于在说,正是尼弗迦德人在某种程度上出资组建了瑞达尼亚的军队。

"我的外祖父,"奎斯卡德·弗缪伦回忆道,"说过一段关于甜瓜的话,还露出狡猾的笑容。他说,愿意资助穷人之人还是存在的,哪怕目的只是出于算计。他还说,既然尼弗迦德人自己也帮忙增强了瑞达尼亚军的战斗力,那他们也就没资格责怪别人喽。

"然后,外祖父找来我父亲——他当时是情报和内务部门的首脑。听到外祖父的命令,我父亲陷入恐慌。因为这命令是要赦免罪犯,超过三千人将免于囚禁、拘留和流放。除此之外,他还要取消对数百人的软禁。

"不,那些人可不只是窃贼、普通罪犯和雇佣兵。特赦还涵盖所有政治方面的异议分子,甚至包括被推翻的莱德王的支持者。内务大臣震惊不已,他替我的外祖父感到担忧。

"这时,"公爵说,"外祖父大笑起来,好像听到个特别好笑的笑话。然后他说——他说的每个字我都记得——'真可惜,先生们,你们从没在睡前读过《圣书》。如果你们读过的话,就该明白你们君主的想法了。你们先在无法理解的情况下服从命令吧。但你们没必要担心,你们的君主知道自己在干什么。现在,走吧,把我那群顽劣的猫统统放走。'

"'顽劣的猫',这是他的原话。当时没人能料到,这群'顽劣猫'

将来竟成了荣誉加身的英雄与将领。外祖父的'猫'都是些名闻遐迩的佣兵——'永别了'亚当·潘葛拉特、劳伦佐·摩拉、胡安·弗龙蒂诺·古铁雷斯……还有茱莉娅·艾巴特马克,也就是后来在瑞达尼亚众所周知的'小美猫'……你们这些年轻人已经不记得了,但当年我们玩游戏时,每个男孩都想扮成'永别了'潘葛拉特,而每个女孩都想扮成'小美猫'茱莉娅……可对我外祖父来说,他们就是一群顽劣的猫。"

"然后,"奎斯卡德·弗缪伦喃喃道,"外祖父拉着我的手,领我去阳台,外祖母泽丽卡正在那里喂海鸥。外祖父说……说……"

老人缓慢而费力地回忆起八十五年前,在恩塞纳达宫的大运河阳台上,伊斯特拉德·蒂森对他妻子泽丽卡王后说过的话。

"你知道吗,我最亲爱的王后,我看过先知雷比欧达的另一句智慧箴言,正因如此,我才会把猫送去瑞达尼亚,因为最终这会让我得益。我的泽丽卡啊,猫是会回家的。猫始终都会回家。而我的猫每次回家,还会带回酬劳、战利品和无数财富……然后我就能向他们收税了!"

伊斯特拉德·蒂森最后一次与迪杰斯特拉谈话时,两人选择了单独会面,就连泽丽卡也没到场。当然了,在那间宽敞的舞厅的地板上,还坐着个十岁大的男孩,但他不能计算在内,因为他正忙着玩锡铁玩具兵,根本没听他们的对话。

"这是奎斯卡德,"伊斯特拉德朝男孩点点头,解释道,"我的外孙,是高蒂穆妲和那个无赖弗缪伦公爵的儿子。如果坦科里德·蒂森没能继位……如果坦科里德遭遇不测……这小家伙就是柯维尔仅存的希望了。"

迪杰斯特拉早就知道柯维尔王国以及伊斯特拉德个人面临的难题。他知道伊斯特拉德早就对坦科里德失望了。即便那个年轻人有可能当上国王，也只会是个糟糕的国王。

"你来这里要办的事，"伊斯特拉德转了话题，"基本上已经解决了。你可以考虑该怎么把这一百万林塔花在刀口上了——这笔钱很快会出现在崔托格的国库里。"

他弯下腰，拾起一只漆着华丽油彩的锡铁玩具兵——那是个举着剑的骑手。

"带上这个，好好保管。只有能拿出另一个完全相同的小锡兵的人才是我的信使，无论他看上去像不像。你不能相信我手下任何一个知情人。只要拿不出小锡兵，那人一定是奸细。你怎么对待奸细，就怎么对待他好了。"

"陛下，瑞达尼亚不会忘记这事。"迪杰斯特拉鞠躬行礼，"我希望以其名义，向您表达感激之情。"

"不用了。为了讨好我的外交大臣，你不是带了一千克朗吗？交出来就行了。难道讨好国王就不需要表示表示？"

"陛下，可这有失您的身份……"

"是啊，的确是这样。把钱交出来，迪杰斯特拉。有这一千和没这一千……"

"里外里就是两千了。我明白。"

在恩塞纳达宫的偏远角落,一个相对小得多的房间里,女术士席儿·德·坦沙维耶正专心而严肃地听着泽丽卡王后的讲述。

"完美,"她点点头,"相当完美,王后陛下。"

"我完全是照你的建议说的,席儿女士。"

"谢谢。我也要再次向您保证,我们的行为完全出于正当的理由。是为了国家的利益。还有王朝的利益。"

泽丽卡王后清了清嗓子,嗓音微微起了变化。

"那……席儿女士,坦科里德呢?"

"我给过您保证。"席儿·德·坦沙维耶语气冰冷,"我再次向您保证,我会用帮助回报您的帮助。陛下您可以睡个安稳觉了。"

"我也想,"泽丽卡说,"非常想。但说到做梦……国王开始怀疑了。那些梦让他吃惊,每当国王吃惊,就会开始怀疑……"

"我会暂停给国王托梦。"女术士承诺道,"回到您的睡眠话题,我重复一遍,您可以睡个安稳觉了。坦科里德王子会跟他的狐朋狗友断绝关系,他不会再频繁拜访苏克拉塔瑟男爵的城堡、德·里斯莫尔女士的宅邸,还有瑞达尼亚的大使们了。"

"他不会再去拜访这些人了?永远不会吗?"

"我提到的这些人,"席儿·德·坦沙维耶黑色的双眸闪烁着奇异的光彩,"不会再敢邀请或欺骗坦科里德王子了。他们永远不会有这个胆量,他们已经意识到了后果。我向您保证。我也保证坦科里德王子会重拾学业,成为勤勉的学生,成为庄重而冷静的年轻人。他不会再浪迹花丛。他会失去那份热情……直到辛特拉公主希瑞出现在他面前。"

"哦，我简直不敢相信。"泽丽卡十指交扣，"简直不敢相信。"

"魔法的力量，"席儿·德·坦沙维耶露出让自己也深感意外的微笑，"有时是很难让人相信，陛下。但这是理所当然的事。"

◆━━━━▶━◀━━━━◆

菲丽芭·艾哈特正了正半透明睡袍的肩带，擦去脖子上深红色的唇膏。*如此睿智的女人*，席儿·德·坦沙维耶略带厌恶地心想，*却连自己的欲望都管不住*。

"方便说话吗？"

菲丽芭用魔法光球裹住自己。

"现在方便了。"

"柯维尔那边已经安排好了。一切顺利。"

"谢谢。迪杰斯特拉上船了吗？"

"还没有。"

"他在等什么？"

"他在跟伊斯特拉德·蒂森促膝长谈。"席儿·德·坦沙维耶抿住嘴唇，"国王和密探在猜疑方面找到了共同话题。"

◆━━━━▶━◀━━━━◆

"迪杰斯特拉，你知道关于本地气候的笑话吧？说柯维尔只有两个季节……"

"冬天和夏天。我知道……"

"你知道怎么判断柯维尔的夏天的开始吗?"

"不知道。怎么判断?"

"雨水会稍稍温暖一点。"

"哈哈。"

"笑话只是笑话。"伊斯特拉德认真地说,"但冬天来得越来越早,也持续得越来越久,这让我有些不安。就像预言里说的那样。我想,你应该也听过伊丝琳妮的预言吧?说长达十年的寒冬就要到来。有人说这只是个寓言,但我还是有些担心。在柯维尔,我们遭遇过连续四年的冬天,天气糟糕,收成也很差。要是没有从尼弗迦德大量进口的食物,国民就得挨饿了。你能想象这种事吗?"

"说实话,不能。"

"但我能。如果气候持续变冷,我们都会挨饿。饥饿可是大敌啊,容易引发暴乱的。"

密探头子思忖着点点头。

"迪杰斯特拉?"

"什么事,尊贵的陛下?"

"你们国内已经平定了吗?"

"还没。但我仍在努力。"

"我听到了不少传闻。在仙尼德岛的背叛者当中,只有威戈佛特兹还活着。"

"叶妮芙死后,是这样没错。陛下,您知道叶妮芙已经死了吗?在八月的最后一天,她离奇地死在史凯利格群岛和沛西海角之间著名的塞德纳海沟。"

"温格堡的叶妮芙，"伊斯特拉德缓缓地说，"不是叛徒。她不是威戈佛特兹的盟友。如果你想看，我可以拿出证据。"

"我不想看。"停顿片刻后，迪杰斯特拉说，"也许以后我会想看，但现在不想。对我来说，她是叛徒要更方便些。"

"我能理解。别相信巫师和女术士，迪杰斯特拉。尤其是菲丽芭。"

"我从没相信过她，但我必须跟她合作。没有她，瑞达尼亚只会陷入混乱，然后崩溃。"

"你说得对。如果想听建议的话，我会让你略微放放手。你明白我的意思。你的国家遍地都是绞刑架和拷问室，还有针对精灵的残酷手段……以及令人厌恶的德拉肯伯格要塞。我知道你这么做是出于爱国心，但你正在给自己打造恐怖的传说。在这个传说里，你是头寻索无辜人鲜血的狼人。"

"这种事总得有人做。"

"罪名也总要有人背。我知道你想做到公平，但是人就难免出错。手上沾了鲜血，就永远也没法洗白了。你从没出于个人好恶伤害过别人，但谁会相信这事？谁会相信？总有一天，命运会翻转，他们会翻脸不认人，指控你杀戮无辜、聚敛财富。谎言就像焦油，你想甩都甩不掉。"

"我知道。"

"你还有机会保护自己。你可以把沾上焦油的时间……延后。等到尘埃落定之后。当心，迪杰斯特拉。"

"我会当心的。我不会让他们有机可乘。"

"他们已经杀了你的国王维兹米尔。我听说他体侧被一把匕首刺入，没直至柄……"

"国王比密探容易刺杀。他们不可能接近我,他们从未抓到我。"

"他们必须不能。迪杰斯特拉,你知道为什么吗?因为在这糟糕的世界上,至少还有些正义存在。"

后来有一天,两人都回忆起这场对话。两人都是。国王和密探。迪杰斯特拉想起伊斯特拉德这段话时,听到了从四面八方传来的杀手的脚步声,那声音在城堡的走廊里回荡。伊斯特拉德想起迪杰斯特拉这番话时,正站在连接恩塞纳达宫与大运河的奢华大理石台阶上。

◆——▮——◆

"他本来可以活命的。"奎斯卡德·弗缪伦续道,浑浊的盲眼陷入深深的回忆,"当时只有三个刺客,我外祖父又身强体壮。他本可以放手一搏,坚持到卫兵赶来。他也可以直接逃跑。但我外祖母泽丽卡也在场。外祖父用身体保护住泽丽卡,毫不在乎自己的安危。直到救援赶到,泽丽卡都毫发无伤。伊斯特拉德身上却有超过二十处刀伤。三个钟头后,他在昏迷中过世了。"

◆——▮——◆

"迪杰斯特拉,你读过《圣书》吗?"

"没有,陛下。但我知道里面写了什么。"

"想象一下吧,昨天我随便翻开一页,看到了这么一段:在通往永恒的路上,每个人都背负着自己的责任。你有何看法?"

"时间紧迫,伊斯特拉德王。是时候背负我们的责任了。"

"保重,密探。"

"保重,国王。"

我们离开著名的古城艾森嘉德，朝南旅行十六里格，来到名为"百湖"的乡村地带。站在高处俯瞰，你能看到许多湖泊组成的奇妙图案，真可谓鬼斧神工。精灵向导阿瓦拉克要我们在其中寻找一片"苜蓿叶"。我们的确找到了。但我们发现，组成该图案的湖泊并非三座，而是四座，其中一座呈由南至北的椭圆形，就像苜蓿的叶柄。这座湖如今名为塔恩·米拉，周围是片黑色的森林，其北部边缘便能看到那座神秘的塔楼——雨燕之塔。在精灵语中，它又叫托尔·吉薇艾儿。

但在那一天，我们只看到了雾气。没等我们向阿瓦拉克问起那座塔的事，他就摆手命令我们安静，然后说了下面这段话："抱持希望，等待吧。希望会伴随光明与预言归来。留意这无边无际的水面吧，你们将看到带来吉兆的信使。"

——《行走在魔法之径与魔法之地》
拜维德·巴克胡森　著

这本书从头到尾都是胡言乱语。塔恩·米拉湖的遗迹早就经过全面勘察。与拜维德·巴克胡森的声明相反，其中并无魔法留存，因此绝不可能是传说中的雨燕之塔的遗址。

——《魔法艺术》第十四期

第九章

"他们来了！来了！"

叶妮芙用双手紧紧按住被风吹乱的潮湿头发，挪到栏杆边，把路让给那群跑下台阶冲向海滩的女人们。西风劲吹，海浪拍打着岸边，发出雷霆般的响声。岩石的缝隙间一次次升起白色的喷泉。

"来了！他们来了！"

站在阿德·史凯利格岛最大的堡垒凯尔·卓的高层露台上，整片群岛几乎尽收眼底。位于正前方海峡对岸的是安·史凯利格岛，该岛南部低矮平坦，北侧则是深邃的峡湾。左方远处是绿意盎然的史派克鲁格岛，其獠牙般的轮廓与险峻的峭壁屹立于波涛之上，山顶遮蔽在云层之间。右方能看到乌德维克岛的悬崖，以及聚在那里的海鸥、海燕、鸬鹚和塘鹅。在乌德维克岛后方，圆锥状的印达斯费尔岛依稀可见，这是群岛中最小的岛。如果有人爬到凯尔·卓的塔楼顶上，望向南方，就能看到孤零零的法罗岛。它远离其他小岛，耸立于水上，活像一条跃出平坦海面的大鱼的脊背。

叶妮芙来到下层的露台，在一群女人中间停下脚步——她们顾忌自己的尊严与地位,没法跑到海滩上,混入兴奋的人群。从这里看去,淤泥堆积的海港漆黑而丑陋,就像海蟹背上的壳。

在阿德·史凯利格岛与史派克鲁格岛之间的海峡里,接二连三出现了龙船。红白相间的风帆在阳光下熠熠生辉,挂在船侧的青铜盾牌也闪闪发亮。

"最前面的是'鸣角号',"一名女子讲解道,"然后是'芬里斯号'……"

"后面是'鲂鮄号',"另一名女子用激动的语气附和道,"接着是'德拉科号'……再后面是'哈弗路号'……"

"'安格希拉号'……'塔玛拉号'……'达里亚号'……不对,那是'斯考佩纳号'……'达里亚号'不见了。'达里亚号'不见了……"

有位将金发梳成粗辫子的年轻孕妇用双手捧着大肚子,呻吟一声,脸色灰白地晕倒在露台地板上,就像脱开挂钩的破烂窗帘。叶妮芙立刻跑到她身边,双膝跪地,十指按住女子的腹部。她高声念出一句咒语,压制住孕妇的痉挛和颤抖,并加固了子宫和胎盘组织,因为它们随时可能有撕裂。出于安全考虑,她对胎儿施展了安抚咒——她能感觉到它正在踢打母亲的肚子。

叶妮芙给了那女子的脸一巴掌,把对方打醒,免得继续浪费魔力。"把她搬走。动作小心点儿。"

"真是个傻瓜……"一个上年纪的女人说,"总爱胡思乱想……"

"太傻了……也许她男人还活着,正在另一条船上……"

"多谢你帮忙,女术士大人。"

"把她搬走。"叶妮芙重复道,站起身子。她发现自己的裙子接缝崩开了，差点吐出一句骂人话。

她站在下层露台上。龙船一条接一条靠岸，士兵们也纷纷登陆——都是些留着大胡子，身上挂满武器的史凯利格狂战士。好多人身上绑着白色绷带，不少人必须靠战友搀扶才能步行，还有些只能让人抬着。

聚在岸边的女人开始寻找各自的男人。运气好的幸福得大呼小叫，运气不好的则会晕倒。还有些女人转身离开，脚步缓慢而平稳，没有半句埋怨。她们偶尔也回头张望，希望"达里亚号"红白相间的船帆会出现在海峡中。

但"达里亚号"始终不见踪影。

在那些红发男人中间，叶妮芙看到了高大的史凯利格伯爵克拉茨·安·奎特，他是最后一批走下"鸣角号"的。伯爵发号施令，确认各种事项。两个女人看着他，一个亚麻发色，另一个则是黑发。她们流着泪，但那是幸福的眼泪。等伯爵终于确认一切都安排妥当，他走向那两个女人，热情地拥抱她们，送上亲吻。然后他抬起头，认出了叶妮芙。他的双眼像铜碟子一样闪闪发亮，晒黑的脸颊像礁石一般冷硬。

他知道了，女术士心想。消息传得真快。我昨天刚在史派克鲁格岛后面的海峡被渔网抓住，归途中的伯爵就收到了消息。他知道自己会在凯尔·卓见到我。

但他靠的是魔法，还是信鸽呢？

他缓缓朝她走来，浑身散发着海水、海盐、焦油和疲惫的味道。她注视着他明亮的双眼，耳畔立刻响起狂战士的咆哮声、盾牌的碎裂声、刀剑与斧头的交击声、死前的哀号声，以及从着火的"达里亚号"

上跳海之人的惨叫声。

"温格堡的叶妮芙。"

"史凯利格伯爵克拉茨·安·奎特。"她朝他微微欠身。

他却没回礼。**不妙**。她心想。

他看到她身上的瘀青——那是船桨敲打留下的痕迹——脸色再次冷硬起来。他嘴唇发颤,有那么一瞬间,她看到了他的牙齿。"无论谁打了你,那人都将付出代价。"

"没人打我。被楼梯绊的。"

他认真地看着她,耸了耸肩。"既然你这么说,那就算了。我也没时间派人调查。现在听好我要说的话。仔细听,因为我只会跟你说这些。"

"我在听。"

"等到明天,有人会用龙船送你去诺维格瑞。到了那里,他们会把你移交给市政府,然后是泰莫利亚或瑞达尼亚政府——谁先到谁先得。我知道,他们两边都想跟你谈话。"

"就这些吗?"

"差不多了。只不过,我有责任向你说明。史凯利格群岛经常庇护遭受法律迫害之人,对那些想靠劳作、勇气、牺牲和鲜血偿还债务的人来说,史凯利格群岛从来不缺选择与机遇。但你不同,叶妮芙。也许你有这样的期待,但我不会给予你政治庇护。我痛恨你这种人。因为你们为了权势就掀起动乱,认为自身的利益高于一切,勾结敌人,还背叛了自己应当服从、更应感激之人。我恨你,叶妮芙。你和你的尼弗迦德密友在仙尼德岛谋划叛乱时,我的龙船正在阿特里。我的小伙子们正在支援那里的起义军。我手下的三百人正在对抗两千黑甲军!

勇气与忠诚理应得到奖赏,而邪恶与背叛必须受到惩罚!我该怎么奖赏牺牲的人?用纪念碑吗?用刻在方尖碑上的铭文吗?不!我会用别的方式奖赏那些光荣的死者。他们的鲜血,流进阿特里沙丘的鲜血,将用你的血来弥补,叶妮芙,用你流淌在断头台上的血。"

"我是无辜的。我没参与威戈佛特兹的阴谋。"

"你可以把证据拿给法官看。我不会评判你。"

"岂止评判,你连刑罚都安排好了。"

"话说得够多了!我说了,明天黎明,就会有人给你戴上镣铐,送你去诺维格瑞,出席王家法庭,接受公正的审判。而现在,你要向我保证不会使用魔法。"

"如果我拒绝呢?"

"我们的巫师马尔阔德在仙尼德岛遇害了。我们现在没有巫师,没法控制你。但你要明白,史凯利格最优秀的弓手无时无刻不在监视你。哪怕你做出一个可疑的手势,他们都会放箭。"

"好吧。"她点点头,"我保证。"

"非常好。谢谢。再会了,叶妮芙。明天我不会给你送行的。"

"克拉茨。"

他转过身。"什么事?"

"我一点儿也不想坐船去诺维格瑞。我没时间向迪杰斯特拉证明我的无辜。也许对方已经准备了如山铁证,也许我被捕后会突然死于脑出血,或在监狱里以惊人的方式自杀。我不能浪费时间,也没法承担风险。我没法解释为什么不能,但我不会去诺维格瑞的。"

他盯着她看了很久。

"你不会去诺维格瑞?"他重复一遍,"你凭什么这么想?就因为我们有过一段？你别指望了，叶妮芙。已经过去的事，早就不作数了。"

"我知道。我也没指望什么。但我不会去诺维格瑞的，伯爵，因为我要赶去急需我帮助的人身边——我发过誓永远不会抛弃和丢下的人。而你，克拉茨·安·奎特，史凯利格伯爵，将会协助我。因为你也立过类似的誓言，就在十年前，对同一个人，对卡兰瑟的外孙女希瑞，辛特拉的幼狮。我，温格堡的叶妮芙，视希瑞如同己出，所以我才会请求你遵守誓言——我是代表她请求你。史凯利格伯爵克拉茨·安·奎特，现在是你履行誓言的时候了。"

"真的？"克拉茨·安·奎特惊讶地问，"尝都不尝一下？你真想错过这些美味？"

"真的。"

伯爵不再劝说，自己从浅碗里拿起一只龙虾，放到桌上，用有力而又无比精准的动作让它身首分离。他剥去虾壳，浇上大量柠檬汁和蒜泥，再拿起虾肉。全程都是用手。

叶妮芙则拿着银制的刀叉，姿态优雅地用餐。但她只吃了一块羊排，让特意为他们准备了这桌大餐的厨师非常吃惊，或许还有些受挫。女术士没碰牡蛎和贻贝，没碰原汁腌制的鲑鱼，没碰用鲂鮄和鸟蛤熬制的汤，没碰清蒸鮟鱇鱼尾，甚至没碰烘焙旗鱼、炖鳗鱼、章鱼、螃蟹、龙虾和海胆。她对新鲜的海藻更是毫无兴趣。

任何散发出海味的东西，都会让她想起芙琳吉拉·薇歌和菲丽芭

·艾哈特,想起那次异常危险的传送,想起自己坠入波涛、被海水吞没的一幕。海藻在碗里漂浮,更是让她想起自己被渔网罩住,被松木船桨痛殴。没错,当时她的脑袋和肩膀上全是被砸成糊状的海藻。

"所以,"克拉茨吸出龙虾腿里的虾肉,继续先前的话题,"我决定相信你,叶妮芙。你应该知道,我这么做不是因为你,而是因为 Bloedgeas,血誓。我在卡兰瑟面前立下了誓言。所以,如果你是诚心诚意打算帮助希瑞——我猜事实是这样——那我也就别无选择,只能协助你……"

"谢谢。不过拜托,别用这种可怜巴巴的语气了。我再重复一遍:我没参与仙尼德岛的阴谋。相信我。"

克拉茨摆摆手。"我的看法真有那么重要吗?你还不如想办法说服那些国王,还有他们遍布世界的密探,比如迪杰斯特拉;以及忠于国王的巫师和女术士们,比如菲丽芭·艾哈特。你自己也承认,你已经跟他们见过面了。结果呢,你逃到了史凯利格群岛。你肯定已经把手里的证据拿给他们看了……"

"我没有证据。"她打断他的话,用叉子愤怒地戳着豆芽,那是厨师给羊排配的蔬菜,"就算有,我也不会拿出来。我没法解释自己为何保持沉默。但请相信我,克拉茨。求你了。"

"我说过……"

"你是说过。"她再次打断他,"你说过你会帮我。谢谢。但你还是不相信我的清白。相信我吧。"

克拉茨瞥了眼龙虾壳里最后一点虾肉,又把进攻目标转向了贻贝。他在碗里挑挑拣拣,寻找最大的一只。

"好吧,"最后,他用桌布擦了擦手,"我相信。因为我想相信你。

但我不会庇护并收留你。我不能。你随时可以离开史凯利格群岛，我建议你尽快。按我们的说法，你是'乘着魔法的双翼'来到这儿的。其他人也有可能追过来，毕竟他们懂咒语。"

"我想要的并非庇护或收留，伯爵。我要去找希瑞。我必须尽快赶去帮她。"

"希瑞，"他思忖着说，"幼狮……她曾经是个奇怪的孩子。"

"曾经？"

"哦，"他又摆了摆手，"我的表达方式不大好。我说'曾经'，因为她已经不是孩子了。我没想让你不安。辛特拉的幼狮希瑞菈……她曾经来过史凯利格群岛避暑和过冬，还不止一次制造过混乱……不过，嘿！曾经的她是个小恶魔，才不是什么幼狮……见鬼，我又用了这个词……叶妮芙，大陆传来一些流言……有人说希瑞在尼弗迦德……"

"她不在尼弗迦德。"

"还有人说那孩子已经不在人世了。"

叶妮芙咬住嘴唇，沉默不语。

"后一条流言，"伯爵坚定地说，"我不同意。希瑞还活着。我敢肯定。没有任何迹象……所以她一定还活着！"

叶妮芙扬起眉毛，但没开口询问。很长一段时间里，他们沉默地听着海浪拍打在阿德·史凯利格的山崖上。

"叶妮芙，"终于，克拉茨说道，"大陆上还传来一些消息。我听说你的猎魔人离开了布洛克莱昂，跑到尼弗迦德解救希瑞去了。"

"我再重复一遍，希瑞不在尼弗迦德。至于'我的'猎魔人——就按你的说法好了——想做什么，我并不清楚。但他……克拉茨，他和我……我对他有好感，这点不是秘密。但我知道他没法解救希瑞。

他什么都做不到。我了解他。他会卷入事件，迷失自我，然后想东想西，自怨自艾。他会砍杀挡路的所有人和所有东西，以此发泄怒气。再然后，作为补偿，他会做出高尚却毫无意义的举动。到最后，他会死去，愚蠢而毫无必要地死去。死因多半是背叛。"

"据说，"克拉茨连忙开口，女术士声音中异样的颤抖和不祥的语气变化让他担忧，"希瑞与他命运相连。在辛特拉，在帕薇塔的订婚仪式上，我亲眼见过……"

"所谓的命运，"叶妮芙的反驳一针见血，"可以用不同的方式解读。截然不同的方式。然而时间宝贵，容不得我们继续讨论。我重复一遍，我不知道杰洛特的用意和打算，这点我承认。但我们应该行动了，克拉茨，行动。我不会坐在这里，抱着脑袋哭哭啼啼。我会拿出实际行动！"

伯爵扬了扬眉毛，但未置一词。

"我会拿出实际行动。"女术士重复道，"我一直在考虑一个计划。而你，克拉茨，会帮助我，遵守你曾立下的誓言。"

"我准备好了。"他坚定地宣布，"赴汤蹈火，在所不辞。龙船就停在港湾里。下命令吧，叶妮芙。"

她忍不住大笑起来。

"你还是老样子。不，克拉茨，你不需要展示什么勇气和男子汉气概。你没必要跑去尼弗迦德，用斧子劈开城门的黄金门闩。我需要的帮助没那么夸张。具体点儿吧……你的金库还充实吗？"

"什么？"

"克拉茨·安·奎特伯爵，我需要的帮助是可以折算成货币的。"

◆━━┫━━◆

行动起始于两天后的破晓。在特意为叶妮芙腾出的几间房里,人们忙得不可开交,女术士的种种要求也让总管古斯拉夫疲于奔命。

叶妮芙坐在桌边,盯着手里的文件,几乎头也不抬。她计算并合计着单据上的数字,这些都是从金库和锡安凡尼利银行在这座岛上的分行送来的。她还在纸上描画了些什么,而这些图表和设计图会由人立刻交到工匠们手中——包括炼金术士、金匠、玻璃匠与珠宝匠。

有一段时间,一切都进展顺利。

然后,麻烦便开始了。

◆━━┫━━◆

"我很抱歉,女术士大人,"管家古斯拉夫说,"但没有就是没有。凡是我们有的东西,我们都给您拿来了。您能运用魔法,实现奇迹,可我们不行!我得提醒您,您面前这些钻石的总价值……"

"它们的价值关我屁事?"她嘶声道,"我只要一块钻石,但必须足够大。大师,大概要多大?"

珠宝匠看了看图样。"要做出这样的切面和形状,至少要三十克拉。"

"这么大的钻石,"古斯拉夫斩钉截铁地说,"史凯利格群岛可没有。"

"这话不对。"珠宝匠反驳道,"还是有一块。"

"你凭什么觉得我会答应这事,叶妮芙?"克拉茨·安·奎特皱起眉头,"你要我派出军队,趁着风暴攻下神殿,并把那里洗劫一空?你要我威胁那里的女祭司,说她们不肯交出钻石,我就会大发雷霆?这可不行。我不算虔诚,但神殿就是神殿,祭司就是祭司。我只能礼貌地提出请求。我会特别说明那颗钻石对我很有用,我会十分感激。但我只能请求,谦卑而谨慎地请求。"

"她们会同意你的请求吗?"

"会吧。试试看总没坏处,反正没什么损失。我们两个可以去一趟印达斯费尔岛,跟她们打个商量。我会让女祭司明白,我有多么想要那颗钻石。然后就看你的了。交涉、劝说、贿赂。找个共同话题打动对方。痛苦地哀号,哭到全身颤抖,唤起对方的怜悯……大海的诸神啊,具体还用我教你吗,叶妮芙?"

"没用的,克拉茨。女术士不可能跟女祭司找到共同话题。分歧在于……意识形态。女祭司同意让女术士使用'圣洁'的遗物……不,还是忘了这事吧。根本不可能……"

"顺便问一句,你要钻石想干吗?"

"为了建立远距离联络需要的'窗口',也就是传影镜。我必须说服几个人跟我合作才行。"

"用魔法?跟远处的人联络?"

"要是爬上凯尔·卓的塔楼高声喊话就能解决,我也用不着麻烦你了。"

海鸥和海燕在水面上盘旋，叫声凄厉。在印达斯费尔岛陡峭的礁岩上，筑巢的红嘴蛎鹬发出刺耳的唧唧声，黄头塘鹅则和以沙哑的呱呱声。一只黑色的海鸬鹚抬起脑袋，用闪亮的绿色眼睛观察正在靠近的船只。

　　"耸立在水面上的大石头……"克拉茨·安·奎特将身子探出护栏，"就是凯尔·汉姆多尔，将被唤醒的汉姆多尔守护者。他是我们传说中的英雄。据传说，一旦 Tedd Deireádh——终结的时刻，白霜与寒狼风雪之时——到来，汉姆多尔便会苏醒，挺身对抗摩霍格的邪恶力量，包括幽灵、恶魔与混沌幻影。他会伫立在彩虹桥上，吹响号角，作为号招大家拿起武器与进军的信号，随后向最终之战'瑞那鲁格'的战场进军。战争结果将决定这个世界究竟会夜幕永垂，还是照常迎来黎明。"

　　龙船在波涛间起伏，驶入"汉姆多尔守护者"与另一块造型奇特的岩石间较为平静的海湾。

　　"那块较小的石头是坎比。"伯爵说，"在我们的传说里，坎比是只金公鸡，会用啼鸣唤醒汉姆多尔，警告他纳吉尔法来袭——那艘巨船会运送来自摩霍格、由恶魔和幽灵组成的混沌大军。纳吉尔法是用死者的指甲造的。说起来你可能不信，但到今天，史凯利格群岛上还有人会在葬礼前切掉死者的指甲，以免摩霍格的幽灵得到造船用的材料。"

　　"我相信。我了解传说的力量。"

峡湾让周围的风势减弱了些,船帆发出鼓噪的声响。

"吹响号角,"克拉茨命令船员,"告诉女祭司我们来访了。"

漫长的石阶高处有栋建筑物,上面爬满了苔藓、常春藤和灌木,看起来就像一只大刺猬。在它的屋顶上,叶妮芙看到了灌木丛,甚至还有几棵小树。

"那就是神殿,"克拉茨道,"环绕它的小树林也成了宗教场所。来吧,拿着那根神圣的槲寄生。你知道的,在史凯利格,所有东西都用槲寄生装饰,从新生儿的摇篮到逝者的墓地……留神,台阶很滑……哈哈,苔藓丛生的圣地……来吧,挽住我的胳膊……你用的香水还跟以前一样……叶娜……"

"拜托,克拉茨。已经过去的事,早就不作数了。"

"抱歉。我们走吧。"

两位年轻的女祭司沉默地等在神殿前方。伯爵礼貌地向她们问好,表达了想与她们的领袖交谈的意愿——他称那人为"大祭司茜格德莉法"。他们走进入口,从高窗透进来的阳光为神殿内部提供了照明。其中一道阳光正好照在祭坛上。

"老天啊,"克拉茨·安·奎特喃喃道,"我都忘了这颗明耀之钻有多大了。我只在小时候来过这儿……用这颗钻石,足能买下希达里斯所有的造船厂,外加里面的所有工人与产品。"

伯爵夸大了事实,但也没夸大太多。

朴素的大理石祭坛上,在那些猫和老鹰的塑像高处,在用来献上还愿祭的石制贝壳之上，耸立着"伟大母亲"弗蕾雅的女神像。这是一尊充满母性的雕像，身着随风飘扬的长袍，怀有身孕，雕塑者甚至刻意夸大了她隆起的腹部。她低垂着头，面部特征被一块布遮住。女神双手交叠放在胸前，上方的金色项链中间坠着一颗钻石。这颗钻石略显水蓝色。很大。非常大。

目测足有一百五十克拉。

"连加工都免了。"叶妮芙低声道，"整体切面是玫瑰花饰的形状，跟我的要求分毫不差。只要用合适的角度折射光线……"

"也就是说，我们运气不错。"

"很难说。她们是女祭司，我却是邪恶的女巫，理应被驱逐出去。"

"你太夸张了吧？"

"一点儿也没有。"

"欢迎，伯爵大人，欢迎你来圣母殿。同样欢迎你，可敬的温格堡的叶妮芙。"

克拉茨·安·奎特鞠了一躬。"向您致敬，尊贵的大祭司茜格德莉法。"

女祭司个子很高，几乎与克拉茨一样高——也就是说，她比叶妮芙高上一头。她的发色和瞳色都很淡，有一张不算漂亮也不算女性化的瘦长面孔。

我在什么地方见过她，叶妮芙心想，*就在最近。但是在哪儿呢？*

"在凯尔·卓通往海港的台阶上。"女祭司笑着提醒她，"龙船驶进海峡时，我站在你身边，看着你救了一个差点失去孩子的孕妇。你跪在地上，全然不顾昂贵的羽纱长裙会被弄脏。我都看到了。从今以后，我再也不会说女术士冷酷无情、精于算计了。"

叶妮芙清了清嗓子，低头致意。

"你正站在圣母的祭坛前，叶妮芙。或许她会将恩典赐予你。"

"尊贵的大祭司，我……我谦卑地请求你……"

"什么都别说了，伯爵大人，你肯定有很多事要忙。让我们单独在这里谈谈吧。我们可以沟通。我们是女人，从事的职业和各自的身份并不重要——我们是处女，是母亲，也是老妇人。跪在我身边吧，叶妮芙。向圣母低头。"

"把明耀之钻从女神颈项上拿下来？"茜格德莉法重复道，语气中带着难以置信与出于虔信的愤怒，"不，叶妮芙。这不可能。问题不在我敢不敢……就算我敢，明耀之钻也是拿不下来的。她的项链没有搭扣。它是镶在雕像上的。"

叶妮芙沉默良久，用平静的目光打量着女祭司。"如果有人早点告诉我，"她冷冷地说，"我就跟伯爵一起回阿德·史凯利格了。不，不，我没觉得跟你交谈是在浪费时间。但我时间有限。真的十分有限。坦白说，你的亲切和温柔稍稍误导了我……"

"我对你没有恶意。"茜格德莉法冷淡地打断她的话，"另外，我全心全意地赞同你的计划。我认识希瑞。我喜欢那孩子，她的命运打动了我。我钦佩你想要帮助她的决心。我会实现你的任何愿望。但明耀之钻？不行，叶妮芙。唯独明耀之钻万万不行。拜托，别再提这个要求了。"

"茜格德莉法，为了救出希瑞，我必须尽快获取某些信息。没有信息，我什么都做不了，而这信息只能通过远距离联络获取。为与远方的人交流，我必须借助魔法，制作些魔法神器。我需要传影镜。"

"就像你们著名的水晶球？"

"比那复杂得多。水晶球只能与经过校准的另一颗水晶球远距离联络。就连本地银行的矮人都有水晶球——为了跟地下室里的水晶球联络。而传影镜能做的事更多……我干吗要讲解这些理论？拿不到钻石，理论说再多也没用。好了，我该向你道别了……"

"先别着急。"

茜格德莉法站起身，穿过中殿，在祭坛和弗蕾雅女神的雕像前停下脚步。"女神大人，"她说，"同时也是灵媒、千里眼和心灵感应的神祇。这些神圣的动物就是女神的象征：窥探并聆听秘密的猫，从高处俯视的鹰。女神的珠宝也是象征：明耀之钻，千里眼之链。为何要制作用来窥探和聆听的装置呢，叶妮芙？向女神求助不是更简单吗？"

叶妮芙拼命忍住骂人的冲动。毕竟这里是敬拜的场所。

"晚祷的时间就快到了。"茜格德莉法续道，"我会与其他女祭司一起，专心冥想。我会请求女神帮助希瑞，因为希瑞来过这神殿许多次，也多次见过伟大母亲颈项上的明耀之钻。再牺牲一两个钟头的宝贵时间吧，叶妮芙。在这里跟我们一起晚祷。我祈祷时，你可以陪在我身边，用你的身与心支持我。"

"茜格德莉法……"

"拜托。为了我，也为了希瑞。"

金项链上的明耀之钻，挂在女神的脖子上。

她忍住打呵欠的冲动。如果她们诵诗、祈祷、念咒……或进行某种神秘的仪式……我也不至于这么无聊了，睡意也不至于如此强烈。但她们只是跪在这儿，低着头，一动不动，默然不语。

不过没错，如果愿意的话，她们也可以运用能力，有时不比我们女术士逊色。她们运用能力的方法仍是个不解之谜。无需准备，不用训练，也不必钻研……只需祈祷和冥想。是靠占卜吗？还是某种自我催眠？蒂莎娅·德·维瑞斯说过……她们会不自觉地进入恍惚状态，获取能量与操控能量的能力，跟我们施展咒语的方法颇为相似。她们会转换能量，并将其视为神灵的赠礼和恩典。信仰会赋予她们力量。

为什么我们女术士就办不到同样的事？

我应该试试看吗？好好利用这里的气氛和环境？或许我也应该进入恍惚状态？……我只要看着那块宝石……看着明耀之钻……专心考虑它在我的传影镜里会起到多么关键的作用……

明耀之钻……像晨星一样闪耀，在这黑暗里，在焚香与蜡烛的烟雾里……

"叶妮芙。"

她猛抬起头。

神殿一片漆黑。烟味尤其浓重。

"我睡着了吗？抱歉……"

"你不需要道歉。跟我来吧。"

神殿外，天空中闪烁着万花筒一样变幻莫测的光辉。这是……北极光？叶妮芙惊讶地揉揉眼睛。八月里居然有北极光？

"叶妮芙，你愿意牺牲多少？"

"什么？"

"你愿意牺牲你自己吗？愿意牺牲你无价的魔法吗？"

"茜格德莉法，"她愤怒地说，"别跟我玩这老套的把戏了。我已经九十四岁了。不过拜托，这不是告解，你应该明白，你不能把我当成小孩子。"

"你还没回答我的问题。"

"我不会回答的，因为我不相信你们的神秘主义。我在你们的祷告中睡着了，因为我觉得无聊，因为我不相信你们的女神。"

茜格德莉法转过身，叶妮芙不由深吸一口气。

"你的怀疑的确让我不大愉快。"女人的双眼仿佛充满液态的黄金，"但你的怀疑真的有用吗？"

除了大口喘气，叶妮芙什么也做不了。

"总有一天，"金眼女子道，"除了孩童，不会再有任何人相信女巫的存在。我这么说纯粹出于恶意，出于报复心。我们走吧。"

"不……"叶妮芙终于打破了吸气和呼气的循环，"不！我哪儿也不去。够了！这是魅惑魔法，不然就是催眠术。是幻象！是白日梦！我做过心灵防御的训练……没错！只要一句话，我就能让这一切烟消云散。见鬼……"

金眼女子朝她走来，脖子上的钻石闪耀如晨星。

"你们的语言正渐渐失去沟通的作用。"她说，"你们越是想表现得深刻与睿智，就越是令人费解，越是失去它原本的意义。说真的，你这些话就跟'啊啊'和'嗯嗯'没什么区别。来吧。"

"这是幻象，是白日梦……我哪儿都不去！"

"我不会强迫你的。那样的话就太可耻了。你是个聪明又骄傲的女孩，有自己的个性。"

平原。海洋般宽阔的草地。耸立在石楠丛中的岩石，外形就像潜伏的猛兽的脊背。

"你想要我的钻石，叶妮芙。但我必须先确认几件事，不然我不能把它交给你。我想看清你的心，所以才会把你带到这儿，带到这个从太古时代就充盈着知识与力量的地方。你那无比宝贵的魔法力量本该无处不在才对，你只要伸手探寻就好。除非你不敢这么做？"

叶妮芙收紧的嗓子发不出任何声音。

"改变世界的力量莫可名状。"那女子说，"可你们却能分辨混沌、艺术和科学，还有诅咒、祝福和进步。与此同时，你们却又无法分辨信仰、爱和牺牲。"

你听见了吗？公鸡坎比在啼鸣。波涛在拍打海岸，那是纳吉尔法的船首掀起的波浪。汉姆多尔将在彩虹桥上吹响号角，提醒敢于战斗之人。白霜、暴风、漫天飞雪……巨蛇的游动令大地震颤……

巨狼会吞噬太阳。月亮化为黑色。唯有寒冷与黑暗留存。还有憎恨、复仇以及鲜血……

叶妮芙，你选择站在哪一边？你会站在彩虹桥的东端还是西端？你会协助汉姆多尔，还是与他为敌？

金鸡坎比在啼鸣。

下决心吧，叶妮芙。做出选择。仅此一次，奉献出你的生命，在合适的时机做出选择吧。

光明,抑或黑暗?

"善良与邪恶,光明与黑暗,秩序与混沌?这些只是象征,但在现实中,这种两极分化并不存在!光明与黑暗密不可分,彼中有此,此中有彼。这场对话其实毫无意义。毫无意义。我不打算皈依神秘主义。对你和茜格德莉法来说,这是巨狼吞噬太阳。而对我来说,这只是日蚀而已。所以我选择维持原样。"

"维持原样?怎么可能?"

她感到大地从脚下溜走,感到一股巨力扭曲了她的双臂、折断了她的肩膀和肘关节,感到吊住她脖子的绳索旋转拉长。她痛呼出声,拼命睁开眼睛。不,这不是梦。不可能是梦。她手脚张开,被吊在一棵大梣树的树枝上。在她头顶高处,有只鹰在盘旋。在黑暗笼罩的地面上,她听到毒蛇吐信的嘶嘶声,还有蛇鳞刮擦的沙沙声。

她身边有个东西动了动。在她手臂旁边,有一只伸展肢体、露出痛苦模样的松鼠。

"你准备好了吗?"那松鼠问道,"你愿意牺牲吗?你愿意牺牲些什么?"

"我一无所有!"痛苦令她盲目和麻痹,"就算我有,我也不觉得这牺牲有什么意义!我不想为几百万人的生命受苦!我根本不想受苦!无论为了谁!"

"没人想要受苦,但这是每个人的宿命。有些人受的苦难更多,这与他们自己的意志无关。重点不在于承受苦难。而是在于承受的方式。"

迦娜！小迦娜！

让这驼背怪物离我远点儿！我不想看见它！

这是你女儿，也是我的女儿。

是吗？我的孩子都很正常。

你这是……你这是在暗示什么……

你的精灵家族出过几个女术士。你怀的第一胎流产了。这些都是报应。你的精灵血统和子宫都出了问题，女人。你为什么要让这怪物出生在这世界上？

这个不幸的孩子……是诸神的旨意！她是你女儿，也是我的女儿！我能怎么做？掐死她吗？给脐带打结吗？你想让我怎么做？跑进森林扔了她？诸神在上，你想让我怎么做？

爸爸！妈妈！

滚开，你这怪物。

你竟敢……竟敢打我的孩子？住手！你要去哪儿？去哪儿？你要去找她，对吗？去找她！

没错，女人。我是个男人。我想在何时何地满足我的生理需求，是我自己的自由，是我与生俱来的权利，而你让我反胃。你和你堕落的子宫生下的孩子都让我反胃。晚饭不用等我了。我今晚不回来。

妈妈……

你为什么哭？

你为什么打我，还把我推开？我明明很乖的……

妈妈！妈妈！

"你能原谅他们吗？"

"我很久以前就原谅了。"

"在你恶毒地复仇之后？"

"没错。"

"你后悔吗？"

"当然不。"

痛楚，强烈的痛楚撕咬着她的双手和十指。

"对，我有罪！你听到了吗？听到坦白和忏悔了吗？你听到温格堡的叶妮芙的忏悔和自我羞辱了吗？不，我不是为了讨好你。我坦承我的罪孽，也期盼相应的惩罚。但我不会向你求饶的！"

痛楚到达了人所能承受的极限。

"你让我想起了被我背叛、欺骗和利用的人，想起了因为我的原因而死在他们自己和我手上的人……让我想起了自暴自弃的过去。但我有理由那么做！而且我不后悔！就算我能让时间倒流……我也无怨无悔。"

鹰停在她肩头。

雨燕之塔。雨燕之塔。快去雨燕之塔。

女儿。

金鸡坎比在啼鸣。

希瑞骑着黑母马,银发随着飞奔的马蹄飘扬。血从她脸上涌出,呈现鲜艳的红色。黑母马如鸟儿滑翔一般,灵巧地穿过拱门。马鞍上的希瑞摇晃身体,但没落马……

午夜时分,希瑞伫立于岩石与沙土的荒漠中,高举双手,掌中飞出发光的球体……一头独角兽用蹄子刨着沙砾……许多独角兽……火焰……火焰……

杰洛特在桥上战斗。火焰包围了他。他的剑刃映射着火光。

芙琳吉拉·薇歌绿色的双眸因渴望而张大,留着黑色短发的脑袋埋在敞开的书本间。在那扉页上……你能隐约看到书名的一部分:《……无可避免的死亡》。

芙琳吉拉的眼中映出杰洛特的双瞳。

深渊。烟雾。一段向下的楼梯。一段必须踏上的旅程。事物的终结。Tedd Deireádh,终结的时刻……

黑暗。湿气。冰冷的石墙。手腕和脚踝上冰冷的铁镣。遭受酷刑的双手阵阵作痛,青肿的手指已然撕裂……

希瑞拉着她的手。黑暗的长廊,石柱,或许还有雕像……黑暗。

轻风般的低语。

门。无穷无尽的门,巨大而厚重的门扇寂静无声地开启。而在尽头那里,在照不进光的黑暗中,有扇不会自动开启的门。一扇不能打开的门。

------◆━▌━◆━▐━◆------

如果你怕,就回去吧。

这扇门绝不能打开。你知道的。

我知道。

但你还是带我来到这儿。

如果你怕,就回去吧。现在还来得及。还不算太晚。

那你呢?

对我来说,已经太晚了。

金鸡坎比在啼鸣。

Tedd Deireádh 已经到来。

北极光。

光。

------◆━▌━◆━▐━◆------

"叶妮芙。醒醒。"

她抬起头,看着自己的双手。她的手完好无损。

"茜格德莉法?我睡着了……"

"来吧。"

"去哪儿?"她低声问,"这次又要去哪儿?"

"什么?我没明白你的意思。但你一定得来看看。发生了一件事……一件怪事。我们都不知道该怎么解释,但我猜得到原因。恩典……你一定得到了女神的恩典,叶妮芙。"

"茜格德莉法,你在说什么?"

"你瞧。"

她走过去,然后倒吸一口凉气。

明耀之钻,弗蕾雅的神圣钻石,已经不在女神的脖子上了。它正躺在她脚边。

◆━━━━◆━━━━◆

"我没听错吧?"克拉茨·安·奎特又问一遍,"你打算在印达斯费尔开设魔法工坊?女祭司把圣洁的钻石交给了你?而你打算把它用在你邪恶的装置上?"

"没错。"

"哎呀哎呀,叶妮芙,你已经皈依宗教了吗?岛上到底发生了什么?"

"这不重要。我要回神殿去了,就这样。"

"那你要求的财政资源呢?现在还需要吗?"

"也许需要。"

"古斯拉夫总管会帮你安排相关事务的。不过,叶妮芙,下命令记得要快,要抓紧时间。我又收到了几条新情报。"

"见鬼,我就担心这个。他们知道我在哪儿了?"

"不,还不知道。但有人提醒我,说你可能出现在史凯利格群岛,还要我一见到你就把你投入监牢。有人要我从战俘口中榨取情报,不放过任何与你有关的信息。也有人说你正在尼弗迦德,或在帝国的某个行省。叶妮芙,抓紧时间。如果他们找到这儿,发现你待在史凯利格,我的处境可就有点儿不妙了。"

"我已经尽一切可能抓紧时间了。另外,我保证不会连累你。这点你别担心。"

克拉茨龇了龇牙。"我说的是'有点儿'。我并不怕他们,无论国王还是巫师。他们不会伤害我,因为他们需要我,而我向你提供协助,也是为了遵守忠诚誓言。是的,是的,你没听错。在名义上,我仍是辛特拉的封臣,希瑞菈则有辛特拉王位的正统继承权。作为希瑞菈的代表和唯一的监护人,你有权命令我,要求我服从并效命。"

"强词夺理。"

"那当然。"他大笑起来,"如果恩希尔·瓦·恩瑞斯真的强迫希瑞嫁给他,我也会大声宣布这是强词夺理。如果有人通过合法手段撤销希瑞的继承权,并夺走她的王位——比如维赛基德那个白痴——我会立刻否认自己的忠诚誓言。"

"可如果到最后,"叶妮芙眯起眼睛,"我们发现自己白忙一场,而希瑞早已不在人世了……"

"她还活着。"克拉茨坚定地说,"我知道她安然无恙。"

"你怎么知道?"

"我说了你也不会信的。"

"说说看。"

"辛特拉女性王族的血脉，"克拉茨用思忖的语气说道，"与大海有某种奇妙的联系。一旦拥有王族血统的女性死去，大海就会陷入彻底的疯狂。据说阿德·史凯利格岛会为雷安伦的女儿们哀悼。由于风暴异常强烈，西边的波浪会渗入岛屿，拍打裂缝和洞穴，直到从岛屿东侧的岩盐溪流渗出。整个岛屿都会摇晃，民众会说：'阿德·史凯利格在哭泣。又有人死了。雷安伦的血亲死了。上古血脉之子死了。'"

叶妮芙沉默不语。

"这可不是童话故事。"克拉茨续道，"我就亲眼见证过。三次。先知艾达莉亚死后，卡兰瑟死后……以及希瑞的母亲帕薇塔死后。"

"帕薇塔，"叶妮芙评论道，"是在风暴期间遇害的，这很难说是……"

"帕薇塔，"克拉茨打断她，"不是在风暴期间遇害的。大海像往常一样，对拥有雷安伦血脉之人的死做出了反应。关于那件事，我调查了很久。我敢断言我说的是事实。"

"你凭什么断言？"

"载着帕薇塔和多尼的船在塞德纳海沟失踪了。那不是第一艘在那儿消失的船，你肯定也清楚。"

"这就是童话故事。船只遇难是再平常不过的事……"

"这里可是史凯利格群岛，"他再次打断她的话，"我们对船只和航海非常熟悉，我们分得清自然和不自然的海难。船在塞德纳海沟沉没本身就不自然，这明显不是意外。帕薇塔和多尼的船也一样。"

"我不想和你争。"女术士叹了口气，"可这真的重要吗？都快过去十五年了。"

"对我来说，这很重要。"伯爵抿住嘴唇，"我会让真相大白的，只是时间问题而已。我一定会……找到证据。我会解开所有谜团。包括辛特拉大屠杀时……"

"这又涉及哪个谜团了?"

"尼弗迦德军向辛特拉发起猛攻时,"他望向窗外,喃喃道,"卡兰瑟下达命令,要部下将那女孩秘密送往城外。城市陷入火海,黑甲军无处不在,突破重围的可能性极其渺茫。有人把风险告诉给王后,她的顾问团建议希瑞向尼弗迦德指挥官正式投降,从而保住性命和辛特拉王族的血脉。而在燃烧的街道上,她很有可能死在乱军当中。可那雌狮……你知道——按在场者的说法——你知道她当时说了什么?"

"不知道。"

"'就算让她的血流在辛特拉的街道上,也好过遭受玷污。'她为什么用'玷污'这个词?"

"因为希瑞会跟恩希尔皇帝结婚,跟那个臭名昭著的尼弗迦德人。伯爵大人,已经很晚了,明天黎明我就开工……我会随时向你报告进度。"

"那我就放心了。晚安,叶娜……唔……"

"怎么了,克拉茨?"

"我在想,你愿不愿意,呃……唔……稍稍放纵一下……"

"不了,伯爵大人。已经过去的事,早就不作数了。晚安。"

"哎呀哎呀,"克拉茨·安·奎特瞥了眼访客,歪着头说,"竟然是特莉丝·梅利葛德本人。这裙子真是太漂亮了。还有这衬里……是

栗鼠皮吧？我本该问问是什么风把你吹来了史凯利格……不过我已经知道答案了。"

"很好，"特莉丝露出迷人的微笑，甩了甩漂亮的红褐色头发，"你知道就太好了，伯爵大人，这能省去不少自我介绍和说明的时间，我们可以直入正题了。"

"什么正题？"克拉茨双臂抱胸，冷冷地打量着女术士，"你打算说些什么呢？你代表了什么人，特莉丝？你是以谁的名义来到这里的？弗尔泰斯特王因你解除诅咒的功绩雇佣了你，可现在，他又把你赶出了泰莫利亚，尽管你没有任何过错。我听说菲丽芭·艾哈特把你纳入了麾下。菲丽芭如今合作的对象是迪杰斯特拉，以及无名有实的瑞达尼亚政府。我明白你想尽可能报答她的庇护之恩，所以毫不犹豫就接受了这次任务，充当了追踪你故友的密探。"

"你这是在侮辱我，伯爵大人。"

"假如我说错了，我谦卑地请求你的宽恕。但我说错了吗？"

他们沉默良久，用怀疑的目光审视彼此。

最后，特莉丝动摇了。她骂了一句，跺了跺脚。"哦，见鬼！别再互相讥讽了！谁为谁效命，谁站在谁那边，谁对谁忠诚，又是出于什么理由，这些真的重要吗？叶妮芙已经死了。没人知道希瑞身在何方，落到了谁的手里……这么猜来猜去又有什么意义？我不是身为密探来到这里的，克拉茨。我来完全出自本意，我只代表我自己，我的动机是出于对希瑞的关心。"

"关心希瑞的人还真多。那丫头真走运。"

特莉丝的双眼闪现精光。"如果我是你，我可不会再出言讥讽。"

"请原谅。"

他们再次沉默下来，望向窗外。夕阳正落向史派克鲁格岛林木茂盛的山岭之后。

"特莉丝·梅利葛德。"

"什么事，伯爵大人？"

"我想邀你共进晚餐。哦没错，我的厨师想知道，是不是所有女术士都不喜欢海鲜。"

特莉丝并不讨厌海鲜。恰恰相反，她吃得比预想多出一倍，现在正在担心自己引以为傲的二十二寸腰围。她决定用著名的陶森特东之东白葡萄酒帮助消化。她喝酒时，用的是跟克拉茨一样的角杯。

"也就是说，"特莉丝继续说道，"叶妮芙八月十九日出现在这里，壮观地从天而降，掉进了一张渔网。而你作为辛特拉王国的忠实臣民，庇护了她。你帮她制造了传影镜……当然，你也知道她联络的对象和目的。"

克拉茨·安·奎特端起角杯，喝了一大口，小声打了个嗝。"我不知道，"他狡黠地笑道，"我一无所知。我这么一个可怜又愚蠢的水手，怎么可能知道强大的女术士的一举一动都有什么用意呢？"

圣母弗蕾雅的女祭司茜格德莉法低着头，好像伯爵的话语化成千斤重担，压在了她的肩上。"她信任我，伯爵大人。"她的声音小得几

乎听不清,"她没要求我守口如瓶,但她明确地暗示过要我谨言慎行。我真不知道该不该……"

"茜格德莉法大祭司,"克拉茨·安·奎特严肃地打断她,"我没叫你当叛徒。我跟你一样支持叶妮芙,我跟你一样希望她能找到并救出希瑞。哈,我可是立下过 Bloedgeas——血誓的人!但叶妮芙让我担忧,我的动机是出于对她的关心。她是个非常骄傲的女人。就算面对惊人的风险,她也不愿屈尊求助。因此,恐怕我们有必要自发地提供帮助。而为实现这一点,我需要情报。"

茜格德莉法面无表情地清了清嗓子,但等她开口时,声音有些颤抖。"她设计了一台机械……事实上不是机械,因为里面没什么机械装置,只有两面镜子、一块黑色天鹅绒挂帘、布罩、两块透镜、四盏提灯,当然还有明耀之钻……只要她念出一句咒语,两盏提灯就会点亮,然后……"

"细节就略过去吧。她联络的对象是?"

"她跟好几个人说过话,包括几位巫师……伯爵大人,我听到的并不多,但从我听到的内容判断……其中就没有值得尊敬的人物。他们也没一个愿意无偿提供帮助……他们向她索要钱财……所有人都要了……"

"我知道。"克拉茨喃喃道,"我看到了她从我银行户头转出的数目。嘿,这誓言还真是叫我出了血本!但钱嘛,本来就是身外之物。为叶妮芙和希瑞花的钱,我会从尼弗迦德的各大行省加倍讨回来。不过你还是继续说吧,茜格德莉法大祭司。"

"对有些人,"女祭司垂着头说,"叶妮芙用了要挟手段。她表示自己掌握了很多绝密信息,如果对方拒绝合作,她就公布给全世界

"……伯爵大人……总体来说,她是个睿智又善良的女人……但她做起事来不择手段。她很无情,还很残忍。"

"我对这点再清楚不过了。不过嘛,我完全不想知道要挟的细节,建议你也尽快忘掉。这些知识很危险,外行人还是不要玩火为好。"

"我知道,伯爵大人。我会照做的……虽然我认为只要目的正当,手段并不重要。这事我不会告诉别人,无论是我的朋友,还是拷打我的敌人。"

"很好,茜格德莉法大祭司。非常好……你还记得她对外联络时谈了些什么吗?"

"我有很多地方没听懂,伯爵大人。他们用了令人费解的黑话……还经常提起一个名叫威戈佛特兹的人……"

"果然。"克拉茨咬牙切齿的声音清晰可闻。

女祭司惊恐地看了他一眼。"有些内容,他们是用精灵语和上古语交流的。"她说,"另外,他们还提到了魔法传送门。还有塞德纳海沟……但其中最重要的,我想是塔。"

"塔?"

"对。两座塔。海鸥之塔和雨燕之塔。"

"正如我的猜测,"特莉丝说,"叶妮芙拿到了莱德克里夫委员会的最高绝密报告——关于仙尼德岛事件的调查报告。我不清楚有多少消息传进了史凯利格……你听说过海鸥之塔的传送门吗?听说过莱德克里夫委员会吗?"

克拉茨·安·奎特狐疑地看着女术士。"无论政治还是文化,"他的语调透出不悦,"都无法渗透进我们的群岛。我们与世隔绝,消息闭塞。"

特莉丝觉得自己还是别在意他的语气和神态比较好。"莱德克里夫委员会仔细调查过经由仙尼德岛传送门离开的痕迹。仙尼德岛的托尔·劳拉塔上有扇传送门,但高塔强大的魔法妨碍能力会让传递无法进行。不过,想必你也知道,海鸥之塔发生了爆炸和坍塌,让使用传送术成为了可能。卷入仙尼德事件的大多数人都是经由传送离开那座岛的。"

"的确。"伯爵笑着说,"比如你就传送到了布洛克莱昂森林,还背着个猎魔人。"

"正是如此。"特莉丝注视着他的双眼,"无论政治还是文化都无法渗透进群岛,但谣言可以,对吧?不过这事先放到一边吧,我们继续说莱德克里夫委员会。委员会的目的是确认从仙尼德岛传送离开的人都有哪些。他们使用了所谓的'溯源术',一种能映射出过去影像的咒语。他们能检测出传送的痕迹,并与传送的方向结合起来,继而辨识出开启传送门之人的身份。他们的调查从未失败过,只有一次例外。有一次传送的痕迹不知通往何处。确切地说,传送的目的地是大海。塞德纳海沟一带。"

"有什么人,"伯爵立刻反应过来,"传送到了等在指定位置的船上。奇怪的是,这次传送竟跨越了这么远的距离……去的还是那个恶名昭彰的地方。好吧,如果有人用刀子抵着你的喉咙……"

"正是如此,委员会也是这么想的。他们得出了以下结论:威戈佛特兹绑架了希瑞,但他没有别的逃脱路线,所以只能采用紧急手段

——他带着女孩传送到塞德纳海沟一带,在那里有条尼弗迦德人的船只正在等他。有件事支持了委员会的结论:仙尼德岛事件几天后,也就是七月十日那天,希瑞在洛克·格瑞姆宫正式觐见了皇帝。"

"好吧,"伯爵眯起眼睛,"这一来,很多事都能说通了。当然,前提是委员会没弄错。"

"这是自然。"女术士对上他的目光,露出一丝坏笑,"如果出现在洛克·格瑞姆宫的是个冒牌货,不是真正的希瑞,这一来,很多事同样也能说通。莱德克里夫委员会发现的另一个事实也能得到解释——那件事太过奇特又太不真实,第一版报告里甚至略过了没提。但绝密的第二版报告将它记录了下来,作为一种假说。"

"我洗耳恭听,特莉丝。"

"委员会的假说是这样的:海鸥之塔的传送门突然恢复了功用,有人走进了传送门,而传送时的能量异常巨大,甚至炸毁了传送门和海鸥之塔。"

"叶妮芙,"短暂的沉默过后,特莉丝续道,"肯定猜到了莱德克里夫委员会的发现,猜到了绝密报告的内容。也许……虽然可能性很小……穿过托尔·劳拉传送门的人就是希瑞。也许她逃出了尼弗迦德人和威戈佛特兹的魔爪……"

"如果是这样,那她现在在哪儿呢?"

"我也想知道。"

周围暗得可怕。聚集的云团遮蔽了月亮,几乎没放过一丝月光。

与狂风大作的昨晚相比,今晚几乎没有风,因此也就没那么冷。小船在泛起涟漪的水面上起伏不定。空气中弥漫着烂泥的味道,还有植物腐烂的味道,灰烬的味道。

岸边某处,有只海狸用尾巴拍打水面,把他俩都吓了一跳。希瑞敢说维索戈塔刚才睡着了,是那只海狸吵醒了他。

"继续说吧,"她用还没沾上鼻涕的那部分袖子擦了擦鼻子,"别再睡了。如果你睡着,我也不小心睡死过去,我们就会沿着水流一路向前,最后在大海里醒过来!再跟我说说传送的事!"

"你逃出仙尼德岛时,"老隐士续道,"穿过了托尔·劳拉,也就是海鸥之塔的传送门。然而,乔弗利·蒙克——他是传送术领域的最高权威,也是《上古种族的魔法》的作者,那是本关于精灵传送魔法的巨著——在作品里曾经提到,托尔·劳拉的传送门通往托尔·吉薇艾儿,也就是雨燕之塔……"

"仙尼德岛的传送门已经坏了。"希瑞插嘴道,"也许它损坏前会通往某座塔,但现在它通往那片沙漠。这叫混沌传送门。我学过这个。"

"真了不起,但我也学过,"老人哼了一声,"大部分内容我还记得。所以我才觉得你的故事很奇怪……至少其中一部分很奇怪。关于那次传送……"

"你能说得更清楚些吗?"

"好吧,希瑞,好吧。可现在该拉起捕鱼笼了。里面肯定会有几条鳗鱼。准备好没?"

"好了。"希瑞朝掌心吐了口唾沫,抓住钩篙。维索戈塔卷起消失在水下的绳子。

"拉起来。用……力!搬到船上去!抓住它们,希瑞!放进篮子,不然它们就跑了!"

———◀┃▶———

从昨晚开始,他们便来到这段沼泽化的支流,用捕鱼笼捕捉从海里大规模迁徙来的鳗鱼。午夜过后很久,他们才回到小屋,衣服湿透,精疲力竭,从头到脚沾满淤泥。

但他们还不能睡觉。这些渔获要拿去以物易物,因此必须装进箱子,仔细封口——哪怕鳗鱼找到再小的缝隙,明早都会连一条都不剩了。等工作快要结束,维索戈塔从篮子里挑出两三条最肥的鳗鱼,切成小块,裹上面粉,放到平底锅里油炸。吃完了,他们继续聊天。

"要知道,希瑞,我每天晚上还是睡不着。我一直没忘记你醒来之后,跟我争执不下的那件事。关于你说的日期,还有你脸上那道匪夷所思的伤口。你那伤口不可能超过十个钟头,但你却坚称自己受伤是在四天前。虽然我相信,伤者出现记忆错乱是常有的事,但我还是忍不住思考别的可能性。所以我问自己:那消失的四天究竟去哪儿了?"

"结果呢?以你的观点,那四天去哪儿了?"

"我不知道。"

"真棒,也就是说……"

猫突然扑向一只吱吱叫的小老鼠,打断了她的话。猫若无其事地咬断老鼠的脖子,扯出内脏,津津有味地吃了起来。希瑞漠然地看着这一幕。

"海鸥之塔的传送门,"维索戈塔再次开口,"通往雨燕之塔。而雨燕之塔……"

猫吃掉了老鼠，只留下一截尾巴当成饭后甜点。

"托尔·劳拉的传送门，"希瑞打了个大大的呵欠，"已经损坏了，它通往沙漠。我跟你说过一百遍了。"

"重点不在这里。两扇传送门之间是有联系的。托尔·劳拉的传送门损坏了，但托尔·吉薇艾儿还有一扇传送门。如果你能找到雨燕之塔，就能把自己传送回仙尼德岛。你会远离迫在眉睫的危险，远离敌人的魔掌。"

"哈！那可太好了。现在只有一个小问题，我不知道那个雨燕之塔在哪儿。"

"但我也许有办法解决这状况。希瑞，你知道大学考验的是哪方面的能力吗？"

"不知道。是什么？"

"运用资源的能力。"

"我就知道，"维索戈塔自豪地说，"我找到了。我找啊，找啊，然后……哦，见鬼……"厚厚的一叠书从他手中滑落，那本古籍也掉到了地板上。书页摆脱脆弱的黏胶，散了一地。

"你找到了什么？"希瑞在他身边跪下，帮他收拾地上的书页。

"雨燕之塔！"隐士赶开坐在其中一页上的猫，"托尔·吉薇艾儿。帮我一下。"

"好多灰！还黏糊糊的！维索戈塔？这是什么？这幅画上是什么？

这个吊在树上的人是谁?"

"你说那幅?"维索戈塔看着松脱的书页,"那是汉姆多尔传说中的一幕。英雄汉姆多尔在世界树上悬吊了九天九夜,通过牺牲和痛苦换来知识与力量。"

希瑞揉了揉额头。"我以前也梦到过几次类似的场面。吊在树上的人……"

"这幅版画是……反正已经掉出来了。愿意的话,你可以回头再看。现在最重要的是……哦,总算找到了。拜维德·巴克胡森的《行走在魔法之径与魔法之地》,一本以内容难辨真伪而闻名的著作……"

"所以说,有可能是瞎编的?"

"有可能吧。但不管怎样的书,总有人能找到它的价值所在……所以,听好了……见鬼,这儿太暗了……"

"已经够亮了,是你年纪太大,眼神变差了而已。"希瑞的话语里带着年轻人漫不经心的残忍,"给我吧,我自己看。我该从哪儿看起?"

"从这儿。"他用皮包骨的指头指了指,"麻烦念出声来。"

◆━━◆━━◆

"这个拜维德的用词真奇怪。我没弄错的话,艾森嘉德应该是个城堡之类。但'百湖'又是哪儿?从没听说过。苜蓿又是什么?"

"就是三叶草。等你读完,我再告诉你艾森嘉德和'百湖'的事。"

精灵阿瓦拉克说完那番话不久，一群黑色的小鸟便钻出湖水，飞向空中——整个冬天，它们都躲在湖底越冬。学识渊博的人都知道，雨燕和其他鸟类不同，它们不会在秋天飞走，然后在春天返回。它们会一只接一只抓住对方的小爪子，聚集成团，一同沉进湖底，等到冬去春来再飞出湖水。正因如此，雨燕不仅是春天与希望的象征，更是纯洁无瑕的范例，因为它永远不会落到地上，接触地面的泥土和污秽。

但我们还是说回这片湖水吧。空中盘旋的小鸟肯定很喜欢我们，因为它们用小小的翅膀吹散了迷雾，一座奇妙而迷人的高塔骤然现身。我们不约而同惊呼出声，因为这高塔的基座乃由雾气组成，塔顶则是光辉笼罩，就像神奇的北极光。这塔想必是用强大的魔法打造，因为它已超越了人类智慧所能理解的范畴。

精灵阿瓦拉克对我们的钦佩心知肚明，于是他说："那就是托尔·吉薇艾儿，雨燕之塔。它是众多世界的交叉路口，也是时间之门。欢喜吧，凡人们，为你们的双眼目睹此景而欢喜。因为这等良机难得一遇，也只有少数人有缘得见。"

当我们问起能否靠近壮丽的高塔，好从近处加以观赏时，阿瓦拉克大笑起来。"托尔·吉薇艾儿，"他说，"对你们而言就像梦境。没人能碰触梦境。但这是好事，"他补充道，"因为只有被选中的少数通晓者才能抵达那座塔。时间之门是通往希望与重生的门扉，但对普通人来说，它却是通往噩梦的大门。"

他这番话还没说完，雾气便再次涌现，神奇的景致也从我们的视野中消失了……

<hr>

"所谓的'百湖',"维索戈塔说,"就是现今的森特洛克湖区,位于麦提那北部,靠近那赛尔和马格·图加的边境,耶雷纳河在其间蜿蜒流过。根据拜维德·巴克胡森在书中的说法,他们是从艾森嘉德往南来到湖边的……时至今日,艾森嘉德已不复存在,只有它的废墟留存下来,而离那里最近的城镇是纽伦斯。拜维德记载的路程是十六里格。当时使用的长度计量单位有好几种,如果用最常见的单位计算,十六里格大概相当于五十里。我们目前在佩雷拉特,也就是艾森嘉德往南三百五十里左右。换句话说,希瑞,你和雨燕之塔之间的直线距离将近三百里。骑上你的凯尔比,最多几个星期就能赶到。当然了,得在春天,不是现在,因为再过一两天就要结霜了。"

"根据我读过的书,"希瑞喃喃说道,不时吸一下鼻子,"艾森嘉德已完全成了遗迹。我亲眼见过科德温的莎依拉韦德遗迹,我去过那儿。人们早把那里洗劫一空,只剩下光秃秃的石头。我敢打赌,你的雨燕之塔也只剩下石头了——大块的石头,因为小石头肯定都被搬走了。就算那里有过传送门……"

"托尔·吉薇艾儿是用魔法建造的,并非所有人都能看见。传送门更不会显现于人前。"

"的确,"她承认,然后思索起来,"仙尼德岛的传送门就是看不见的。它突然出现在空无一物的墙上……而且完全是碰巧,因为当时那个巫师就快追上我了……我甚至能听见他的声音……然后传送门就出现了，像是听到命令一般。"

"我敢肯定，"维索戈塔轻声说，"如果你前往托尔·吉薇艾儿，传送门也会在你眼前现身。就算传送门在废墟里，周围只有光秃秃的石头，我也敢肯定你能找到并启动它。我还敢肯定的是，它会服从你的命令。因为希瑞，我觉得你就是被它选中的少数人之一。"

———◀━━▶———

"你的发色，特莉丝，活像烛火的颜色。你的眼目好像青金石。你的嘴唇就像珊瑚……"

"别说了，克拉茨。你喝醉了吗？再给我倒点酒。然后继续说。"

"说什么？"

"别犯傻了！说说叶妮芙为什么决定要去塞德纳海沟。"

———◀━━▶———

"进展如何了？说吧，叶妮芙。"

"你先回答我一个问题：我每次找你都能遇见的两个女人是谁？她们看我的眼神就像看地毯上的猫屎。她们是谁？"

"你是问她们的名分还是事实？"

"后者。"

"她们是我妻子。"

"我懂了。也许你该找个机会跟她们解释一下：已经过去的事，早就不作数了。"

"我解释过了,但女人就是那样。别管这个了。告诉我吧,叶妮芙。我对你的进展很感兴趣。"

女术士咬住嘴唇。"很不幸,时间过得飞快,进展却很有限。"

"时间过得飞快,"他点点头,"且总能带来新的感受。我从大陆收到了消息,你会感兴趣的。是从维赛基德的军团传来的。你应该知道维赛基德是谁吧?"

"辛特拉的某个将军?"

"是元帅。更确切地说,是王室总管。他领导着一部分由辛特拉移民与志愿兵组成的泰莫利亚军队,里面就有不少群岛志愿兵,要弄到第一手消息并不困难。"

"是什么消息呢?"

"你在八月十九日——也就是满月的两天后——到了史凯利格群岛。同样是十九日这天,维赛基德的军团在艾娜河地区战斗期间,接收了一批难民,其中包括杰洛特,以及他认识的一位吟游诗人……"

"丹德里恩?"

"没错。维赛基德指控他们是密探,并将他们逮捕,打算处以死刑。但那两个俘虏成功逃脱,跑到了与他们暗中勾结的尼弗迦德军中。反正维赛基德是这么说的。"

"一派胡言。"

"我也这么认为。但我觉得,那位猎魔人或许跟你设想的不同,实际上他有个相当巧妙的计划。也许他打算从那些尼弗迦德杂种手中救出希瑞……"

"希瑞不在尼弗迦德,杰洛特也不会有什么计划,制订计划不是他的强项。这事就先不提了。重点在于,今天已经是八月二十六日了,而我得到的情报却少得可怜，不足以让我开展行动……除非……"

她的声音越来越小，双眼望向窗外，手上把玩着镶有星型黑曜石的黑丝绒缎带。

"除非？"

"除非我不再嘲笑杰洛特，而是尝试他的办法。"

"我不明白。"

"我可以选择牺牲自己。没错，牺牲可以还清人情，展现美德……还能得到女神的恩典，她爱护并欣赏那些出于正当理由牺牲和受苦之人。"

他皱起眉头。"我还是不明白。但你的话让我不太舒服，叶妮芙。"

"我知道。我也一样。但我已经没法回头了……也许狮子也该听听羊羔的抱怨了……"

"我的担心应验了。"特莉丝说，"我担心的就是这个。"

"也就是说，我当时的反应是正确的。"克拉茨·安·奎特下颌的肌肉绷紧了，"叶妮芙知道她用那台鬼机器进行的谈话被人偷听了，或者跟她谈话的某人背信弃义地泄了密……"

"或者两者皆有。"

"她早就知道了，"克拉茨咬紧牙关，"但她依然我行我素。也许因为她需要个幌子？于是她用自己做饵？也许她只是假装自己掌握了真相，好引诱敌人有所动作？所以她才会去塞德纳海沟……"

"作为挑衅，并向敌人下达战书。她冒了很大的风险，克拉茨。"

"我知道。她不希望我们涉险……自愿冒险的人除外。所以她才管我借了两条龙船……"

"我准备好你要的船了。'阿尔库俄涅号'和'塔玛拉号',并且附赠船员。'阿尔库俄涅号'的船长是史温之子古斯拉夫,这是他本人的请求。叶妮芙,你肯定给他留下了很好的印象。'塔玛拉号'的船长是艾萨·夏吉,他是我绝对信任的人。哦,差点忘了,我儿子'松下巴'哈尔玛也在'塔玛拉号'的船员中。"

"你儿子?他多大了?"

"十九岁。"

"你还真够早熟的。"

"你没资格说我。哈尔玛要求随行是出于个人原因,我没法拒绝他。"

"个人原因?"

"你真想知道前因后果吗?"

"想。告诉我吧。"

克拉茨·安·奎特喝光角杯里的酒,开始了回忆。

"阿德·史凯利格岛上的孩子们,"他开口道,"喜欢在冬天滑冰,每年都等不及初霜的日子。他们总是跑到刚刚冰封的湖面,踩到无法承担成年人体重的薄冰上。当然了,他们也喜欢比赛。他们往来于湖岸两边,在冰面上速跑,好像觉得自己活不过明天似的。这些孩子会组织一种名叫'鲑鱼跳'的比赛,比谁能跳过像鲨鱼牙一样耸立在湖面的岩石,就像连续跃上几道瀑布的鲑鱼那样。寻找一长排合适的石头,助跑,然后……哈,我也像那些流鼻涕小鬼一样玩过这个……"

克拉茨·安·奎特陷入回忆,脸上露出一丝微笑。

"当然了,"他续道,"能跳过最长一排石头的就是赢家,以后也可以拿来炫耀。叶妮芙,其他人会称赢家为'尊贵的大人',假装自己是他的仆人——虽然只有一天。我儿子哈尔玛最看重的就是这一点。他能跃过其他男孩连试都不敢试的一长串岩石,因此自命不凡,公开表示敢于接受任何挑战。后来,当真有人向他发起了挑战,那就是希瑞,辛特拉公主帕薇塔的女儿。她不算是岛民,但她在这里待过的时间比在辛特拉更久,所以他们同意让她参加比赛。"

"你是说帕薇塔遇难之后?我还以为卡兰瑟不准她再来了呢。"

"你也知道这事?"他瞥了她一眼,"那你知道的还真不少。当真不少。卡兰瑟愤怒的禁令只维持了六个月,然后希瑞又来这里避暑和过冬了……当然还有滑冰。她的动作灵巧得要命,可她真能在'鲑鱼跳'上跟其他男孩竞争吗?她真能挑战哈尔玛吗?我是很难想象啊!"

"她确实可以。"女术士猜测道。

"没错。那个辛特拉小鬼跳跃起来就像被魔鬼附了身。她不愧是真正的幼狮,毕竟她继承了雌狮的血脉。哈尔玛为了免于沦为笑柄,被迫冒险挑战比先前更长的一排岩石。他的确太冒险了,结果摔断了腿和胳膊,外加四根肋骨,脸也摔伤了。那道伤疤直到他进坟墓都不会消失,'松下巴'的外号也由此而来!还有他著名的未婚妻。哈哈!"

"未婚妻?"

"这事你就不知道了吧?为什么你对有些事一清二楚,有些事却一无所知呢?他卧床养伤期间,希瑞来探过病。她给他读书,跟他说话,握住他的手……如果有人走进房间,他俩的脸会像煮熟的虾一样红。后来哈尔玛告诉我,说他俩订婚了。我气得差点中风。我对那小崽子说,我确实给他订了桩婚事——但新娘子是皮鞭!我有点儿担心,因为我注意到幼狮是个容易冲动的丫头,就算风平浪静时,她也很胆大妄为,甚至有点疯疯癫癫的……幸好当时哈尔玛没法动弹,不然他俩肯定会私奔,或者干出那种蠢事……"

"他俩那时候多大?"

"哈尔玛十五,希瑞不到十岁。"

"你的担心恐怕有点多余。"

"也许吧。但我把这事告诉了卡兰瑟,她可没掉以轻心。我知道她早就给希瑞安排了婚事,叫她跟柯维尔的坦科里德·蒂森凑成一对儿,也可能是瑞达尼亚王子拉多维德,我记不清了。但有些传言会动摇这样的婚事,哪怕只是谣传两个不懂事的小屁孩亲了嘴……卡兰瑟立刻把希瑞带回了辛特拉。小女孩又哭又叫,一把鼻涕一把泪,结果当然是白费力气,辛特拉的雌狮可不吃她那一套。随后两天,哈尔玛都面冲着墙,不肯跟任何人说话。等康复之后,他还想偷一条小艇,独自划船到辛特拉去。我用皮鞭叫他冷静了一些。可接下来……"

克拉茨·安·奎特停了下来,若有所思。

"夏天来了,然后是秋天,很快尼弗迦德大军便朝辛特拉逼近。他们越过了玛那达阶梯,越过南方的群山屏障。哈尔玛找到了另一种成为男人的机会,他在玛那达英勇地对抗黑甲军,又去了辛特拉,接着转战索登。在那之后,当龙船前往尼弗迦德海岸时,哈尔玛也握剑在手,打算为自己心目中的未婚妻希瑞报仇——当时他以为她死了。我倒不这么认为,因为我先前跟你提过的现象并未出现……哦,现在哈尔玛知道这场远征有可能解救希瑞,所以自告奋勇,一定要来参加。"

"多谢你的故事,克拉茨。听完以后,我感觉又有精神了。你的故事……让我忘记了烦恼。"

"你什么时候出发,叶妮芙?"

"几天之内。也许就在明天。我还要进行最后一次远距离联络。"

克拉茨·安·奎特的双眼像猎鹰一样锐利,深深刺进她的内心……

"叶妮芙拆掉那台机械之前,进行了最后一次通话。特莉丝·梅利葛德,你该不会碰巧知道她联络的对象是谁吧?就在八月二十七日跨向八月二十八日的晚上?她跟谁谈了话?内容又是什么?"

特莉丝用睫毛盖住双眼,避开他的目光。

钻石折射的璀璨光线在镜面上闪烁。叶妮芙伸开双手,念诵咒语,耀眼的光辉经过反射,集中,照向一团雾气。很快,画面开始显现:那是个四面墙壁都被彩色挂毯覆盖的房间。

影像窗里有东西在动。一个困惑的声音响起。

"谁?谁在那儿?"

"是我,特莉丝。"

"叶妮芙!是你?诸神啊!你是怎么……你在哪儿?"

"我在哪儿并不重要。关掉防护罩,画面太不稳定了。还有,把那支蜡烛拿开,太晃眼了。"

"好的。马上。"

尽管已是深夜,特莉丝·梅利葛德穿的却不是内衣,也不是工作装。她穿了一条外出用的裙子。和以往一样领口很高,还是封闭式的。

"现在说话方便吗?"

"当然方便。"

"就你一个人?"

"是啊。"

"你在撒谎。"

"叶妮芙……"

"你在骗我,小丫头。我太熟悉你的表情了,因为我了解你。你背着我跟杰洛特上床时就是这副表情。那个时候,我在你脸上也看到了这副胆怯又无辜的假面具。难道历史再一次重演了?"

特莉丝涨红了脸。菲丽芭·艾哈特出现在影像窗里,穿着一件深蓝色的男式短上衣。"精彩。"她说,"一如既往地才思敏捷。一如既往地感官敏锐。一如既往地难以捉摸。看到你平安无事,真让我高兴,叶妮芙。幸好你离开蒙特卡沃时,那次疯狂的传送没造成悲剧性的后果。"

"我就假装你真的很高兴吧。"叶妮芙生气地噘起嘴,"虽然你的假设很大胆,但这事我就不提了。是谁背叛了我?"

菲丽芭耸耸肩。"很重要吗?四天来,你一直在跟那帮叛徒联络。他们那种人啊,唯利是图和背信弃义堪称第二天性。而对他们来说,你的要挟也与背叛无异。其中有人告发了你,这再正常不过了,别跟我说你没料到。"

"我当然料到了。"叶妮芙厉声道,"最好的证明就是我联络了你们,尽管我没必要这么做。"

"是没必要。这也就说明,你联络我们是有目的的。"

"精彩。一如既往地才思敏捷。一如既往地感官敏锐。我联络你们,是为了向你们保证,我会为你们的协会保密。我不会告发你们。"

菲丽芭眯起眼睛,注视着她。"如果,"她最后开口道,"你相信这句宣言会为你赢来和平、时间或者安全,那你恐怕打错了算盘。别搞错了,叶妮芙,你逃离蒙特卡沃时,就已经做出了决定。你选择了另一个阵营。如果你不是协会的人,那就是协会的敌人。现在你又想阻止我们找到希瑞,而你的动机也和我们截然相反。你在跟我们作对。你不希望我们为了政治目的利用希瑞,但你也该知道,我们也会竭尽所能,确保你不会出于私人感情利用她。"

"所以,这算是宣战了?"

"是竞争。"菲丽芭露出恶毒的笑,"只是竞争而已,叶妮芙。"

"正大光明的竞争?"

"你在开玩笑吧?"

"那还用说?不过至少在一件事上,我希望跟你们进行一场正大光明的对话。顺便还需要你们帮我个忙。"

"说吧。"

"接下来几天里,也许就在明天,将会发生一些我无法预料后果的事。也许我们的竞争和对抗会突然失去意义。理由很简单——竞争的一方将不复存在。"

菲丽芭·艾哈特眯起涂着蓝色眼影的双眼。"我懂了。"

"到那时,希望你们能为死后的我恢复声誉和名声。别再把我当成叛徒,或者威戈佛特兹的帮凶。这是我对协会的请求。这也是我对你个人的请求。"

菲丽芭沉默片刻。

"我拒绝。"最后,她说,"很抱歉,但为你洗刷罪名不符合协会的利益。如果你死了,你仍然会是个叛徒。对希瑞来说,你会是叛徒和罪犯,因为这一来,要操纵那女孩会更简单。"

"在你做出无法挽回的事之前,"特莉丝突然开口,"请给我们留下些……"

"遗嘱吗?"

"留下些……线索,好帮我们找到希瑞。因为我们也关心她的安危!她的性命!叶妮芙,迪杰斯特拉发现了一些……蛛丝马迹。如果希瑞真被威戈佛特兹抓住,那她就难逃一死了。"

"安静,特莉丝。"菲丽芭·艾哈特厉声道,"我们不是在跟她讨价还价。"

"我会把线索留给你们。"叶妮芙缓缓地说,"我会把我找到的情报和计划都留给你们。我会留下线索让你们能找到她。但我不会白送给你们。既然你们不肯向全世界洗刷我的罪名,那你们就跟这个世界一起见鬼去吧。不过至少,请在猎魔人面前帮我说清楚。"

"不行,"菲丽芭立刻回绝了她的请求,"因为这也有损协会的利益。对你的猎魔人来说,你也仍会是叛徒和帮凶。如果跟他说清楚,他会在一怒之下为你报仇,对协会也是有百害而无一利。顺便一提,他现在恐怕已经死了,或者随时都会死掉。"

"我用情报换他的命。"叶妮芙用阴郁的语气说,"救救他,菲丽芭。"

"不行,叶妮芙。"

"因为这有损协会的利益?"女术士眼里燃起紫色的火焰,"特莉丝,你听到了吗?这就是你的协会!你看到她们的嘴脸和目的了。你是怎么想的?你是那孩子的导师,而且,用你的话说,你就像她的姐姐。至于杰洛特……"

"别拿特莉丝的人际关系做文章,叶妮芙。"菲丽芭出言反驳,双眼同样燃起怒火,"我们不靠你帮忙也能找到并解救那个女孩。如果你能成功,那就谢天谢地,因为你会帮我们省下麻烦。你能从威戈佛特兹手中夺回女孩,我们也会很高兴。至于杰洛特?谁在乎他?"

"特莉丝,你听到了?"

"原谅我,"特莉丝·梅利葛德语气阴沉,"原谅我,叶妮芙。"

"呵呵!不,特莉丝,我不会原谅你的。"

◆━━━▶◀━━━◆

特莉丝盯着地面。克拉茨·安·奎特的双眼就像猎鹰一样锐利。

"结束最后那次秘密联络——当然了,特莉丝·梅利葛德,你对联络的内容一无所知。"史凯利格群岛伯爵缓缓说道,"叶妮芙第二天便离开了群岛,前往塞德纳海沟。我问她为什么要去那里,她看着我的双眼,回答说她必须确认自然灾害与非自然灾害是否存在差别。她带走了两艘龙船——'塔玛拉号'和'阿尔库俄涅号',所有船员都是自愿随行。那天是两周前的八月二十八日。从那之后,我再没见过她。"

"你是什么时候听说……"

"五天以后。"他打断了她,"九月的第二天。"

艾萨·夏吉船长坐在伯爵面前,满脸不安。他舔舔嘴唇,在长凳上扭动身子,又揉捏着手指,让指节噼啪作响。红色的太阳终于钻出低空的云层,朝史派克鲁格岛缓缓降落。

"说吧,艾萨。"克拉茨·安·奎特命令道。

艾萨·夏吉咳嗽几声。"我们航行得很快。"他报告说,"当时是顺风,我们的速度足有十二节。二十九日傍晚,我们看到了沛西海角的灯塔。我们稍稍往西航行一段,以免遭遇尼弗迦德人……三十一日黎明时分,我们来到塞德纳海沟。女术士叫来我和古斯拉夫……"

"我需要志愿者,"叶妮芙大声道,"只要志愿者。能在短时间内驾驶一艘龙船就好。我不知道需要多少人,我对这方面不太熟,但我只要能驾驶'阿尔库俄涅号'的必要人手就够了。我重复一遍——只要志愿者。我的计划……很危险。比海战还危险。"

"明白。"老总管点点头,"我先自荐。我,史温之子古斯拉夫,请求您给予我这份荣幸,女士。"

叶妮芙与他对视良久。"好的。"她说,"其实荣幸的人是我。"

"我也自荐了，"艾萨·夏吉说，"但古斯拉夫不同意。他说必须有人留下指挥'塔玛拉号'。最后有十五人志愿参加。包括哈尔玛在内，伯爵大人。"

克拉茨·安·奎特扬起眉毛。

"古斯拉夫，我们需要多少人？"女术士重复一遍，"必要的人数是多少？请给我个准确数字。"

总管沉默片刻，在心里计算着。

"如果只航行一小段时间，"他说，"八个人可以勉强应付……可既然有这么多志愿者，我们没必要……"

"从十五人里挑出八个。"叶妮芙打断他的话，"你亲自挑选，让他们登上'阿尔库俄涅号'。其他人都留在'塔玛拉号'上。哦对了，还有一个人必须留下。哈尔玛！"

"不，女士！您不能这样！既然我志愿参加，我就要和您并肩作战！我想……"

"闭嘴！你留在'塔玛拉号'上！这是命令！再多说一个字，我就叫人把你绑到桅杆上！"

"继续说,艾萨。"

"女术士、古斯拉夫和八名志愿者登上'阿尔库俄涅号',去了海沟那边。我们按命令留在'塔玛拉号'上,但跟他们离得不太远。然而,先前宜人的天气突然变得险恶起来。不,险恶这个词不大适合,因为那绝对是某种邪恶力量的影响,伯爵大人……也许你觉得我是在撒谎……"

"继续说。"

"虽然风给我们搞了个小小的恶作剧,让云层遮蔽了太阳,周围昏暗如夜,但'塔玛拉号'所处的位置风平浪静,'阿尔库俄涅号'那边却像是地狱。货真价实的地狱……"

"阿尔库俄涅号"的船帆突然剧烈鼓动,那声音就连"塔玛拉号"的船员都能听到——尽管两艘船之间隔着相当一段距离。天色黯淡,云团聚集。"塔玛拉号"周围平静无波,"阿尔库俄涅号"的船舷却翻涌起浪花。有人大叫出声,另一个人也大喊起来,片刻过后,所有人都开始呼喊。

在一块锥形的乌云下,"阿尔库俄涅号"像软木塞一样载沉载浮。它转动,旋转,跃起,然后迅速用船首——有时则是船尾——分开波浪。有些时候,龙船的船身几乎完全被风浪掩盖;还有些时候,他们只能看到条纹图案的船帆。

"是魔法!"艾萨身后有人喊道,"魔鬼的魔法!"

涡流让"阿尔库俄涅号"转得越来越快。龙船侧面的盾牌被离心力甩出,像铁饼一样呼啸着划破空气。折断的船桨也四下飞散。

"收帆!"艾萨·夏吉喊道,"操舵!快过去!救下他们!"

但为时已晚。

"阿尔库俄涅号"上方黑色的天空突然迸射出锯齿状的闪电,像水母的触手一样缠住船身。层层叠叠的乌云扭曲变形,化作一只巨大的漏斗。龙船以惊人的速度打着转,桅杆像火柴一样折断,碎裂的船帆在浪花上方盘旋,仿佛一只硕大的信天翁。

"快划,伙计们!"

在轰鸣的雷声和浪花声中,艾萨只能勉强听到自己的吼声,但所有人都听到了"阿尔库俄涅号"上船员的呼喊。那叫声是如此诡异,让他们汗毛倒竖——尽管身为老练的水手和嗜血的战士,他们见过和听过的东西已经不少了。

他们意识到自己无能为力,只好放开了船桨。他们震惊不已,甚至忘记了叫喊。

仍在旋转的"阿尔库俄涅号"缓缓升上半空,越飞越高。他们看着爬满藤壶和海草的龙骨滴下海水。一个黑色的人影坠入波涛之中。然后是第二个。第三个。

"他们跳船了!"艾萨·夏吉喊道,"划呀,伙计们,别松劲儿!给我拼命划!快去救人!"

"阿尔库俄涅号"已高出海面一百码。海水不断泛起泡沫,仿佛沸腾一般。龙船仍在旋转,在耀眼的叉状闪电的缠绕下,滴水的纺锤状船身正被一股看不见的力道拖入云层。

突然间,震耳欲聋的爆炸撕裂了空气。尽管有十五对船桨作动力,"塔玛拉号"仍被海浪猛地甩上半空,像攻城锤一样朝后飞去。艾萨·夏吉感到脚下的甲板摇晃起来,他失去平衡,额角撞上了栏杆。

他自己已经站不起来了,只能靠别人搀扶着起身。他头晕目眩,转了两圈,摇摇头,语无伦次地说了句什么。他听到远处传来呼喊声,于是蹒跚着走向船舷,像醉汉一样摇摇晃晃。最后,他抓住了护栏。

风已经停了,海面也平静下来。但天空依然乌云密布。

"阿尔库俄涅号"踪影全无。

◆━━◆━━◆

"它消失得无影无踪,伯爵大人。好吧,还剩下几段缆绳,几块碎木片……仅此而已。"

艾萨·夏吉中断了讲述,看着夕阳沉到林木繁茂的史派克鲁格岛后。克拉茨·安·奎特陷入沉思,没再催促他说下去。

"没人知道,"艾萨·夏吉终于续道,"在那团邪恶的乌云飘走之前,有多少人跳下了'阿尔库俄涅号'。但不管有多少人跳了下来,最终都无人生还。虽然我们花费许多时间和精力,最后也只找回两具尸体。两具浮在水面上的尸体。只有两具。"

"女术士,"伯爵用变了调的嗓音问,"不在其中?"

"不在。"

克拉茨·安·奎特沉默良久。夕阳消失在史派克鲁格岛后。

"史温之子,老古斯拉夫不在了。"艾萨·夏吉续道,"塞德纳海沟下的螃蟹多半已啃光了他的血肉……女术士也失踪了……伯爵大人，我的部下陷入不安……他们觉得这都是女术士的错，还说她已受到相应的惩罚……"

"蠢人多话！"①

"她失踪了，"艾萨嘟囔道，"在塞德纳海沟失踪了。跟帕薇塔和多尼失踪的地方一样……这真是巧合……"

"这才不是巧合。"克拉茨·安·奎特斩钉截铁地说，"这一次，还有上一次，都不是巧合。"

---

①出自俗语，全句为"智者寡言，蠢人多话"。——译注

让不幸者承受痛苦，是件正确的事。他们蒙受的痛苦与羞辱，皆是自然规律的结果。而要实现自然的目的，就需要有承担痛苦的人存在，也需要一群以施虐为乐的人。这样的事实，终将盖过暴君或恶徒灵魂中的良心谴责。他们无需克制，反而应当大胆地将想象中的种种行径付诸实施，因为这才是自然之声给他们的暗示。

将我们导向邪恶的，正是自然不为人知的启示。由此看来，自然的本质便是邪恶。

——多拿尚·阿勒冯瑟·冯索瓦·德·萨德侯爵

第十章

牢门开启又关闭,发出响亮的哐当声,将斯卡拉姐妹中的妹妹从熟睡中唤醒。她姐姐坐在桌边,正在刮碗底的最后一口麦片粥。

"出庭还顺利吧,肯娜?"

又名"肯娜"的乔安娜·瑟尔伯尼一言不发,坐在床上,双肘撑着膝盖,双手按住额头。

小斯卡拉打个呵欠,又打了个响嗝,放了个响屁。对面的床上,柯霍特含糊地嘟囔一句什么,翻了个身。他生气的原因是肯娜、斯卡拉姐妹,外加全世界。

在一般的牢房里,犯人通常会按性别分开关押,但在军事要塞不行。当年,费格斯·瓦·恩瑞斯皇帝颁布了解放女性的法令,宣布女性在帝国军队中拥有与男性同等的权利,并要求在所有场所、所有方面都实行男女平等,不允许任何例外,或让任何一方享有特权。从那以后,军事要塞的牢房就变成了男女混用。

"所以呢?"大斯卡拉问道,"他们会放了你吗?"

"这就是所谓的正义,"肯娜依然双手抱头,语带苦涩,"他们不绞死我就算我走运了。见鬼！我说的全是实话，什么都没隐瞒——好吧，几乎没有隐瞒。可那些杂种从一开始就当我是疯子，说我是不值得信任的犯罪分子，最后还指控我参与密谋，打算造反……"

"造反？"大斯卡拉不懂装懂地摇摇头，"如果跟造反有关，那你就完蛋了，肯娜。"

"说得好像我不知道似的。"

小斯卡拉用力伸个懒腰，大声打个呵欠，动作和声音就像一头豹子。她从上铺跳下来，精力十足地踢开一只挡道的凳子，又往凳子旁边的地板上吐了口唾沫。柯霍特嘟囔一声，但没敢再多说什么。

柯霍特很生肯娜的气。但他害怕斯卡拉姐妹。

三天前，肯娜被关进这间牢房。她很快就发现，柯霍特对"女性解放"和"男女平等"有自己的一套看法。到了半夜，他用毛毯盖住肯娜的上半身，打算好好利用一下她的下半身。如果对方不是个灵能师，恐怕他已经得手了。肯娜强行渗透进柯霍特的大脑，让他像狼人一样放声哀号，又像被狼蛛咬了似的爬来爬去。出于纯粹的报复心理，肯娜用传心术强迫他趴在地上，用脑袋猛撞牢房的金属门。可怕的噪音惊动了守卫。他们推开牢门，痛揍了柯霍特：用木棍抽了他整整五棍，还踢了他好几脚。总而言之，柯霍特没能找到他期待的乐子，所以很生肯娜的气。但他没有复仇的胆量，因为第二天，斯卡拉姐妹也被关了进来。这下女性的比例占了上风，更重要的是，肯娜发现，这对姐妹对男女之事的看法和柯霍特很相似，只是在她们眼里，性别对应的角色应该颠倒过来。小斯卡拉用捕食者的目光盯着柯霍特，清晰无误地展示出自己的欲望，她姐姐则放声大笑，还快活地搓着手。最后柯霍特睡觉时都只能抱着木头板凳，好在必要时维护自己的尊严。

如果真的出事,他守住贞操的可能性极为渺茫。斯卡拉姐妹在正规部队服过役,是上过好多次战场的老兵。如果她们真想强暴或侵犯他,他就算抱着斧子也无济于事。好在肯娜确定,这对姐妹只是在开玩笑。好吧,是几乎确定。

斯卡拉姐妹之所以进牢房,是因为她们殴打了一名军官。柯霍特则卷入了一起牵涉高层人士的战利品侵吞案,正在等待出庭受审。

"你完蛋了,肯娜。"大斯卡拉重复道,"你蹚的浑水很深啊,都淹到脖子了。因为你没发现,这是场政治游戏!"

"呸!"

大斯卡拉看着她,不知该如何理解这个单音词。肯娜转过头去。

我不会说出我在法庭上隐瞒了什么,她心想,*我也知道自己卷入了什么游戏。至于何时知道又是怎么知道的,别指望我会告诉你。*

"你这就叫贪心不足蛇吞象。"小斯卡拉睿智地说。虽然在肯娜看来,她根本没听懂她们的对话。

"那位辛特拉公主怎么样了?"大斯卡拉不依不饶地问,"你们找到她了,对吧?"

"找到……可以这么说吧。今天几号?"

"九月二十二。明天是秋分日。"

"哈,真巧。到了明天,这事就刚好过去一年了……一年……"

肯娜躺在床上,双手交扣在脖子后面。斯卡拉姐妹沉默下来,以为她会开始讲故事。

不会的,我的姐妹花,肯娜看着上铺床板背面的涂鸦和字迹。*我不会讲故事的。不是因为柯霍特会把我出卖给该死的法官,不是因为我想当什么污点证人。我只是不想再提。我不想再去回忆。*

我不想再回忆一年前的事……在克莱蒙特，邦纳特从我们手上逃脱以后的事。

我们晚到了两天，她回忆起来，而他早已踪迹全无。没人知道赏金猎人去哪儿了。我是说，没人，除了商人霍温纳赫。但霍温纳赫不肯跟我们或史凯伦说话，甚至不愿意放我们进他的宅邸。他只派个仆人见我们，说他没时间会客。灰林鸮大生闷气，可我们还能怎么办？我们身处艾宾，没有任何权限，单凭这几个人也对付不了霍温纳赫，因为他在克莱蒙特镇有一支私人部队。我们不能挑起战争……

波利亚斯·穆恩四处打探，达克瑞·希利凡特和奥拉·哈希姆尝试贿赂，提尔·艾克拉德用了精灵魔法，而我负责读心和聆听，但这一切收效甚微。我们只知道邦纳特是从南门离开城镇的。而在他离开之前……

南门附近的集市上有座小小的祭坛。离开克莱蒙特之前，邦纳特用鞭子把法尔嘉驱赶到祭坛上。当着所有人的面，包括周围的祭司，他叫嚷着要让她知道谁才是主人和所有者。他说他想抽哪儿就抽哪儿，愿意的话，他可以把她活活抽死，因为没人敢来插手，没人会帮助她，无论是人还是神。

小斯卡拉抓着铁栏杆，看向窗外。大斯卡拉还在吃碗里的麦片粥。柯霍特抱起凳子，躺在床上，用毛毯盖住自己。

他们听到卫兵室的警铃声，还有墙头哨兵的呼喊……

肯娜翻个身，面冲墙。

几天后，我们相遇了，她心想。我和邦纳特面对面。我看着他那对不似人类的死鱼眼。从他的眼神里，我能看出他只在想一件事：怎样殴打那个女孩。然后我窥探了他的思想……虽然只有一瞬间，但那感觉就像把脑袋伸进了敞开的墓穴……

这事发生在秋分日。

而在前一天,九月二十二日,我发现有人隐去身形,混进了我们中间。

皇家验尸官史提芬·史凯伦聆听她的讲述,一次也没插嘴。但肯娜注意到了他的表情变化。

"再说一遍,瑟尔伯尼。"他慢吞吞地说,"再说一遍,我怕自己听错了。"

"验尸官大人,"她低声道,"你要假装生气……好像我提出一项请求,被你严词拒绝了。至少让人看起来是这样。我没弄错,这点我敢肯定。至少在过去的两天里,有个隐形的密探正在我们周围打转。"

不得不承认,灰林鸮是个聪明人,马上就理解了她的意思。

"不,瑟尔伯尼,我不同意。"他大声说道,但语气和动作没那么夸张,"纪律是一视同仁的。没有例外。我不同意!"

"听我说完,验尸官大人。"肯娜说。她没有灰林鸮的表演天赋,但这种时候,犹豫不决和不自然的语气反而更可信。"至少听我说完……"

"说吧,瑟尔伯尼!但请简明扼要!"

"对方刺探我们已经两天了。"她喃喃说着,装作在低声下气地阐述理由,"从克莱蒙特开始。他偷偷跟在我们后面,来到我们的营地,在人与人之间穿行,刺探我们的情报。"

"该死的密探?"史凯伦用不着假装愤怒或严厉,他的声音已经气得发抖了,"你是怎么发现的?"

"昨天你在旅店门口向希利凡特先生下命令时,只有睡在长椅上的猫突然嘶叫起来,它折起耳朵,全身毛发倒竖。当时我没怀疑,因为还有别人在场……然后我发现了一样东西,一段奇怪的思绪,来自另一个人的头脑。当我们自己人思考时,思绪总是熟悉又平常,但那段思绪又古怪又陌生,验尸官大人,就像有人突然大喊大叫一样……于是我专心聆听,终于发现了他。"

"你一直都能感觉到他?"

"不是一直。他有某种魔法防护手段。我只能在近距离感觉到他,还不是每次都可以。所以我们必须继续伪装,因为我不清楚他是否正躲在附近。"

"别惊动他。"灰林鸮恶狠狠地说,"千万别惊动他。我要捉活的。瑟尔伯尼,你有何建议?"

"我们可以做薄煎饼。"

"薄煎饼?"

"小点儿声,验尸官大人。"

"可……哦,算了。我同意。这回就放你一马。"

"到了明天,你要安排我们在村子里过夜。我会负责其他人。在我离开之前,假装责备我几句吧。"

"我不会责备你的。"灰林鸮狡黠地眨了眨眼睛,随即露出指挥官才有的严肃表情,"我对你很满意,瑟尔伯尼女士。"

他说了"女士"。瑟尔伯尼女士。就像称呼军官一样。他又眨了眨眼。

"不行！"他摆摆手，完美地扮演着自己的角色，"我拒绝你的请求！退下吧！"

"遵命，验尸官大人。"

第二天下午，史凯伦命令小队在莱特河边一个小村歇脚。这个村子相当富有，周围竖着栅栏，入口有扇厚重的闸门。该村名叫"独角兽"，得名于村内一间小小的石头神殿，里面供奉着一只形状像是独角兽的稻草娃娃。

听到我们嘲笑那尊小小的稻草神灵，肯娜回忆着，村长一脸严肃地说，多年以前，保护村子的神圣独角兽是用金子做的，后来换成了银子，再后来是铜，接着又换成骨制和木制的版本。但每尊都会被人偷走或抢走。直到他们换成稻草独角兽，才不再有小偷和强盗光顾了。

我们在村里待了一晚。史凯伦像先前说好的那样，在一栋村舍住了下来。还不到一个钟头，我们就把隐形的密探做成了薄煎饼——以经典的、教科书式的方式。

"都过来。"灰林鸮命令道，"过来看看这份文件……等等！所有人都到齐了吗？我可不想重复第二遍。"

奥拉·哈希姆喝了口奶油，擦去嘴上白色的"小胡子"，放下杯子，扫视周围，算了一下。

"达克瑞·希利凡特、波特·布瑞登、提尔·艾克拉德、乔安娜·瑟尔伯尼……杜菲希不在。"

"叫他来。"

"克里尔!杜菲希·克里尔!到指挥官这儿来听作战指示!有重要命令!跑着过来!"

杜菲希·克里尔上气不接下气地跑进门廊。

"到齐了,验尸官大人。"奥拉·哈希姆说。

"打开窗户,蒜味重得我都没法呼吸了。把门也打开,让空气流通点儿。"

布瑞登顺从地打开门。肯娜在心里再次确认,灰林鸮的演技真的非常出色。

"靠近点儿。我从皇帝那儿收到一份非常重要的绝密文件。仔细听……"

"就是现在!"肯娜大喊一声,冲那意识发出一股强大的定向脉冲,这对人脑的冲击堪比雷击。

与此同时,奥拉·哈希姆和达克瑞·希利凡特抄起木桶,朝肯娜所指的方向泼出奶油。提尔·艾克拉德迅速扬起一包藏在桌下的面粉。房间地板上出现了一个沾满奶油与面粉的轮廓,起初看不出是什么形状,但波特·布瑞登已经等候多时了,他瞄准"薄煎饼"脑袋的位置,用一只沉重的铸铁煎锅狠狠一敲。

所有人都扑向沾满奶油与面粉的密探,从他头上拽下一顶隐形帽,抓住他的双臂和双腿。他们把俘虏拖到桌边,把他绑到桌腿上,脱掉他的靴子和袜子,又把一只袜子塞进他的嘴,省得他继续尖叫。

最后,杜菲希·克里尔快活地一脚踢中俘虏的肋部,其他人则心满意足地看着俘虏双眼凸出的模样。

"干得好。"始终站在原地、双臂抱胸的灰林鸮说,"精彩。祝贺你们,尤其是你,乔安娜女士。"

该死的,肯娜心想,**如果再接再厉,说不定我真能当上军官呢。**

"布瑞登先生,"史提芬·史凯伦在俘虏被绑在桌腿上的脚边站定,用冰冷的声音说道,"请找根铁棍放到火里。艾克拉德先生,你去屋外看看有没有小孩子。"

他弯下腰,盯着俘虏的双眼。

"你上次现身是很久以前的事了,里恩斯。"他说,"我都在想你是不是出意外了。"

宣布卫兵换岗的钟声敲响。斯卡拉姐妹发出了有节奏的呼吸声。柯霍特抱紧凳子,在梦中低语。

当时,里恩斯努力表现出勇敢的样子,肯娜回忆着,假装自己无所畏惧。成了薄煎饼的术士被绑在桌腿上,光着两只脚,他想逗英雄,但他没能骗过任何人,更骗不了我。灰林鸮警告过我,说他是个术士,于是我扰乱了他的思想,让他没法施展咒语,或用魔法手段求助。然后我读取了他的思想。他试图抵抗,但闻到加热铁棍的炭火的烟味时,他的魔法防线就像旧裤子一样崩开了口,于是我随心所欲地窥探了一番。他的想法和处在相似环境下的其他人没有任何区别。

狂乱的念头,充斥着恐惧和绝望。冰冷、黏滑、潮湿又发臭的念头,就像尸体的腐烂内脏一样。

即便如此，等他们拽掉他嘴里的袜子，他还是想逗英雄。

◀━▶

"好吧，史凯伦，你赢了。你逮住我了。恭喜你。我拜服你们的老练技术和职业水准，我羡慕你部下的训练有素。现在，快给我松绑吧，我这姿势实在不舒服。"

灰林鸮走向一把椅子，反向坐下来，双手交扣在椅背上方，托住下巴。他居高临下地看着俘虏，沉默不语。

"命令他们放了我，史凯伦。"里恩斯重复一遍，"然后叫你的属下都出去，我要说的话只能给你一个人听。"

"布瑞登先生，"灰林鸮头也不回地问，"铁棍现在是什么颜色？"

"还得再等一会儿，验尸官大人。"

"瑟尔伯尼女士？"

"现在读他的心很困难。"肯娜耸耸肩，"他怕得要死，恐惧压抑了其他所有念头。尽管如此，他仍努力将几个念头隐藏在魔法屏障后面。但这不是问题，我可以……"

"没这个必要。还是用传统手段吧——烧红的铁棍。"

"妈的！"密探咆哮道，"史凯伦！你该不会……"

灰林鸮身子前倾，神情略微起了变化。

"首先，叫我史凯伦大人。"他说，"其次，你没猜错，我会用滚烫的拨火棍给你的脚心挠挠痒。这事会给我带来难以言表的快乐，我会将其视为历史正义的体现。我敢打赌你没听懂。"

里恩斯没说话，于是史凯伦继续说下去。

"要知道，里恩斯，七年前你像狗一样爬到帝国情报处，乞求充当双重密探时，我就劝过瓦提尔·德·李道克斯用拨火棍烫烫你的脚底。四年前，你开始拍恩希尔的马屁，同时利用冥想与威戈佛特兹联络时，我也给了他同样的建议。后来你接到寻找辛特拉小丫头的任务，从微不足道的叛徒变成了情报处的一份子，我还是这么建议的。我跟瓦提尔打赌说，只要让你尝尝烧红铁棍的滋味，你就会招供你到底在给谁卖命……不，这样表达不太妥当。我们会查明你卖命的每一个对象，再弄清你背叛的每一个对象。我是这么告诉瓦提尔的，还说他会被两份名单的相似度吓上一跳。可瓦提尔·德·李道克斯却把我的话当成耳旁风，现在他肯定后悔了。不过补救还来得及。我会一点一点烤熟你，弄清你知道些什么，再把你交给瓦提尔处置。然后他会慢慢地，一小块一小块地剥掉你的皮。"

灰林鸦从口袋里拿出一块手帕和一瓶香水。他往手帕上洒了几滴香水，举到鼻子跟前。空气中有股麝香的味道，肯娜却觉得反胃。

"拨火棍，布瑞登先生。"

"我服从的是威戈佛特兹的命令！"里恩斯喊道，"我的目标是那个小丫头！我跟着你们的小队，打算拖慢你们的脚步，不让你们追上赏金猎人！我想跟他做笔交易，内容与那丫头有关！是跟他，不是跟你！因为你们想杀了她，而威戈佛特兹想留她活命！你还想知道什么？我全说！我什么都告诉你！"

"好了好了！"灰林鸦吼道，"悠着点儿！噪音和情报太多都会让我头疼。先生们，你们能想象我们烤他时会是什么样子吗？我们都会被震聋的！"

克里尔和希利凡特大笑起来，肯娜和聂拉汀·西卡却没笑。波特·布瑞登保持严肃的表情,从发红的木炭里拿出拨火棍,仔细端详。铁棍几乎转为透明——就像装在玻璃试管里的液态火焰。

里恩斯看着拨火棍,尖叫起来。

"我知道怎么找到赏金猎人和那个辛特拉小丫头!我知道!我说!"

"我相信你知道。"

仍在努力读心的肯娜皱起眉头,她察觉到他突如其来的愤怒与绝望。在里恩斯的脑海里,有个东西破碎了——那是另一道魔法屏障。他怕得就要说出什么了,肯娜心想,而他本打算把这事留到最后,作为他的王牌,作为在最终的牌局中将所有人击败、成为真正赢家的手段。而现在,对痛苦的纯粹恐惧让他亮出了那张王牌。

突然,有什么东西涌入她的脑海。她感到鬓角发烫,然后猛然转凉。

她知道了。她知道了里恩斯隐藏的想法。

诸神在上,她心想,*我居然蹚进了这么深的浑水……*

"我会说的!"里恩斯面孔涨红,凸出的双眼盯着验尸官,"我会告诉你非常重要的情报,史凯伦!瓦提尔·德·李道克斯他……"

肯娜突然听到另一个陌生的思想。她看到聂拉汀·西卡按住匕首,朝门边走去。

靴子踩踏地板的声音传来。波利亚斯·穆恩走进房间。

"验尸官大人!快来,验尸官大人!你肯定猜不到谁来了……"

史凯伦抬手阻止了布瑞登——他正用手里的拨火棍凑近密探的脚跟。

"你怎么这么走运啊,里恩斯?"他看向窗外,"我就没见过像你这么走运的人。"

透过窗户,他们看到了人群,人群中央是两个骑在马背上的人。肯娜立刻知道了他们的身份。她知道长了一对苍白死鱼眼、骑着栗色马的大个子是谁,也知道骑着漂亮黑马的银发女孩是谁。女孩双手被绑,脖子上还缠了条铁链,肿胀的脸颊上有发黑的瘀青。

维索戈塔闷闷不乐地回到小屋,显得沮丧又沉默,甚至有些愤怒。原因是某个划着小船来收毛皮的村民说的话。"恐怕这是开春前最后一次了。"村民说,"天气一天比一天坏,大雨和大风让人不敢划船。今早水坑里都结了冰,我想再过不久就要下雪了。河面早晚会冻住,到时我只能收起小艇,翻出雪橇了。可佩雷拉特到处都是沼泽,雪橇根本没法通行。"

村民说得对。当天晚上,天空阴云密布,降下大片的雪花。从东方吹来的阵风抽打着香蒲,往常平静的河面起伏不定。寒意渗进了他的老骨头。

后天是万圣节,维索戈塔心想。按照精灵历法,三天后便是新年。而按人类历法则要再等两个月。

希瑞的黑母马凯尔比正在羊圈里甩着蹄子,喷着鼻息。

他走进小屋,发现希瑞又在衣箱里翻找。他早对她的做法放任不管、甚至有些鼓励了。首先,对希瑞来说,除了骑凯尔比和读书,这是她唯一可做的事。其次,衣箱里有好些他女儿的东西,而希瑞需要更加暖和的衣服,还要找些替换衣物,因为现在的天气又冷又潮,洗好的衣服都没法晾干。

希瑞挑选、试穿，然后又脱掉。维索戈塔在桌边坐下，吃了两个煮土豆和一对鸡翅膀。他一直保持着沉默。

"做工不错。"她拿出一样他好些年没见过、早就忘到脑后的东西，"是你女儿的吗？她喜欢滑冰？"

"很喜欢。她每年都期待冬天。"

"能给我吗？"

"想要就拿吧。"他耸耸肩，"我留着也没用。只要你用得上，尺码又合适就行……不过希瑞，你是在收拾行李吗？你准备出发了？"

"是的，维索戈塔。"沉默片刻后，她说，"我已经决定了。因为，你知道的……不能再浪费时间了。"

"因为你的梦？"

"没错。"又过了一会儿，她才承认，"我在梦里看到了糟糕的事。我不确定这些事已经发生，还是我看到了未来。我不清楚自己能不能阻止……但我必须去。你知道的，我曾抱怨过我的朋友没来帮我，说我被他们抛下，听凭命运的摆布……现在我觉得，也许他们反而需要我的帮助。我得走了。"

"冬天就要来了。"

"所以我才必须出发。如果我留下，就只能等到开春了……而在那之前，我会因无所事事而心烦，还会被噩梦纠缠。我必须离开，必须找到雨燕之塔。"

"你不能离开。"他艰难地说，"现在不行。追兵已经很近了……非常近。你不能……"

她丢下一条裙子，像弹簧一样猛站起身。

"你听到了什么？"她语气强烈，"你从收毛皮的村民那里听到了什么?告诉我。"

"希瑞……"

"告诉我,拜托!"

他告诉了她。然后,他后悔了。

"有人觉得他们是魔鬼派来的,尊贵的隐士先生。"农夫暂停了清点毛皮的动作,喃喃道,"我猜他们本身就是魔鬼。从秋分日那天起,他们就在森林里游荡,要找一个小姑娘。接下来,他们开始袭击村庄,吼叫、威胁、恐吓,然后跑去下一个地方。好吧,这些我们还能忍受。可现在,他们又想出了新法子。他们在村子里留下了巡逻队——留下三四个强盗让我们照顾。也许他们会待上一整个冬天。他们说要一直等到那小姑娘跑出藏身的村子,等着她踩进陷阱。"

"你们村里也有吗?"

村民皱起眉头,咬了咬牙。

"幸好我们村里没有。不过离我们半天路程的顿·戴尔村有四个,他们整天待在旅店里,就是一群无赖,隐士先生,坏透了的无赖。他们经常纠缠村里的年轻女人,只要有男人敢出面妨碍,隐士先生,就会被他们无情地杀掉……"

"他们杀了村民?"

"杀了两个。村长和另一个人。告诉我,隐士先生,为什么没人惩罚这些杂种?这世上没有王法了吗?顿·戴尔村议会有个议员带着老婆和女儿跑到我们这边,说要去外头找个猎魔人……他们能对付各式各样的坏人。他要邀请猎魔人去顿·戴尔村,解决那些无赖……"

"猎魔人只杀怪物,不杀人。"

"他们是恶棍,我的隐士先生。他们不是人,是来自地狱的渣滓。我们需要猎魔人。猎魔人……好了,我该走了,隐士先生……哦,天真是越来越冷了!很快我就得收起小船,翻出雪橇了……要对付顿·戴尔村那些杂种,隐士先生,必须得找个猎魔人。"

"对,"希瑞咬着牙说,"他说得对。那里需要一个猎魔人……或者女猎魔人。四个人,对吧?顿·戴尔村是吗?这个顿·戴尔村在哪儿?上游吗?我从沼泽能走到那儿吗?"

"诸神在上,希瑞,"维索戈塔惊恐地说,"你不会是认真的吧……"

"你根本不信神,所以别向诸神赌咒发誓了。我知道你不信。"

"我的信仰先放到一边。希瑞,你到底在打什么疯狂的主意?你到底想……"

"现在轮到你把我的信仰放一边了,维索戈塔。我知道自己的职责所在。我是个猎魔人!"

"你只是个小流浪儿。"老人厉声道,"你是个受到严重精神创伤的女孩子。你的身体受了伤,精神也几乎失常。最重要的是,你的心里充满了复仇的欲望!你还不明白吗?"

"我比你明白得多!"她喊道,"你根本不知道我经历了什么!你根本不懂复仇,因为你从没真正受过伤!"

她跑出了小屋。寒风从敞开的房门吹入。片刻之后，他听到了马嘶和马蹄声。

他把碟子愤怒地摔在桌子上。**让她去吧**，他恼火地想，**骑马消消气好了**。他并不为她担心，因为她经常在湿地里骑行，也记住了沼泽间的安全小径。如果她不小心迷了路，只要放开缰绳就好，凯尔比记得回羊圈的路。

过了一段时间，黄昏降临，他走出屋外，把提灯挂在一根木杆上。他站在树篱旁，竖起耳朵，留意马蹄和水花声。然而，吹过芦苇丛的风声淹没了所有声响。提灯的灯火摇曳片刻，熄灭了。

这时，他听到了。远处传来一个声音。并非希瑞离开的方向，而是相反。来自沼泽。

那是一声长长的、不似人类的哭号。一声哀号。然后是片刻的寂静。接着又是一声。

是报丧女妖。

精灵的妖魂。死亡的信使。

寒冷和恐惧让维索戈塔打起哆嗦。他迅速走回小屋，用没人听得到的声音——因为这些话不能让人听到——喃喃自语。

没等他重新点亮提灯，凯尔比就钻出了雾气。

"待在屋里。"希瑞轻声说，"别再出去了。今晚会很可怕。"

晚饭时间，他们又吵了起来。

"说得好像你对善与恶很了解似的！"

"因为我确实知道!而且不是从大学课本里看来的!"

"是啊,当然。你的了解来自个人经验。来自实践。你在漫长的十几年人生里积累了丰富的经验。"

"我是积累了不少。"

"祝贺你,我的学者小姐。"

"你又讽刺我。"她深吸一口气,"但你根本不懂得世途险恶。你这个抱着书本不放、啃了几十年道德论文的老学究,整天勤勉学习,却没时间看看窗外的现实世界。你们这些哲学家虚伪地支持那些空洞的哲学,好在大学里赚份工资,但连瘸腿的老狗都不会买你的账,因为它也懂得世界的丑陋真相。你们只拿得出哲学理论——看似漂亮的学问,其实都是骗人的,充满了虚伪与无知!"

"小鬼!再没有比不假思索又不公平的判断更虚伪、更无知的了!"

"你没能找到解决邪恶的良方!我这个猎魔人小鬼却找到了!而且是可靠的良方!"

他没答话,但他的表情暴露了想法,因为希瑞突然从桌边跳了起来。

"你觉得我在胡言乱语?觉得我只会空谈?"

"我觉得,"他轻声说,"你是在说气话。我觉得你是出于愤怒才打算复仇。因此,我希望你能冷静下来。"

"我很冷静!复仇?你解释一下,我为什么不能复仇?我为什么要放弃复仇?你以为你是谁?道德楷模吗?那惩罚恶行的法则又在哪儿?对你这样的哲学家和道德学家来说,复仇的行为不美好、不光彩、不道德也不合法。那我倒要问你了:对邪恶的惩罚在哪里?谁更有惩奸除恶的资格?是你并不信仰的诸神吗?是你们打算用来替代诸神的伟大造物主吗？还是法律？难道是尼弗迦德人的司法制度，是他们的法官和地方长官吗？天真的老人家，请你告诉我好吗？"

"所以你要以眼还眼，以牙还牙，以血还血？血只会带来更多鲜血，如海一般的鲜血。你希望这个世界被鲜血淹没吗？"

"对，我就是这么希望的！因为我知道邪恶畏惧什么。不是你的道德规范，维索戈塔，也不是你关于生命尊严的说教和道德论文。邪恶畏惧痛苦、伤害、折磨，畏惧最后的死亡！受了重伤，连狗都会哀号！它会在地上扭动身子，狺狺有声，看着从自己的血管和动脉里流出的鲜血，看着从残肢伸出的骨头，看着从肚皮的伤口流出的内脏，感受到即将造访的死亡的寒意。只有到那时，邪恶才会乞求：'发发慈悲吧！我忏悔我的罪恶！我会改过自新，我发誓！请救救我，别让我这么死掉！'没错，隐士，这就是对抗邪恶的办法！邪恶想要伤害你时，就还他们以痛苦——最好抢在他们动手之前，打他们一个出其不意。如果你没能阻止邪恶，如果你被邪恶伤害了，那就复仇吧！最好等他们忘个一干二净，完全放下戒心，你再双倍奉还。三倍奉还。以眼还眼？不！是双眼还单眼！以牙还牙？不！是用满口牙齿还一颗牙！以恶报恶！让对手在痛苦中哀号，尖叫到双眼弹出眼眶。然后，你可以低下头，大声宣布被你踩在脚下的存在已经没法威胁到任何人，也没法再伤害到任何人。没有眼睛的人怎么可能有威胁？没有双手的人怎么能伤害别人呢？他们只能等待失血而死的结局。"

"而你，"隐士说，"就握着剑站在那里，看着逐渐扩大的血泊。你傲慢地以为自己解决了古老的道德困境，回答了哲学家的永恒难题。但你觉得邪恶的本质改变了吗？"

"当然，"她坚定地说，"因为倒在地上，被鲜血淹没的将不再是邪恶。也许它算不上善良,但也不再是邪恶了!"

"学者们常说'自然界中无真空'。"维索戈塔说,"你说被你用剑杀死、倒在血泊里的不再是邪恶。那它又是什么?你想过没有?"

"没有。我是猎魔人。接受训练时,我便发誓要对抗邪恶。无论何时。不假思索。"

"因为你一旦开始思索,"他生硬地补充道,"杀戮和复仇就失去了意义。而你们不能陷入这样的境地。"

他摇了摇头,但她摆摆手,阻止了他接下来的反驳。

"是时候讲完我的故事了,维索戈塔。我给你讲了三十多个晚上,从秋分日一直到万圣节。但我没把一切都说出来。在我离开之前,我会把独角兽村发生的事讲给你听……"

她被邦纳特拽下了马鞍,不由大叫一声。她昨天刚被踹过的髋部很痛。他猛拽连着她项圈的铁链,将她拖向一栋屋子。

村舍门口站着几个全副武装的男人,还有个女人。

"邦纳特,"一个身材纤细、皮肤黝黑的男人说道,他手里拿着一根镶有铜钉的鞭子,"我得承认,你很擅长出人意料。"

"你好啊,史凯伦。"

名叫史凯伦的男人走到邦纳特跟前,直视希瑞的双眼。他的目光让她发抖。

"然后呢?"他转头看着邦纳特,"你是打算一下子都说清楚,还是一点一点解释给我听?"

"我在院子里什么都不想解释,会有苍蝇飞进嘴里的。你打算邀请我进去吗?"

"进来吧。"

邦纳特拽了拽铁链。

房间里还有一个人,他脸色苍白,衣衫凌乱,大概是个厨子,因为他正忙着拍打沾满面粉和奶油的衣服。看到希瑞,他两眼放光,立刻走了过来。

他不是厨子。

她认出了他。她认出了对方可怕的眼睛,还有他脸上的烧伤。在仙尼德岛上,他曾和松鼠党一起追捕她。为了从他手上逃脱,她甚至跳出了窗户,而他则命令精灵跟着她一起跳出去。那个精灵叫他什么来着?里斯?

"哎呀哎呀!"他用恶毒的语气说着,挥起巴掌狠狠打在她的胸口,"希瑞女士!自从仙尼德岛一别,我们就再没见过面。我找了你很久很久,现在终于找到你了!"

"我不知道你是谁,先生。"邦纳特冷冷地说,"但你碰的是我的东西。如果你还珍惜自己的手指,就把手拿开。"

"我叫里恩斯。"术士的双眼闪烁着令人不快的光芒,"麻烦你记住,赏金猎人先生。至于我的身份,你很快就会明白。你也会明白这个女孩属于谁。但你说得对,我们还是别操之过急了。目前来说,我只想向你表示问候,以及做出承诺。这些你应该不会反对吧?"

"随便你。"

里恩斯走向希瑞,近距离注视她的双眼。

"你的保护人,名叫叶妮芙的女巫,"他恶毒地低声说道,"挡过我的道。后来她落到了我的手上。我，里恩斯，教会了她何谓痛苦。用这双手，这些手指。我还向她保证说，如果我抓到你，小公主，也会让你体验到同样的痛苦。用这双手，这些手指……"

"里恩斯先生，"邦纳特平静地说，"不管你是谁，这样挑衅和威胁她都很危险。她的报复心很强，请记住这一点。我也要重复一遍，我不准你用你的手、你的手指，以及任何身体部位碰她。"

"够了。"史凯伦双眼不离希瑞，厉声喝道，"别说了，邦纳特。里恩斯，你也给我闭嘴。我虽然宽恕了你，但我随时都能反悔，把你绑回到桌腿上。你俩都坐下。我们像文明人一样谈谈。看起来，我们想要的东西已经到手了，但这次谈话的目的尚未明确。希利凡特先生！"

"好好看住她。"邦纳特把铁链交给希利凡特，"就像看住你的眼珠子。"

肯娜始终站在稍远处。她也想近距离看看引发了诸多谣言的女孩，但光是想到要走进包围着哈希姆和希利凡特的人群，靠近被绑在庭院立柱上的神秘俘虏，她的心里就涌起一阵奇怪的内疚感。

人们彼此推搡，瞪大眼睛，企图摸她、捏她和挠她。女孩直挺挺地站着，高昂着头，但一条腿还在微微发抖。*他打过她*，肯娜心想，*但她没有屈服*。

"这就是法尔嘉？"

"只是个小丫头，甚至还没长开！"

"小丫头？她是个无赖！"

"她好像在克莱蒙特竞技场解决了六个男人……"

"之前还杀了更多……这个小婊子……"

"小母狼!"

"瞧瞧她那匹母马!真是匹漂亮的纯种马……还有那边,挂在邦纳特鞍囊上的剑……做工真出色……"

"离她远点儿!"达克瑞·希利凡特吼道,"别碰她!别管闲事。我说了,别碰那丫头。别把你们的厌恶和轻视表现出来!说不定明早我们就得处决她。拿出点同情心,给她留点空间。"

"既然她就要死了,"小塞普利安·福瑞普龇了龇牙,"也许我们可以让她的余生过得快活点儿。把她带去干草垛,然后轮流上她怎么样?"

"好啊!"卡波奈特·图伦特哈哈大笑,"这主意不坏。我们去问问灰林鸮……"

"我不允许。"达克瑞打断道,"你们这群婊子养的,满脑子只有这种龌龊事!我说了,别碰这丫头。安德雷斯·斯提格沃德,留在这儿。给我好好盯着她。谁敢靠得太近,就用鞭子抽他妈的!"

"见你妈的鬼!"福瑞普骂道,"既然不行就算了。来吧,伙计们,我们去烤只乳猪,大吃一顿。今天是秋分节。趁几位大人还在聊天,我们去庆祝一下。"

"走吧!弄点喝的。戴德,去拿壶朗姆酒。我们喝酒总可以吧,希利凡特先生?哈希姆先生?今天过节,反正也得留下过夜。"

"真是个好主意!"希利凡特皱起眉头,"美食!美酒!那谁留下保护这女孩,还要随时响应史提芬大人的召唤呢?"

"我留下吧。"聂拉汀·西卡说。

"还有我。"肯娜搭腔。

达克瑞·希利凡特看了他们一会儿,最后摆摆手表示同意。福瑞普等人欢呼起来。

"不过庆祝时也给我留点神!"奥拉·哈希姆警告道,"如果村里的姑娘不给操,你们就老老实实待着!免得人家拿草叉挑了你们的命根子!"

"哦耶!科萝,一起来不?你呢,肯娜?不改主意吗?"

"不了。我留下。"

"我当时被绑在柱子上,戴着脚镣,双手也被绳子捆住。史凯伦的两个手下负责看守。还有两个在不远处,时刻留意我这边。其中有个挺漂亮的高个子女人,还有个外貌和举止都有些女性化的男人,总之看起来很怪就是了。"

猫蹲在房间中央,无聊地打了个呵欠。它已经玩腻了折磨老鼠的游戏。维索戈塔没说话。

"邦纳特、里恩斯和史凯伦——或者叫灰林鸮——还在村舍里谈话。我不知道他们在谈什么。反正我已经放弃了,也做好了最坏的打算。另一座竞技场?直接杀了我?让他们来吧,我心想,让这一切结束吧。"

维索戈塔沉默不语。

邦纳特叹了口气。

"别这么看着我，史凯伦。"他重复道，"我只想赚点钱花罢了。我觉得自己是时候退休了，以后只想坐在门廊上看鸽子。每只死耗子都能让我拿到一百弗罗林的赏金，但这让我很困惑。我想知道这小丫头究竟值多少。我觉得只要不把她交给你，将来她还能让我赚得更多。从古至今，这都是做生意的诀窍——珍贵的货物，价格总会不断上涨。价码可以商量嘛……"

灰林鸮皱起鼻子，仿佛闻到了臭味。

"你的坦诚超越了我能忍耐的极限，邦纳特。不过我们还是直入主题，把事情说个明白吧。你带着那丫头在艾宾东躲西藏，现在却突然现身，还跟我大谈生意经。到底发生了什么，你自己解释一下。"

"唯一的解释就是，"里恩斯讽刺地笑了笑，"邦纳特先生知道了这丫头的真实身份。还有她的价值。"

史凯伦甚至不屑看一眼里恩斯。他只盯着邦纳特全无感情的死鱼眼。

"那个珍贵的丫头，"他慢吞吞地说，"贵重的战利品，本该是你养老金的保证，可你却把她送进了克莱蒙特的竞技场，强迫她厮杀至死？明显她活着更有价值，你却用她的性命冒险。这又是为了什么，邦纳特？你的做法很不合情理。"

"如果她死在竞技场，"邦纳特没有垂下目光，"说明她根本一钱不值。"

"我懂了。"灰林鸮皱起眉头,"但你没带她去另一座竞技场,而是来找我了。容我问一句,为什么?"

"我重申一遍,"里恩斯皱起眉头,"他发现了她的身份。"

"你是个聪明人,里恩斯先生。"邦纳特伸展四肢,直到关节噼啪作响,"你猜得没错。我是发现她在凯尔·莫罕受过猎魔人的训练,但这一来,就有另一个问题了。在吉索打劫贵族车队时,那丫头声称男爵之女的出身和头衔连狗屁都不如,还说对方应该向自己下跪。我就心想,这个法尔嘉起码也该是伯爵的女儿吧。有意思。她是猎魔人,这是其一。猎魔人应该不多了吧?她加入了耗子帮,这是其二。帝国验尸官从艾宾的科拉兹沙漠一路追来,因为接到了杀她的指令,这是其三。除此以外……她还是个贵族,地位很高的那种。哈,然后我想到了,我终于知道这个小丫头究竟是谁了。"

他顿了顿。

"起先,"他用袖口擦了擦自己的小胡子,"她不肯开口。我拷问过她。我用鞭子抽打她的双手和双脚。我不想打残她……但我们在路上遇到一个理发师。他带着拔牙的工具。我把她捆在椅子上……"

史凯伦大声咽了口唾沫。里恩斯露出残忍的笑。邦纳特看着自己的袖子。

"看到拔牙用的钳子和小刀……她什么都说了。突然间,她变得健谈了。原来她是……"

"辛特拉公主。"里恩斯看着灰林鸮,"王位继承人。也是恩希尔皇帝的准新娘。"

"但史凯伦大人没告诉我这些。"赏金猎人弯起嘴角,"他只叫我杀了她,还强调了好多次。他叫我不要手下留情,要当场杀了她。这又是怎么回事，史凯伦大人？你要我杀死准皇后？杀死你敬爱的皇帝未来的妻子？如果传闻没错，皇帝将举行一场神圣的婚礼，然后颁布大范围特赦令，对吧？"

说这番话时，邦纳特始终用锐利的目光看着史凯伦。但皇家验尸官没有丝毫动摇。

"这对我意味着什么？"邦纳特自问自答起来，"意味着大麻烦！所以，我只好懊恼地放弃对这个女猎魔人和小公主的计划，把烂摊子带到这儿，史凯伦大人。为了跟你谈谈，并且达成协议……因为对邦纳特来说，这个麻烦未免太大了……"

"明智的决定。"里恩斯腋下传来一个声音，"真是非常明智，邦纳特先生。先生们，对你们二位来说，这个麻烦都未免太大了。幸好你们还有我。"

"那是什么？"史凯伦从椅子上站起身，"什么鬼玩意儿？"

"是我主人，巫师威戈佛特兹。"里恩斯从腋下取出一个闪闪发光的银盒子，"更确切地说，是我主人的声音。这个魔法装置叫'传音盒'。"

"向在场的诸位问好。"银盒子说，"可惜我只能听见你们的声音。目前我还有些急事，所以没法使用远距离投影和传送咒语。"

"见鬼，来得真是时候。"灰林鸮咒骂道，"但我早该猜到的，里恩斯不会蠢到擅自行动。我早该知道是你藏在幕后，威戈佛特兹。你就像只又老又肥的蜘蛛，潜藏在黑暗中，等待蛛网颤动的一瞬间。"

"这比喻太伤人了。"

史凯伦哼了一声。

"你也别想欺骗我们，威戈佛特兹。里恩斯用这盒子，不是因为你很忙，而是因为你害怕你以前在巫师会的同行，害怕那支巫师大军——他们正在满世界搜寻你使用魔法留下的痕迹。如果你用传送咒语，他们一眨眼工夫就会发现。"

"你的知识量真令人钦佩。"

"我们还没相互介绍呢。"邦纳特颇具戏剧化地朝银盒子鞠了一躬，"不过巫师先生，如果我没弄错，这位里恩斯发誓要折磨那位小公主。我应该没听错吧？以我的灵魂起誓，我越来越相信那个小丫头的重要程度了。每个人都对她很感兴趣。"

"我们是没相互介绍，"盒子里的威戈佛特兹说，"但我听说过你，邦纳特先生。那个女孩确实很重要。她是继承了上古血脉的辛特拉幼狮。根据伊丝琳妮的预言，她的后裔将统治全世界。"

"所以你需要她？"

"我只需要她的胎盘。等我取出她的胎盘，剩下的部分都归你们。我好像听到有人不屑地哼了一声？还有不快和厌恶的吸气声？都是谁啊？是每天在精神和肉体上折磨那个女孩的邦纳特？还是奉了叛徒和阴谋家的命令，想要杀死女孩的史提芬·史凯伦？哈！"

◆━▶　◀━◆

我偷听了他们的谈话，肯娜躺在床铺上，头枕双手，陷入回忆。我站在外面的墙角，贴着墙壁偷听。我汗毛直竖。全身汗毛都不例外。我明白自己蹚进的浑水到底有多深了。

"是啊是啊，"声音从传音盒里发出，"你背叛了你的皇帝，史凯伦。才刚看到机会，你就毫不犹豫地背叛了。"

灰林鸮轻蔑地哼了一声。

"威戈佛特兹，从你这个大叛徒嘴里吐出的背叛指控还真有分量。我本该觉得荒唐，可惜你只讲了个不值钱的笑话。"

"我并没有指控你，史凯伦，我只是在嘲笑你的天真和无能。阿达尔·爱普·达西公爵和德·维特伯爵病态的自尊遭到了冒犯——皇帝打算娶那个辛特拉女孩，拒绝了他们的女儿，而他们本指望新的王朝能从自己的家族诞生，指望自己的地位能高过皇帝陛下本人。但恩希尔轻描淡写就剥夺了他们的希望，打碎了他们妄图改变历史进程的野心。他们还没准备好发动武装叛乱，但他们可以杀死占据优势的女孩。他们不想弄脏自己高贵的手，所以才会雇佣野心过高的史提芬·史凯伦。是这样吧，史凯伦大人？你还有什么要说的？"

"说什么？"灰林鸮吼道，"跟谁说？伟大的巫师先生，你就像以往一样无所不知！里恩斯则像以往一样连屁都不懂！而邦纳特什么都不在乎……"

"至于你，正如我先前指出的，根本没什么好得意的。那两个贵族收买你靠的只是口头上的承诺，但你太聪明了，不可能不明白这个道理：只要杀死那个女孩，你就会一无所有。他们把你当成杀人灭口的工具，等你干完了脏活儿，他们就会抛弃你，因为你只是个出身低微的暴发户。他们承诺让你和瓦提尔·德·李道克斯在新帝国身居要职，对吧？但连你自己都不相信，史凯伦。相比之下，瓦提尔比你重要得多，因为就算发生政变，情报部门也会维持原样。他们只想借你的手行凶，却需要瓦提尔来掌控情报部门。另外，瓦提尔是子爵，而你什么都不是。"

"这是当然，"灰林鸮说，"我太聪明了，不可能没有发觉。所以，威戈佛特兹，现在我应该背叛阿达尔·爱普·达西，然后加入你们吗？这就是你的目的吗？我可不是塔顶上的风向标！我支持革命不是出于投机，而是确信。必须结束暴政，建立君主立宪制度。再通过民主……"

"民什么？"

"就是人民的政府。由人民统治的政治体系。来自各行各业的普通民众，通过公平选举，挑选出最有资格和名望的代表……"

里恩斯大笑起来。邦纳特也发出雷鸣般的笑声。威戈佛特兹温和却莫名刺耳的笑声从传音盒里传来。他们三个笑得连眼泪都流出来了。

"行了，"邦纳特打断了这阵欢笑，"我们来这儿不是为了聚会，而是谈生意。眼下，那个丫头的主人是我，不是来自各行各业的普通民众。但我可以卖掉她。巫师先生，你开价多少？"

"你对世俗的权力有兴趣吗？"

"没有。"

"这样的话，"威戈佛特兹缓缓地说，"我处置那个女孩时，你可以到场旁观。我知道，这比任何事都能让你愉悦。"

邦纳特的双眼闪现出白色的火焰。但他的语气依旧平静。

"更具体的好处呢？"

"我愿意付你二十倍的赏金：两千弗罗林。考虑一下吧，邦纳特，这么大一笔钱,你甚至都拿不动,你得找头能负重的骡子才行。只要别太挥霍,你的养老金、门廊、鸽子,甚至伏特加和妓女就都有保障了。"

"好吧,巫师先生。"赏金猎人笑了笑,一副满不在乎的表情,"你那句'伏特加和妓女'真是说到我心坎去了。就这么说定了。只不过,你得把最开始提出的好处也加上。的确,我喜欢看着她死在竞技场里,但我对你用刀的技巧也很好奇。就当是给我的彩头嘛。"

"成交。"

"真够快的。"灰林鸮挖苦道,"威戈佛特兹,你跟邦纳特迅速又顺利地建立了伙伴关系——利益不对等的伙伴关系。但你们是否忘记了什么?你们所在的房间与那个辛特拉女人周围都是全副武装的人。我的人。"

"亲爱的史凯伦大人,"威戈佛特兹的声音从盒子里传来,"你是在侮辱我,你觉得我想借由这场交易损害你的利益。事实恰恰相反。我会对你非常慷慨。我没法保证给你民主,但我可以承诺给你资金援助、后勤支持与获取情报的渠道,让你从被阴谋家利用的工具变成真正的合伙人。无论对方是阿达尔·爱普·达西公爵、约阿希姆·德·维特伯爵、布罗尼伯爵、达尔维伯爵,还是别的什么贵族,都必须承认你的作用。就算真的利益不对等又如何?是啊,如果战利品是希瑞菈,我的确会拿走最大部分的利益——以功劳而论,这也是我应得的。这让你不舒服了吗?归根结底,你得到的好处也不少。如果你把那个辛特拉小丫头交给我,瓦提尔·德·李道克斯的位置就归你了。当上情报组织的首脑,史提芬·史凯伦,你就能打造你的理想国了,让民主和公平选举成真。你瞧,用一个瘦弱少女做交换,我就能帮你实现你的野心和毕生的心愿。你能预见到这一切吗?"

"不,"灰林鸮摇摇头,"我只能听到你空口说白话。"

"里恩斯。"

"在,主人。"

"向验尸官大人展示一下我们的情报。把你对瓦提尔的了解告诉他。"

"在你的部门里,"里恩斯说,"有个密探。"

"什么?"

"你听到了。瓦提尔·德·李道克斯在你手下安插了内奸。他知道你做的每一件事。包括你为什么做这些事,又是为谁而做。瓦提尔跟你的一个部下有来往。"

❖──❖──❖

他缓缓朝她走去。她几乎没听见他的声音。

"肯娜。"

"聂拉汀。"

"你能看到我的想法。你也听到了房间里的对话。你知道我在想什么,所以你也知道我是谁。"

"听着,聂拉汀……"

"不。你听着,乔安娜·瑟尔伯尼。史提芬·史凯伦背叛了他的祖国和皇帝,他参与了密谋。协助他的人都将上绞架,在千禧广场被五马分尸。"

"我什么都不知道,聂拉汀。我只是服从指令……你想我做什么?

我效命的对象是验尸官……你效命的又是谁?"

"是帝国。是德·李道克斯大人。"

"你想我做什么?"

"我想你做出理智的选择。"

"你走吧。我不会告发你的。我什么都不会说……但请你走吧。我做不到,聂拉汀。我只是个蠢女人。我不明白这些阴谋诡计……"

我该怎么做?史凯伦称呼我的语气就像在称呼军官。可我效命的对象是谁?是他?是皇帝?还是帝国?

我该如何决定?

肯娜背靠小屋的墙壁,恶狠狠地咆哮一声,赶走了正盯着法尔嘉看的乡下小孩。

真是个完美的烂摊子。我都能感觉到绞索,闻到千禧广场的马粪味了。我不知道接下来会发生什么。但我必须暂时进入她的头脑,了解她的想法。

为了知道她是谁。

为了理解这一切。

"她朝我走来,"希瑞抚摸那只猫,说道,"她个子很高,穿戴整齐,跟其他人完全不同……她甚至有种魅力,让人不由生出敬意。看

守我的两个笨蛋原本还在粗鲁地咒骂，但见她靠近，立刻就闭了嘴。"

维索戈塔沉默不语。

"接着，"希瑞续道，"她弯下腰，盯着我的双眼。我马上产生一种感觉……一种奇怪的感觉……就像后脑勺被什么东西砸中了似的。我开始耳鸣。有那么一瞬间，我的视野变得格外清晰。有种令人厌恶的黏滑之物钻进我的脑海……而我知道那是什么。叶妮芙在神殿里教过我……我不想让那女人得逞……于是我对准正在渗透我的东西，用出全部力量将它推了出去。她直起身子，晃了两晃，仿佛被人打了一拳，然后退开几步……她的鼻子流血了。两只鼻孔都在流血。"

维索戈塔没说话。

"突然间，"希瑞抬起头，"我明白发生了什么。我感受到了体内的魔力。我在科拉兹沙漠失去了它，放弃了它。从此以后，我再也没法汲取魔力，再也没法使用它。但那个女人给了我力量，她把剑交回到我手中。我的机会来了。"

肯娜步履蹒跚，重重地坐在沙地上，摇了摇头，像醉汉一样四下摸索。鲜血涌出她的鼻孔，洒在她的嘴唇和下巴上。

"你这是……"安德雷斯·维尔尼一跃而起，却突然双手抱头，张开嘴巴，大叫起来。他瞪圆了眼睛看着斯提格沃德。对方的鼻子和耳朵也血流不止，双眼呆滞无神。安德雷斯双膝跪地，转身面对聂拉汀·西卡——他站在一旁，正平静地看着这一幕。

"聂拉……汀……帮……"

西卡没有反应。他看着那个女孩。她也抬头看着他。他的身体晃了晃。

"没这个必要。"他赶忙提醒她,"我跟你是一伙的。我想帮你。住手,我这就帮你弄断绳子……拿着这把刀,割断你的项圈。我去牵马。"

"西卡……"几乎窒息的安德雷斯说,"叛徒……"

女孩再次望向他的双眼。他倒在地上,不再动弹。斯提格沃德像胎儿一样缩起身子。肯娜已经站不起来了,大滴的鲜血落在她的胸口和腹部。

"来人!"科萝·斯提兹突然从墙角跑了出来,大喊道,"来人啊!希利凡特!史凯伦!俘虏要逃跑了!"

希瑞握剑在手,已经坐上了马鞍。

"凯尔比!驾!"

"来——人——!"

肯娜的手指用力抠进沙土。她还是站不起来,双脚也像变成了木头,根本不听使唤。灵能师,她心想,我遇见了一位超级灵能师。这女孩的力量是我的十倍……我能活命就已经不错了……为什么我还能保持住意识?

一群人跑出屋子,为首的是奥拉·哈希姆、波特·布瑞登和提尔·艾克拉德。达克瑞·希利凡特和波利亚斯·穆恩也冲进了庭院。希瑞转过身,大吼一声,朝河边策马奔驰。但在那个方向,也有手持武器的人朝她逼近。

史凯伦和邦纳特也跑了出来。邦纳特手持一把出鞘的剑。聂拉汀·西卡大吼一声,骑马朝他们冲去,撞倒了史凯伦。他从马鞍上一跃而下,径直扑向邦纳特,将他按在地上。里恩斯出现在门口,像个傻子一样目瞪口呆。

"抓住她!"史凯伦爬起身来,大喊道,"抓住她。杀了也行!"

"抓活的!"里恩斯叫道,"抓——活——的——!"

肯娜看着女孩被河岸附近的围栏挡住,只好改变方向,朝村子的大门冲去。她看到卡波奈特·图伦特挡住她的去路,但剑光一闪,图伦特的脖子流出了猩红的溪流。戴德·瓦加斯和小福瑞普也看到了。他们决定不挡女孩的道,转而跑进农舍之间。

邦纳特跳了起来,用剑柄狠狠砸中聂拉汀·西卡的头,然后一剑劈开了他的胸口。邦纳特朝希瑞追去。受伤流血的聂拉汀奋力抓住邦纳特的脚,后者一剑刺穿他的身体,迫使他放开了手。但这片刻的拖延已经足够了。

女孩驱使母马从希利凡特和穆恩身边跑过。史凯伦像狼一样弯着腰,从左侧跑来,同时手臂一挥。肯娜看到有个闪闪发光的东西划破空气,又见女孩在马鞍上摇晃起来,脸上喷出了血。女孩身子后仰,背部几乎碰到马屁股。但在坠马之前,她还是坐直了身子,抓住马鞍,又抱紧了马脖子。黑母马从全副武装的人们中间跑过,径直奔向村口的闸门。穆恩、希利凡特和拿着十字弓的科萝·斯提兹在她身后猛追。

"我们困住她了!"波利亚斯·穆恩得意洋洋地喊道,"她跑不出去的。没有任何马能跳过七尺高!"

"别放箭,科萝!"

但科萝·斯提兹没听到命令。她停下脚步,将十字弓举到脸边。人人都知道,科萝的十字弓百发百中。

"你死定了!"她喊道,"死定了!"

肯娜看到一个不知名的男子跑上前去,也举起一把十字弓,射中了科萝的后背。箭矢贯穿了她的身体,鲜血四溅。科萝一声不吭地倒在地上。

黑母马朝向闸门狂奔,昂起头来,纵身一跳。它那优雅的身姿越升越高,最后竟飞过了大门。它前腿伸展,像黑色的丝绒一样在半空中滑翔,后蹄甚至都没碰到闸门的上横梁。

"诸神啊!"达克瑞·希利凡特大叫道,"诸神在上,这马太厉害了!简直价值千金!"

"谁抓住她,那匹马就归谁!"史凯伦吼道,"去马厩!骑马快追!"

等大门最终打开,追兵立即冲出村子,身后尘土飞扬。跑在最前面的是邦纳特和波利亚斯·穆恩。

肯娜费力地站起身,摇晃几下,重重地坐回沙地。她的双脚疼得不行。

卡波奈特·图伦特四仰八叉地躺在血泊里,一动不动。安德雷斯·维尔尼试图起身。斯提格沃德仍旧不省人事。

科萝·斯提兹蜷缩在沙地上,看起来就像个小孩子。

奥拉·哈希姆和波特·布瑞登把杀死科萝的小个子男人带到史凯伦面前。灰林鸮呼出一口气。他气得浑身发抖,从挎在胸前的肩带上摘下第二枚星型飞镖,跟他刚才扔向女孩面孔的那枚一模一样。

"下地狱吧,史凯伦。"小个子男人说道。肯娜终于想起了他的名字。梅凯瑟。杰蒂亚·梅凯瑟,杰莫兰人。她在罗卡尼见过他。

灰林鸮身子前倾,右手一甩。六角星型飞镖呼啸着划开空气,深深钉进梅凯瑟的脸,嵌在他的双眼和鼻子中间。他甚至发不出尖叫,只能在哈希姆和布瑞登的压制下痉挛、颤抖。他抖了好一阵儿,那副龇牙咧嘴的模样让所有人都转过头去。只有灰林鸮除外。

"记得收回我的猎户镖。"等那具身体终于生气全无地瘫软下来,史凯伦挥挥手说,"把这堆臭肉跟另一堆臭肉——那个不男不女的家伙——一起扔进肥料堆。别让我再看到这些令人作呕的叛徒。"

突然间,风声呼啸,头顶的云团飞掠而过。天空骤然昏暗下来。

城堡墙头的卫兵换了岗。斯卡拉姐妹奏起鼾声二重奏。柯霍特朝空马桶哗哗地撒尿,发出刺耳的噪音。

肯娜拉过毛毯,盖住下巴以下的全身。

他们没能找到那个女孩。她消失了。就这么凭空消失了。追出三里地之后,波利亚斯·穆恩难以置信地跟丢了黑母马的足迹。突然间,天空毫无预警地昏暗下来。狂风吹拂,树木几乎紧贴地面。暴雨倾盆而下,天空电闪雷鸣。

邦纳特却没有放弃。他们回到独角兽村,彼此大吼大叫——邦纳特、灰林鸮、里恩斯,还有第四个神秘而沙哑、不似人类的声音。他们让全体人员上马,只留下像我这样没法骑马的人。他们带上了熟悉周边森林的农夫,让他们举着火把带路。

他们在黎明时归来,两手空空,眼神里倒多了不少恐惧。

谣言从几天后开始流传,肯娜回忆道。一开始,每个人都被灰林鸮和邦纳特吓坏了。他俩气得发疯,没人敢接近他们。哪怕波特·布瑞登身为军官,也只因一句无心之言,就被史凯伦狠抽了一鞭。

接下来,布瑞登开始讲述追逐中到底发生了什么。他说那只小小的稻草独角兽突然变得像巨龙一样大,吓坏了马匹,让骑手们纷纷坠马,他们没摔断脖子已经是奇迹了。一支骑着骷髅马、外形也仿佛骷髅的幽灵大军从天空飞驰而过,为首的国王相貌恐怖,他命令他的仆从,叫他们用破烂的斗篷抹掉了黑母马的足迹。成群的欧夜鹰发出令人血凝的可怕合唱。他们还听到了死亡的信使——也就是报丧女妖的骇人哀号……

其实不过是风、雨、云,再加上黑暗中的树丛和灌木让人疑神疑鬼而已,当时也在场的波利亚斯·穆恩评论道。所谓的"神秘事件"仅此而已。至于说欧夜鹰?反正那些死鸟平时也总叫个不停,他补充道。

那么那些痕迹,那些突然消失的马蹄印——就像黑母马突然飞上了半空——又该怎么解释呢?

听到这个问题,波利亚斯·穆恩——连水中游鱼都能追踪的行家——顿时露出僵硬的表情。因为风呗。风把沙土和树叶上的痕迹都吹跑了。只能这么解释了。

有人甚至相信了他的话。肯娜回忆道。

有人甚至相信这一切都是自然现象,或者干脆就是错觉。就连我都狠狠地嘲笑了他们。

但我很快就笑不出来了。经过顿·戴尔村那件事之后,再也没人笑得出来了。

一见到她,他吓得后退几步,倒抽一口凉气。

她用鹅油混上壁炉灰,揉成黏稠的一团,涂黑了自己的眼窝和眼皮,又在鬓角处画上线条,连上眼角与双耳。

她看起来就像个恶魔。

"从第四块草丛往前,进入沼地森林。"他又重复一遍,"然后沿河找到三棵枯树,再从柳树林那边转向正西方。看到松树林之后,你会发现边上又有一条河。在河道的第九个分岔处转弯,一直往前走,直到河道不再蜿蜒为止,你就到了顿·戴尔村。村北有几间房,后面的十字路口有家旅店。"

"我记住了。我会找到的,别担心。"

"在那条河的弯道周围要格外小心。芦苇不大茂盛,还有紫菀太过茂盛的地方都要留神。如果你黄昏时才赶到松树林,记得停下来扎营,等到黎明再赶路。无论如何,你都别在晚上骑马穿过沼泽。新月就快到了,天上又都是云……"

"我知道。"

"要去百湖地区……就要往北翻过山头。避开大路,因为那边整天都有军队路过。你会找到一条大河,名叫西尔特。到了那里,你离目的地还有一半路程。"

"我知道的。你给我画了地图。"

"哦,说得对。我都忘了。"

希瑞又检查了几次鞍囊,但显得心不在焉。她不知该说些什么,但唯独不想说出那句非说不可的话。

"能遇见你,我很高兴。"他抢先说出口,"真的很高兴。再会了,女猎魔人。"

"再会了,隐士。感谢你为我做的一切。"

她坐上马鞍,正要打马离开,他走了过来,抓住了她的手。

"希瑞,留下吧。等冬天过去……"

"我会在结霜前赶到那片湖。如果你的推测没错,我就用不着担心冬天的事了。我会传送到仙尼德岛,去艾瑞图萨学院找丽塔女士……维索戈塔……那是多久以前的事了……"

"雨燕之塔只是个传说。记住。只是个传说。"

"我自己也是个传说。"她苦涩地说,"从出生那天起就是。吉薇艾儿、雨燕、意外之子、被选者、命运之子、上古血脉之子……我该走了,维索戈塔。保重。"

"保重,希瑞。"

———— ❖ ❖ ————

村后十字路口处的旅店空空荡荡,因为小塞普利安·福瑞普和他的三名同伙不准当地人和旅行者进门。他们大吃大喝了好几天,此刻正坐在烟雾缭绕的冰冷房间里,空气中弥漫着入冬后门窗紧闭的旅店常有的臭味——汗、猫、老鼠、鞋子、松木、桦木、油脂、炉灰、湿衣服和蒸汽的味道。

"这差事真是烂透了。"尤兹·贾诺维茨第一百次重复道,招手示意女招待再倒点伏特加,"让灰林鸮见鬼去吧,竟把我们留在这么个破地方！去林子里巡逻都比待在这儿强！"

"得了吧，你傻呀？"戴德·瓦加斯答道，"外面冷得像冰！我宁可待在暖和的地方。再说还有姑娘！"

他报复似地猛拍一下女招待的屁股。女孩尖叫一声，只是调门缺乏说服力，明显带着冷漠。旅店工作教会她一件事：如果有人摸你或掐你，你就顺口尖叫一声，客人喜欢这一套。

从来这儿的第二天起，塞普利安·福瑞普及其同伙就经常对两个女招待动手动脚。旅店老板不敢抗议，而女孩们懒得抗议。根据她们的人生经验，女人只要抗议就会挨打。因此，明智的做法是等他们自己厌倦。

"都怪那个该死的法尔嘉。"里斯帕特·拉·坡因特继续他们无聊的晚间闲聊，"要我说，她早就死在林子里的什么地方了。我瞧见史凯伦用猎户镖切开了她的脸，喷出来的血就像小河一样！她不可能活下来。"

"灰林鸮失手了。"尤兹·贾诺维茨说，"他的猎户镖只是擦伤了她。的确，他给她的脸留了道伤口。可光是这样，挡得住那个能跳过围栏的女孩吗？她落马了吗？见鬼！我们量了，发现那围栏足有七尺两寸高！可她骑着马跳过去了！而且那个时候，她的屁股和马鞍之间连把刀刃都塞不进去。"

"她血流如注，就像一头被放血的猪。"里斯帕特·拉·坡因特反驳道，"她骑马跑了，摔死在不知哪条小溪里，被野狼吃光了肉，又被乌鸦和蚂蚁啃净了骨头。终结了，Deireádh。我们却待在这里，吃光喝尽了我们那点可怜的酬劳。就因为他们找不到那个婊子！"

"这不可能，尸体怎么着也能留下些痕迹。"戴德·瓦加斯斩钉截铁地说,"肯定会留下点什么,比如头骨,或者骨盆。那个叫里恩斯的术士会找到法尔嘉的残骸,然后一切就结束了。"

"我们也能离开这该死的垃圾堆了。"小塞普利安·福瑞普紧盯着旅店的墙壁,上面有几颗钉子和几块污迹,他都了如指掌了,"这酒难喝得要命。还有那两个女人,身上一股子洋葱味。你操她们的时候,她们就像石头似的一动不动,要不就一边盯着天花板一边剔牙。"

"怎么都好过无所事事。"尤兹·贾诺维茨宣布道,"我真想大吼!见鬼,我想干点什么!什么都好!我们在村子里放把火算了,至少这样也有事可做!"

房门嘎吱作响。这声音太过出乎意料,让他们全都跳了起来。

"出去!"瓦加斯吼道,"滚出去,老家伙!浑身臭气的乞丐!滚回院子里!"

"别理他了。"福瑞普无聊地摆摆手,"你瞧,他抱着一只风笛,大概是个老兵。对退役老兵来说,最稳妥的谋生方式就是在旅店里奏乐唱歌。院子里挺冷的,让他坐进来暖和一下吧。"

"但得离我们远点儿。"贾诺维茨指了个地方让那老头坐下,"不然虱子就爬到我们身上了。我能看到虱子在他头上爬来爬去。要我说,比起虱子,那些东西更像乌龟。"

"老板!"福瑞普用专横的语气喊道,"给这老头拿点吃的!再给我们上酒!"

老人摘下他那顶硕大的毛皮帽,动作得体地点点头。

"多谢了,先生们。"他说,"今天是万圣节前夜,这个日子就不该把人赶到雨里,去踩那冷冰冰的淤泥。这个节日讲究款待……"

"对,没错,"里斯帕特·拉·坡因特一拍额头,"今晚的确是万圣节前夜！十月的最后一天！"

"今晚是怪物之夜。"旅店老板给老人端来一碗清汤，"幽灵和鬼怪之夜！"

"哈哈！"尤兹·贾诺维茨说，"老人家要用老故事来款待我们了！"

"讲一个吧。"戴德·瓦加斯打了个呵欠，"怎么都好过无所事事！"

"万圣节。"小塞普利安·福瑞普说，"自从离开独角兽村，已经过去五个星期了。我们在这儿也干坐了两个星期。整整两个星期！万圣节，哈！"

"怪物之夜。"老人舔了舔勺子，用手指在碗里抹了一圈，然后放进嘴里，"鬼怪和巫术之夜！"

"我刚才说啥来着？"尤兹·贾诺维茨笑着说，"我们有故事听了！"

老人挠了挠头，打了个嗝儿。

"万圣节前夜，"他抬高了嗓门，"是十一月新月来临前的最后一夜，对精灵来说，这也是一年的最后一晚。等明天的黎明到来，精灵就迎来了新年。因此精灵有个传统，就是在万圣节前夜点燃屋子周围的火把，并将其中一支保存起来，等到五月节这天，再用这支火把点燃篝火。遵循这传统的不光是精灵，还有一部分人类：据说这样能保佑他们身体健康，不受邪灵侵扰……"

"邪灵！"尤兹不屑地说，"听听这老傻瓜说了些什么！"

"这就是万圣节前夜。"老人用激昂的声音说道，"在这个夜晚，幽灵会行走于大地！死者的灵魂会敲响窗棂。'让我们进去！'他们如是呻吟！最好给他们加了蜂蜜的麦片粥，也可以洒几滴伏特加……"

"伏特加还是洒进我自己的喉咙吧。"里斯帕特·拉·坡因特咯咯笑道，"让那些幽灵吻我的屁股好了！"

"哦，好心的先生们，请不要取笑幽灵，因为他们听觉敏锐，又锱铢必较！今天可是万圣节前夜！听啊，你们能听到脚步声和敲打声吧？那是来自另一个世界的死者：他们想潜入这里，在炉火边温暖身子，填饱肚子。在光秃秃的森林里，在寒风之中，他们会被这些屋子，被这里的炉火和温暖吸引过来。别忘记在门槛——或者谷仓——的碗里盛上食物，如果他们找不到吃的，就会在午夜钻进屋子……"

"哦，诸神啊！"一名女招待小声说道。然后她尖叫一声，因为福瑞普捏了她的屁股。

"这故事不赖！"福瑞普说，"但也算不上好！老板，给这老头倒杯香料酒，也许这能帮他想个更好的故事。讲个关于幽灵的好故事吧，老伙计，姑娘们听得都忘端下酒菜了！"

男人们听到女孩的尖叫声，顿时大笑起来。老人喝了一小口温热的葡萄酒，咳嗽几声，打了个嗝儿。

"可别放纵过头，结果睡着了！"瓦加斯恶狠狠地提醒他，"你是来娱乐我们的！讲讲故事，唱唱歌，吹响风笛！让气氛欢快起来！"

老人张开嘴，那颗孤零零的牙齿就像开阔田野上的界碑。

"可是，好心的先生们，今天可是万圣节前夜！我该演奏什么？万圣节的音乐只有拂过窗棂的风声、狼人和吸血鬼的嚎叫声、食尸鬼的呻吟声、报丧女妖的呼唤和悲叹声！听到这些声音的人注定会早早死去。所有邪灵都会离开巢穴。女巫在天空飞翔，赶去参加冬天之前最后一次集会！万圣节是灵魂、怪物与鬼怪之夜！不要踏进森林，因为它会吞噬你！不要走进墓地，因为那是死者行走之地！最好别离开自己的家，如果还不放心，就拿把崭新的铁匕首挂在门框上，这样邪恶就不敢踏进门里！在万圣节前夜，母亲最好跟孩子形影不离，因为水泽仙女会掳走人类的孩童，或把他们变成变种人。怀孕的女人最好不要外出，以免被邪恶之眼窥见，将胎儿从子宫中抢走！这一来，她生下的将会是生有铁齿的吸血妖鸟……"

"诸神啊！"

"生有铁齿。首先，它会吃掉母亲的乳房。然后，它会吃掉她的双手。接着吃掉她的脸……啊，我好饿……"

"拿着这块骨头，上面还有肉。你这把年纪是该多吃点，不然身体会垮的，哈哈！还有你，姑娘，拿伏特加来。来吧，老人家，再给我们讲点鬼故事！"

"万圣节前夜，好心的先生们，是鬼怪在我们的天空飞翔、放胆作乐的最后一天……之后，它们会坠入地狱，坠入永久的寒冬。因此，从万圣节直到二月的迎春节，这段时间最适合去吓人的地方寻找宝藏。比方说，如果在温暖的季节挖掘坟堆，就会吵醒两三个妖鬼，它们会跳出坟墓，吃掉寻宝者。但在万圣节和迎春节之间，无论怎么挖掘都不会有危险，因为妖鬼会像狗熊一样呼呼大睡。"

"听听，这老头儿真能瞎编！"

"这是真的，好心的先生们。的确，万圣节前夜非常恐怖，但它同时也充满了魔力，最适合进行各种各样的预言和预测。在这个夜晚，最适合看手相和翻牌算命，或用白公鸡、洋葱、奶酪、兔子内脏和死掉的蝙蝠占卜……"

"呸！"

"在万圣节前夜,恐怖与幻影之夜……最好留在家里……待在炉火旁,与家人……"

"家人。"小福瑞普重复最后几个字,朝他的同伴露齿而笑,"他说家人,你们听到没?这么说的话,那个在树林里躲了一个星期的小娘儿们也该回家了。"

"你是说铁匠家那个?"尤兹立刻猜到了他的用意,"铁匠的女儿?本地有名的小美人儿?有你的,福瑞普,今天咱们肯定能在她家里抓到她。伙计们,你们怎么说?要去铁匠家吗?"

"说去就去啊。"戴德·瓦加斯慢吞吞地说,"刚进村子那会儿,我就见她骚得不行,奶子一蹦一蹦的,屁股一扭一扭的……我想去干了她,可达克瑞·希利凡特那个白痴却说不行……现在好了,希利凡特远在天边,铁匠的女儿却近在眼前!我们还等什么?"

"我们已经把村长杀了。"里斯帕特扬起眉毛,"跑来帮他的杂种也被我们打死了。我们非得再杀几个人吗?铁匠跟他儿子结实得就像橡树。他们不怕我们。我们必须……"

"教训他们一下。"福瑞普平静地帮他说完,"让他们尝点苦头。喝完这轮酒,我们就去村子里庆祝万圣节!我们找张羊皮裹住身子,然后大吼着冲过去。那帮乡巴佬肯定会把我们当成妖魔鬼怪!"

"我们是把铁匠的女儿带回来,还是用我家乡杰莫兰的玩法,当着她全家人的面干她?"

"那场面肯定让人难忘。"小福瑞普透过窗户看向夜色,"见鬼,外头风真大,连杨树都吹弯了!"

"哦嘀嘀!"端着水罐的老人说,"这可不是普通的风,先生们。女巫骑着扫帚飞过天空,去参加女巫集会,她们会把研钵里的药剂洒进风里，以消除踪迹。在森林里遇见她们的男人将无路可逃！"

"你还是用这些故事吓唬小孩子去吧，老人家！"

"别在这邪恶的夜晚嘲笑我，先生们。我得告诉你们，那些最坏的女巫——女巫中的女伯爵和公主们——骑的可不是扫帚！她们骑的是自家养的黑猫！"

"哈哈哈哈！"

"这是真的！因为只有在万圣节前夜，猫才能变成漆黑的母马。在漆黑之夜踏入森林的不幸之人会听到马蹄声，看到骑着黑母马的女巫。遇见女巫的人，无论是谁都难免一死。她们会像被风吹起的树叶一样，在他周围打转，将他拖入地狱！"

"我开始喜欢你的故事了。等我们回来，你再把剩下的部分讲完！等我们回来举办一场聚会！我们会在这儿跳舞，轮着操铁匠的女儿……里斯帕特，你咋了？"

跑去院子里撒尿的里斯帕特·拉·坡因特突然跑进门，脸色惨白，胡乱地打着手势指向房门。他一个字也说不出来。但他已经没必要说话了，旅店外传来马匹的嘶鸣声。

"黑母马！"福瑞普几乎把脸贴上窗玻璃，"同一匹黑母马。是她。"

"女巫？"

"是法尔嘉，你这白痴。"

"是她的鬼魂！"里斯帕特倒吸一口凉气，"是幽灵！她不可能还活着！她已经死了，现在变成幽灵回来了！在这万圣节前夜。"

"她会在漆黑的夜晚回来。"老人用手里的空杯子贴住肚子，"看到她的人都难逃一死……"

"抄家伙，抄家伙！"福瑞普兴奋地说，"快！守住门两边！好运在朝我们微笑！法尔嘉不知道我们在这儿，她是来旅店暖身子的。寒冷和饥饿让她躲不下去了！灰林鸮和里恩斯会掏出一大笔赏钱的！抄家伙……"

房门嘎吱作响。

老人在桌面上探出身子，眯起眼睛。他视力很差，老眼昏花，又饱受青光眼和慢性结膜炎之苦。另外，这间旅店光线昏暗，烟雾缭绕，所以他没能看清从门廊走进房间的苗条身影——那个女人身穿一件麝香鹿皮镶边的皮夹克，用兜帽和头巾遮住脸庞。但老人听力很好。他听到一个女招待含糊不清的惊呼，听到靴子踩踏地面的咔嗒声，听到旅店老板的低声咒骂。他还听到刀剑出鞘的刮擦声，以及塞普利安·福瑞普平静而刺耳的说话声。

"我们抓到你了，法尔嘉！没料到我们会在这儿吧，哈？"

"我料到了。"老人听到一个声音。这个声音让他浑身发抖。

他看到了那道苗条身影的动作。他听到了惊恐的呼声，听到一个女招待模糊的叫声。他没能看到名叫法尔嘉的女孩除下兜帽和围巾，没能看到她脸上的可怕伤疤——她的眼睛周围还抹着油灰，看上去就像恶魔的双眼。

"我不是法尔嘉。"女孩说道。老人看到她又动了一下，速度快得模糊不清。他看到有个东西在油灯的光线下闪闪发亮。"我是凯尔·莫罕的希瑞。我是猎魔人。我是来杀人的。"

老人这辈子见过不知多少次酒馆斗殴，早就学会了如何避免受伤：躲到桌子底下，尽可能缩起身子，抱住桌腿。从这个位置当然什么也看不见，但他反正也不想看。他紧紧抱着桌腿，即便桌子连同其他家具被人撞开，他也没松手。四周传来沉重的脚步声、回荡的命令声、叫喊声、咒骂声，以及金属撞击声。

有个女招待尖叫起来，完全没有停下的意思。

有人砸上桌面，将桌子连同老人一起推开一段距离，然后掉在旁边。老人感觉到泼洒在身上的热血，不禁叫出了声。是戴德·瓦加斯，起初想把他赶出旅店的家伙，老人根据夹克上的铜纽扣认出了他。戴德发出恐怖的哀号，四肢甩动，双手敲打着地板，鲜血狂喷不止。他的拳头碰巧打中了老人的眼睛，老人眼前顿时一片黑暗。正在尖叫的女招待倒吸一口凉气，沉默片刻，喘了一会儿，又用更加响亮的声音尖叫起来。

有人重重地倒在地上，刚刚擦过不久的松木地板再次溅上鲜血。是里斯帕特·拉·坡因特，他被希瑞一剑劈开了侧颈。但老人不知道这人的名字，他也没看到希瑞在贾诺维茨和福瑞普面前转体一周，就像一道阴影——或者灰色的烟雾——那样穿透了他们的防御。贾诺维茨朝她扑去，动作像只灵巧的猫。他是个老练的剑手，用右脚稳稳站立，借助占优的臂长径直攻向女孩的面部，瞄准了那道丑陋的伤疤。这一招看起来志在必得。

但他失手了。

他没能保护好自己。她用双手握住剑柄，近距离劈出一剑，切开了他的胸口和腹部。她随即往后一跳，转身避开福瑞普的斩击，随后砍向贾诺维茨的脖子。贾诺维茨的头颅向后落下，身体也瘫软在地。福瑞普跨过死者，迅速出剑劈砍。希瑞举剑格挡，然后转体半周，小幅度挥出一剑，劈向对手的大腿。福瑞普步履蹒跚地撞上桌子，快要失去平衡时，他本能地伸出了手。但他的手刚按上桌面，便被希瑞迅疾地一剑砍断。

福瑞普举起鲜血淋漓的断肢,仔细看了看,又看了看留在桌上的断手。突然间,他崩溃了。他重重地坐到地上,仿佛踩到肥皂滑倒了似的。他开始惨叫,声音像野狼一样凄厉而尖锐。

老人蹲伏在桌下,浑身浴血,花了片刻来聆听这段可怕的二重奏——女招待的尖叫声混杂着福瑞普无法自控的惨叫。

女招待首先沉默下来,以一声惊呼结束了不似人声的尖叫。福瑞普随即陷入沉默。

"妈妈,"他突然开口道,语调清晰,神志清醒,"妈妈……我……这是……我究竟怎么了?这是……怎么了?"

"你要死了。"脸上有疤的女孩说。

老人仅存的头发都竖了起来。为了防止牙齿打颤,他咬住了自己的袖子。

小塞普利安·福瑞普发出努力吞咽的声音。然后,他便不再出声了。

周围一片寂静。

"你干了什么……"沉默中,旅店老板呻吟道,"你都干了什么啊,小姑娘……"

"我是个猎魔人。我在杀怪物。"

"我们会被绞死……他们会烧掉整个村子和这间旅店!"

"我在杀怪物。"她重复一遍,语气好像突然带上了惊讶,或者说,犹豫。

旅店老板呻吟一声,啜泣起来。老人缓缓爬出藏身的桌子。爬行时,他避开了戴德·瓦加斯被劈开面孔的尸体。

"你骑着黑母马……"他喃喃道,"在漆黑的夜晚……抹去了身后的一切痕迹……"

女孩转过身,看着他。她又用头巾蒙住了脸,那对黑灰包围下的眼睛注视着他。

"你看到的人,"老人结结巴巴地说,"都难逃一死……因为你就是死亡本身。"

女孩看着他,看了很久。眼神漠然。

"你说得对。"最后,她说道。

◆━━━┥◆┝━━━◆

沼泽里传来报丧女妖哀伤的号叫声。距离虽远,但比先前已经近了许多。

维索戈塔躺在地上——他下床时摔了一跤,惊恐地发现自己站不起来了。他的心几乎跳到了嗓子眼,让他无法呼吸。

他已经知道女妖的呼号是在预示谁的死亡了。就算经历了这一切,他心想,生命还是如此美好。

"诸神啊……"他轻声说,"我知道我并不信仰你们……可是,如果你们真的存在……"

他的胸骨下方传来剧痛。

沼泽里,报丧女妖的叫声第三次响起,比先前那声更近了。

"如果你们真的存在,请保佑女猎魔人旅途平安!"

"我眼睛很大，是为更清楚地看见你。"狼信誓旦旦地说，"我手很大，是为更热情地拥抱你！我身上哪儿都很大，很快你就会发现我所言不虚。你干吗用这么奇怪的眼神看着我，小姑娘？你为什么不回答？"

女术士微微一笑："因为我要给你个惊喜。"

——《惊喜》
选自《童话与民间故事》
佛罗伦斯·德兰诺伊　著

第十一章

女学徒一动不动地站在高阶女祭司面前，挺直脊背，身体紧绷，默然不语，面孔微微发白。她们做好了出发的准备，任何细节都没有遗漏。她们穿着旅行用的灰色男装，暖和但相对宽松的外套，舒适的精灵靴。她们改变了发型，剪短了头发，以免影响工作，也方便在必要时日夜兼程地赶路。她们的小背包里只装了食物与旅行必需品，其他一切都会由她们志愿加入的军队提供。

两个女孩表情平静。至少看起来是这样。但特莉丝·梅利葛德注意到她们的手和嘴唇在微微发抖。

风吹过神殿庭院里光秃秃的树枝，枯叶飘落到地面上。天空呈现靛青色，空中飘扬着雪花。人们甚至能闻到风雪的味道。

南尼克打破了沉默。"你们都分配到任务了吗？"

"我还没有。"尤妮德低声道，"我要到维吉玛附近的营地过冬。宣传专员说，有几支佣兵部队会从北方过来，开春前一直驻扎在那里……我要担任那些部队的军医。"

"我接到了任务，"爱若拉二世露出苍白的微笑，"充当军医米洛·范德贝克的助手。"

"我相信你们不会让我蒙羞的。"南尼克用严厉而关切的眼神看着两位见习女祭司,"不会让我,让神殿,或让伟大的梅里泰莉女神之名蒙羞。"

"当然不会,嬷嬷。"

"记得,每天要睡足。"

"是,嬷嬷。"

"你们会从起床一直忙到睡觉,每天都要照料伤者,难以入眠。你们会开始怀疑,不敢面对痛苦和死亡。然后你们会发现,用麻醉药和兴奋剂可以帮助逃避。所以千万小心。"

"我们知道,嬷嬷。"

"战争、恐惧、谋杀和鲜血……"高阶女祭司的目光刺穿了二人,"会让人道德沦丧,而对某些人来说,这些更是强有力的春药。你们这些小毛孩现在是不会明白的。所以,答应我要谨慎行事。如果真发展到那一步,务必记得避孕。如果你们真有谁中了彩,千万别去找那些庸医和村妇!去找神殿。能找到女术士就更好了。"

"我们知道,嬷嬷。"

"就这样吧。是时候为你们祝福了。"

她把手轮流放在她们头上,拥抱并亲吻她们。尤妮德吸了吸鼻子。爱若拉二世开始哭泣。南尼克的双眼也闪现出泪光,但她哼了一声。"别这么夸张,"她语气尖锐,甚至带上了怒意,"不过是上一次战场而已。你们会回来的。带好你们的东西,再会啦。"

"再会,嬷嬷。"

她们迈着轻快的脚步离开神殿,再也没回头。高阶女祭司南尼克、女术士特莉丝·梅利葛德,以及抄写员雅尔,目送两个女孩渐行渐远。

雅尔意味深长地咳嗽一声。

"怎么?"南尼克斜眼看着他。

"您同意了!"年轻人满怀怨气地嘟囔道,"您同意两个姑娘报名参军!可我呢?为什么我不行?难道我就该躲在房间里,继续翻阅发霉的羊皮纸?我一不是残废,二不是懦夫!连女孩子都上了战场,我却要留在神殿里。简直是耻辱……"

"这两个姑娘,"高阶女祭司打断他,"把青春岁月都用在学习治疗和照料伤患上了。她们上战场,不是出于爱国心或对冒险的热衷,而是因为有数不清的伤员和病患需要她们照顾。山一样多的工作,夜以继日的忙碌!尤妮德、爱若拉、米尔菈、凯蒂、普露恩、黛博拉,还有其他姑娘们,是神殿对这场战争的贡献。是作为社会一部分的神殿对社会的贡献。我们为军队和战争贡献的是训练有素的医务专家。雅尔,你明白吗?是专家!不是送去屠宰的牲口!"

"所有人都入伍了!只有懦夫才会留在家里!"

"又在说蠢话,雅尔。"特莉丝尖锐地说,"你什么都不懂。"

"我想上战场……"年轻人的声音断断续续,"我想……拯救希瑞……"

"天哪!"南尼克讽刺地说,"骑士急着想去救他的公主,骑着白马……"

女术士的目光让她没再说下去。

"好了,这个话题说得够久了,雅尔。"女祭司的眼神几乎粉碎了年轻人的心,"我已经说过了,我不会同意的!回去读书!学习。你的未来是研究科学。走吧,特莉丝,别再浪费时间了。"

祭坛前面铺着一块帆布,上面放着一把骨梳、一枚廉价的小戒指、一张破旧的书皮、一条褪色的蓝腰带。爱若拉一世——拥有预言能力的女祭司——朝那些物件俯下身。

"别急,爱若拉。"坐在她身旁的南尼克提醒道,"慢慢集中精神。我们不要一瞬间的预言,不要有数千种解读方式的谜语。我们要的是画面。一幅清晰的画面。接纳这些物件的灵光吧,它们都听希瑞说过话,被希瑞碰触过。接纳灵光。慢慢来。别着急。"

神殿外,狂风呼啸,雪花飞舞。殿顶和庭院很快便会被雪花覆盖。今天是十一月十九日。满月。

"我准备好了,嬷嬷。"爱若拉一世用悦耳的声音说道。

"开始吧。"

"等等。"特莉丝像弹簧一样跳了起来,脱下栗鼠皮外套,"稍等一下,南尼克。我想跟她一起进入恍惚状态。"

"这很危险。"

"我知道。但我想用自己的眼睛看看。我欠她的。希瑞……我爱她,就像爱我的小妹妹。在科德温,她冒着生命危险救了我……"女术士的声音变得哽咽。

高阶女祭司摇了摇头。"你跟雅尔一样,一心只想着救人。你们盲目又仓促,不知该去哪里,又该怎么去。但雅尔只是个幼稚的小伙子,你却是个成年人,按理说还是个睿智的女术士。你本该明白,就算你进入恍惚状态也帮不了希瑞。你这么做只会让自己受伤。"

"我要陪爱若拉一起进入恍惚状态。"特莉丝咬着嘴唇,重复道,"请允许我这么做,南尼克。顺便问一句,我能有什么危险?癫痫发作吗?就算真是那样,你也能帮我脱离恍惚。"

"危险在于,"南尼克慢吞吞地说,"你会看到不该看到的东西。"

特莉丝突然想到了索登山,不禁满心恐惧。*我死在那里。我被埋葬在那里,名字刻到了黑曜石纪念碑上。那个山和那块坟墓将永远纪念我的存在。*

我知道。因为有人向我预言过。

"我已经下决心了。"她的语气沉着又有耐心。她站起身,用双手将漂亮的头发拢到颈后。"开始吧。"

南尼克跪在地上,额头抵住交叠的双手。

"那就开始吧。"她轻声说,"做好准备,爱若拉。在我身边跪下,特莉丝,牵住爱若拉的手。"

神殿外,黑夜已然降临。风声呼啸,雪花飘落。

◆━▶　◀━◆

在南方麦提那王国的阿梅尔山脉彼端,名为"百湖"的乡村地带,距艾尔兰德的梅里泰莉神殿直线距离五百里的地方,渔夫戈斯塔从噩梦中惊醒。醒来后的戈斯塔记不清噩梦的内容,但那诡异的不安感让他无法再次入眠。

内行的渔夫都知道，只有在湖面初次冰封时才能钓到鲈鱼。

今年的冬天来得意外地早，却又特别喜欢恶作剧，像漂亮女人一样喜怒无常。刚过万圣节的十一月初，过冬的准备尚未完成，初霜和初雪便像狡猾的窃贼一样悄然而至，大大出乎了所有人的预料。湖面被一层薄冰覆盖，到了十一月中旬，冰面似乎已能承受成年人的重量了，但难以捉摸的冬天却又突然撤走了——秋天回来了，雨水软化了冰面，然后一股温暖的南风越过湖岸，融化了冰雪。**活见鬼**，当地人心想，**冬天到底来了还是没来？**

这种天气持续了三天，冬天便再次驾临。这次没有雪花，却裹挟着刺骨的寒霜。一夜过后，屋檐滴下的水溜便成了尖锐的冰柱。鸭子一觉醒来，发现自己被冻在了水塘里。

森特洛克的湖泊呻吟着化成了坚冰。

出于安全起见，戈斯塔等了一整天，才从阁楼取出装有钓鱼器具的箱子，将盒子的皮带挎在肩上。他往靴子里塞了稻草，穿上毛皮外套，带好冰镐，匆忙赶往湖边。

众所周知，只有湖面初次冰封时才能钓到鲈鱼。

这次的冰很坚硬，戈斯塔踩上去时，它微微弯曲，发出细小的噼啪声，但稳稳地撑住了他。戈斯塔毫无顾忌地在冰面上行走，用冰镐砸出个窟窿，然后坐在箱子上，用马鬃制作的鱼线缠上一根松木短枝，将鱼钩系在鱼线上，放进水里。鱼钩才刚落下，鱼线还没绷紧，第一条半码长的鲈鱼就咬了钩。

一个小时过去了，躺在冰洞旁边、生有绿色斑纹与血红色鱼鳍的鲈鱼已有五十条。戈斯塔钓到的鲈鱼早就超过了需求，但他对垂钓的狂热仍未消散。反正他也可以把多余的鲈鱼送给邻居。

这时，他听到了长长的鼻息声。

他从冰洞边抬起头，只见一匹漂亮的黑马正站在湖岸边，鼻孔喷出热气，背上的骑手身穿麝鼠皮衣，用头巾蒙着脸。

戈斯塔咽了口口水。现在要跑也来不及了。他在心中暗自期待骑手不敢驾马踏上湖面的薄冰。

他依然机械地挪动钓竿，又一条鲈鱼咬了钩。渔夫拉起钓竿，取下鱼，丢到冰面上。他用眼角余光看到骑手跳下马背，把缰绳扔到一丛光秃秃的灌木上，小心翼翼地朝冰面走来。那条鲈鱼在冰上挣扎，舒展尖锐的尾巴，鱼鳃一开一合。戈斯塔站起身，弯腰拿起钓竿。必要时，这也算一件武器。

"别担心。"

骑手是个女孩。她取下了头巾，他看到她的脸被一道丑陋的伤疤毁了容。她背着一把剑，在她肩头上方，他能看到刻着美丽花纹的剑柄。

"我不会伤害你的。"她轻声说，"我只想问个路。"

去哪儿？戈斯塔心想。现在可是冬天，都已经结霜了。谁会在冬天旅行？只有强盗，或者死灵巫师。

"这地方是森特洛克吗？"

"对……"他嘟囔着，双眼看向冰洞里的黑色水面，"是森特洛克。不过我们这儿的叫法是'百湖'。"

"那塔恩·米拉湖呢？你对它了解多少？"

"非常了解。"他焦虑地看着女孩,"不过我们管它叫'无底湖'——被诅咒的湖。那湖很危险……湖精会把人拖下水淹死,还有幽灵住在被诅咒的古代遗迹里。"

他看到她绿色的眼睛闪现精光。

"那儿有遗迹?莫非是座塔?"

"塔?"他差点轻蔑地哼了一声,"只有几块堆在一起的石头,上面爬满了苔藓。一堆乱石……"

鲈鱼不再挣扎,只有色彩鲜艳、长着斑纹的鱼鳃仍然一开一合。

女孩若有所思地看着它。"冰上的死亡,"她说,"确有几分魅力。"

"啊?"

"湖和遗迹离这儿有多远?我该走哪个方向?"

他告诉了她,给她指了方向,他甚至用冰镐的尖头在冰上画了张路线图。她点点头,把路线图记在心里。母马在冰封的湖面上踏着蹄子,喷着鼻息,鼻孔喷出阵阵白气。

他看着她离开西边的湖岸,骑马攀上山坡,身影在树叶落尽的赤杨和桦树的映衬下渐渐淡去,最后隐入装饰着白霜的美丽森林。黑母马奔跑的动作带着难以形容的优雅与敏捷,脚步也轻得出奇。你几乎听不见它的蹄子踩踏冻结的泥土——以及碰到树枝落下积雪——的响声。它在冰雪覆盖的古老森林里奔驰,看起来不像是普通的马,而是拥有魔力的幻影。

也许，它本身就是个幽灵？

骑着幽灵马的恶魔，则化身为长着绿色的大眼睛、脸上有道伤疤的女孩。

除了恶魔，谁会在冬天旅行？还向人询问闹鬼的遗迹该怎么走？

等她不见了，戈斯塔迅速收拾好东西。回家时，他走的是树林。他绕了远路，但理性和本能都在提醒他别走大道。理性告诉他，女孩其实不是恶魔，而是个人类；黑母马也不是幽灵，只是匹普通的良驹。而那些在冬天骑马独自穿过荒野的人，身后往往都会跟有追兵。

没错，一个钟头过后，追兵沿着森林小径飞奔而来。整整十四匹马。

◆━━◆━━◆

里恩斯又晃了晃银盒子，咒骂一声，将其恼火地砸在马鞍桥上。传音盒依然寂静无声。

"魔法垃圾。"邦纳特冷冷地评论道，"这玩意儿坏了，跟露天市场的廉价玩具没什么分别。"

"或者就是威戈佛特兹在向我们显示他的重要性。"史提芬·史凯伦补充道。

里恩斯抬起头，用恶毒的眼神打量着二人。"多亏这件露天市场的廉价玩具，"他尖锐地评论道，"我们才能找到她的踪迹，始终没能跟丢她。这都多亏了主人。威戈佛特兹让我们知道女孩想去哪儿，也让我们知道自己该去哪儿，又该做些什么。跟你们过去一个月的贡献相比，他已经做得不少了。"

"别没完没了的。波利亚斯,怎么样?你从痕迹中能看出什么?"

波利亚斯·穆恩直起身子,清了清嗓子。"她比我们早到一个钟头。只要能跑的地方,她都尽可能加快了速度。不过这里的路很难走,就算骑着那匹不可思议的母马,她最多也就领先我们五六里地。"

"她毫不犹豫地来到这片湖区。"史凯伦喃喃道,"威戈佛特兹说得对。我居然还不相信他……"

"我也不相信,"邦纳特坦白道,"但只到昨天为止。那些农民说了,塔恩·米拉湖岸确实有座不可思议的建筑物。"

马儿嘶鸣,鼻孔里喷出白气。灰林鸮左转头,看向身后的乔安娜·瑟尔伯尼。他不喜欢灵能师过去几天的表情。*真叫人担心*,他心想,*这场追逐让我们所有人都筋疲力尽,无论身体还是心灵。是时候停下了。最好现在就能停。*

他的背脊流过一股寒意。他想起了昨晚的梦。

"好了!"他强打精神,"说得够多了!上马!"

波利亚斯·穆恩在马鞍上垂低身子,搜寻蛛丝马迹。这不太容易,因为地面冻得硬邦邦的,只有坑洼处才能见到随时会被风吹走的松软积雪。波利亚斯在找黑母马的蹄铁印迹。他必须极其细致地搜寻,以免看漏,尤其是在眼下的关键时刻——那只银盒子默不作声,他们也失去了建议和信息的来源。

他累得要命,且忧心忡忡。从万圣节前夜发生在顿·戴尔村的大屠杀算起,他们追赶这女孩已近三周时间。将近三周里,他一直坐在马背上,不停地追赶。而从始至终,女孩和她的黑母马没显示出任何疲态,也没有丝毫放慢速度的迹象。

波利亚斯·穆恩认真寻找蛛丝马迹。

但他没法不去想昨晚的梦。在那个梦里,他在水中不断下沉。他沉入水底,黑色的水面在他头顶合拢,冰冷的水灌进他的喉咙和肺叶。他满身大汗地醒来——尽管周围的空气刺骨冰凉。

够了,波利亚斯·穆恩在马鞍上垂低身子,搜寻蛛丝马迹。是时候停下了。

"主人?你能听到我说话吗?主人?"

传音盒还是没动静。

里恩斯朝又湿又冷的双手哈了口气,双肩剧烈地颤抖。寒意渗进了他的脖子、脊背,以及隐隐作痛的腰部,每个动作都会带来痛楚。他甚至连咒骂的力气都没有了。

将近三周,坐在马背上,无休无止地追逐,忍受刺骨的寒意——其中包括结霜后的好几天。

威戈佛特兹保持沉默。

我们彼此也不怎么说话,只是怀疑地打量着对方。

里恩斯搓了搓手,戴上手套。

史凯伦,他心想,总用奇怪的眼神看着我。他是打算反水吗?他跟威戈佛特兹达成协议的速度未免太快,快得好像儿戏……而这支小队、这些暴徒都对他忠心耿耿,依然服从他的命令。如果我们抓住那女孩，他完全可以不顾协议，直接杀了她，再利用他的同谋，去实现他那关于民主和人民政权的疯狂念头。

或许史凯伦已经受够了阴谋诡计？作为守旧派和投机分子，也许他现在觉得，把那女孩交给恩希尔皇帝才是更好的选择？

他用古怪的眼神看着我，真像一只灰林鸮。还有这队人马……以及那个肯娜·瑟尔伯尼……

邦纳特？邦纳特是个难以捉摸的虐待狂。一提起希瑞，他的嗓音就气得发抖。考虑到这一点，他很有可能杀死或绑架那个女孩，再次强迫她去竞技场里厮杀。与威戈佛特兹的交易？这对他根本无关紧要。尤其是现在，威戈佛特兹……

他取出传音盒。"主人？您能听到我说话吗？我是里恩斯……"
盒子寂静无声。里恩斯都懒得骂人了。

威戈佛特兹没有回应。史凯伦和邦纳特跟他达成了协议，但再过个一两天，等我们抓到那个女孩，也许我会发现协议根本就不存在。到那时，我的喉咙会挨上一刀，或被戴上镣铐押回尼弗迦德，被灰林鸮拿去当证据、表忠心……

真他妈见鬼！

威戈佛特兹没有回应。他不再给出建议，也不再指明方向，不再用他冷静、条理分明、发自灵魂深处的声音驱散我们的疑惑。他沉默不语。

是不是这传音盒真的坏了？因为天气太冷了？或者说……

或许史凯伦说得对？或许威戈佛特兹真的在忙别的事，不再关心我们和我们的命运了？

去他妈的，我可没料到会发生这种事。早知如此，我当初就该……就该代替斯奇鲁去追杀那个猎魔人……见鬼！我在这里瑟瑟发抖，斯奇鲁却在舒舒服服地烤火……

回想起来，当初斯奇鲁被派去对付猎魔人，而我自荐追踪希瑞……这根本就是我自己要求的。

那是在九月初，叶妮芙落到我们手里的时候。

◆━━▶━◀━━◆

原本虚幻、柔软、污浊又发黏的黑暗世界，刹那间变换出实实在在的外表和轮廓。变成了明亮的世界，真实的世界。

叶妮芙睁开双眼，抽搐似的浑身发抖。她倒在岩石上，周围是死尸、索具和烧焦的木板——那是龙船"阿尔库俄涅号"的残骸。她在周围看到了人的脚。穿着厚厚靴子的脚。其中一只刚刚在片刻前踢醒了她。

"快起来，老巫婆！"

接下来的一脚带来了难以忍受的剧痛。然后她看到一张贴近自己的脸。

"我说了，快起来！站起来！还认得我吗？"

她眨了眨眼，认出了他。她烧伤过他的脸——当时他当着她的面，想穿过传送门逃走。是里恩斯。

"我们来算算账吧。"他宣布说，"把以前的账好好算一算，你这婊子。我会教教你何谓痛苦。用这双手，这些手指，我会教教你何谓痛苦。"

她绷紧身体，攥紧双拳，然后松开手掌，施展咒语。但她的双手抽搐起来。她喘着粗气，抖个不停。

里恩斯哈哈大笑。"不管用了吧？"她听到他在说，"你一丁点儿魔力都没剩下！你的魔法造诣没法跟威戈佛特兹比！他榨干了你全身的魔力，一滴不剩，就像榨干奶酪里的乳清。你甚至没法……"

他没能说完。叶妮芙从固定在大腿内侧的刀鞘里拔出匕首，胡乱刺了出去。但她没能成功，利刃擦过目标，只割破了对方的裤管。里恩斯往后一跳，跌坐在地。

冰雹般的拳打和脚踢立刻落到她身上。一只沉重的靴子令她松开了匕首，然后用力碾压她的拇指，让她哀号起来。另一只靴子踩住她的腹部。女术士扭动挣扎，大口喘息。有人将她从地上拽起，把她的双臂扭到背后。她看到一只拳头朝她飞来，眼前立刻火星四溅，脸庞也传来强烈的疼痛。痛楚自她脊骨而下，传入她的腹部和子宫，让她的双膝像果冻一样柔软无力。她瘫软在撑住她的那双手里。有人抓住她的头发，拽起她的脑袋。她的双眼又吃了一拳，整个世界变得模糊，消失在炫目的闪光中。

但她没晕过去。她的知觉还在。有人在打她，动作残忍而粗暴，像殴打男人一样殴打她。这种殴打不仅令人痛苦，还会抽干身体的力量，挫败任何抵抗的意志。她的身体被好几双手牢牢制住，只能不断承受殴打。

她想昏过去，但办不到。她的知觉还在。

"够了。"她突然听到一个声音从远处传来，穿透了痛苦的帘幕，"里恩斯，你疯了吗？你想杀了她？我要她活着。"

"我发过誓，主人。"在她面前摇曳的影子咆哮道，里恩斯的轮廓和面庞渐渐浮现，"我发过誓要向她报仇……用这双手……"

"我不在乎你发过什么誓。我重复一遍,我要她活着,而且能清楚地跟我对话。"

"猫和女巫,"抓住她头发的人大笑,"都不会轻易死掉的。"

"别卖弄聪明了,斯奇鲁。我说了,不许再打了。让她抬起头。你还好吗,叶妮芙?"

女术士吐出一口红色的唾沫,抬起肿胀的脸。起初她没能认出他,他戴着一张面具,遮住了左半边脸。但她知道他是谁。

"下地狱去吧,威戈佛特兹。"她断断续续地说出这句话,又用舌头轻轻舔了舔前齿和肿起的嘴唇。

"你对我的咒语有何评价?你喜欢被我连船一起抬上高空的感觉吗?你享受这次飞行吗?你用了什么咒语才让自己没被摔死?"

"下地狱去吧。"

"毁掉她脖子上的星形链坠,然后带她去实验室。不许浪费时间。"

她被人拖着、拽着,有时是抱着,穿过了散满"阿尔库俄涅号"碎片的岩石平原。这里还有许多船只的残骸,高高耸立的破碎船身仿佛海怪的骸骨。克拉茨说得对,她心想,在塞德纳海沟失踪的船只,并非自然灾害的牺牲品。诸神啊……帕薇塔和多尼……

云层遮蔽的天空之下,有座高山屹立在远方的地平线上。

接下来,她看到了围墙、大门、走廊和楼梯。一切都很陌生,周围又宽敞得出奇……这里细节太少,不足以让她辨明方向,弄清自己身在何方,坠落到了何处,或被咒语带到了哪里。脸上的青肿让她的观察愈发困难,嗅觉成了唯一能够觉察信息的感官能力——她闻到了福尔马林、乙醚与酒精的味道。还有魔法。是实验室的味道。

他们粗鲁地将她按在一张钢制椅子上,冰冷的钢环牢牢扣住她的手腕和脚踝。等到钢钳固定住她的鬓角,让她的头颅无法动弹,她开始打量这个明亮到令人目眩的宽敞房间。她看到了另一张椅子——放在石制平台上、构造奇怪的钢椅。

"那把小椅子是留给你的希瑞的。"威戈佛特兹的声音在她身后响起,"它已经等了很久,都快等不及了。我也是。"

她能断定他就在附近,也几乎能感受到他的呼吸。他将几根尖针刺进她的头皮,又将某个东西固定到她的耳垂上。他在她面前站定,取下了面具。叶妮芙不由倒吸一口凉气。

"这是希瑞的杰作。"他指了指曾经拥有古典式的美貌、如今却严重毁容的脸——在他的左眼窝里,有颗用黄金搭扣和护圈固定的多面水晶。"她走进海鸥之塔的传送门时,我还想抓住她。"巫师轻声说,"我想救她的命,因为我认定传送门会害死她。我真是太天真了!她顺利穿过了传送门,但巨大的魔力破坏了它,在我面前发生了爆炸。我失去了一只眼睛、左脸颊,以及脸部、颈部和胸部的大块皮肤。这让人十分不快,还给我平添了许多麻烦。这副模样很丑陋,对吧?哈,你真该看看我使用再生魔法之前的样子。"

"如果我很迷信的话,"他将一只弯曲的金属管插进她的鼻子,"我会觉得这是莉迪亚·凡·布雷德沃特的复仇,她化作鬼魂对我的复仇。我的确可以再生、复原,但速度很慢,而且要消耗大量的时间与精力。眼球再生尤其棘手……而我眼窝里的水晶已经够用了。我能看到三维画面,但没了天然的眼球,有时候还是让人绝望。的确,这让我产生了不太理性的愤怒——我发誓,等抓到希瑞,我会立刻让里恩斯挖出她一颗绿色的大眼睛。用他的手指。就像他说的那样:'用这双手,这些手指。'你怎么不说话,叶妮芙?我也想挖出你的一颗眼球,这点你能理解吧？还是说挖两颗更好？"

他将几根粗大的针头刺进她手背的血管。有时他会失手，会刺中骨头。叶妮芙咬紧牙关。

"你给我惹了不少麻烦。你迫使我停下手头的工作，让我陷入险境。你把船划到了塞德纳海沟，来到我的萃取器下……我们这场短暂的争斗产生了巨大的回音，还传到了远处，很有可能引来不速之客与好事者。但我情不自禁啊。能把你抓来，把你接到我的扫描仪上——这个想法实在太诱人了。"

"因为，你肯定不会相信……"他又刺入一根尖针，"我真会接受你的挑衅吧？你肯定不会相信我真会上钩吧？不，叶妮芙，如果你真的相信这种事，就是错把湖面的倒影当成了夜空的繁星。说实话，我还应该感谢你，因为你找到了我。你自己来到海沟，省去了我不少工夫。因为你也知道，我找不到希瑞，就算借助这台举世无双的装置也不行。那女孩拥有与生俱来的自我保护机制——强有力的反魔法灵光与屏障。毕竟她继承了上古血脉……我的超级扫描仪本该找到她的，但它却办不到。"

叶妮芙整个人已被银制与铜制的金属丝大网缠绕起来，又被银管和瓷管组成的支架重重包围。椅背顶上的三脚台座里放了个玻璃小瓶，无色的液体在瓶里起伏不定。

"于是我得出结论，"威戈佛特兹将另一根管子插进她的鼻孔，这次是根玻璃管，"要找到希瑞，唯一的办法是使用移情探针。而这一来，我就需要跟那女孩建立过足够牢固的情感纽带，并且产生了移情效应、跟她同病相怜之人。我原本选定了那个猎魔人，但他失踪了，而且猎魔人本来就不适合充当移情的媒介。我又打算去抓特莉丝·梅利葛德,'索登山的第十四人'。我还考虑过绑架艾尔兰德的南尼克……就在这时,温格堡的叶妮芙不请自来了……说真的,我再想不出比你更适合的人选了……连接上这台仪器,你就能帮我找到希瑞。老实说,这个过程需要你全力配合……但你也知道,强迫别人配合,方法有的是。"

"当然了,"他搓了搓双手,"有几件事,我本该事先向你说明。比方说——我是从哪里知道,又是怎么知道上古血脉一事的?劳拉·朵伦的遗产是怎么回事?这种基因又是什么?为什么希瑞会有这种基因?她是继承自谁?我会用什么方式取走她的基因,又会用在什么地方?将你带来的塞德纳萃取器,它的运作原理是什么,目的又是什么?问题还真多,不是吗?但不幸的是,我没时间向你解释这一切了。哈,还真是可惜,因为有些答案肯定会让你大吃一惊的,亲爱的叶妮芙……但如我所说,我没有时间了。灵药已经开始发挥作用了,你也是时候集中精力了。"

女术士咬紧牙关,大口喘息,继而发出低沉而模糊的呻吟。

"我知道。"威戈佛特兹点点头,拉近一面做工精致的大号传影镜,将一只硕大的水晶球放在三脚台座上,周围是蛛网般的银丝。"我知道。遗憾的是,这是必须的。你会非常痛苦。但你越快开始寻找,痛苦就会越快结束。好了,叶妮芙,在这面传影镜上,我希望看到希瑞。她在哪儿,跟谁在一起,在做什么,或者她睡在哪儿,又跟谁睡在一起。"

叶妮芙刺耳、狂乱又绝望地尖叫起来。

"很疼。"威戈佛特兹用肉眼和水晶眼同时盯着她,"当然很疼。开始找吧,叶妮芙,别再封闭你自己,也别再逞英雄了。你知道你忍受不了的。抵抗的结果只有痛苦，会让你脑出血、全身瘫痪，甚至余生都成为植物人。开始找吧！"

她咬紧牙关，直至牙齿碎裂。

"好了，叶妮芙，"巫师柔声道，"你至少也该有些好奇心吧？你肯定想知道你的学生过得如何吧？也许她正面临危机？也许她惹上了麻烦？你知道有多少人想要希瑞的命吗？开始找吧。如果我知道女孩在哪儿，我会立刻赶去，保她平安无事……没人会找到这儿来。没人。"

他声音温和，像天鹅绒一样柔软。

"找吧，叶妮芙。找吧。算我求你了。我向你发誓：我只会从希瑞那里拿走我想要的东西。然后我就会放你们两个自由。我发誓。"

叶妮芙更加用力地咬住牙。鲜血流过她的下巴。

威戈佛特兹突然站起身，挥了挥手。"里恩斯！"

叶妮芙感觉自己的双手和十指被人套上了什么东西。

"有些时候，"威戈佛特兹朝她俯下身，"面对棘手的状况，魔法、药剂和麻醉药反而没有最古老、最经典的刑具管用。别逼我动手。快找！"

"下地狱去吧，威戈佛特兹！"

"把螺丝拧紧，里恩斯。慢慢地拧。"

有人拖着那具瘫软的身体穿过房间，走向通往地牢的楼梯。威戈佛特兹看着他们，随后抬起头，望向里恩斯和斯奇鲁。

"也许你们也会被我的敌人抓住,并且遭受审讯。"他说,"这样的风险始终存在。我希望你们也能像她一样意志坚定。没错,我希望,但我并不相信。"

里恩斯和斯奇鲁保持沉默。威戈佛特兹转过身,再次看向传影镜,硕大的水晶球将一幅画面映在镜面上。

"她只找到了这个。"他指了指镜面,"我要的是希瑞菈,她却给了我猎魔人。她没跟那个女孩移情,但在最虚弱的时候,她帮我找到了杰洛特。真不敢相信,她对他的感情居然这么深……好吧,我对目前的情报已经很满意了。猎魔人、卡西尔·爱普·契拉克、诗人丹德里恩,还有个女人?唔……谁愿意接下这份工作,彻底解决这个猎魔人?"

任务交给了斯奇鲁,里恩斯踩着马镫扭动身体,稍稍放松一下被马鞍折磨得隐隐作痛的屁股。斯奇鲁主动提出去杀猎魔人,他熟悉那伙人的所在地——他在那儿有朋友,不然就是亲戚。至于我,威戈佛特兹叫我去跟瓦提尔·德·李道克斯交涉,然后又派我追踪史凯伦和邦纳特……

我当时真是个白痴,还以为自己的任务会轻松得多、也愉快得多。我以为我会很快完成任务,轻松加愉快……

"如果那些农夫没撒谎,"史提芬·史凯伦踩着马镫站起身,"那么,那座湖就在山丘后面,在一片山谷里。"

"马蹄印也通向那边。"波利亚斯·穆恩确认道。

"那还待在这儿干吗?"里恩斯揉了揉冻得僵硬的耳朵,"还不快马加鞭追上去?"

"别着急。"邦纳特阻止了他,"我们还是分头行动为好。我们不知道她骑马去了湖的哪一边。如果选错方向,湖水会把我们跟她隔开的。"

"说得太对了。"波利亚斯附和道。

"可湖面已经结冰了。"

"冰可能承受不住马匹的重量。邦纳特说得对,我们只能分头行动了。"

史凯伦立刻发号施令。第一组人马总共七人,由邦纳特、里恩斯和奥拉·哈希姆率领。他们朝东岸奔去,很快便消失在黑色的森林里。

"很好。"灰林鸮说,"我们走吧,希利凡特。"

但他立刻发现,有点不对劲儿。

他转过马头,挥鞭跑向乔安娜·瑟尔伯尼。肯娜的坐骑退后几步。她的面孔冷硬如石。

"没用的,验尸官大人。"她声音沙哑,"我们本想跟您同行的。但现在,我们要回去了。我们受够了。"

"我们?"达克瑞·希利凡特喝道,"'我们'是谁?这算什么,叛乱吗？"

史凯伦在马鞍上身子前倾，朝冰封的地面吐了口唾沫。肯娜身后是安德雷斯·维尔尼，以及发色明亮的精灵提尔·艾克拉德。

"瑟尔伯尼女士，"灰林鸮厉声道，"你是在自毁前程，浪费百年一遇的良机。更重要的是，你会被刽子手送上绞刑架，连同这几个听信你的蠢货一起。"

"注定上绞架的人不会淹死。"肯娜给出富有哲理的回答，"你不该用刽子手威胁我们，验尸官大人，因为连你也不知道，你和我们谁离绞架更近。"

"你真这么觉得？"灰林鸮的双眼闪现精光，"这就是你偷听别人的想法之后得出的结论？我还以为你是个聪明人，结果只是个蠢女人。跟着我，你会百战百胜。与我为敌，你将永无翻身之日！记住这一点。如果你以为我大势已去，请别忘记，我还是有机会把你们送上绞刑架的。你们听到了吗？我会叫刽子手用烧红的铁钳撕下你们骨头上的血肉！"

"命只有一条，验尸官大人。"提尔·艾克拉德轻声说，"你选择了你要走的路，我们也选择了自己的路。两条路都充满风险和不确定因素，但你也不知道这两条路会通向怎样的命运。"

"你不能强迫我们像狗一样去追那个女孩，史凯伦大人。"肯娜高傲地抬起头，"我们也不想像狗一样被人屠杀，就像聂拉汀·西卡。唉，说得够多了。我们要回去了！波利亚斯！跟我们一起走吧。"

"不了。"波利亚斯摇摇头，用毛皮帽盖住额头，"再会了，我不想伤害你们。但我会留下。我会继续效命。我发过誓。"

"为谁效命？"肯娜皱起眉头，"为皇帝还是灰林鸮？还是盒子里的巫师?"

"我是个军人。我会继续效命。"

"等等,"杜菲希·克里尔打马从达克瑞·希利凡特身后跑出,"我跟你们一起走。我也受够了!昨晚我梦到自己惨死。我可不想为这卑鄙又可疑的任务送命!"

"叛徒。"达克瑞大喊,面孔涨得通红,脸上好像随时能喷出血来。"一群背信弃义的无耻之徒!"

"安静。"灰林鸮依然怒视着肯娜,双眼跟他的外号一样令人厌恶。"你听到了,他们选择了自己的路,我们没必要糟蹋嗓子、浪费口水。但我们还会再见面的,我向你们保证。"

"也许是在同一座绞刑架上见面。"肯娜的语气不带任何讽刺,"因为届时你,史凯伦,你受刑时的同伴不会是出身高贵的王公,而会是我们这群平民。但你说得对,没必要浪费口水了。我们该走了。祝你好运,波利亚斯。保重,希利凡特先生。"

达克瑞·希利凡特吐了口唾沫。

◆━━━◆━━━◆

"我要说的都说完了。"乔安娜·瑟尔伯尼高傲地抬起头,拂开额头上的一缕黑发,"没有要补充的了,尊贵的庭上。"

最高法庭的审判长居高临下地看着她。他的眼睛几近纯灰,他的表情高深莫测。

咳,管它呢,肯娜心想,我要试试看。命只有一条,不成功便成仁。我才不想留在要塞里等待自己的死期。灰林鸮从不虚言恫吓,就算死了，他也会爬出墓穴，找我复仇……

管它呢！也许他们不会发现。不成功便成仁！

她用手按住鼻子，像要擦掉什么东西。她看着审判长几近纯灰的双眼。

"卫兵！"审判长说，"请把证人瑟尔伯尼送……"

他顿了顿，咳嗽了几声。突然间，他的额头渗出了汗水。

"……送去办公室，"他猛地吸了口气，把话说完，"签发相关文件，然后释放她。本庭已经不再需要证人瑟尔伯尼了。"

肯娜悄悄擦去从鼻子里流出的一滴血，笑了笑，微微鞠躬——向自己的法力致敬。

"他们逃跑了？"邦纳特难以置信地重复道，"就这么当了逃兵？就这么骑马跑了？史凯伦，你能允许这种事发生？"

"如果他们告发我们……"里恩斯刚开口，立刻便被灰林鸮打断了。

"不会的，因为他们还珍惜自己的脑袋！克里尔也加入了他们，当时我这边只有达克瑞和穆恩，而他们有四个人……"

"四个人！"邦纳特的语气满是恶意，"很多吗？等我们抓住那个丫头，我立刻骑马去追他们。我要让渡鸦啄食他们的尸体。这可是原则问题。"

"等我们先抓住那个丫头。"灰林鸮甩动鞭子，驱使他的灰马前进，"波利亚斯！注意道路！"

钟形山谷里弥漫着浓雾，但他们知道谷底有一片湖泊，因为这里是森特洛克，每道山谷的谷底都有一片湖泊。他们之所以知道这件事，是因为威戈佛特兹叫他们来找这片湖——黑母马的蹄印并非他们追踪女孩的唯一线索。他向他们准确描述了湖泊的样子，以及它的名字。

塔恩·米拉。

这片湖很窄，宽不过一箭之遥。在高耸而陡峭的山坡之间，湖面呈略带弧度的新月形状。山坡上有片黑色的云杉林，在白雪点缀下显得景色宜人。坡上静悄悄的，听不到任何声响，就连乌鸦也默不作声，而在过去十几天里，乌鸦不祥的鸣叫一直陪伴着他们。

"这里是南端。"邦纳特说，"如果那个巫师没搞错，魔法塔应该在北端。留心痕迹，波利亚斯！如果跟丢了，湖水真会挡在我们和她中间的！"

"痕迹很清晰。"波利亚斯·穆恩的喊声从下方传来，"而且很新！就通向湖泊！"

"前进。"面对陡坡，史凯伦的灰马畏缩不前，但他强迫它服从命令。

"下坡！"

他们沿坡而下，谨慎地勒住缰绳，不让喷着鼻息的马跑得太快。他们强行穿过光秃秃又覆盖冰雪的黑色树丛，朝湖边靠近。

邦纳特的棕马小心翼翼地踩到冰上，探出芦苇叶、如玻璃般光滑的冰面在马蹄下嘎吱作响。马蹄下的冰面裂开了，长长的裂缝呈放射状出现。

"回去！"邦纳特拉住缰绳，将不断嘶鸣的马转向岸边，"下马！这冰太薄了。"

"只有湖边靠近芦苇丛的位置比较薄。"达克瑞·希利凡特用脚踩了踩冰面,估算道,"但就算这儿也有半寸厚,撑得住马匹的重量,没什么好担心……"

他的话被一声咒骂和马嘶声掩盖过去。史凯伦的灰马滑倒了,后腿跪在地上,前腿向前一伸。史凯伦又骂一句,踢了踢马腹。这次伴着咒骂响起的,是冰面破裂的响亮噼啪声。灰马前腿乱蹬,后腿保持跪地的姿势,陷进破碎的冰洞。它在冰洞里挣扎,又踩碎了一大块冰,同时搅浑了身下的黑水。灰林鸮跳下马鞍,拽住缰绳,但也脚下一滑,一头栽倒。幸好他没滑到自己坐骑的马蹄下。两个杰莫兰人将他扶起,波特·布瑞登和奥拉·哈希姆则把嘶鸣不止的灰马拉上岸。

"下马,伙计们。"邦纳特重复一遍,看着覆盖湖面的迷雾,"还是别冒险为好。我们徒步去追那个丫头。她肯定也是步行过去的。"

"说得太对了。"波利亚斯·穆恩指着湖面,确认道,"用眼睛就看得出来。"

枝头低垂的湖岸上,冰面光滑而半透明,就像深色的玻璃瓶,他们能看到棕色的芦苇和冰下的水生植物,远处的冰上则覆着薄薄一层潮湿的积雪。在雾气中,深色的脚印一直延伸到肉眼可见的极限。

"找到她了!"里恩斯急切地大喊一声,把缰绳挂到树枝上,"她没看上去那么聪明。她走到了湖中央的冰上。如果她选择了湖岸或者森林,我们要抓她就困难多了!"

"湖中央……"邦纳特露出思索的表情,重复道,"按照威戈佛特兹的说法,穿过湖中央是前往魔法塔的捷径。她也知道这事。穆恩,她比我们快多少?"

波利亚斯·穆恩已经站到了湖面上。他在脚印旁边跪倒,俯身打量。

"半个钟头,"他估算到,"不会更久。天气暖和起来了,但这些脚印依然没有模糊,甚至能看清鞋底的每一根鞋钉。"

"这片湖,"邦纳特徒劳地想要看穿湖面的浓雾,喃喃道,"向北延伸超过五里。威戈佛特兹是这么说的。如果那女孩比我们早走了半个钟头,现在就会领先我们一里左右。"

"在这么光滑的冰上?"穆恩摇摇头,"不会的。撑死也就半里。"

"那就更好了!快追!"

"追。"灰林鸮重复道,"留神冰面,尽可能快速前进!"

他们大步前行,呼吸沉重。接近猎物令他们愈发兴奋,就像吸食了麻药粉。

"别走散了!"

"别跟丢脚印……"

"别在该死的雾里迷路了……它白得就像牛奶……走出二十步就看不清了……"

"往松树那边走。"里恩斯咆哮道,"快点,快点!趁冰上还有雪,我们还能跟上她的脚印……"

"这脚印很新。"波利亚斯·穆恩突然嘀咕起来,"非常新……每根鞋钉的印子都能看清……她就在我们前方……我们正前方!可我们为什么看不见她?"

"为什么听不到她的声音?"奥拉·哈希姆惊讶地问,"我们踩在冰上的脚步声和踩过积雪的嘎吱声都在回响!可我们为什么听不到她的动静……"

"因为你们喋喋不休!"里恩斯粗暴地打断他,"继续走!"

波利亚斯·穆恩摘下帽子，擦了擦渗出汗水的额头。"她就在这片雾里。"他轻声说，"就在这片雾里……我们却看不到。我们不知道她会从哪儿发起攻击……就像之前……在万圣节前夜……在顿·戴尔村……"他用颤抖的手拔出长剑。

灰林鸮朝他扑去，抓住他的双肩，用力摇晃起来。"别再引发恐慌了，蠢货。"他嘶声道。

太迟了，恐惧感染了其他人。他们也拔出剑来，本能地站到同伴身旁。

"她不是幽灵！"里恩斯大声咆哮道，"她甚至不是女术士！而我们有十个人！顿·戴尔村里只有四个，还都喝得烂醉！"

"散开队伍。"邦纳特突然说，"从左到右站成一排，就像环环相扣的铁链一样！这样就不会看漏自己人了。"

"你也这样？"里恩斯嘲笑道，"邦纳特，你也被恐惧传染了？我还以为你没那么迷信呢。"

赏金猎人向他投去比冰更冷的眼神。"以扇形散开，"他重复一遍，没理睬术士的话，"保持距离。我现在回去牵马。"

"什么？"

邦纳特依然对里恩斯不理不睬。里恩斯咒骂一句，但灰林鸮伸出一只手，按在他肩上。"别管他。"他嘶声道，"让他去。但我们别再浪费时间了！站成一排！波特和斯提格沃德去左边！奥拉去右边……"

"史凯伦，这是做什么？"

"如果我们太过集中，"波利亚斯·穆恩低声说，"很有可能会压碎冰面。另外，我们散开前进，可以防止女孩从侧面逃跑。"

"侧面？"里恩斯轻蔑地说，"怎么可能？这脚印明显通向前方。

那丫头正在笔直前进,如果她真想转弯,我们从脚印就看得出来!"

"说得够多了。"灰林鸮打断他们的对话,转头看了看邦纳特在迷雾中消失的方向,"继续追!"

于是他们迈开脚步。

"开始回暖了……"波利亚斯·穆恩吸了口气,"上层的冰正在融化。我们脚下都积水了……"

"好大的雾……"

"但脚印依然清晰。"达克瑞·希利凡特评论道,"另外,我觉得那丫头速度变慢了。她的精力正在渐渐耗尽。"

"我们也是。"里恩斯扯下帽子,扇了扇风。

"别动。"希利凡特突然停下脚步,"你们听到了吗?什么声音?"

"我什么也没听到。"

"我听到了……刷刷声……冰上的刷刷声……但不是我们这边的声音。"波利亚斯·穆恩指着隐去足迹的迷雾,"似乎是左边。从侧面传来的……"

"我也听到了。"灰林鸮确认道,不安地四下张望,"可现在又静下来了。见鬼,这可不妙。这可不太妙!"

"脚印!"里恩斯的语气带着厌烦,"我们还能看到她的脚印!你们没长眼睛吗?她走的是直线。直线!如果她转弯,就算只走一步,我们也会看到脚印的变化!赶紧追啊,就快追上了!我敢保证,等会儿我们就能看到……"

他突然闭了嘴。波利亚斯·穆恩发出让人肺部震颤的呻吟。灰林鸮咒骂一声。

前方十步远,在浓如牛奶的雾气中,在有限的视野范围内,他们看到脚印……消失了。

"活见鬼了!"

"什么情况?"

"她是飞走了还是咋地?"

"不对。"波利亚斯·穆恩摇摇头,"她没飞走。比那更糟。"

里恩斯粗鲁地咒骂一声,指了指留在冰上的划痕。

"溜冰鞋。"他恶狠狠地说着,不由自主攥紧了拳头,"她穿上了溜冰鞋……现在她能在冰上像风一样飞……我们不可能抓住她了!见鬼,邦纳特在哪儿?没有马,我们不可能抓到她!"

波利亚斯·穆恩大声叹了口气。

史凯伦缓缓解开外套的纽扣,手放在胸前的飞镖带上,确保自己随时都能取出猎户镖。"我们没必要抓她。"他冷冷地说,"她会来找我们的。恐怕我们都不用等太久。"

"你疯了吗?"

"邦纳特早就料到了,所以他才会回去牵马。他知道那丫头会把我们引进陷阱。注意!仔细听溜冰鞋划开冰面的声音!"

达克瑞·希利凡特冻得发红的脸颊突然变得苍白。

"伙计们!"他大喊道,"留神!注意!都过来,站到一起!别在雾里迷失方向!"

"别动!"灰林鸮吼道,"别动!别发出任何声音,不然我们会听不到……"

他们听到了。在队伍最左端,雾气中传来一声短促而不连贯的喊叫。尖锐刺耳的刮擦声——就像金属刮过玻璃——让他们寒毛倒竖。

"波特,"灰林鸮喊道,"波特!出什么事了?"

他们听到一声内容无法理解的嘶喊。突然,波特·布瑞登的脑袋从迷雾中钻出。他跑到近前,摔了一跤,腹部着地滑向前去。

"她杀了……斯提格沃德。"他喘息着说道,费力地从冰面上爬起,"她砍倒了他……就在擦身而过的一瞬间……太快了……我从没见过这么快的动作……那个小女术士……"

史凯伦咒骂一声。希利凡特和穆恩握紧手中的剑,转过身,凝视着雾气。

刷。刷。刷。快节奏的刮擦声一阵阵传来。越来越快。越来越近……

"她在哪儿?"波利亚斯·穆恩大喊一声,转了个身,双手举起长剑,"在哪儿?"

"别动。"灰林鸮捏住一枚猎户镖,"在右边!没错!右边!她从右边过来了!当心!"

队伍右侧,一个杰莫兰人骂了一句,踩着渐渐融化的冰面,轻率地冲进了迷雾。但他没能跑远,甚至没能跑出他们的视野。他们听到溜冰鞋尖锐的声响,看到一把模糊的剑刃飞速划过,然后是剑身的反光。杰莫兰人哀号起来。他们看到他倒在地上,看到喷洒在冰面上的鲜血。伤员四下张望,扭动身体,尖叫连连,大声号啕。随后,他停止了尖叫,不再动弹了。

但就在他哀号的同时,逐渐逼近的冰鞋刮擦声再度响起。他们没料到女孩会回来得这么快。

她冲到他们中间。错身而过的同时,她朝奥拉·哈希姆的膝盖下方横向劈出一剑,令他像折叠刀一样折起身子。她转体一周,锋利的碎冰洒了波利亚斯·穆恩一身。史凯伦往后一跳,但脚下打滑,顺手抓住了里恩斯的袖子,两人同时倒地。溜冰鞋无情地自他们身旁滑过,将冰屑洒在他们的脸上。有个杰莫兰人大喊大叫,然后是一声狂乱的尖叫,这人永远地闭上了嘴巴。灰林鸮知道发生了什么,他听过很多人被砍断脖子时的叫声。

奥拉·哈希姆痛呼一声,往这边爬来。

刷。刷。刷。

一片寂静。

"史提芬,"达克瑞·希利凡特结结巴巴地说,"史提芬……我们都指望你了……救救我们……别让我们……"

"她把我砍瘸了,那个婊子!"奥拉·哈希姆喊道,"帮帮我,该死的!谁来……帮帮我!"

"邦纳特!"史凯伦朝雾中喊道,"邦纳特!快来帮忙!你这狗娘养的,跑哪儿去了?邦——纳——特——!"

"她就在我们周围,"波利亚斯·穆恩扭过头去侧耳聆听,吸了口气,"她在我们周围的雾气里……但没人料到她会从哪边进攻……死亡!那丫头就是死亡!这是场屠杀,就像万圣节前夜的顿·戴尔村……"

"聚到一起,"史凯伦呻吟道,"不要分散。她会挑落单的人下手……如果看到她出现,不要慌张……把剑朝她的脚扔过去——还有背包、皮带……手边的任何东西,让她……"

他的话没能说完。这次他们连溜冰鞋的刮擦声都没听见。达克瑞·希利凡特和里恩斯趴倒在地,总算保住了性命。波利亚斯·穆恩勉强跳开。但波特·布瑞登脚下一滑,立刻中剑栽倒。女孩后退时,史凯伦掷出了猎户镖。他打中了。可惜打错了人。好不容易起身的奥拉·哈希姆颤抖着倒在溅满鲜血的冰面上,瞪大的双眼仿佛在盯视刺穿鼻子的星形金属镖。

仅存的一个杰莫兰人丢下手里的剑,伴着短促的抽搐啜泣起来。

史凯伦朝他跑去,使出全身的气力,一拳打在他脸上。"振作点儿!"他吼道,"振作点儿,伙计!对手只是个丫头!只是个小丫头!"

"在万圣节前夜的顿·戴尔村,"波利亚斯·穆恩轻声道,"我们造就了这头冷血的小怪物。我们没法离开这片湖了。听吧!聆听死亡朝你扑来的声音!"

史凯伦捡起杰莫兰人的剑,努力塞回啜泣的对方手中。但他失败了。杰莫兰人全身发抖,用无神的双眼看着他。灰林鸮扔下剑,朝里恩斯跑去。

"做点什么,术士!"他摇晃里恩斯的双肩,咆哮道。恐惧增强了他的力量。尽管里恩斯个子更高,块头更大,但在史凯伦手下,他却晃得像个布娃娃。"做点什么!呼唤你那位强大的威戈佛特兹!或者自己用点儿魔法!念诵咒语,呼唤鬼魂,召唤恶魔!做点什么,什么都行,你这肮脏的人渣,你这坨大便!趁那女幽灵还没杀光我们,赶紧做点什么!"

灰林鸮咆哮的回声响彻森林覆盖的山坡。不等回音止息,溜冰鞋的刮擦声再度响起。啜泣的杰莫兰人扑通跪地,双手掩面。波特·布瑞登哀号一声,丢下手里的剑,转身逃跑。他滑倒在地,然后像狗一样手脚并用地爬行。

"里恩斯!"

里恩斯咒骂一声,抬起手。念诵咒语时,他的双手和脑袋都在颤抖。但他还是念完了咒语。只是内容念错了。

他用抽搐的手指射出一道细细的火焰，劈裂了冰面。他本打算让这断面横向裂开，好挡住女孩的去路。但事与愿违，冰面纵向裂开，冰层轰然断裂，黑色的湖水喷涌而出。裂缝迅速扩大，朝目瞪口呆的达克瑞·希利凡特逼近。

"闪开！"史凯伦大喊道，"快跑！"

太迟了。裂缝蔓延到希利凡特脚下，猛然扩张。冰层碎裂，仿佛大块的玻璃。达克瑞·希利凡特失去平衡，不等叫出声，湖水已经没过他的头顶。波利亚斯·穆恩也掉进冰洞，消失在水下。跪在地上的杰莫兰人和奥拉·哈希姆的尸体同样消失无踪。里恩斯也扑通一声掉进了湖水。史凯伦紧随其后，但在最后一刻抓住了冰洞边缘。只见女孩奋力一蹬脚，跃过缺口，啪嗒一声落在融化的冰面上，朝逃窜的布瑞登追去。片刻后，一声令人毛骨悚然的尖叫刺痛了史凯伦的耳膜，余音在森林边缘回荡。

她追上了布瑞登。

"大人……"波利亚斯·穆恩好不容易爬到冰面上，"把手给我……验尸官大人……"

史凯伦被拉了上来，他冻得脸色发紫，身体剧烈颤抖。希利凡特也想爬上来，但却压垮了边缘的冰面，再次消失于水下。他很快又钻了出来，咳嗽着吐出几口水，用尽九牛二虎之力，终于攀上冰面。他往前爬行一段，然后躺在那里，精疲力竭，周围汇聚起一摊水。

波利亚斯呻吟一声，闭上双眼。史凯伦还在发抖。

"救救我……穆恩……救命……"里恩斯悬在冰洞边缘，腋窝以下都沉在冰水里。他的头发被水打湿，紧贴着脑袋，牙齿像响板一样咔嗒作响——听起来就像地狱响板舞的鬼魅序曲。

溜冰鞋刷刷作响。波利亚斯一动不动。史凯伦浑身发抖。

她来了。速度很慢。鲜血自她的剑身滴落，在冰上画出一道红线。

波利亚斯咽了口口水。尽管他的全身都被冰水浸湿，身体却突然变得滚烫。

但那女孩没理他。她看着徒劳地想要爬上冰面的里恩斯。

"帮帮我……"里恩斯透过咬紧的牙关说，"救救我……"

女孩慢了下来，在冰上转了个身，动作如舞蹈般优雅。她在原地站定，两腿略微分开，双手稳稳地握住剑柄。

"救救我……"里恩斯的手指抠进了冰面，开始语无伦次，"只要你救我……我就告诉你……叶妮芙在哪儿……我发誓……"

女孩缓缓取下蒙在脸上的头巾。然后，她笑了。波利亚斯·穆恩看到那道可怕的伤疤，好容易才忍住尖叫的冲动。

"里恩斯，"希瑞的脸上仍然挂着笑容，"你想教教我何谓痛苦，还记得吗？用这双手，这些手指。就这些吗？用你抓在冰面上的这几根手指？"

里恩斯回答了，但波利亚斯没听懂。因为里恩斯的牙齿抖得厉害，波利亚斯听不清他都说了些什么。希瑞在冰面上转过身，单手举起长剑。波利亚斯咬紧牙关，以为她会给里恩斯致命一击。但女孩什么都没做。更令追踪专家吃惊的是，她迅速跑开了，急促的双脚猛然加速。她消失在迷雾中，溜冰鞋有节奏的刷刷声也几不可闻。

"穆恩……拉……我……出去……"里恩斯咬紧牙齿喊出这几个字。他的下巴贴在冰洞边缘，两条手臂都抓在冰上。他想用手指抠住冰面，但他的指甲早已尽数折断。他伸开手指，努力用手掌和指节抓住血淋淋的冰块。波利亚斯·穆恩看着他，惊恐地想到一种可能性……

就在最后一刻,他听到了溜冰鞋的刷刷声。女孩以不可思议的速度迅速接近,在他眼前恍如一道幻影。她从冰洞旁边滑过,冰刀紧贴洞口边缘。

里恩斯一声惨号。冰水立刻涌入他的喉咙。他的身体消失在水面之下。

在靠近冰洞的位置,在溜冰鞋留下的美丽而光滑的划痕两侧,鲜血清晰可辨。还有手指,总共八根。

波利亚斯·穆恩吐了出来。

邦纳特沿着湖岸山坡策马疾驰,完全没考虑坐骑有可能一脚踏进被雪盖住的地洞,从而折断马腿。冻结的松木枝拍打在他脸上,抽打着他的双臂,冰屑洒进他的领口。

他看不到湖泊,因为整片山谷都笼罩着迷雾,就像一锅煮沸的汤。

但邦纳特知道,女孩就在那里。

他能感觉到。

冰面之下,湖水深处,有个东西渐渐下沉,一群好奇的条纹鲈鱼从旁游过。这个闪闪发光、充满魅力的银盒子是从一具浮尸的口袋里掉出来的。在盒子沉到湖底,溅起淤泥之前,几条胆子最大的鲈鱼甚

至用嘴巴碰了碰它。突然，它们惊惶地四散逃开。

盒子发出怪异而令人惊恐的震颤。

"里恩斯？能听到吗？你到底怎么了？你这两天为什么不回话？我要你汇报情况！那女孩怎么样了？你绝不可以让她进入那座塔！你在听吗？别让她走进雨燕之塔……里恩斯！快回答，该死的！里恩斯！"

里恩斯永远也不能回答了。

——◆—◆—◆——

山坡到了尽头，湖岸一片平坦。前面湖泊就到头了，邦纳特心想，就在不远处。我截住了小丫头的去路。可她人在哪儿？那座该死的塔又在哪儿？

雾气的帘幕突然分开，被风吹散。他抬起头，看到了她。她就在他前面，骑着她的黑母马。她是个女术士，他心想，她跟那头畜生能用心灵交流。她派它来到湖泊另一头，等待跟她会合。

但这什么都改变不了。

我一定要杀了她。让威戈佛特兹见鬼去吧。我一定要杀了她。首先，我要让她跪地求饶……然后，我会杀了她。

他大喊一声，猛踢马腹，让马匹亡命狂奔。

但突然间，他意识到自己已经输了。她把他引进了陷阱。

他们之间只隔了一百五十步——但那是一百五十步的薄冰。因为湖水拐了个弯，将他和女孩分隔开来。半月形的沟槽弯向对岸，而那女孩正处于弧线处，离湖水尽头比他近得多。

邦纳特咒骂一声，猛地拉扯缰绳，但他的马已经跑上了冰面。

"跑啊,凯尔比!"

黑母马的马蹄掀开了冻结的泥块。

希瑞紧贴马颈。邦纳特的追逐让她满心畏惧。她害怕那家伙。光是想到要与他搏斗,她的肠胃就像挨了一拳。

不,她不想跟他打。至少现在不行。

雨燕之塔。只有雨燕之塔能救她。还有传送门。就像在仙尼德岛上,巫师威戈佛特兹紧追在后,朝她伸出手时那样……

她唯一的希望是雨燕之塔。

迷雾消散了。

希瑞拉紧缰绳,她感到体内突然涌起一股可怕的热流。她不敢相信自己看到的东西。不敢相信自己眼前的景象。

邦纳特也看到了。然后,他欢呼起来。

湖的尽头没有塔。连塔的废墟都没有,甚至可以说是空无一物,只有一座依稀可见的小山丘。丘顶是座光秃秃的石冢,周围点缀着冰雪覆盖的植物。

"这就是你的高塔?"他大喊道,"你的魔法塔?这就是你的救命稻草?不过是一堆石头!"

女孩仿佛什么也没听见,什么也没看见。她让母马奔向小丘,奔向那堆石冢。她朝天空举起双手,像在为自己的遭遇而诅咒上天。

"我早就告诉过你,"邦纳特大声喊道,踢了踢棕马的肚子,"你属于我!你必须照我说的做!没人能阻止我!不管是人还是神,不管魔鬼还是恶魔,都不行!魔法高塔也不行!你属于我,女猎魔人!"

棕马的蹄声在冰面上回响。

不知何处吹来一股旋风,让雾气突然凝聚起来。他的棕马大声嘶鸣,马蹄腾跃,用力咬住马嚼子。邦纳特在马鞍上身体后仰,用尽全力拉住缰绳,因为他的马发狂了——它的脑袋前后甩动,马蹄在冰面上踩踏、打滑。

一头雪白的独角兽站在岸上,挡在他和希瑞之间。它甩动前蹄,人立而起,护住女孩。

"这把戏对我没用。"赏金猎人控制住坐骑,高声喊道,"我可不怕什么魔法!我会抓到你的,希瑞!这次我会杀了你,女猎魔人!你是我的!"

雾气再次汇聚,化成怪异的形状,且越来越清晰。是一群骑手。噩梦般的幽灵骑手。

邦纳特瞪大了眼睛。

一群骷髅骑手,骑着骷髅战马,身穿生锈的链甲和破烂的外套,头戴满是凹陷和腐蚀痕迹的头盔,上面装饰着水牛角,还有残破的鸵鸟与孔雀羽毛。头盔的面甲下,幽灵的双眼闪烁着浅蓝色的光。一面破烂不堪的旗帜随风飘扬。

策马奔驰在队伍最前方的,是个头盔上戴着王冠的铠甲骑士,其颈上的项链不断敲打着锈迹斑斑的胸甲。

滚开,有个声音在邦纳特脑中嗡嗡作响。*滚开,凡人。她不属于*

你。她属于我们。滚!

没人能否认邦纳特的勇气。鬼魂没能吓倒他。他克服了恐惧,没有陷入慌乱。

但他的马就没这么意志坚定了。

棕马人立而起,用后腿跳起了芭蕾舞。它长声嘶鸣,不顾一切地跳了起来。在马蹄铁的冲击下,冰面现出深深的裂纹,随即碎成了浮冰,湖水喷涌而出。棕马嘶鸣着,蹄子踩在浮冰边缘,而冰块再次碎裂。邦纳特从马镫里抽出脚,跳下马背,但为时已晚。

湖水没过他的头顶,敲打着他的耳鼓,发出洪钟般的巨响。他的肺仿佛随时都会炸开。

可他还是很走运。他的双脚踩到了什么东西——想必是正在下沉的马。他奋力上浮,在飞溅的水花中破开水面,大口喘息。他抓住冰洞边缘,处乱不惊地抽出匕首,刺进冰面,借力爬了上去。他躺在冰上,呼吸沉重,身上不断有水滴落。

湖泊,冰面,积雪覆盖的山丘,白霜包裹的黑云杉林——这一切都被反常的、充满死亡气息的苍白光芒所照亮。

邦纳特无比费力地跪坐起来。

在地平线上方,蔚蓝的天空被耀眼的光晕笼罩,漩涡般舞动的光线从光之穹顶、从骤然亮起的光之圆柱与光之尖塔中映出。变幻不定的光之缎带与光之帘幕都在空中盘旋,这景象怪异至极。

邦纳特发出嘶哑的惊呼,他的喉咙像被绞刑的绳套箍住了一样。

除了小丘和石冢之外原本空无一物的地方,如今耸立起一座高塔。

它庄严、纤细、光滑、闪闪发亮。这座高塔像用一整块玄武岩雕刻而成。在那锯齿状的塔顶,仅有的几扇窗户反射着忽明忽暗的北极光。

他看到女孩在马鞍上转过身,看着他。他看到她明亮的双眼,还有她脸颊上那道丑陋的伤疤。他看到女孩驱使黑母马,不紧不慢地踏进了石制拱门,踏进了门内的黑暗。

一人一马消失不见。

北极光爆散为飞旋的耀眼强光。

等到邦纳特视力恢复,高塔已踪影全无。只剩下积雪覆盖的山丘,还有那堆点缀着植物的石冢。

赏金猎人跪在冰面上,滴落的湖水在他周围形成了水洼。他发出疯狂而可怕的咆哮声。他将双手从膝盖伸向天空。他大喊,尖叫,诅咒,谩骂——咒骂的对象有人、有神、有魔鬼,也有恶魔。

他的吼叫声在林木覆盖的山坡上回荡,传遍了塔恩·米拉冰封的湖面。

◆━━◆━━◆

塔内的景象立刻让她想起了凯尔·莫罕——门内是道同样漆黑的长廊,两侧各有一排同样看不到尽头的圆柱与雕像。她想不通,如此纤细的黑曜石塔身为何能容下这么长的走廊。但她知道,试图解释这种事根本毫无意义,因为它本就是一座凭空出现的塔。在这样的塔里,任何事都有可能发生,看到任何景象也不需要吃惊。

她转头回望。她不相信邦纳特有胆量——或者说有能耐——跟着她进到塔内。但她还是想确认一下。

她刚才穿过的拱门闪烁着明亮而反常的光。

凯尔比的马蹄踏到地板上，发出咔嗒咔嗒的响声，马蹄铁踩到的东西尽数碎裂。都是骨头。头骨、胫骨、肋骨、股骨、骨盆。她正在一间庞大的藏骨堂中穿行。她再次想起了凯尔·莫罕。死者应当入土为安……那是多久以前的事了……那个时候我还真的相信……相信死亡是庄严的，相信死者是应当尊重的……但死亡就是死亡而已，死掉的人只是冷冰冰的尸体。至于尸体倒在何处，骨骸该在何处瓦解、碎裂，全都无关紧要。

她骑马深入黑暗的拱道，穿行于圆柱与雕像之间。压在她身上的黑暗有如烟雾一般，不请自来的低语和轻叹在她耳畔萦绕不去，催促着她。巨大的门在前方亮起、打开。一道接一道地打开。门。无穷无尽的沉重门扉在她面前悄无声息地开启。

凯尔比的蹄子在地板上咔嗒作响。

周遭的墙壁、拱顶与圆柱的几何形状突然剧烈扭曲，让希瑞有种虚幻不实的感觉。在她看来，自己正在某个不可能存在的多面体——比如巨大的八面体——内部穿行。

门扉继续打开。它们不再只通往一个方向，而是连接起数之不尽的可能。

希瑞渐渐看到了。

一个黑发女人牵着银发女孩的手。那女孩很害怕，她怕的是黑暗，是催促她的低语，是她听到的马蹄声。脖子上挂着星型黑曜石的黑发女人也很害怕，但她不能表现出来。她带着女孩继续走。这是她的宿命。

凯尔比发出马蹄声，进入下一扇门。

身穿短外套、背着背包的爱若拉二世和尤妮德正在冰雪覆盖的路上前行。天空一片蔚蓝。

下一扇门。

爱若拉一世跪在神坛前,身边是南尼克嬷嬷。她们瞪大双眼,面孔因惊慌而扭曲。她们看到了什么?过去,还是未来?真实,还是虚假?

在南尼克和爱若拉头顶有一双手。那是一位金色双眸的女人伸出的祝福之手。女人脖子上的链坠是颗如晨星般闪耀的钻石。有只猫蹲在女人肩头,还有只猎鹰在她头顶飞翔。

下一扇门。

特莉丝·梅利葛德理了理被风吹乱的红棕色秀发。但她躲不开那阵风,也找不到遮蔽之处。

至少在她站立的山顶,什么都没有。

下方的山坡处是长长的、仿佛没有尽头的阴影。人影。他们缓缓地走着。有几张脸转了过来。熟悉的脸。维瑟米尔。艾斯卡尔。兰伯特。柯恩。亚尔潘·齐格林和保利·达尔伯格。法比奥·塞克斯……雅尔……蒂莎娅·德·维瑞斯。

米希尔……

杰洛特?

下一扇门。

一间滴水的潮湿地牢,叶妮芙被铁链和镣铐锁在墙上。她的双手血肉模糊。她的黑发肮脏凌乱……她的嘴唇开裂肿胀……但在她紫罗兰色的双眸里,不屈与抗争的意志仍未消失。

"母亲!坚持下去!撑住!我会来救你的!"

下一扇门。希瑞扭过头去。她觉得又尴尬又窘迫。

杰洛特。还有个黑色短发的绿眸女子。两人都全身赤裸。他们肢体交缠,享受欢愉。

希瑞抑制住让喉咙绷紧的肾上腺素,催促凯尔比继续走。落下的马蹄发出咔嗒声。黑暗伴随着低语颤动。

下一扇门。

嗨,希瑞。

"维索戈塔?"

我就知道你会成功,了不起的小女士。勇敢的小燕子。你受伤了吗?

"我在冰上打败了他们。我突袭了他们。你女儿的溜冰鞋……"

我是说精神上的伤害……

"我压下了复仇的冲动……没杀光我想杀的所有人……我没杀灰林鸮……虽然他毁了我的脸。我克制住了。"

我就知道你会赢,吉薇艾儿。我就知道你会走进这座塔。我读到过,因为书上就是这么记载的……一切都已记载下来……你知道大学考验的是哪方面的能力吗?运用资源的能力。

"我们在交谈。这怎么可能……维索戈塔……难道你……"

是的,希瑞。我已经死了。哦,这不重要!重要的是,我找到了我一直想寻求的答案……我知道消失的那几天去哪儿了,我知道在科拉兹沙漠发生了什么,也知道你是怎么在追兵的眼皮子底下消失的……

"还有我是怎么来这儿、来到这座塔里的,对吗?"

你血管里流淌着上古之血,它给了你力量,让你能够超越时间,以及空间。超越次元和世界。如今的你是诸界的主宰,希瑞,你是一股强大的力量。别让卑微的罪犯为了一己私欲夺走并滥用这份力量。

"我不会的。"

别了,希瑞。别了,小燕子。

"别了,老渡鸦。"

下一扇门。光芒。炫目的光芒。还有弥漫的花香。

笼罩湖面的雾气轻如绒毛,在微风的吹拂下迅速散去。水面光滑如镜,浅滩上的睡莲叶铺成一张绿色的地毯,白色的花朵在其间熠熠生辉。

湖岸淹没在鲜花与绿意之中。

空气温暖。

这里是春天。

希瑞并不惊讶。事到如今,她怎么可能再为这种事情吃惊?现在,一切都有可能。十一月、冰与雪、冻结的土地、荒芜山丘上的石冢——都是那边的光景。而在这边,在她眼前,塔尖呈锯齿状的黑曜石高塔倒映在睡莲点缀的绿色湖水里。这边的时间是五月。因为只有在五月时分,野玫瑰和黑樱桃才会开花。

附近某处,有人正用牧笛——也可能是长笛——吹奏出欢快的小调。

两匹通体雪白的马正在湖岸上喝水,前脚踩在水中。凯尔比喷了喷鼻息,抬起马蹄敲了敲岩石。那两匹马抬起头,湖水自它们嘴角滴落。希瑞倒吸一口凉气。

因为它们不是马，而是独角兽。

希瑞并不吃惊。她刚才的举动是出于赞赏，而非惊讶。

愈加清晰的旋律从开满白花的樱桃丛中传出，凯尔比自行朝那边走去。希瑞咽了口唾沫。两只独角兽凝视着她，像雕像一样纹丝不动，光滑的水面映出了它们的倒影。

樱桃丛后面，一个浅色头发、长着瓜子脸和杏眼的精灵坐在一块圆石上。他继续吹奏，手指在长笛的孔洞上翩翩起舞。尽管他注意到了希瑞和凯尔比，却没看向她们，也没停止吹奏。

芬芳的白色小花散发出浓郁的气息，希瑞这辈子都没闻过这种味道的黑樱桃。也难怪，她冷静地心想，在我居住的地方，樱桃的味道跟这里不一样。

在那边，一切都截然不同。

精灵用一段长长的颤音结束了曲子。他放下长笛，站起身来。

"你怎么现在才来？"他笑着问道，"路上被什么事耽搁了？"

卷六完